スティーヴン・ヒーロー

『若い芸術家の肖像』の初稿断片

Stephen Hero: Part of the first draft of 'A Portrait of the Artist as a Young Man' by James Joyce

ジェイムズ・ジョイス
永原和夫［訳］

松柏社

スティーヴン・ヒーロー

『若い芸術家の肖像』の初稿断片

ジェイムズ・ジョイス 著
永原和夫 訳

編集と序文
　セオドア・スペンサー
追加原稿の編集と新版のはしがき
　ジョン・J・スローカム、ハーバート・カフーン

付録
　エピファニーズ
　ジェイムズ・クラーレンス・マンガン
　審美理論（1　パリ・ノートブック、2　ポーラ・ノートブック）
　芸術家の肖像

目次

※本書の中の一部で、現在では差別用語とされる表現がありますが、時代背景に鑑み原文を尊重して訳出しました。

訳者はしがき

本書は、*Stephen Hero: Part of the first draft of 'A Portrait of the Artist as a Young Man'* by *James Joyce*, edited with an Introduction by Theodore Spencer; revised edition with additional material and a Foreword by John J. Slocum and Herbert Cahoon, London: Jonathan Cape, 1957 の翻訳である。底本として本書の増補本 *Stephen Hero*（New Directions, 1963）を用いた。翻訳に際し必要に応じ Hans Walter Gabler, ed., *The James Joyce Archive*（New York & London: Garland Publishing, Inc., 1978）, Vol.8（*Portrait: Manuscript Fragments of Stephen Hero*）を参照した。

『スティーヴン・ヒーロー』の原稿にはジョイスが残した二種類の訂正があり、最初の編集者セオドア・スペンサーは、そのうちのひとつ、語句の訂正については、元の語句を大括弧で括り、その後に修正語句を掲載し、もうひとつの訂正、数色のクレヨンによる斜線は、その前後を上付き小文字の「c」（ニューディレクションズ版では《　》）で示した。しかし、翻訳でこれらの編集上の工夫を忠実に再現するのは不可能に近いので、残念ながらこれらはふたつとも割愛したことをお断りしておく。スペンサーが認めているように、訂正語句の多くは反復語句、削除された語句、句読点の過ちであり、重要な訂正は注に詳しく記されているので、本文の解釈に大きな影響を与えるものではないと考えられ、また、クレヨンによる斜線の位置はもともとあいまいであり、作者の意図を推し測りえないものではあるが、作家の語句の迷い、息遣いを肌で感じたい人には原著を参照するように勧める。

その埋め合わせではないが、『スティーヴン・ヒーロー』を書くためにジョイスが徹底的に活用した初期の文書四種を翻訳し、付録として掲載した。それらは、（1）現存するエピファニーズ四十点から十二点、（2）一九〇二年二月、ジョイスが彼の大学の文学歴史協会で発表した「ジェイムズ・クラーレンス・マンガン」論、（3）『若い芸術家の肖像』第五章の芸術論の原型であるジョイスの審美理論、パリ・ノートブック（一九〇三年二月から三月）とポーラ・ノートブック（一九〇四年十一月）、そして（4）『スティーヴン・ヒーロー』を執筆するきっかけとなった、一九〇四年一月の最初の「芸術家の肖像」である。それらのなかで特に興味深いのは「マンガン」論で、『スティーヴン・ヒーロー』ではマンガンへの言及を丹念に削除してその審美理論を「演劇と人生」と呼び、ジョイスが一年前に同じ大学の同じ協会で発表した論文 "Drama and Life" と意図的に混同したことである。「心象のとらえがたい本質的な生命を、周囲の限定的な状況の網の目から最も的確に解きほぐし、新しい役割のなかでそのために最もふさわしいものとして選ばれた芸術的状況において、再現することができる芸術家が最高の芸術家である」（本書九二頁）と、ジョイスは言っている。これら初期の文書と『スティーヴン・ヒーロー』の本文とを比較検討することにより、少しでも芸術家の秘密に近づくことができればと望んでいる。

しかし、『スティーヴン・ヒーロー』は決して「芸術家の肖像」と『若い芸術家の肖像』の中間的な文書ではない。それは『若い芸術家の肖像』とは全く異なる創作原理で書かれた実に生きいきとした衝撃的な小説である。本書で扱われているのはスティーヴン・ディーダラスの大学時代に限られるが、完成版ではとらえられない青年ジョイスの実像が鮮やかに描かれており、これを読むことによりジョイスの作品に対する見方が変わると思われる。

最後に、この小説とも評論ともつかないものの出版を快く引き受けてくださった松柏社の森 信久氏のご英断に感謝すると同時に、長いあいだ私のつたない訳業を支えてくれた多くの友人に心から謝辞を述べたい。

二〇一四年八月

永原和夫

新版のはしがき

一九二〇年六月、ジェイムズ・ジョイスがパリへ引っ越したとき、保存のために選んでおいた作品の原稿とともに彼の個人蔵書は、トリエステに残して、弟スタニスロースの管理にゆだねられた。その後、スタニスロースは、ジョイスの求めに応じて蔵書の大部分を兄に送ったのであるが、そのなかに『若い芸術家の肖像』の初期の草稿で、『スティーヴン・ヒーロー』と呼ばれていた小説の原稿の膨大な断片が含まれていた。ジョイスはこれらの原稿の多くを『ユリシーズ』の出版者であるシルヴィア・ビーチ女史に譲った。スタニスロース・ジョイスは、『スティーヴン・ヒーロー』の追加原稿二五枚を含め、相当の数の原稿類を保有していた。その追加原稿が一九五〇年にジョン・J・スローカムによって購入され、ここにはじめて印刷に付される。これらの二五枚の原稿には、四七七―八、四八一―九、四九一―七、四九九―五〇五頁とジョイスによって番号がつけられており、故セオドア・スペンサーが編集した三八三枚の原稿に、数字の上では、先立つものである（スペンサーが一九四四年に出版した原稿の最初の頁には五一九という番号が付いている）。しかし、この版では、追加資料は最初に出版されたテキストの後に続く。

この新たに発見された部分の原稿は、依然として不完全ではあるけれども、意外にも、それ自体ひとつの挿話をなしており、ジェイムズ・ジョイスによって保存されていたのも、おそらく、それが統一性を持っていたからであろう。原稿四七七頁の最初の八行は、若干の変更を加えて、『肖像』の終わりに収められている四月十六日の日記の最後の部分になるはずのものであった。この部分に続く原稿は、スティーヴン・ディーダラスが、一八九八年にユニヴァーシティー・カレッジで学生生活を始めてからしばらくして、ウェストミーズ県マリンガーに住む、彼の教父フラム氏を訪ねるところを扱っている。『肖像』の終わりを告げる「パリへ出発」という語句は、最初の八行の終わりに、ジョイスの筆跡で青色のクレヨンで斜めに書かれている。四七七頁に先立つ原稿は、おそらく、『肖像』の執筆に使われた後で破棄されたと考えられるが、実証するものが何もない。これも推測にすぎないのであるが、この挿話の欠落部分には、最終的に『肖像』に取り入れられた記述や対話が含まれていたと思われる。ジョイスが挿話や語句を大事にしたことは有名であり、原稿で削除された部分でさえ、しばしば出版された作品に大いに貢献している。

アイルランドの中央部にあるマリンガーは、ジョイスが作品に描いたほかのふたつのアイルランドの都市、ダブリンとコークに見られるような都会的な上品さに欠ける町である。ジョイスは、最初、彼が描いたアイルランドの風景の隙間を埋めるために、これらの田園生活の場景を使うつもりだった。ジョイスは、混乱状態にあったマリンガーの選挙人名簿を整理する仕事をまかされた父ジョン・ジョイスに伴われて、一九〇〇年と一九〇一年の夏にマリンガーを訪ねているので、この町をよく知っていた。ジェイムズ・ジョイスが持っていたダヌンツィオの『快楽のこども』は、現在、イェール大学図書館が所蔵しているのであるが、それにはジョイスの署名と「マリンガー、一九〇〇年七月五日」の書き込みがある。ジョイスが翻訳したハウプトマンの『日の出前』の原稿には、「一九〇一年夏、ウェストミーズ県マリンガーにて」と書かれている。ジョイスは、マリンガーをスティーヴンの名付け親である教父フラム氏の町にすることによって、実際の出来事にかなりの変更を加えた。（ジョイスの教父は、一八九八年に亡くなったフィリップ・マックカーンという人で、マリンガーとは何の関係もない。）この作り話は『スティーヴン・ヒーロー』の後半まで続き、フラム氏はスティーヴンの学費の負担者として何度も出てくる。未発見の部分には町の名士としての教父の姿が描かれていると考えられる。

これらの原稿に収められている出来事の多くは、その起源をジョイスの「エピファニーズ」にもっていたに相違ない。いずれ後に使う目的でジョイスが習慣的に書き残しておいた、あの何気ない啓示の一瞬である。足の不自由な乞食と『エグザミナー』誌のガーヴィー氏の叙述は、現在、ニューヨーク州立大学バッファロー校ロックウッド記念図書館が所蔵するジョイス・コレクションに含まれる、ふたつのエピファニーズに基づくのは明らかである。それとは逆に、これらの原稿はしばしばその後の作品に影響を与えている。マリンガー挿話に現れるナッシと、そこで話題に上るテイト先生は『肖像』に再登場する。『肖像』の最後の章で四月十四日のスティーヴンの日記に登場する老農夫には、スターキー大尉の話にその痕跡が見られる。「私の精神は、私にとってこの国全体よりも関心があります」とヘファナン氏に言うスティーヴンの言葉は、『ユリシーズ』で彼がブルームに言う言葉に近い、「あなたは、私が『フォーブールサンパトリス』、略してアイルランドと呼ばれる国に属しているがゆえに、私は重要だと言いたいのでしょうが……アイルランドは私に属しているから、重要でなければならないのだと思います」。この言葉は、また、一九〇二年にジョイスが彼の精神は「民間伝承よりはるかに神に近い」とイェイツに言った言葉に近い。最後に、『ユリシーズ』でマリンガーに何度も触れられているのは、ミリー・ブルームがその町の写真店で働いているからである。

しかし、ジョイスがマリンガー挿話の大部分を放棄したのは、おそらくスティーヴンの引き立て役に農民を使うのは適切ではないと感じるようになったからであろう。このテキストには、ジョイスは当初、フラム氏にもっと重要な役割を与える計画があったことを示すヒントがある。計画が変更されたとき、この挿話の関連性が失われたのである。

新しく発見された原稿は、スティーヴンの性格に何ら新しい面を加えるものではない。しかし、スティーヴンがいつも最後に勝利を収める議論や状況には、宗教、アイルランドの国粋主義と同胞に対する彼の態度を見事に表すものが含まれている。こうして感受性の強い、独善的で、誠実かつ残酷な青年の姿がさっそうと描かれる。

これらの原稿の出版準備に当たり、われわれはスペンサー博士がその編集ノートで先鞭をつけた編集方法に従うことにした。助言と批評を寄せてくださったノースウェスタン大学のリチャード・エルマン教授、ならびにこれらの追加原稿の出版を許してくれた、故スタニスロース・ジョイスとジェイムズ・ジョイス財団、そして原稿の所有者であるイェール大学図書館に感謝する。

ジョン・J・スローカム
ハーバート・カフーン

一九五五年に本書のアメリカ版が出版されてから『スティーヴン・ヒーロー』の原稿が新たに五枚見つかり、追加原稿の不幸な欠落部分が補われた。例の乞食の挿話とヘファナン氏の議論の部分がいまでは完全なものとなり、精神病院を抜け出した女性の死体のそばの水に浮かぶ紙に書かれていることも明らかになった。しかし、この挿話の終わりに加えられた頁はこれまでにないサスペンスを与える。スティーヴンとミス・ハワードとのロマンチックな場面が見られるかもしれない。おそらく、やがて『スティーヴン・ヒーロー』のより多くの原稿、アクイナスの断片のようなものが現れて、われわれの知識を増やし、われわれの好奇心を満たしてくれるであろう。

これらの新しい原稿が初めて出版されたのは、*James Joyce Miscellany*, Second Series（1959）であるが、残存する他のテキストと一緒に出版されるのは本書が最初であり、その所有者であるコーネル大学図書館、ジェイムズ・ジョイス財団、およびサザンイリノイ大学出版部の許可を得て出版された。

初版の序

1

『ユリシーズ』の最初の出版者であるシルヴィア・ビーチ女史は、一九三五年に彼女が経営する書店、シェイクスピア商会（パリ、オデオン通り一二番地）の目録を出版したのであるが、彼女が売りに出したもののなかにジェイムズ・ジョイスの原稿数編が含まれていた。そのうちのひとつに、ジョイス自筆の五一九頁から九〇二頁までの『若い芸術家の肖像』の初期の原稿があった。これらの原稿は一九三八年の秋にハーヴァード大学図書館によって買い取られ、ここにはじめてジェイムズ・ジョイスの遺言執行者とハーヴァード大学図書館の許しを得て発表するものである。

この原稿の日付について若干の混乱がある。この原稿は、もともとジョイスがビーチ女史に譲ったもので、彼女の目録には一九〇三年と記されており、次の文章が付け加えられている。「この原稿が、二〇番目の出版者によって拒否され、著者に返却されたとき、彼はそれを火にくべてしまったのであるが、そのなかからジョイス夫人は手にやけどを負うのも顧みず、これらの原稿を救済した」。この逸話は、ジョイスの伝記を書いたハーバート・ゴーマン氏によって、ある程度まで支持されている。ゴーマン氏は一九〇八年の記述で次のように書いている、「ジョイスは『スティーヴン・ヒーロー』（当時の表題）の一部分を、一時の絶望に駆られて焼却してしまい、より圧縮した形でこの小説を新たに書き始めた(1)」。

現存する原稿に火に焼けた痕跡は全く見られない。

ジョイス自身はこのことについて多くを語っていない。私が一九三八年の暮れにこの原稿についてジョイスに訊ねたところ、秘書を通して次の回答を得た。「おおよそ一、〇〇〇頁からなる『若い芸術家の肖像』の初稿の大部分は、ジョイス氏が十九ないしは二十歳の頃に書いた書生の習作（a schoolboy's production）と本人が呼ぶところのものでありますが、小分けしてアメリカのさまざまな大学に売られたのは確かです。このことに関して、ジョイス氏は、売却に際し、先見の明がないと責められるようなところは全くなかったという以外には何の感慨も湧かない、と考えています。」

ジョイスが生まれたのは一八八二年であり、ここで触れられている年代は、この原稿が書かれたのは一九〇一年から一九〇二年で、ビーチ女史の目録にあるように一九〇三年ではないことを示している。しかし、これらの年代は両方とも明らかに早すぎる。ゴーマン氏の伝記はジョイスの校閲を経ているものであるが、それにはジョイスが一九〇四年にアイルランドを後にしたとき、『スティーヴン・ヒーロー』の第一章と若干の覚え書を持っていたと記されており、この作品が半分程度まで完成したことを告げる一九〇六年三月十九日付けのグラント・リチャーズ宛のジョイスの手紙が掲載されている。

貴下は何か自伝的な小説を書くように勧めてくださっていますが、その種の小説でしたら、すでにお話ししたと存じますが、もう千頁ほど書いています。正確には九一四頁になります。作品の約半分に相当する二五章は総語数、実に一五万語になります。しかし、現下の状況では、この小説の続きがどうなるかということについては、全く見当がつきません。

この手紙から推測して、『スティーヴン・ヒーロー』が一九〇四年から一九〇六年のあいだに書かれたのは明らかであると思われる。

年代の相違は、ジョイスがアイルランドを後にしたとき、『スティーヴン・ヒーロー』の「メモ」を持っていたことを思い出せば、解消できると思う。ゴーマン氏はそのようなメモをいくつか伝記に採録している（ゴーマン、一三五頁以降参照）。会話を再現したものから成る、より大部のメモがあった確率はかなり高いと思われ、それらはあまり変更を加えずに原稿に取り入れられた。本書を読まれる人は、会話の多くが実際に話されてから、ほとんど時間をおかずに書き写されたように聞こえることにきっと同意されるであろう。もしそれが事実であるとしたら、この原稿は一九〇一年から一九〇六年までの仕事を表していると考えることができる。草稿には若干の訂正があるだけで、きわめてきれいな原稿で、ジョイスの筆跡は驚くほど読みやすい。

最初の五一八頁は完全に失われてしまったようである。それらが「小分けしてアメリカのさまざまな大学に売られた」というのはきわめて疑わしい。(2) それが燃えてしまったという話はおそらく本当である——もっとも、この原稿が二〇人の出版者に送られたことを立証する証拠は、ゴーマン氏の伝記のどこにもないが。原稿の初めの部分が失われたのはきわめて残念ではあるが、現存する三八三枚の原稿にはそれ自体にある種の統一がある。ジョイスが計画したとおり、『スティーヴン・ヒーロー』は、「自伝小説、いわばある精神の成長記録、ジョイス自身の精神と自我への強烈な没入の個人的歴史であり、彼がいかなる人物であったか、いかにして少年時代のイエズス会の教育から成長したかを述べている。ジョイスは自分自身を客観的に見ようと努め、神のように公平な立場から、スティーヴンと名づけた男の少年時代と青年時代を観察しているが、それは明らかにジョイス自身の姿である」（ゴーマン、一二三頁）。ハーヴァード大学の原稿は二年間のスティーヴンの生活記録である。それは彼がユニヴァーシティー・カレッジに入学して間もない時から始まり、大学が表すものすべてからスティーヴンの解放が頂点に達したとき、無残にも中断される。原稿は「少年」の姿を私たちに示していないが、スティーヴン・ディーダラスと呼ばれる「青年」の生きいきとした一貫した姿を私たちに与えている。ここに描かれているスティーヴン・ディーダラスは、その容姿、行動、思想において明らかにジェイムズ・ジョイスその人である。

この初期の原稿が『若い芸術家の肖像』として最終的に出版されたテキストと大きく異なるのは一見して明らかである。この三八三枚の原稿で描かれている時期は、出版本（モダン・ライブラリー版）では最後の九三頁で扱っている時期にすぎないが、原稿で描かれているスティーヴンの二年間の大学生活の記録は、少なくとも完成版における彼の成長の全歴史に相当する長さがある。そこには出版されたテキストから削除されている多くの人物や出来事が述べられており、スティーヴンの精神の成長過程は、私たちが親しんでいる版よりも、はるかに詳細かつ直接的に記述されている。したがってこの原稿は、ジョイスが棄却し、晩年には蔑視していた――読者の視点からは認めるわけにはいかない――「書生の習作」であるにもかかわらず、ジョイスの研究者にとって興味深いものである。それはきわめて説得力がある人生の記録を私たちに提供してくれるだけでなく、芸術家としてのジェイムズ・ジョイスの成長過程のすべてを、これまで見ることが可能であったよりもはるかにはっきりと、その成長の発端がどのようなものであったかということを示すことによって、明らかにしている。

2

この著書を読まれる人は誰でも、ここで描かれているスティーヴン・ディーダラスの姿と最終版で与えられる姿とを、自分なりに比べてみる欲求に駆られるであろう。私は先回りしてすべてを徹底的に比較して、そのような批評的な喜びを横取りするつもりはない。それにもかかわらず、この原稿には特別に興味深い特徴がいくつもあるので、できるだけ押しつけがましくならないように注意して、あらかじめ手短に指摘しておこうと思う。

そのような特徴のなかで最も目立つのは、出来事や人物が描かれている素材の濃密さである。例えばこの版のディーダラス一家は最終版よりはるかにはっきり描かれている。スティーヴンの家庭は、彼の大学時代を通し、その傲慢な精神的独立の発展過程にきわめてみじめな背景を提供している。最終版では彼の家庭の構成員は、スティーヴンが大学へ進むようになるまでに、事実上、舞台から抹殺されてしまう。『肖像』ではウィルキンソン氏の家庭の描写（本書一九三頁以降）のようなものには全く触れていない。スティーヴンと弟モーリスとの親密な関係について全く書かれていない。妹イザベルの病気と死に関する哀れでショッキングな叙述（本書一九七頁以降）は完全に削除されている。両親をイプセン崇拝者に転向しようとするスティーヴンの徒労（本書九九頁以降）は何ひとつ述べられていない。同じ出来事を記述する時でも、この作品では、一般に、『肖像』でそれらを扱うのとは異なる方法で――より直接的で劇的な方法で――扱っている。その典型的な例は、スティーヴンが復活祭の義務を拒否する場面の扱い方である。このテキストでスティーヴンと母親との議論（本書一五八頁以降）は対話体で――おそらく、実際にあった通りに――描かれており、きわめて効果的な叙述である。しかし『肖像』（モダン・ライブラリー版、二八一頁）でこの場面は、スティーヴンの歴史で決定的な場面であるにもかかわらず、クランリーとの会話で何気なく言及されるにすぎない。

もちろん、ジョイスが初稿を廃棄して、その題材をこのように書き換えたとき、彼が何を目指していたかということは、容易に理解することができる。彼は簡潔さを求めていたのであり、行為の中心をできるだけ中心人物の意識のなかに置こうとした。そのために挿話や人物を次から次へと客観的に提示していく方法――それは、つまるところ、『肖像』の方法というよりむしろ『ダブリン市民たち』の方法――を犠牲にしたのは明らかである。その結果、『肖像』は初稿に比べ、より強い明暗と集中力、より抑制された焦点を持つようになった。『肖像』では、レヴィン氏が言っているように、「独白を前にしてドラマが影を潜めている」。[3] とりとめのない実際の生活が、単一の視点から述べられることにより、整理され、秩序づけられる。さらに『肖像』では、挿話や対話をすべて叙述するのではなく、それとなく暗示する方法が使われている――『肖像』（モダン・ライブラリー版、二九四頁）でジョルダーノ・ブルーノが紹介される方法と、この版でブルーノが紹介される方法（本書二〇四―〇五頁）とを比較されたい。この方法が、スティーヴンの思考や行動を、ジョイスがそれらを初稿で述べる時よりも、暗示的にするのである。『肖像』で私たちは部屋のなかを、開け放たれたドアからではなく、鍵穴からのぞく。部屋の暗い隅にぼんやり見えるおぼろげな姿は、私たちの枠をはめられた不確かな視覚が捉えるものに不気味さを加える。この版ではドアは開け放たれ、あらゆるものができるだけはっきり見えるようになっている。別な言い方をすると、ここでは事物をスポットライトの下ではなく、日の光のなかで見ている。ここでは強調、選択、技巧の度合いが低い。

しかし、『肖像』に見られる強度の集中力は、確かに望ましく、また、見事であるとしても、大きな損失と引き換えに獲得したものである。例を挙げると、『肖像』では、スティーヴンの友人たち——クランリー、リンチ等々——は、いわばスティーヴンの精神の一項目として紹介される。彼らは、私たちに描出されるのではなく、その名前と独特な話し方以外に何ら身元を証明する必要のない、スティーヴンの精神風景のなかの地勢として、無条件に受け入れるように求められる。それに対し、この版では、例の友人たちは、はるかにはっきりと書き分けられている。ジョイスは彼らの容貌と態度を描きながら彼らを私たちに紹介している。彼らは『ダブリン市民たち』の人物のように、彼ら自身の独立した存在感を持っている。彼らは、『肖像』におけるように、自己中心的なスティーヴンの観念に反響する、単なるサウンドボックスでもスロットマシンでもない。

このことは何よりもスティーヴンが肉体的（それ以外ではないとしても）に魅かれる女性について当てはまる。『肖像』では彼女は単なる頭文字——E. C.——にすぎず、スティーヴンの夢想は実質的に無名の若い女性の周りを巡っている。しかし、このテキストであの女性はエマ・クレリーの名で呼ばれ、単なるイニシャルと化した彼女の後継者にはない強烈な個性を持っている。このテキストには、エマが特にはっきり描かれている場面がいくつもあり——七七頁以降に注目——その結果、彼女とスティーヴンとの関係は、ほかの人びととの関係と同じように、最終版におけるよりはるかに劇的なものになっている。(4)

これらふたつの版のあいだで読者が気づく、より驚くべき相違は、スティーヴン自身が描かれる方法である。このテキストのスティーヴンは、彼の創造者の目から見て、後に来る者に比べて、情緒的にも知的にも、はるかに粗野で、より未熟な人物である。彼は普通の大学生にすぎず、彼の肖像がより散漫に描かれているにもかかわらず、あるいは、それゆえに、彼なりに誇り高く傲慢ではあるが、大体においてより共感の持てる人物である。スティーヴンは、彼の後の肖像が一貫して冷静そのものであるのに対し、より多くの弱点を持ち、より多くのばかげたこと（エマに対する恋慕のような）をする。彼はイプセンを英雄のように崇拝し（後の版ではこのことはほとんど述べられていない）、イエズス会の教育に対する反発は、「カトリック信仰の悪疫」と彼が呼ぶものに対する、より書生臭い怒りで彼を激高させる。この版で彼は家族により依存し、賛同と支持を求めている。

スティーヴン・ディーダラスの成長には、初期の版にも後期の版にも共通する、主要な五つの主題があり、それらすべてがスティーヴンという中心主題と密接に関連している。すなわち、スティーヴンの家族、男女の友達、ダブリンの生活、カトリックの信仰、そして芸術である。個人としてのスティーヴンの成長は、五番目の主題のために最初の四つを抹殺する過程と言える。そういうことが起き、そして芸術が定義された時に、芸術家は彼の主題を求めて最初の四つへ戻るのである。実際、芸術家としての役割が実現されるとしたならば、彼は最初の四つへ戻らなければならないのである。

しかし、そうする前に芸術家とはいかなる人間で、芸術とは何かということを定義する必要がある。これらふたつは、自伝的目的においては、多くの点で同じである。それはスティーヴン・ヒーローだけの問題ではなく――ジョイスは、「『ターピン・ヒーロー』という古い英国のバラッドがあるが、これは一人称で始まって三人称で終わっている」（『肖像』、二五二頁）と言っている――芸術家の肖像の問題でもある。ヒーローとしてのスティーヴンは青春期の若者であり、芸術家としてのスティーヴンは一人前の大人である。これが、おそらく、彼の生涯を描くふたつの版の主要な相違点である。

にもかかわらず、『肖像』の有名な審美理論は、『スティーヴン・ヒーロー』ですでに完全にその概要が示されているので、多くの読者にとってこのテキストの主な関心のひとつは、おそらく、審美理論がこの版で述べられる方法と『肖像』の提示方法との相違点を発見することであろう。『肖像』でスティーヴンは彼の審美哲学の概要をリンチとの会話のなかで披瀝し、スティーヴンの理念の知的誠実さと堅さは相手の粗野な歓声と意見で対比される。これは抽象的な議論の展開に、読者の関心を引き付けておく効果的な方法であり、また、スティーヴンの真剣な態度とリンチのユーモアとを対照することにより、ともすれば難解で単調になりがちなものが生気を帯び、おもしろいものになる。こうして審美理論は喜劇的な背景のなかで客観的に提示される。しかし『肖像』のスティーヴンは彼の考えを一方的に述べるだけで、ほかの誰が何と言おうと一切問題にしないほど、強く自説の正当性を信じている、と思わせるように書かれている。彼は肯定も否定も無視する、冷たい、お高くとまったいやな奴である。彼はすでに「沈黙と追放と狡猾」の鎧を着ている。

このテキストのより若いスティーヴンは、それほどいやな奴ではない。彼にとって審美理論を発表することは、きわめて重大な個人的関心事である。彼はそれを友人とのくだけた会話で話すのではなく、大学の文芸クラブにおける公開論文という形で発表する。これは公の出来事で、スティーヴンはそのために注意深く準備する。それだけでなく、彼の理論はもうひとりの男の冗談半分な意見と対比されるのではなく、教会の伝統主義と対比される。このことでスティーヴンが大学の学長と交わす対話を扱っている部分（本書一〇八頁以降）は、この書物で最も優れているところのひとつである。スティーヴンの理論は、この版でダブリンの知的麻痺とも対比される。一語一句、推敲に推敲を凝らして準備した論文を発表したとき、彼が獲得したのは無関心と誤解に満ちた反応でしかなかった。俗物たちがぬくぬくと居座る場所を脅かすこともできず、スティーヴンはこれまで以上に自分の力にだけ頼るようになる。(5)

審美理論をこのような方法で提示する利点は明らかである。私たちは、スティーヴンが弟モーリスとの会話で理論を発展する過程についていき、やがて論文を発表する場面で頂点に達すると、聴衆がどんな反応を示すか、演劇を観ているように、固唾をのんで興味深く見守る。私たちはスティーヴンの落胆と幻滅とを共有する。しかしこの方法には不利な点もある。スティーヴンの理論の展開は長い期間にまたがり、ほかの挿話があいだに入りこんだりして(五つの主要なテーマは至る所で絡み合っている)、その提示は、『肖像』におけるように、スティーヴンの生涯の決定的な場所を占めていない。『肖像』におけるスティーヴンの芸術論の開陳は、アイルランド脱出に先立つ直接のプロローグである。したがって、それはこの作品全体のクライマックスであるが、この版では、たとえ演劇的には弁護されるとしても、それは多くの挿話のひとつにすぎない。

実に、『肖像』で審美理論が最終的に提示される方法に、この理論そのものが例示されているのである。スティーヴンの中心的思想のひとつに、不適切な芸術は「動的」であるというのがある。不適切な芸術は私たちを何ものかに駆り立てるが、真の芸術はそうであってはならない。それに反して真の「美的情緒」は静的で、真の芸術家は本質的に非個性的である。「芸術家は、創造神のように、被造物のなかか、背後か、向こう側か、上空に隠れて、姿をかくし、存在から浄化されて、いわば無関心に指の爪を磨いているのだ」(『肖像』、二五二頁)。このような非個性的で静的、非動的な方法で、スティーヴンは彼の理論をリンチに展開する。しかし『スティーヴン・ヒーロー』において彼の理論は動的に展開される、スティーヴンにとって講演で成功するかどうかは、重大な個人的関心事である。彼の知的将来がそれにかかっているようで、私たちも動かされる——

と言っても何かしなければならないというわけではないのだが——私たちも感動し、結果が気になる。当然ながら、後の版の方がより成熟している。ジョイスは、最初の版にはないことであるが、自ら例を示すことによって自説を説明しているのだ。(6)

3

スティーヴンの審美理論で、草稿でははっきり述べられているにもかかわらず、『肖像』から完全に削除されている側面がひとつある。それに関する部分は、私の意見では、このテキスト全体で最も興味深く、重要なものである。それは「彼はエクルズ通りを歩いていた」という語で始まる本書二五二頁以降の部分で、ジョイスがエピファニー論を展開するところである。(7)各自この部分を熟読していただきたい。

この理論は芸術家としてのジョイスを理解するための中心をなすものだと思われる。彼がその後に発表した諸作品は、この理論を例証、強化、拡大したものである、と言っても過言でない。『ダブリン市民たち』は、さまざまな人物の生活のなかで一見して些末ではあるが、実はきわめて重大で、意味深い瞬間を記述した一連のエピファニーである。『肖像』は若き日のジョイス自身を明示するエピファニーの一種とも言える。『ユリシーズ』は、平凡な男の一日の生活を取り上げ、その男を、ジョイスの意図に従えば、これまでいかなる人もなしえなかったほど徹底的に描いている。それは、数年前にエクルズ通り（偶然にも、ブルーム氏の住所）に迫る、おぼろな夕闇のなかで小耳にはさんだ何気ない会話が、あのふたりの人物の生活の秘密を一瞬のうちに啓示したエピファニーであったように、レオポルド・ブルームのエピファニーでもある。そして『フィネガンズ・ウェイク』は、もちろん、若き日のジョイスには考えられなかったが、同じ思想の壮大な拡張と見ることができる。ここで「エピファナイズ」されているのは誰かひとりの人物ではなく、いくつかの類型で象徴される人類の歴史のすべてである。その代表者は彼らを表す言葉がさまざまな意味を合成するように互いに合成し合っている。こうしてH・C・イアウィッカーと彼の家族、彼の知己朋友、彼らが住んでいるダブリンという都市、彼の道徳と宗教が人間の生活全体を顕現する象徴となり、芸術家の最終的な目的が達成されるのである。

そして、私たちがこの理論を心に留めておけば、静的芸術の理論をさらに推し進める側面が、このテキストを通して展開されているのであるから、ジョイスとはいかなる作家であるかということを理解するのを助けてくれる。このような理論は、ジョイスが最初考えついたとき、気づいていたに相違ないが、劇作家にはあまり役に立たない。それは演劇的人生観というより、むしろ抒情的人生観を表す理論である。それは特別な瞬間、時間のなかの不動の一瞬に自ずと現れる、事物の光輝、光彩を強調する。それは、『フィネガンズ・ウェイク』の全宇宙的抒情詩におけるように、ほかのあらゆる瞬間を包み込む瞬間ではあるが、依然として本質的に静的で、主題としてすべての時間を含みはするが、本質的に時間を超越している。

4

しかし、この『スティーヴン・ヒーロー』の断片は、ジョイスの後期の著作との関係で保存する価値があると考えるべきではない。これは一編の非凡な作品として、それ自体の真価を持っている。『スティーヴン・ヒーロー』は、『肖像』ほど慎重に計画され、凝縮されてはいないが、新鮮さと直接性を備え、その正確な観察と簡潔で鋭利な文体は、この作品をして、時に未熟さが顔を出しはするものの、それ自体として楽しみ、賞賛するに足るものとしている。これは成長する精神のこれまでに書かれた最も偉大な記録のひとつである。

セオドア・スペンサー

注

（1） Herbert Gorman, *James Joyce* (New York; Farrar & Rinehart, 1940), p.196.

（2） この点でゴーマン氏は私に同意している。ここに一九四一年一月二一日の彼からの手紙を引用しておく。「あなたがお持ちのものは、ビーチ女史が所有するものすべてであると確信します。これ以外にこの原稿の断片が現存するとは思われません。ジョイス氏の秘書（ポール・レオンのことを指していると推察する）は、『アメリカのさまざまな大学』に小分けして売られたものについて触れていますが、彼に情報を提供した人（おそらくジョイス氏）は、ビーチ女史が売りに出していた他の資料と混同したのだと思います」。

（3） ハリー・レヴィン氏は彼の非常に優れた批評的考察 *James Joyce: A Critical Introduction* (New Directions, 1941) でこの原稿をすでに使用している。

（4） 本書で、スティーヴンはダニエル氏と呼ばれている人の家を日曜日の夕方よく訪ねているが、そこでエマと出会う。『若い芸術家の肖像』ではダニエル氏とその家族には何も触れられていないが、ジョイスは「彼女の」家の様子を描くために、ダニエル氏の居間の描写を、短縮した形で使っている（『肖像』、二五七頁）。この変更は出版された作品におけるジョイスの簡潔と凝縮の典型的な例である。

（5） この草稿でスティーヴンは確かにある友人と彼の審美理論について議論している（本書二五三―五五頁以降）。しかし興味深いことにその友人は、リンチではなくクランリーである。しかもクランリーとの会話は、理論の主要部分が公の場で発表されてからかなりの日を置いて述べられており、スティーヴンはクランリーがその議論に興味を示さないことに落胆する。

(6) スティーヴンの審美理論の論文の痕跡が『肖像』に残っている。モダン・ライブラリー版二一七頁で学生監はスティーヴンに次のように訊ねる、「いつになったら美学上の問題について君の意見が聴けるのかね」。そして二四七頁ではドノヴァンは次のようにスティーヴンに言う、「美学について論文を書いているといううわさがある」。これらの言葉は、『肖像』における他の発言と同様に(例えば、二三六頁の「例の若いお嬢さん」とモラン神父への言及など)、きわめて意味深長で、この版の知識と照らし合わせながら読んで初めて完全に理解できる種類のものである。

(7) この理論は『ユリシーズ』(ランダム・ハウス版、四一頁)で一度だけ触れられている——「緑色の楕円形の紙に書いた深遠極まりないエピファニーズを覚えているか? もし死んだら、アレクサンドリアを含め、世界中の大図書館に写しを送ることになっていたのだろう」。ゴーガティ医師は彼の自叙伝 *As I was Walking down Sackville Street* (New York: Farrar, Straus and Young, 1953, p.295)で、ジョイスのエピファニーズに触れている。ゴーガティはジョイスを含め二、三人の友人と夕食を共にしていたとき、ジョイスは「失敬」と言って部屋を出て行った。「彼のエピファニーのひとつに心ならずも貢献している者として、快く思っていないと言われても構わない」、とゴーガティは書いている。「ジョイスはギリシャ語を知らなかったのだから、おそらくダーリントン神父がラテン語の授業の余談で、エピファニーとは "a showing forth" (啓示)という意味であると教えたのだろう。それでジョイスは『エピファニー』の題のもとに、人が内面を暴露していると考える精神の啓示を書き写していた……彼に『エピファニー』を提供したのは誰なのだ。奴はそれを書き写すために便所に行ったのだぜ」。

編集ノート

原稿にはジョイスが残した二種類の訂正がある。ひとつは下書きから転写した際に施した訂正で、数語が抹消または変更されている。これらの訂正は本編では元の語句を大括弧で括り、その後に修正語句を記載した。明らかに過ちと思われるもの――反復語句、削除された語句、句読点の過ち――もあり、重要でないものは無断で訂正した。

もうひとつの訂正はより扱いづらいものである。ジョイスは赤色あるいは青色のクレヨンを手に持って原稿を読んだと思われ、ある種の字句や文章、文節の横、下、斜めにズバッと線が引かれている。おそらくジョイスはこれらが気に入らず、変更するか削除するつもりだったのだろう。原稿とそれについてジョイスがどう感じていたかということをあるがままに提示しなければならないとしたならば、このような書き込みがある場所について何らかの指示が必要なのは明らかである。それでスラッシュが引かれているところならどこでも、その部分の最初と終わりに、疑問符をつけるやり方で、上付き小文字の「c」(クレヨンを表す)を付けることにした。スラッシュは、急いだのか、もどかしかったのか、ひどく大ざっぱに引かれており、ジョイスの意に添わなかった場所の始まりと終わりを特定するのは必ずしも容易ではない。しかし、およその指示は十分見分けがつき、しかもこれらのスラッシュがジョイス自身によって書き加えられたのは明らかである。字句の訂正に用いたのと同じクレヨンが使われており、そのような場合の筆跡は彼のものに間違いない。

T・S

アイルランドに関する該博な知識を自由に使うのを許してくれた、ハーヴァード大学特別研究員ジョン・ケレハー氏に心から感謝する。本編で述べられている人物の手本となった人の実生活上の身元を確認したいと思う読者には、ゴーマン氏の『ジェイムズ・ジョイス』（五三頁以降）を参照されることを勧める。また、青年時代のジョイスと友人の写真の使用を許してくれた、ゴーマン氏およびゴーマン氏の著書の出版人であるファラーならびにラインハートの両氏に心からの謝辞を述べる。オーガスタス・ジョンによるジョイスの肖像画はマリー・クレイン女史・コレクションが、ジョイスの論文発表を予告するプログラムはジョン・ジャーメイン・スローカム・コレクションが所蔵するものである。

スティーヴン・ヒーロー

スティーヴン・ヒーロー

［原稿はここから始まっている］(1)

……彼に話しかける人は誰でも、その期待に形ばかりの不信を混ぜた。その茶色い、ばさばさな髪は額から上に櫛を当てられていたが、分け方にはほとんど決まりがなかった。彼をハンサムと呼ぶ女の子がいたかどうかは確かではないが、目鼻立ちは均斉がとれた顔をしており、小さい女性的な口のおかげで硬さが取れ、美しい表情をしていた。何気なくその顔を見ると、目には特徴がなかった。それは人を寄せつけない小さな、うす青い目で、実に溌剌とした恐れを知らない目ではあったが、顔自体はかなりの程度まで道楽者の風貌をしていた。(2)

大学の学長(3)は、同窓会やクラブの開会式で議長席に着く大御所的な人物で、彼の実質的な副官は学生監(4)と出納長(5)だった。出納長はその役にぴったりだ、とスティーヴン(6)は思った。黒い頭髪に白いものが混じる重厚で血色のよい男である。彼は職業的熱心さをむき出しにして義務を果たすような人間で、よく玄関口に仁王立ちになって、出入りする学生を見張っていた。彼は時間に厳しかったが、たまたま一、二分遅れるのは、あまりうるさく咎めず、パンパンと手を叩いて上機嫌で叱声を飛ばすのが常だった。しかし、毎日数分遅れるのは、絶対に許さなかった。教室にふさわしい授業の邪魔になると言って厳罰に処した。スティーヴンはいつもたいてい十五分以上遅れていたので、彼が学校に着く頃には出納長はすでに執務室に引き上げているのが常だった。しかしある朝、スティーヴンはいつもより早く学校に着いた。彼の数歩前をひとりの太った学生が歩いていた、パンにジャムを塗ったような顔色をした、がり勉型のおどおどした青年である。胸の前に腕を組んで玄関口に立っていた出納長は太った青年を見ると、じろりと時計に目をやった。十一時八分過ぎだった。

——どうしたのかね、モロニー君。[7] こんなことがあってはならないことくらい承知しているはずだ。八分遅れ！　これでは授業の邪魔になる——許すわけにいかないのは分かっていますね。これから毎朝、授業には時間厳守にしてもらいます。

モロニーは、パンの上にジャムをひっくり返したような顔をして、時計が遅れていたとか何とかもごもご言い訳をしながら階段を駆け上り、教室へ向かった。スティーヴンがのろのろ外套を壁に掛けるのを、大柄の牧師はしかつめらしい顔をして見ていた。スティーヴンはやがて、おもむろに出納長の方を向いて言った、

——気持ちがよい朝ですね、先生。

出納長はすぐに両手をパンと叩き、それをこすり合わせ、もう一度パンと叩いた。すがすがしい朝とそれにふさわしい挨拶がひとつになり、彼はいまさらながら驚き、機嫌よく応えた。

——美しい！　実に気持ちがよい、すがすがしい朝だ！　彼は再び両手をこすり始めた。

ある朝、スティーヴンは四十五分遅れて登校し、それを彼の非共軸的計画のせいにして、フランス語の授業が始まるまで待っていた。十二時の時計が鳴るのを待ちながら、手すりにもたれ掛っていると、ひとりの青年が螺旋階段をゆっくり上ってきた。踊り場から数歩のところでその男は立ち止まり、角張った農民の顔をス

ティーヴンに向けた。

――これは初年級《マトリキュレーション》の教室へ行く通路ですか、初年級という語の最初の音節を地方訛りで発音して尋ねた。

スティーヴンはその男に道を教えてやり、ふたりは話し始めた。新入生はリメリック県出身のマッデン(8)という名前の学生だった。彼の態度は必ずしも気後れしているわけではなかったが、少し怯えているところがあり、スティーヴンの配慮に感謝しているようだった。フランス語の授業が終わると、ふたりは一緒にスティーヴンズ・グリーン公園(9)を横切って歩き、スティーヴンはこの新参者を国立図書館(10)につれて行ってやった。マッデンが回り木戸のところで帽子を取り、カウンターにもたれ掛って閲覧図書カードに記入しているとき、スティーヴンはその農民特有の頑健な顎を見ていた。

大学の学生監は英文学の教授でバット神父(11)といった。彼は大学で最も有能な人物だと噂されている哲学者でもあった。彼は絶対禁酒クラブでシェイクスピア(12)はローマカトリック教徒であることを証明する連続講演を行った。彼はまた、シェイクスピア劇の著者はベーコンであるとする説に(13)、晩年になって鞍替えしたイエズス会の神父に反対する論文を書いた。バット神父はいつも両手にいっぱい新聞を持ち歩き、その首から踵までを覆う長いスータンはチョークでひどく汚れていた。彼は初老のグレーハウンドのような男で、その声帯靭帯は、着ている法衣同様、チョークでおおわれているみたいだった。彼はどんな人にも愛想よく接し、とりわけ――

［2ページ欠落］

言葉が服従しなければならない最初の条件であり、抑揚はこのように条件付けられた言葉の意味と価値との関係から生まれる美的産物である。詩歌の美は、構造による隠蔽と同時に啓示にあり、そのいずれか一方から生まれることは絶対にない。このような理由から彼はバット神父の詩の朗読にも、また正確一辺倒の女子学生の読み方にも、がまんならなかった。詩は抑揚に従って読まれなければならないというのは、強勢通りに読まれなければならないということであり、両方とも厳密に詩脚に従っているわけでもなければ、また完全に詩脚を無視しているわけでもない。スティーヴンはこの理論のすべてを丁寧にモーリス[14]に説明した。モーリスは用語の意味が分かると、その意味を注意深くつなぎ合わせ、スティーヴンの理論は正しいと言った。次のバイロン[15]の詩の最初の四行連の読み方は、たったひとつしかないはずである。

My dáys are in the yéllow léaf
The flówers and frúits of lóve are góne
The wórm, the cánker and the gríef
　Are míne alóne.

わが青春は黄色い葉につつまれ
愛の花も果実も過ぎ去った。
寄生虫と潰瘍と悲しみ
それのみがわが友。

ふたりの兄弟は、この理論を彼らが思い出すことのできる、すべての詩に試してみたが、結果は上々であった。すぐにスティーヴンは推敲に取り掛かり、彼の理論に最も適切な語や字句を選び、徹底的に改訂した。彼は計画的犯意をもった詩人となった。

彼は直ちにフリーマン[16]とウィリアム・モリス[17]の散文に見られる、非日常的な言い回しのとりこになった。彼はまるで宝典を読むかのようにして、彼らの作品を読み、言葉の貯蔵庫を作った。彼はスキートの語源辞典[18]を何時間も読み耽った。彼の精神には最初から、不思議なものをやすやすと受け入れる子供じみたところがあったが、全く何気ない会話で催眠術を掛けられたようになることがしばしばあった。達者に言葉を使っている人が、言葉の価値について無知でいられるのが彼には不思議だった。そして、少しずつこの人生に対する侮辱が彼の上に威力をふるうようになるにつれて、彼は理想化のとりこになっていった、全くとんでもない人類の伝統である。この現象は彼には容易ならぬものに思えた。人びとは卑劣な共同謀議に名を連ね、運命の女神は軽蔑して、彼らのためにその価値を下げたと考えるようになった。彼は自分にはそのような値引きを望まず、昔ながらの条件で運命に仕えることを選んだ。

大学に英文構成法の特別演習の授業があり、スティーヴンが初めて有名になったのはこのクラスであった。英語のエッセーは彼にとって一週間の重大な関心事のひとつであった。彼のエッセーはいつも非常に長く、『フリーマンズ・ジャーナル』の論説委員でもある教授は[19]、いつもそれを最後まで残していた。スティーヴンの英文の文体は、古語だけでなく廃語に対しても強い思い入れがあり、あまりにも安易に修辞に頼るきらいがあったが、表現に荒削りの独創性といったものがあり一目置かれていた。彼は自分のエッセーで述べたり、暗示したりする大胆な言葉を平気で持ち歩き、謎めいた態度[20]を作り上げるのに夢中になっているあいだに、それらをとっさに防御手段として投げつけた。青年にはもうひとつの危機があると知らされていたので、その衝撃に備える準備をしたかった。そんな曲芸を演じていたので、彼は、若者が一般に抱く以上の関心をもって、暇つぶしとしては認められるかもしれないような理論にのめり込む、平衡感覚が欠落した青年と思われるようになった。バット神父にはこれらの異常な傾向の出現が逐一報告されていたので、ある日のこと彼はスティーヴンに「さぐりをいれる」目的で話しかけてきた。バット神父はスティーヴンのエッセーを大いに褒め、それらすべてを英文構成法の教授から見せてもらっていると言った。彼はこの青年を激励し、やがていずれはダブリンの新聞や雑誌に寄稿するようになるだろうと言った。スティーヴンは、この激励は親切心から出たのは確かではあるが、間違っていると思ったので、彼の理論について滔々と説明し始めた。バット神父はそれに耳を傾け、モーリスより快くそのすべてに同意した。スティーヴンは自分の理論を確信をもってはっきりと述べ、彼が文学的伝統と呼ぶものの重要性を力説した。言葉には文学的伝統で認められている価値と、日常の世界で認められている価値——堕落した価値——があります、と彼は言った。言葉は人間の思考を受け入れる器にすぎず、文学的伝統において、言葉は日常の世界で受け取る以上の価値ある思想を獲得する。バット神父はチョークで汚れた手で顎をなで、うなずきながらこれらすべてを熱心に聴いていたが、スティーヴンは伝統の重要性をよく理解しているようだと言った。スティーヴンは彼の理論を説明するためにニューマン[21]の語句を引用した。

——ニューマンは例の論文で次のように言っています、と彼は言った。言葉は文学的伝統に従って使われるとき、完全な価値を有するものである。一般の使用において、つまり、日常の世界において言葉は全く異なった価値、堕落した価値をもつ。「先生、僕は先生をお引き留めしていなければよいのですが[22]」。

——いや、いや、そんな心配はいりません！

――そうではないのですよ……

――あ、なるほど、ディーダラス君、分かりました……君が言わんとすることがよく分かりました……「引き留める《ディティン》」ね……

こんなことがあった翌朝、バット神父は親切にもスティーヴンの独白に答えてくれた。それは身を切るような、冷え冷えとした朝で、ラテン語の授業に遅れたスティーヴンがぶらりと物理学の階段教室に入って行くと、バット神父は炉床に膝をついて大きな暖炉に火を熾そうとしているところだった。(23)彼はきれいに新聞を捩り、それを石炭と薪のあいだに注意深く並べていた。神父は彼の作戦計画を説明しながら、パタパタと火を煽ぎ、消えそうになると、チョークで汚れたスータンの奥のポケットから三本の穢い蝋燭の燃えさしを取り出した。これを方々の風穴に投げ込み、勝ち誇ったようにスティーヴンを見上げた。先生はめくれた新聞の先にマッチを点けた。するとやがて二、三分もしないうちに石炭が燃え出した。

――火を熾すのも一種の芸術なのですよ、ディーダラス君。

――その通りだと思います、先生。きわめて有益な芸術です。

――なるほど、有益な芸術ね。有益な芸術と文学的な芸術とを分けなければならないというわけですね。

バット神父はこう言って、炉床から立ち上がり、ほかに仕事があるからと立ち去った。スティーヴンは燃え上がる炎を見つめ、蝋燭の燃えさしが瞬く間に溶けていくのと牧師の非難めいた仕草について考えているうちに、物理学の授業が始まる時間になった。

この問題はすぐには解けなかったが、少なくともその芸術に関する部分は何の疑問もなかった。授業で『十二夜』を読んでいたとき、バット神父は何の説明もなしに道化のふたつの歌を飛ばした。スティーヴンは、その歌に注目してもらおうと思って、大まじめにそれは暗記しなければならないのかと尋ねると、バット神父はそんな問題が試験に出ることはありえないと言った、

——道化はこれらの歌を公爵のために歌っているのです。当時は貴族が道化にそのような歌を歌わせるのが習慣でした……娯楽が目的です。

バット神父は『オセロ』を、よりまじめに取り上げ、この劇の教訓は嫉妬の情についての実物教育である、とノートに記すように命じた。シェイクスピアは人間性の深淵を覗き込んで、さまざまな情念にもてあそばれる男女を戯曲に載せ、それらの情念の道徳的結末をわれわれに示している。われわれはこれらの人間の情念の葛藤を見て、われわれ自身の情念が劇によって浄化されるのである。シェイクピアの戯曲は、あるはっきりとした道徳的な力をもっており、『オセロ』は最も偉大な悲劇のひとつである。スティーヴンは、こんな授業を身じろぎもせずに聞いているように訓練されていたが、同時に、『オセロ』には下品な表現が無数にあるという理由から、学長がこの劇を観にゲイエティ劇場に行く許可をふたりの寄宿生に与えなかった、(24)という噂を思い出しておかしくなった。

スティーヴンの内心にひそむ怪物は、いまでは勝手にあるまじき振る舞いをするようになり、ほんのちょっとの挑発で血の雨を降らすのも厭わないほどだった。日中のほとんどすべての出来事が、彼を駆り立てる突き棒で、彼を常識の枠のなかに閉じ込めておくために知性はひどい苦労を強いられた。しかし、早くも思い出となりつつある、あの宗教的熱意の挿話は、(25)外観的には自己抑制とも取れるようなものを生みだす結果となり、いまとなってはそれがきわめて有効な手段であることが分かった。それに自分の問題は自分で解決しなければならないことくらい十分承知していたので、彼にとって沈黙はいたって軽い苦行であった。彼は誹謗中傷をい

ちいち取り上げ、他人のことを無遠慮に詮索する気がなかった。しかしそれがかえって本気で戦いを構える時の助けとなり、彼には英雄にふさわしいオーラが欠如していたわけでもなかった。[26]すでに彼は、あの熱病に罹ったように神性のとりこになっていた当時、幻滅させずにはおかないものたちに出会っていたが、慈悲のおかげで、そのなかに入り込むことを拒絶した。そのような衝撃は彼を宗教的情熱の息もつけない高まりから屈辱的な内省に突き落していたので、献身的勤行はせいぜい一時の慰めくらいの役にしか立たなかった。[27]彼がその程度の慰めにも飢えていたのは、新しい環境に慣れるのにひどく苦しんでいたからだった。彼は学友に話しかけることはほとんどなく、何の関心も感慨もなく、ただ黙々と授業に出ていた。毎朝、寝床から起きて朝食のために下へ降りていった。[28]食事が終わると町の中心へ行く電車に乗り、屋上席の最前列に座り真正面から風を受けた。彼はアミエンズ通り駅[29]で電車を降りた。ネルソン塔停車場[30]まで乗り継がなかったのは、都会の朝の生活に加わりたかったからだった。朝の散歩は楽しかった。彼を追い越して商業の煉獄へ急ぐ者たちのなかに、知り合いはいなかったので、彼はぐいぐいとその醜悪な動因の中心へと突き進んでいった。スティーヴンズ・グリーン公園に着いて、はるか向こう側に大学のさえない校舎[31]を見ると、彼はいつも不快な気持ちになった。

こうして首都の道路を歩きながら、彼は絶えず目と耳をそばだて、さまざまな印象を吸収していた。彼の宝庫に蓄えるべき語はスキートの語源辞典のなかにだけあるのではなかった。たまたま通り過ぎる商店、広告、ゆっくりと重たい足取りで歩く群衆の話し言葉のなかにもあった。彼はそれらの言葉を口のなかで何度も反復しているうちに、やがて彼を魅了した瞬間的な意味がなくなり、なめらかに発音できるようになった。いままでは最大の地獄――別な言い方をすると、そこでは全てが当たり前に見える領域――とみなすようになったものに、仮にも同意することに対して魂と肉体のあらゆる力を総動員して戦うと誓った。そして、言葉が芸術家に無作法な仕返しをしないかぎり、沈黙を学び取った芸術家のなかに、以前は沈黙の戒律に従って言葉に細心の注意を払っていた聖者をきっと見いだすことができると思った。いくつかの語句が説明を求めて浮かんできた。拝領の秘蹟《ユーカリスト》が訪れるのを待っていなければならない、そしてそのような時が来たらその語句を普通の意味に移し替えるのだ、と彼は自分に言い聞かせた。彼は、拝領の秘蹟が待ち望めるような沈黙の家を自分のために建てるために、昼も夜も金槌を打ちふるい続けた。昼も夜も、初穂とすべての和解のいけにえを集め、それらを彼の祭壇にささげ、燃え盛る満足のしるしが下るようにと、大声を張り上げて祈った。教室で、静まりかえった図書館で、ほかの学生と一緒にいる時に、その場を立ち去り、ひとりになれという命令が突如として聞こえた、耳の鼓膜そのものを震わせる声、神々しい大脳の生命に飛び込んでくる炎。そうすると彼はその命令に従って、通りをひとりで行ったり来たりするのだった。短い祈祷を矢継ぎ早に唱えることによって、希望を白熱状態に保ち、やがてもうこれ以上歩き回っても仕方がないと分かると、慎重に張りつめた緊張感をもって、無意味な語や句をつなぎ合わせながら、慎重に張りつめた足取りで家路に就くのだった。(32)

第十六章

　教皇選挙期間において、神聖な大学の高貴な人びとは、その時期のスティーヴンほど良心的な隠者ではなかった。彼は盛んに詩を書いた。ほかによりましな工夫が思い浮かばなかったので、彼の詩は彼にとって悔悛者と聴罪司祭の役割を兼ねることになった。彼は詩のなかに彼の心的状態の最も捕捉しがたいものを表現しようとして、単語と単語を組み合せるのではなく、文字と文字を組み合せて詩を書いた。彼は文字が表す音価についてブレーク(1)とランボー(2)を読み、原始的感情を表す叫び声を構成するために五つの母音を組み合わせたり、置き換えたりしてみた。以前のいかなる情熱も、現在の情熱におけるほど、全身全霊を捧げたことはなかった。いまでは修道僧は彼にとって芸術家の半分の値もないように思われた。たとえどんな簡単な思想でも完全に表現したいと思うなら、芸術家は絶え間なくその技を磨かなければならない、と自分自身に言い聞かせた。霊感は瞬間ごとに前金で支払われなければならないのである。「詩人は生まれるものであって、作られるものではない」という格言に真理が含まれているとは思わなかったが、少なくとも「詩は作られるのであって、生まれるのではない」という言葉には真実があると確信した。バイロンはワードローブを着ていても、蛇口から水があふれ出るように労せずして詩を書いたという中産階級の詩人観は、審美的問題に関する最も通俗的な判断に特有のものである、とスティーヴンには思われ、「孤立は芸術的経済の第一原理である」(3)とまじめくさってモーリスに言って、この考え方に根底から反対した。

スティーヴンは青年にありがちな生半可な芸術愛好家の気持ちで芸術に係わったのではなく、森羅万象の有意義な中心に深く分け入りたいと思った。人類のいにしえに立ち返り、長頭龍が汚泥の海から姿を現すのを目撃した人のように、芸術の誕生に立ち会いたかった。恐怖と歓喜と驚異の何気ない叫び声に、すべての歌の先駆けである櫂を引く男たちの野蛮なリズムを聞き、野蛮人の粗雑な落書きや偶像に、ダ・ヴィンチ[4]やミケランジェロ[5]につながる遺産を見るようだった。そして彼は、これらすべての混沌たる歴史と伝説、事実と想像の上に秩序の一線を引き、過去の深淵を図表にして整然と表したかった。参考になるからと勧められる論文は、どれも取るに足らないつまらないものに思われ、レッシングの『ラオコーン』[6]には腹が立った。どうして世間の人はこんな空想的な一般論を重要な貢献と認めることができるのか不思議だった。太古の芸術が塑像的で、現代芸術は絵画的であることを認める芸術家ならば、もう少し確実なことが言えたろうに――この文脈で、太古の芸術とはバルカン半島からペロポネソス半島のあいだの芸術を意味し、現代芸術とはコーカサス山脈から大西洋のあいだで、神聖な領域を除く、すべての場所の芸術を意味する。スティーヴンは「ギリシャ」と「古典」とを交換可能な言葉であると考えるような批評家に対する激しい軽蔑に苛まれ、抑えきれない怒りでいっぱいになっていたので、バット神父がその週の宿題に『オセロ』を選んだとき、翌週の月曜日、彼はこの「傑作」に対する長い単刀直入な抗議文を提出した。クラスの学生たちはげらげら笑ったが、スティーヴンはその笑い顔を傲慢に見下し、沈水性の爬虫類のことを考えた。

彼の理論に耳を貸そうとする者は誰もいなかった。誰も芸術に関心を持っていなかった。大学の学生たちは芸術をヨーロッパ風の悪徳とみなし、「もしわれわれに芸術が必要なら、題材は聖書に山ほどあるではないか？」という意味のことを言った――彼らにとって芸術家とは絵を画く人のことだった。学生が試験または将来の「就職先」以外のことに興味を示すのは、悪い徴候だった。芸術について語ることができるのは結構には違いないが、実際には芸術はすべて「腐敗しており」、その上おそらく不道徳であった。彼らは芸術家の仕事部屋《アトリエ》について知っていた（少なくとも、うわさを聞いていた）。この国はそんなものを必要としないというのである。美だの、リズムだの、審美哲学だのと言っても――そんな立派な話の陰に何が隠されているか、彼らはすべて知っていた。ある日のこと、図体の大きい、田舎くさい学生がスティーヴンに近づいてきて尋ねた、

――あのー、君は芸術家ではないのですか？

スティーヴンは答えに窮して、この観念に無縁な青年を凝視した。

――だって、芸術家なら、どうして髪を長く伸ばしていないのですか？

周りにいた二、三人の者たちがその言葉に笑い、この青年の父親は彼をどういう教養ある職業に就かせようとしているのだろうか、とスティーヴンは思った。

周囲の者たちを無視して、スティーヴンは懸命に勉強を続けた。呪われているのは彼らの方だと想像していたので、よりいっそう熱心に勉学に打ち込んだ。彼は人間社会の小宇宙のすべての行為と思想を自分という一点に集中して考えていたが、それは後に救済者と呼ぶようになる、あの根深いエゴイズムの一部であった。少年の精神がこれほど術策に長じているのは、それが中世的だからなのだろうか？　おそらく最も効果的な治療法は、野外スポーツ（あるいは頭脳の世界でそれに相当するもの）かもしれない。アングロサクソンの教育者は、どちらかというと強健な体力を必要とする野蛮な制度を好んだ。しかし、この途方もない理想家にとって、

帯を締め、長靴を履いてぶつぶつ小言を並べる化け物は御免蒙るとして、負けるのを承知で選んだ戦場での戦争ごっこは、公平を欠いていたとしても、それほど滑稽ではなかった。急速に固まる泥壁に隠れて、感受性の鋭い男は答えた、「敵の者どもよ、狩りのあと、束になって、まろびつ、嗅ぎつつ、高地まで来るがよい。そこには彼の陣地がある。彼は煌めく鹿の角をものともせず、彼らに軽蔑を投げつけた」。(7)

全く直感的に何かが始まるのが感じられた。何かの動きがもうすでにヨーロッパで芽ばえているのに気づいた。彼はこの「ヨーロッパで」という言葉が好きだった。なぜならそれはこの島国の住民たちの足下に、無視できない世界地図を広げるような気がしたからだった。スティーヴンにとって世界はバット神父の学生が考えるようなものではなかった。彼は必要不可欠という名の警告を必要としなかったし、生活の礎石といわれる礼儀作法に対する敬意も持ち合わせなかった。彼は粉みじんに砕ける社会のただ中で名声を享受している謎めいた人物だった。彼の学友たちはどこまで彼と危険を共にしてよいか分からなかったし、教授たちは彼の真剣な態度をどんな規則違反でも許される鑑札に等しいものと考えるふりをした。彼としては、純潔は不自由千万であるのが分かっていたので、こっそりと棄てられ、放埓な生き方を知らないわけではない(という噂の)学友たち数人との交友を楽しんだ。ベルヴェディアの校長には、その当時、大学生の弟がいた。ある晩のことゲイエティ劇場の天井桟敷で(スティーヴンは天井桟敷の「常連」であった)、ベルヴェディア出身で同じ大学の学生である別の男が、卑劣な噂をスティーヴンに告げた。

——やあ、ディーダラス。

——どうした?

——マクナリー(8)の奴、弟に出会ったら、どういう顔をするか楽しみだ——大学に弟がいるのを知っているだろう？

――知っているけど……

――このあいだ、スティーヴンズ・グリーンで売女と一緒だった。見物だぜ、マクナリーがそれを知ったら……

情報屋は言葉を濁した。それからしばらくして、暗示が過ぎたのを恐れ、その道の通を気取って本気で付け足した、

――もちろん、女は……どうでもいいのだ。

毎晩、お茶が終わるとスティーヴンは、モーリスを従えて、家を出て町に繰り出した。兄は巻き煙草をふかし、弟はレモンドロップを食べた。このような動物的な逸楽の助けを借りて、ふたりは長い道程を哲学の議論で紛らした。モーリスは油断も隙もない人間で、ある晩、彼はスティーヴンにふたりの会話を日記(9)に付けていると言った。スティーヴンは日記を見たいと言ったが、モーリスは一学年の終わりになれば、そのための時間が十分にあるだろうと言った。兄も弟も将来のことについては全く疑念を抱いていなかった。彼らはふたりとも好奇心に満ちた、率直な目で人生を見ていた（モーリスは自然と視力に欠陥があるスティーヴンの補佐役を果たしていた）。そしてふたりとも、十分な忍耐力さえあれば、世間で神秘的といわれているものについて正しい理解に到達することができると思っていた。毎晩の散歩の途中で難解至極な議論が交わされ、モーリスは、大胆にも壮大な審美哲学を築き上げようとしているスティーヴンを助けた。彼らは互いにはっきり物を言う間柄で、スティーヴンは異議を唱える役にモーリスは打って付けだと思った。図書館の門まで来ると、よく立ち止まって議論のある部分に決着をつけた。時には議論が長引いてしまい、本を読むために入館するにはあまり

にも遅くなり、クロンターフ[10]の方に向きを変え、来た時と同じように議論しながら帰ることもあった。スティーヴンは、さんざんためらった挙句、彼の詩の最初の成果をモーリスに見せると、モーリスはこの女性は誰だと尋ねた。スティーヴンは答えるまで、しばらくのあいだ、ぼんやりと前方を見ていた。そして結局、誰か分からないと答えざるをえなかった。

この無名の女性にいままでは定期的に詩が献げられていた。そして、これらの詩でスティーヴンが賛美することに決めた愛の悪夢は、じめじめした紫色の霧の季節となったこの世界の上に、いまや文字通りのしかかっているようだった。彼はもうすでに彼のマドンナを見捨てていた。約束を反故にし、彼の小さな世界からきっぱりと身を引いていたので、彼の孤独が、若い男にありがちな情熱の熱狂的な爆発へ、寂しさの爆発へと彼を突き動かしたとしても特に不思議ではなかった。精神のこのような特性は、その症状がはっきり現れるようになると、(矯正不能の場合)デカダンスと呼ばれるものであるが、世間一般について言えば、人生の移り変わりは堕落を通して見るより仕方がない。しかし、彼にはそのような移り変わりは耐え難く、人生はどんな共通の間柄でも、耐えられないほど苦痛に思われるような時がしばしばあった。そしてそのような時、彼は何ものにも祈らず、何ものをも嘆き悲しまなかった。ただ甘美な沈みゆく意識のなかで、もし死が訪れるとしたら、無名の女性の腕に抱かれている時にそれは訪れるだろうと思った。

震える恐怖で目覚めるあけぼのは
　なんと青白く、冷たく、露わなのだ!
白き腕よ、かい抱く腕よ、しっかり抱いて

わたしを隠してほしい、その重たい髪で！
人生は夢の夢、青春は終わり
　応答頌歌も唱えられた。
わたしたちは光と偽りの太陽を後に
　暗い死の荒地へ行く。

スティーヴンの大学の出席は次第に不規則になっていった。毎朝、彼は同じ時刻に家を出て、電車で町の中心に向かったが、いつもアミエンズ通り駅で電車を降り、歩いて行った。そして二回に一回は、大学の抑圧的な生活に入らずに、市民生活を示す取るに足らない徴候の後について行った。こうして彼は、ほとんど疲れを感じずに、しばしば一気に七、八時間も歩くことがあった。じめじめしたダブリンの冬が、内心の優柔不断と調和するようだった。女のつまらない挑発に乗って、曲がりくねった未知の通路を通って行くことは全くなかった。あの捕捉しがたい人のすばやい動きについて行けなかったのと同じくらい冷めていた。あの人はどんな人だったのか？　愛の怨恨を持たない愛の腕、朝の山々に駆け上る笑い声。あそこに一時間もいれば言葉では言い表せない人に出会えたのかもしれない。そして少しでもそれに近づいた瞬間に、心臓が震えたとしたら、若々しく情熱的に叫ぶだろう、「そうだ！　そうだ！　僕が考える通りの人生だ」と。彼はイエズス会の使い古された金言を断固として一蹴し、イエズス会士は絶対に自分の上に権勢を振るってはならないと誓いを立てた。彼はいかなる学問も芸術も品位もない上流文化の世界――取るに足らない陰謀と、取るに足らない勝利の世界——を一蹴した。とりわけ彼は老衰した青年との交際を一蹴した——そして彼らが彼と欺瞞の契約を結ぶことのないようにと誓いを立てた。立派な言葉だ！　立派な誓いだ！　と彼は周囲の反対を物ともせず勇敢に、熱狂的に叫んだ。歓喜が一休みするとき、出しぬけにダブリンが彼の肩に手を置くことがしばしばあり、召喚の悪寒が彼の心臓を貫くのだった。ある日のこと、フェアヴュー[11]を通って家路に就いていたとき、じめじめした海辺に続く道路の分岐点に大きな犬が横になって、時々、湿った大気に鼻面を上げ、長く引き延ばした哀れな遠ぼえをあげていた。歩行者用の小道に人が集まり、犬が鳴くのを聞いていた。スティーヴンが人の輪に加わり同じようにしていると、やがて雨が降り始めた。彼は背後に異様な悲嘆の声を聞きながら、どんより曇った空に見守られ、黙々と帰路に就いた。[12]

若者が孤独を求めれば求めるほど、社会はその目的を妨害しようとするのが常である。大学では彼はまだ一年生であったが、ひとかどの人物とみなされており、彼の理論は取るに足らない習作ではあったが、意味がないわけではないと思っている人が大勢いた。スティーヴンはほとんど講義に出ず、予習もせず、期末試験には欠席した。このような奇行は咎められなかっただけでなく、彼は疑いもなく典型的な芸術家タイプの人間で、あの得体の知れない連中の流儀に従って、自分自身を教育しているのだと思われているようだった。アイルランドの国民的な大学に諜報部がないと考えるべきではない。大学には全国的な信仰復興主義者たちの盟約支部があっただけでなく、そのほかにも方々に独自の思想を唱える学生たちがいて、大なり小なり学友たちに黙認されていた。例えばマキャン[13]という名のまじめなフェミニストの青年がいた——偉そうにキャバリア髭をはやし、射撃用のスーツを着て、ずけずけ物を言う活発な人物で、『レヴュー・オブ・レヴューズ』の愛読者だった。大学の学生たちは、マキャンが好意を寄せる思想がどのような性質のものであるかを理解しようとせず、彼を

「ニッカーボッカーズ」と呼べば、その独創性に十分に応えられると思っていた。大学弁士と呼ばれる学生――卒業式などで在校生を代表して演説する大学にとって重宝な青年――もいた。クランリー[14]も個性的な学生だったし、マッデンは早くも愛国主義者たちの団体のスポークスマンとみなされていた。スティーヴンは有名な変人という地位を占めていると言われているようだった。彼が愛読しているといわれる作家の名前を聞いたことのある者はほとんどいなかったし、知っていたとしても、気違いくらいにしか思っていなかった。同時に、スティーヴンの態度は、すべてに対してあくまでも超然としていたので、彼は完全に健全な精神を保持し、りっぱに誘惑に打ち勝っていると思われていた。人びとは彼に敬意を払い、家に招待し、まじめに応対するようになった。彼の理論はあくまでも理論にすぎず、それにこれまでのところ法律を犯したわけでもなかったので、大学公認の文芸クラブのひとつである文学歴史協会で論文を発表するようにと丁寧に勧誘された。その日は三月の終わり、論文の題目は「演劇と人生」[15]と決められた。多くの人が拒絶の危険を冒して、この若い変人に話をさせようと試みたが、スティーヴンは尊大な沈黙を守っていた。ある晩、パーティーからの帰り道、ひとりのダブリンの新聞記者――彼はその晩、この非凡な才能の持ち主に紹介されていた――が、スティーヴンに近づいてきて、型通りの挨拶をすませると、ためらいがちに言った、

――先日、例の作家の本を読んでいた……君は彼をどう評価するかね……メーテルリンク[16]を……知っていますね？

――ええ。

――私が読んでいたのは、『闖入者』という題だったと思うけど……すごく……奇妙な劇……

スティーヴンはこの男とメーテルリンクについて話したくなかった。また一方で、彼の言葉も調子も意図も

すべて沈黙に値したのだが、沈黙で相手の気持ちを害したくもなかったので、相手の親切心に報いるために適当な、どっちつかずの陳腐な表現はないかと、急いで心のなかに探りを入れた。やがてスティーヴンは言った、

——あれは舞台に載せるのは難しいでしょう。

メーテルリンクの劇が彼に与えた印象は、これ以外の何ものでもなかったようで、新聞記者はこのやりとりですっかり満足した。彼は確信をもって同意した、

——全く、その通り!……不可能に近い……

心のなかで何よりも大切にしていたものをこんな風に言われて、スティーヴンは激しく傷ついた。この当時スティーヴンは彼の人生でいつまでも残る影響に悩まされていたことを、単純、率直に言っておかなければならない。彼の知性が醜悪で欺瞞に満ちた詳細な記述で逐一彼に示す世界の姿は、いまでは当然ながら英雄的な段階に達していた内心の怪物が示す、もうひとつの世界の姿と並置され、彼はしばしば突然の絶望感に襲われ、それはただ憂鬱な作詩でわずかに和らげられるだけだった。彼はもう少しでこれらふたつの世界は互いに無関係であると断定するところだった——いかに擬装しようと表現しようと、厭世主義の最たるものである——そんなとき、ほとんど入手不能な翻訳を介してヘンリック・イプセン(17)の精神に出会った。彼は一瞬のうちにその精神を理解した。何年か前、英語版のルソー伝(18)でひどく謎めいた弁解がましい出来事を読んでいたとき、これと同じ一瞬の覚醒を経験したことがあった。若い哲学者は女主人のスプーンを盗み、よりによって彼が「真理」と「自由」について格闘を始めるという時に、召使の少女に窃盗事件を告発させたのである。あの時ひねくれた哲学者に起こったのと同じことが、いま彼の身に起きた。イプセンは弁解者も批評家も必要としなかった。ノルウェーの老詩人の精神と不安な若きケルト人の精神が、輝かしい同時性の一瞬に出会った。スティーヴン

は何よりもその芸術の歴然たる優秀性に魅了された。そしてこの領域の知識は、もちろん、全く微々たるものであったにもかかわらず、世界の劇作家のなかでイプセンが最初であると断言するようになるのに、あまり時間はかからなかった。インド、ギリシャ、中国の翻訳劇のなかに僅かな期待、または試みがあった。フランスの古典劇と英国のロマンス劇により微かな期待と、より不首尾に終わった試みがあった。彼を魅了したのは、その優秀性だけでなかった、彼がこの上もなく喜ばしい精神的挙手の礼をもってうれしく迎え入れたのは、それだけではなかった。それは、この芸術家の非個性的な態度の背後にうごめいていると感じられたイプセン自身の精神そのものであった。誠実さと少年のような勇気、迷いから目覚めた矜持、細心でわがままなエネルギーに満ちた精神。[19] 世界はいかなる方法であろうと好きな方法で自ら自身を解決させよ。世界の推定上の創造主はいかなる過程であろうと彼にとって正しいと思われる方法で自らを正当化せよ。この答えを超えて何人も人間の態度の尊厳性を一歩たりとも前進させることはできないであろう。シェイクスピアあるいはゲーテ[20]のなかにではなく、ここにヨーロッパの最初の詩人の後を継ぐ者がいた。ここに、そのような目的のためだけになら、ダンテ[21]におけるように、ひとりの人間の個性と、それ自体ほとんど自然現象ともいうべき芸術家の態度とが合体していた。そして時代の精神は、かつてフローレンスの人とひとつになったよりもたやすく、ノルウェー人とひとつになった。

大学の学生たちはイプセンが何者かほとんど全く知らなかったが、方々で聞きかじったことから、イプセンとは教会の秘書が『禁書目録』に載せるような、無神論の作家のひとりに違いないと推測した。このような大学でそんな名前が語られるのを聞くのは珍しいことであったが、教授たちが先頭に立って糾弾しなかったので、学生たちは待っている方が得策だと結論を下した。やがて彼らは事の重要さが何となく分かってきた。多くの者たちがイプセンは不道徳ではあるが、偉大な作家だと言い始め、そしてある教授が昨年の夏、休暇でベルリンを訪ねたとき、当地の劇場で上演されていたイプセンのある劇が大々的に取り上げられていたという話が広まった。スティーヴンは、試験のために勉強するのではなく、デンマーク語の勉強を始めていた。このことが拡大され、彼はデンマーク語の有能な研究者だという噂に発展した。この青年は、そんな風評が利益を生むのを機敏に感じ取っていたので、あえてそれに反対しなかった。彼は、こういう連中は心のなかで彼を無神論者として恐れているのだと思って内心ほほえみ、彼らが信仰心と思い込んでいるものの実体に呆れた。バット神父はいろいろなことを彼に教えてくれたし、スティーヴンは自ら新しい秩序の先駆者になるのが全く不愉快ではなかった。彼は興奮して話すことは決してなかった、いつも冷静で、議論がどちらの側に傾こうが、一向に構わないといった様子で議論に加わっていたが、同時に論点を見失うことはなかった。イエズス会士とその信者たちは互いにこう言っていたようである、若者の上辺ばかりの独立心はよく知っている、すぐに権力に屈する愛国主義者のこともよく知っている、しかしおまえはいったい何者なのだ、と。彼らは自分たちの弱点を斟酌して、彼に盛んに媚びへつらった。スティーヴンはどうして彼らが彼の機嫌を取ろうとするのか理解できなかった。

ある日のこと、そういう騒ぎがあった後で、バット神父は言った、

——ええ、その通りです、なるほど……君が言わんとすることがよく分かります……それはもちろんツルゲーネフ[22]の劇に応用できるのですね?

スティーヴンはツルゲーネフの小説や物語の翻訳を読み、賞賛していたので、声に誠実な調子をたたえて尋ねた、

──彼の小説のことをおっしゃっているのですね？

──小説、そうです、バット神父はすばやく言った。……彼の小説、確かに……しかしもちろんあれは劇です……そうですよね、ディーダラス君？

当時、スティーヴンはよくドニブルックのある家[23]を訪ねていた。その家の雰囲気は自由な愛国主義と正統的研究をひとつにしたようなものだった。その家には結婚適齢期の娘が何人もいて、若い学生の側に婚約を申し出る兆しが少しでもある時には、必ずこの家から招待状が届いた。若いフェミニストのマキャンは訪問客の常連だったし、マッデンも時々訪れていた。この家の父親は、週日の夕方には、もうすでに成人になっている息子たちとチェスを楽しみ、日曜日の夕方にはトランプのゲームや音楽の演奏に加わる年配の人だった。音楽はスティーヴンの役目だった。部屋に古いピアノがあり、一座の者たちがトランプに飽きると、娘たちのひとりが笑顔を浮かべながらスティーヴンに近づき、彼の美しい歌をいくつかみんなに歌って聞かせてください、と頼むのだった。ピアノの鍵盤は擦り減っていて、時には音が出ないこともあったが、音色は甘くやわらかで、スティーヴンはよくピアノの前に座り、慇懃で、疲れ果て、音楽などどうでもよいと思っている聴衆を相手に、[24]彼の美しい歌を歌った。その歌は、少なくとも彼にとって、本当に美しかった──英国の古い田舎の歌やエリザベス朝時代の優雅な歌。これらの歌の「教訓」は時として疑わしいもので、スティーヴンの耳は直ちに、歌の後に続く喝采のなかに保留の響きが混じっているのを捉えた。愛想のよい娘たちは、古風で趣のある曲だと言った。ダニエル氏はスティーヴンが彼の声を正当に評価してほしいのなら、オペラの音楽を歌うべきだと言った。この人たちと彼自身のあいだに共感は完全に失なわれていたにもかかわらず、スティーヴンはそのなかで非常に居心地がよかった。彼は言われるがままにすっかり「くつろいで」長椅子に座り、指先で馬の毛の塊を数えたり、会話に耳を傾けたりしていた。若い男たちとこの家の娘たちは、ダニエル氏の監督下でほどほどに楽しんでいたが、ゲームの進行の途中で芸術的なことに話題が及ぶたびに、スティーヴンは自己中心的なユーモアをもって、自分がいることによって男女間の作法が守られているのだと想像した。彼はある青年の如才ない顔に真剣な表情が浮かぶのに気づいた。彼は娘たちのひとりに何気ない質問をしなければならなかった。

——僕の番だと思うけど……そうだね……いいかい……(ここで彼はこれまでまる五分間げらげら笑っていたのに、これ以上まじめになれないというほど真顔になった)……君が好きな詩人は誰ですか、アニー?

アニーはしばらくのあいだ考えた。話題が途切れた。アニーとその青年は同じ授業に出ていた。

——……ドイツ人で?

——……そうだよ。

アニーがまたしばらくのあいだ考えた。そのあいだみんなは答えを待っていた。

——ゲーテ……だと思うわ。(25)

マキャンはよく真っ先にジェスチャーゲームをやろうと言い、一番乱暴な役を買って出るのが常だった。ジェスチャーゲームはとてもおもしろく、みんな上機嫌でそれぞれの役を演じ、スティーヴンもほかの者たちと同じくらい上手にやった。スティーヴンが彼の役を落ち着いて慎重に演ずるのとは対照的に、マキャンは大騒ぎで彼の役を演ずるので、それが受けて、ふたりはよく一緒に「選ばれた」。スティーヴンはこんなジェスチャーゲームに少しうんざりしていたが、マキャンは人間の肉体的健康のために娯楽が必要であるという意見の持ち主で、熱心にゲームのまとめ役を務めていた。この若いフェミニストの北部訛りが絶えず笑いを呼び、キャバリア髭をはやした彼の顔は、厚かましい、しかめ面を作るのに全く打ってつけだった。大学ではマキャンは、その「思想」のために決して受け入れられなかったが、ここではこの家の内輪の生活に溶け込んでいた。この家では若い訪問客を少し早くクリスチャンネームで呼ぶのが習慣だった。スティーヴンはその贈り物を勘弁してもらったが、マキャンは「フィル」以外の呼び名で話されることは絶対になかった。スティーヴンは、活発な彼の名前と活発な彼の態度とを、

さあ酒を注げ、カップいっぱい、ブリキ缶いっぱいに(26)

という歌の響きで意味もなく連想して、彼をよく「ボニー・ダンディー」と呼んでいた。

夕方の集まりが男女間の真剣な様相を帯びてくると、ダニエル氏はいつも一同に何か朗読をするように提案した。ダニエル氏は以前ウェックスフォードの劇場で支配人をしていたことがあり、国中の一般集会で演説した経験があった。彼は、注意を集中して静かにしている聴衆に向かって、国民的演説を厳しく、感情に訴える口調で朗読した。娘たちも朗読した。このような朗読のあいだ中、スティーヴンの目は朗読者の頭の真上に懸かっている聖心の絵から動かなかった。ダニエル家の娘たちは父親ほど堂々としていなかった。彼女たちのドレスは、どちらかというと野暮ったかった。(27)キリストだって、安物のプリント地の服から、もう少しはっきり胸を見せているというのに……スティーヴンの思考はいつもこれら一対のむなしいものに魅了され、心地よい昏迷に陥るのだった。議会のジェスチャーゲーム(28)をよくやった。ダニエル氏は数年前、県議会議員を務めていたので、それを理由に議長役を演じさせられた。マキャンはいつも反対党の議員の役で、あからさまな攻撃を

行った。するとそれに反対する議員役がいて、国会討論をまねた芝居になった。

——議長、発言を許してもらおう……

——静粛に！　静粛に！

——諸君、あれは嘘ですぞ！

——撤回を要求します、議員。

——この尊敬すべき紳士が妨害する以前に、小職が提案していたようにわが党は絶対に……

——私は絶対に撤回しません。

——議会の秩序を守っていただくよう、尊敬すべき議員一同に懇願します。

——私は絶対に撤回しません。

——静粛に！　静粛に願います！

お気に入りのもうひとつのゲームは「名士録」だった。ひとりが部屋を出ていく。残った者たちは、その場にいない鬼が特に関心を抱いていると思われる人の名前を選ぶ。鬼は部屋に呼び戻され、ひとりずつ質問をして名前を当てなければならない。このゲームが若い男性客を困らせるためによく使われたのは、遊びに現れる挙動から、若い学生たちがそれぞれ適当な距離を置いて、ある特定の女性を心のなかで思っているのが分かるからだった。しかし、そんな裏の意味があるのに最初は驚く若者たちも、結局、ほかの参加者の頭のよさが予想外の、それでいて不愉快ではない発見を、かえって遅らせたという顔つきをして終わるのだった。スティーヴンの場合、それに相当するような巧みな暗示をみんなが考えられるとは誰も思わなかったので、彼が初めて「名士録」に加わったとき、みんなは別な手を使った。鬼になった彼が部屋に戻って来たとき、彼の質問に答えられる人は誰もいなかった。「その人はどこに住んでいますか？」、「その人は既婚者ですか、それとも独身ですか？」、「その人の年齢は？」という質問に答えられる人はその場にいなかったので、声をひそめ早口でマキャンに相談が持ち込まれた。「ノルウェー」という答えは、直ちにスティーヴンに手がかりを与え、ゲームは終了した。そしてみんなは深刻な中断がなかったかのように、また遊びに熱中した。スティーヴンはこの家の娘のひとりの隣に座り、彼女の目鼻立ちのひなびた美しさに見とれながら、彼の満足感を粉々にするのが分かっている彼女の最初の言葉を静かに待っていた。彼女の大きな美しい目はいまにも彼に身を任せるかのようにじっと彼を見た。しばらくして彼女は言った、

——どうしてあんなに早く答えが分かったの？

——みんな彼のことを考えているのが分かっていたからね。でも年齢を間違えたぜ。

ほかの者たちは聞き耳を立てていた。彼女は未知のもののあまりの広大さに心を打たれ、特別な人物と直接かかわりあいを持っている人と話ができるのがうれしかった。彼女は前かがみになって、穏やかに真剣な声で話した。

——あらそうでした。おいくつなの？

——七十歳を超(29)えている。

——そうなの？

この領域はもう十分に探検したとスティーヴンは思った。継続を促すふたつの理由がなかったら、訪問を終わりにしていたろう。第一の理由は彼の家庭の不愉快な状況で、第二の理由は新しい人物の出現で目覚めた好奇心だった。ある晩のこと、彼は馬の毛の長椅子の上で考え込んでいたとき、名前を呼ばれ、紹介されるため

に立ち上がった。黒髪の豊満な若い女性(30)が彼の前に立っていた。彼女はミス・ダニエルの紹介を待たずに話し出した、

——私たちもうお知り合いだと思いますけど。

彼女は彼と並んで長椅子に腰掛けた。彼女はダニエル家の娘と同じ学校にかよっており、いつもアイルランド名で署名をする人だと分かった。彼女はスティーヴンもアイルランド語を学び、連盟に加入すべきだと言った。その場にいたひとりの若い男が、いつものように並々ならぬ決意を顔に浮かべて、スティーヴンの肩越しに、親しげにアイルランド語の名前で挨拶して彼女に話し始めた。それでスティーヴンはひどく形式的な話し方をし、常に「ミス・クレリー」と彼女に話しかけた。彼女としては、独立国家になるためのおまじないと考える、あの包括的な計画に彼をすでに加えているようで、彼女が外套を着るのを助けてやったとき、その温かい肩のぬくもりの上に手を置くと、彼女は一瞬そのままにさせていた。

第十七章

スティーヴンの家庭生活はその時までに全く不快なものになっていた。彼の成長の方向が家の暮らしの趨勢に反していたのだった。モーリスとの夕方の散策は禁じられた。スティーヴンが弟を堕落させて、怠惰な習慣に引きずり込んでいるのが明らかになってきたからだった。スティーヴンは大学での学業の進み具合をうるさく聞かれ非常に困惑した。ディーダラス氏[1]は、スティーヴンのあいまいな答えについてあれこれ考えた挙句、息子が悪い仲間に加わるようなった、と危惧の念を口にするようになっていた。この青年には、次の試験で良い成績を収めなければ、大学生活は終わりになるだろうと引導が渡されていた。この警告にスティーヴンが特に悩まなかったのは、この点に関して彼の運命を握っていたのは、彼の教父であって、父親ではなかったからだった。彼には青春の一瞬一瞬があまりにも貴重で、つまらない機械的な努力でむだに過ごすことはできないと感じられ、たとえどのような結果になろうとも、究極の目的を最後まで追求することにした。家の者たちは、スティーヴンが努力に見合うだけの報酬を期待できる名士の道に直ちに戻り、家庭の状況を救ってほしいと思っていたのだったが、彼は家族の願いを叶えることができなかった。スティーヴンは彼らの期待に感謝した、なぜなら彼を最初にエゴイズムの塊にしたのは家族の期待であり、うれしいことに彼の生活は完全に自己中心的になっていた。しかし、彼は後に延ばすと危険につながる動きがあるのを感じた。

　モーリスは、あからさまに反抗することは兄から止められていたので、この禁制をいさぎよく受け入れた。スティーヴン自身は、ひとりで十分楽しめたし、人間的な情報経路ということに関しては、最低でも、二、三人の大学の仲間に頼ることができたので、それを意に介さなかった。当時、彼は大学の文学歴史協会で発表する論文の準備に没頭していたので、論文に破壊的力のすべてをつぎ込むために、あらゆる予防措置を講じた。学生たちが求めていたのは、自由に向かって彼らをかき立てる言葉であり、彼がトランペットを吹奏すれば、少なくとも少数の選ばれた者が自分の側に集まる、と彼は思っていた。マキャンは文学歴史協会の幹事《オーディター》をしており、スティーヴンの論文の傾向が気になるからか、ふたりはよく十時に図書館を出て、幹事の下宿に向かって議論をしながら歩いて帰った。マキャンは、恐れを知らず、ずけずけ物を言う青年であるという評判を楽しんでいたが、スティーヴンは危険地帯にしまっている事柄を、具体的な言葉で彼に打ち明けるわけにはいかないと思った。マキャンはフェミニズムと合理的生活について率直に話した。男女は早い時期から互いの影響力に慣れるために、一緒に教育を受けるべきである、女性にもいわゆる優勢な性といわれる者たちに認められているのと同等の機会が認められるべきある、女性は社会的または知的活動のあらゆる領域において、男性と競い合う権利を持っている、と彼は信じていた。彼は、また、人間はいかなる種類の刺激物も使用せずに生きるべきであり、健全な肉体における健全な精神を後世に譲りわたす道徳的義務を担っており、衣服のことについては、いかなるしきたりであろうと命令に従うべきではない、という意見を持っていた。スティーヴンはこれらの理論を矢継ぎ早の質問で穴だらけにするのを楽しんだ。

——人生の活動領域で彼女たちに閉ざされている領域はない、と言うのだね？

——絶対にない。

――軍隊、警察、消防などにも入隊させると言うわけだ？

――女性が身体的に適さない社会的義務もある。

――その通りだ。

――同時に彼女たちに適性が認められる公共の職業には、いかなるものであろうと就くことが認められるべきだ。

――医師や法律家のことだね？

――その通り。

――第三の知的職業はどうだろう？

――どういう意味だ？

――女性は優れた告解者《こっかいしゃ》になれると思うかい？

――ふざけては困るね。教会は女性が聖職に就くのを許していない。

――教会はね！

会話がこの点まで来ると、いつもマキャンはそれ以上議論を続けるのを止めた。議論が行き詰まりになってしまうのである。

――でも、君は新鮮な空気を求めて登山するのだろう？

――そうだ。

――夏には海水浴に行く？

――そうだ。

——そして、確かに山の空気も海の水も刺激物として作用する！

——自然の刺激物という意味では、その通りだ。

——不自然な刺激物とは何かね？

——中毒性飲用水のことさ。

——しかし、それだって自然の植物から成る物質で作られるのではないのか？

——そうだろうが、不自然な過程は経ていない。

——そうすると君は、醸造主は奇跡を可能にする人と思っているのだ？

——中毒性飲用水とは人工的に誘導される欲求を満たすために製造されるものだ。人間は、正常な状態において、人生にそのような飲み物を必要としない。

——「正常な状態において」と君が言う場合の人間の例を示してくれないか。

——健康で、自然な人生を営んでいる人間だ。

——君のことを言っているのかい？

——その通り。

——そうすると君は正常な人間性を代表しているわけだ？

——そうだ。

——すると正常な人間性とは近視で音痴ということになるけど？

——音痴だって？

——そうだ、君は音痴だと思うよ。

——僕は音楽を聴くのが好きだけど。
——どんな音楽？
——あらゆる音楽さ。
——君は歌の区別がつかないではないか。
——そんなことはないさ、僕にだって分かる歌がある。
——例えば？
——「英国国歌」なら分かる。
——みんなが起立して脱帽するからだろう。
——よろしい、僕の耳にいささか欠陥があるのを認めよう。
——君の目はどうだろう？
——同様に。
——それならどうして正常な人間性を代表できると言えるのだ？
——僕の人生の様式において。
——君が欲する物と様式において、それらを満足させると言うのだね？
——正解。
——君が欲する物とは何だ？
——空気と食物。
——副次的な物は何も取らないの？

——知識の習得がある。

——それに宗教的慰みも必要だね？

——きっとそうだ……時には。

——それに女性だって……時にはね？

——そんなことは絶対にない！

この最後の言葉は、顎をパシッと道徳的に閉じて、いかにも事務的な口調で発せられたので、スティーヴンは大声をはりあげて笑いだした。実際のところ、このことに関してスティーヴンは大いに懐疑的ではあったが、マキャンの純潔を信じる気になっていた、そして、彼は純潔に反感を抱いてはいたが、反対の現象を選ぶよりもそれについて考える方を選んだ。彼はそのはるか後ろでうごめいている、あの際限のない強情なものを考えると震える思いがした。

マキャンが高潔な生活を強硬に主張し、放縦を未来に対する罪だと非難するのに、スティーヴンは辟易しただけでなく苦しめられた。彼を辟易させたのは、それが強烈に家長《ペイタファミアス》を匂わせていたからであり、苦しめられたのは、自分はその役を担えないと判断しているように思われたからだった。彼はマキャン流にそれは正しくない、不自然であると考え、ベーコンの格言に頼ることにした。「子孫についての気遣いは、子孫を持たない者において最大である」。そのほかについては、未来はいかなる権利があって、いまここで懸命に努力するのを排除するのか理解できない、とスティーヴンは言った。

——それはイプセンの教えではない、とマキャンが言った。

——教えだって！　スティーヴンは叫んだ。

——『幽霊』(2)の教訓は、君がいま言っていることと正反対だぜ。

——ばかな！　君は劇を科学的記録とみなしている。

——『幽霊』は自我の抑制を教えている。

——何と言うことだ！　スティーヴンは苦しそうに言った。

——ここが僕の下宿だ、とマキャンは戸口で立ち止まって言った。なかに入らなければならない。

——君は僕の心のなかでイプセンとイーノの緩下薬を永遠に結びつけた、とスティーヴンは言った。

——ディーダラス、と幹事はさわやかに言った。君はいい人間だけど、利他主義の尊厳性と人間の個人的責任というものをまだ理解していない。

スティーヴンはどこへ行けばミス・クレリーに会えるか、自分でマッデンに尋ねることに決めていた。スティーヴンは慎重にその仕事に取り掛かった。マッデンと彼はよく一緒だったが、まじめに話をすることはほとんどなく、前者の粗野な精神は、後者の都会的性格によって強烈に影響されたが、彼らふたりは愛情に満ちた親しい関係にあった。以前、マッデンは国粋派の熱病をスティーヴンにうつそうと無駄な努力をしたことがあったので、彼の友人がそんなことを頼みにきたのに驚いた。改心の見込みがあると勘違いして、彼は滔々と正義感に訴えだした。スティーヴンは彼の批判精神に休息を命じた。マッデンが私財を投じても実現しようと努めていた望ましい共同体は、理想以外の何ものでもなかったし、マッデンを満足させるような解放は、どんなことがあってもスティーヴンを満足させるものではなかった。この島国の住民の圧制者は、彼にとって、ローマ人であってイングランド人ではなかった。圧制者の力はあまりにも深くすべての人の魂に食いこんでしまい、初めはあれほど無礼に押しつぶされていた知性は、いまではそういう無礼さを友人であると熱心に立証している。スローガンは信仰と祖国、如才なく燃えひろがる熱情の世界の神聖な合い言葉である。アイルランド人がばか正直な従順さと年ごとの供物で熱心に求める名誉は、過去も現在も決して膝を屈することがなく、公然と挑戦的態度を取っている国々に与えられるために、彼らからは慎重に差し控えられた。おまけに大多数の牧師は高い名誉が準備されていると言いふらし、希望を持つようにと彼らを勇気づけた。キリスト教徒の心情によれば、遅れて来た者が先になり、自らを卑しくする者は高められるはずであった。こうして教皇は、何世紀にもわたる隠れた忠誠に報いて、彼にとってはおそらくヨーロッパの付け足しに過ぎない国に(3)、遅まきながらひとりの枢機卿を贈った。

マッデンはこれらの意見の大部分が真実であると認めるように教育されていたが、新しい運動は抜け目ないことをスティーヴンに理解させようとした。旗印に不信心の欠片でも掲げるとその周りに人は集まらない、そういう理由から先導者たちはできるだけ牧師と協力して運動を展開しようとしている。スティーヴンは、そのような牧師との共同作戦は何度も何度も革命の機会を壊滅に帰したではないかと言って反対した。マッデンは同意したが、少なくとも現在、牧師たちは民衆の側にいると言った。

——君は分からないのか、とスティーヴンは言った。牧師たちがアイルランド語の学習を奨励するのは、彼らの羊たちを不信心の狼から、より安全に守ることができるからなのだ。彼らはこれを文字どおり盲目的な信仰の過去へ人民を引きずり込む、絶好の機会だと思っている。

——しかし、実際、われわれの農民が英文学から得るものは何もないではないか。

——ばかな！

——現代文学は少なくとも、君自身いつもこき下ろしているじゃないか……

——英語は大陸への媒体なのだ。

——われわれが望んでいるのはアイルランド語を話すアイルランドだ。

——アイルランド語で話しさえすれば、中味はどんなくだらないことでもよい、と言っているように聞こえるけれど。

——僕は君の言う現代的見解に必ずしも同意しないね。われわれはそういう英国文明をいっさい必要としないのだ。

——君が話している文明というのは英国人のものではない——アーリア人のものなのだ。現代的見解は英国人の方ではなく、アーリア人の文明の方向を指している。

——君はわが国の農民に、ヨークシャーの百姓のおそまつな物質主義の猿真似をさせたいのか？

——この国にはかつてケルビム[4]が住んでいた、と思いたい人がいるようだけど、百姓なんてどこに住もうと同じさ。エンドウのさやはどれを取っても同じエンドウのさやであるように、彼らはみんな同じように見える。ヨークシャー人の方がもう少し栄養状態が良いかもしれない。

——農民を軽蔑するのは、君が都会に住んでいるからだ。

——僕は少しも彼らの職業を軽蔑していない。

——君は農民を軽蔑している——君ほど利口ではないからね。

——いいかい、マッデン、それは無意味というものだ。第一に、農民は狐と同じくらいずる賢い——贋金を掴ませようとしてみればすぐに分かる。しかし農民の利口さはすべてにおいて程度が低い。僕はアイルランドの農民が大いに賞賛すべき文明の一形態を代表するものだとは絶対に思わないね。

――それで言いたいことのすべてか！　君が彼らを鼻であしらうのは、彼らが時代遅れで、素朴な生活をしているからだ。

――その通り。退屈な決まりきった一生――小銭を数え、一週間に一回酒浸りになり、一週間に一回お祈りをする――教区教会と救護院の影のあいだを狡猾と恐怖で過ごす一生だ！

――ロンドンのような大都会の生活の方が良いと思っているようだね？

――英国の都市の知性はおそらく特に高いレベルではないけれど、少なくともアイルランドの農民の知的沼地よりは高い。

――それでは道徳的存在として例のふたつについてどう思う？

――何を言っているのだ？

――アイルランド人は少なくともひとつの徳目では世界中で抜きん出ている。

――なるほど！　言わんとすることが分かってきた！

――これは事実だ――アイルランド人は純潔な国民だ。

――確かに。

――君は事あるごとに、自分の国の民衆にけちをつけたいみたいだけれど、彼らを非難することはできない

……

――よろしい、一部分は正しいとしよう。わが国の民衆が、パリの売春婦の手玉に取られないほど進歩しているとは全く思わないけど……

――どうしてだか分かるかい……？

——そうだなあ、手で始末することができるからではないの！

——驚いたね、君はまさか……

——その通りだ。僕は自分が言っていることは正しいと分かっているし、君だってそう思っている。パット神父[5]に聞いてみろ、誰でもいいから教授に聞いてみろ。僕だって、君だって高校出だ——このことについてはこれで十分だ。

——いいかげんにしろ、ディーダラス！

この譴責で会話がしばらく中断した。やがてマッデンは話した、

——もしそれが君の意見だとしたら、なぜ僕のところへ来て、アイルランド語を学びたいなどと言うのか分からない。

——学びたいと思っているさ——ひとつの言語としてね、とスティーヴンはうそをついた。少なくとも第一に会いたいと思っている人がいる。

——よろしい、結局、君はアイルランド人であって、赤い軍服を着た外人部隊ではないと認めるのだね。

——もちろん、認めるさ。

——ひとかどのアイルランド人なら、誰でも祖国の言葉を話せるようになるべきだとは思わないか？

——本当を言うと、分からないのだ。

——そして、われわれは自由になる権利を持っている一民族だとは思わないか？

——そんな質問を僕にするのは止めてくれ、マッデン。君がそういう演壇用の語句を使うのは勝手だけれど、僕はできない。

——でも、もちろん君にだって、何らかの政治的見解がある、そうだろう！

——よく考えてみるよ。僕は芸術家だからね、そうではないかい？　僕は芸術家だと思うだろう？

——それはそうだ、君は芸術家だよ。

——それなら結構、君はまさか僕が全てを一遍に解決できるとは思わないよね？　時間を貸してくれたまえ。


　こうしてスティーヴンがアイルランド語の教習コースに参加することは決められた。ゲール語連盟から出版されているオグローニィ[6]の初等教本は購入したけれど、連盟加入費とボタンホールにバッジを付けるのは断った。彼が望んでいたもの、すなわち、ミス・クレリーが出席している教室は突き止めることができた。家の者たちはこの新しい酔狂に反対ではないようだった。ケイシー氏[7]は南部の歌をいくつかアイルランド語で教えてくれたし、いつもスティーヴンに向かって「乾杯」ではなく、「シンフェーン」と言ってグラスを持ち上げた。ディーダラス夫人[8]は、牧師の監督と無害な愛好者たちの協会のおかげで、息子を正しい道に導くことに成功したとでも思ったのか、喜んでいるようだった。母は彼に疑惑をいだき始めていた。モーリスは何も言わず、何も質問しなかった。彼は、どういう理由で兄が愛国主義者たちと関係を持つ気になったのか理解できなかった、また、アイルランド語の勉強が何らかの方法でスティーヴンに益するとも思わなかった。しかし彼は口をつぐみ、待った。ディーダラス氏は、息子がアイルランド語のレッスンを受けたとしても、正規の学業の邪魔にならない限り、一向に構わないと言った。

　ある晩、モーリスは三日後に静修が始まるというニュースを持って学校から帰ってきた。突然持ち込まれたこの知らせは、スティーヴンに彼の立場をはっきり示した。一年のあいだに自分の見解がこれほど完全に変わってしまったとは信じられなかった。わずか十二か月前、彼は大声をあげて赦しを求め、永遠の悔悛を誓った。誰あろう自分が、教会がその罪を犯した子供たちに約束する唯一の救済の方法に、あれほど熱烈にしがみついていたとは、全く信じられなかった。その当時彼にとりついていた恐怖が不思議だった。静修期間のある夕方、彼は、牧師がどういう種類の訓話をしているのかと弟に尋ねた。ふたりは並んで文房具商の窓を覗きながら立っていた。こんな質問にきっかけを与えたのは、窓から聖アントニウスの絵が見えたからだった。モーリスは無遠慮に笑って答えた、

——今日は地獄。

——それでどういう訓話だった?

——いつもの通りさ。朝に悪臭、夕に喪失の苦しみ。

スティーヴンは笑って、傍らの怒り肩の少年を見た。モーリスは事実を皮肉っぽい声でさりげなく告げたが、笑ったときにも、そのさえない表情を全く変えなかった。彼はスティーヴンに『サイラス・ヴァーニー』(9)の挿絵を思い出させた。モーリスの陰鬱な沈着さ、その丹念に洗濯し着古した衣服、その早すぎる幻滅感をたたえる立ち居振る舞い、これらすべてが、オランダから移植されたある種の精神的または哲学的問題の衣服をまとった人間の姿を暗示した。スティーヴンはその問題がどの段階まで来ているか分からなかったが、自ら解決の道を辿らせる方がよいと思った。

——そのほかに牧師はどんな話をしたと思う? モーリスはしばらくしてから尋ねた。

——どんなことを話したのだ?

——仲間を持ってはいけないと言ったのさ。

——仲間だって?

——夕方散歩に出かけるとき、特別な仲間と行ってはならないと言った。散歩に行きたいのなら、みんなで一緒に行くべきだと言った。

スティーヴンは通りに立ち止まって、両の手を打ち鳴らした。

——どうかしたの? とモーリスが訊いた。

——彼らの正体が分かった、とスティーヴンは言った。彼らは恐れているのだ。

——もちろん、彼らは恐れている、とモーリスは重々しく言った。

——ところで、おまえはもちろん静修の義務を果たしたのだな?

——ああ、すんだよ。僕は午前中にミサに行くつもりだ。

——本当だな?

——本当のことを言ってよ、スティーヴン。おふくろが日曜日にマールボロ通りの十二時の略式(10)に行くようにお金をくれたとき、兄貴は本当にミサに行ったの?

スティーヴンは少し色めいた。

——なぜそんなことを訊くのだ?

——本当のことを言ってよ。

——いや……行っていない。

——それでどこへ行ったの?

——どこにだって行くさ……街をぶらついていた。

――そうだと思った。

――全く抜け目のない奴だ、とスティーヴンは遠回しに言った。おまえ自身ミサに行くつもりかどうか教えてもらいたいものだ。

――行くよ、本当に、とモーリスは答えた。

彼らはしばらくのあいだ無言で歩き続けた。やがてモーリスが言った、

――耳がよく聞こえないのだ。

スティーヴンは何も言わなかった。

――きっと少し変なのだと思うよ。

――いったいどうしたのだ？

心のなかでスティーヴンは弟を非難しているのに気づいた。このような場合、厳格な宗教的影響からの自由は望ましいと認めることができなかった。彼の魂の状態をこのように散文的方法で考える者は誰であろうと自由を語る資格がなく、教会の最も厳しい足枷だけがふさわしいと思われた。

――きょう、牧師は実際にあった話をした。酔っぱらいの死に関する話だった。牧師はその男に会いに行って彼と話をし、悔い改めて断酒の誓いをするように言った。やがて死ぬと思っていた男は、ベッドに座りなおして、牧師が言うのには、寝具の下から黒い瓶を取り出したのだって……

――それで？

――そして、こう言ったのだって、「神父さん、これがもしこの世で飲む最後の酒なら、どうしても飲まねばならぬ」。

――それで？

――それで、その男は瓶を空にしたのだって。その瞬間に男の命は途絶えた、と牧師は声をひそめて言った。「その男はベッドに倒れて死んだ、死んで動かくなった。死んで逝ってしまった……」、牧師があまり低い声で言うものだからよく聞こえなかった。それでも僕はその男がどこへ行ったか知りたかったので、よく聞こうとして前屈みになり、前のベンチに思いっきり鼻をぶつけてしまった。鼻をこすっているうちに、みんながお祈りをするためにひざまずいたので、あの男がどこへ行ったか聞こえなかった。変でないだろうか、僕？

　スティーヴンは大声で笑いだした。あまり大きな声で笑うものだから、通りがかりの人たちが彼の方を振り向き、つられて笑った。彼は両手を脇ポケットに突っ込み、涙が目に溢れんばかりだった。モーリスのまじめくさったオリーヴ色をした顔をちらっと見るたびに、またひとしきり笑いだした。スティーヴンはそのあいだじゅう何も言うことができなかった――「そんなのが見られるのだったら、何でもあげてしまうな――『神父さん、これが最後なら』……そして、おまえは口をぽかんと開けている。そんなのが見られるのなら何でもあげてしまう」。

　アイルランド語の授業[11]は毎週水曜日の夜、オコンネル通り[12]の家の二階の奥の部屋で開かれた。授業には若い男性六人と若い女性三人が出ていた。先生は眼鏡をかけた若い男で、口をへの字に曲げ、重い病気に罹っているような顔をしていた。彼はかん高い声で話し、北部訛りが凄かった。彼は、事あるごとに、英国かぶれ[13]と彼らの国語を学ぼうとしない者を嘲笑った。「ベウルラ」[14]は商業の言葉でアイルランド語は魂の言葉だと言って、ふたつの駄洒落を用いたが、それはいつもクラスの者たちを笑わせた。ひとつは「全能なるドル」で、もうひとつは「精神的なサクソン人」だった。生徒たちはみんなヒューズ先生をアイルランド語の偉大な信奉者であるとみなし、なかには弁士としての輝かしい生涯が約束されていると思う者もいた。金曜日の夜、連盟の定例の一般集会があるとき、彼はよく演説をしたが、アイルランド語の蓄えが十分でなかったので、いつも演説の最初で「精神的なサクソン人」の言葉で聴衆に話さなければならないのを詫びていた。彼は演説の終わりで決まって詩を一篇引用した。彼はトリニティ・カレッジ(15)とアイルランド議会党(16)をさんざんこき下ろした。彼は英国女王に恭順の誓いをした者を愛国者とみなすことができなかった、また、大多数のアイルランド国民の宗教的信念を代表していない教育機関を国立大学とみなすこともできなかった。彼の演説は常に大喝采を博した。聴衆のなかには彼はいずれきっと法曹界で大成功を収めると言う者がいることを、スティーヴンは知っていた。人づてにスティーヴンは、ヒューズはアーマー県(17)の国粋派の事務弁護士の息子で、キングズインの法学士である、ということを聞いていた。

スティーヴンが出席したアイルランド語の授業は、壊れた火屋《ほや》が付いているガス灯の炎が照らす、家具らしい家具もないがらんとした部屋で開かれた。マントルピースの上に懸かっている髭をたくわえた牧師の絵は、オグローニィ神父だと分かった。スティーヴンが出席したのは初級者向けのクラスだったが、青年ふたりが間抜けだったので、授業の進み方が遅かった。クラスのほかの者たちは覚えが早く、懸命に勉強した。スティーヴンにとって軟口蓋音を発音するのはとても難しかったが、できる限り最善を尽くした。授業は非常に真剣で愛国的であった。一度だけ、スティーヴンが場違いな陽気さに傾いたと感じた時があったが、それは 'gradh' という語を説明する授業だった。「愛」を表すアイルランド語、あるいはその概念自体に、何か非常におかしいものがあると思ったのか、三人の若い女性が笑い、ふたりの間抜けな男性も笑った。しかしヒューズ先生とほかの三人の青年とスティーヴンは、みんな大まじめだった。その語に興奮するのが収まったとき、スティーヴンの注意は、まだ顔を真っ赤にしている間抜けな青年の若い方に引き付けられた。その男がいつまでも顔を赤らめているのでスティーヴンはいらいらし始めた。彼はますます取り乱していき、しかもどうにも手に負えないのは、彼が自分ひとりで取り乱していることだった。クラスの者はスティーヴンを除き、誰もそれに気づいていていなかった。彼は授業が終わるまでそのような状態で、教科書から一度も目を上げようとせず、ハンカチーフを使う時など人目につかないようにこっそりと左手でやっていた。

金曜日の夜の集まりは公開で、牧師たちが大挙して押し寄せた。オルグたちはいろいろな地区からの情報を報告し、牧師たちがつぎつぎに激励演説を行った。そしてふたりの青年がアイルランド語で歌を歌うために呼び出され、やがて解散の時刻になると全員が立ち上がって決起の歌を歌うのだった。若い女性たちはおしゃべりを始め、彼女たちのエスコート役の男性がジャケットを着るのを助けてやる。このような集会で常連になっている人のなかに、いつも広縁のフェルトの中折帽を被り、鮮やかな緑色の長いマフラーを首に巻き、黒い髭をはやした恰幅の良い市民がいた。[18] 集会者たちが家路につくような頃には、その巨体の周りにひどく貧弱に見える若者たちが群れをなしているのをよく目にした。彼が雄牛のような声で、批判し、弾劾し、愚弄するのが遠くから聞こえた。彼のサークルは分離独立主義者たちの中心で、そこには非妥協的な気配が漂っていた。その本部はクーニーの煙草店に置かれていて、会員は毎晩「喫煙室」に陣取り、大声でアイルランド語を話し、柄の長い陶製パイプをふかしていた。このサークルで、ハーリング・クラブの主将をしていたマッデンは、[19] 彼の監督下にある非妥協派の若者たちの健康状態について報告し、非妥協派の週刊誌の編集者は、パリの新聞に掲載されている親ケルト主義の記事ならどんな小さいことでも報告した。

このサークルの全員が自由は最も望ましいものと考えており、会員はすべて熱烈な民主主義者であった。彼らが求めている自由とは、主として衣服と語彙に関する自由だった。スティーヴンは、自由のこんな哀れなこけおどしが、まじめな人間をひざまずかせ礼拝させることができるとはどうしても思えなかった。ダニエル氏の家ではみんなが有名人ごっこをしていたが、ここではみんなが自由ごっこをしていた。多くの政治上のばかばかしいことの原因は、一般の人びとに公正な比較の感覚が欠けているところにあった。愛国党の演説者たちは、臆面もなくスイスやフランスの前例を引用した。この運動の諜報機関は資金がきわめて少ないために、彼らが正確かつ有力なものとして提供する情報は、非常に不確かな知識に基づいてでっちあげられた単なる類推にすぎなかった。パリのあるケルト系の集会で、ひとりのフランス人があげた叫び声（打倒、英国人！）が、これらの熱狂者たちによって、フランス政府によるアイルランドに対する緊急援助を報じる論説の主題にすり替えられるのである。ハンガリー事件[20]を例に白熱した報道がアイルランドに伝えられた。それは、長く圧制に苦しむ少数民族に、アイルランドの愛国主義者たちが理想とするように、民族のすべての権利と正義の名において独自の自由が与えられ、最終的に解放された例である。その成果に負けまいとして、若いゲール語連盟の団体が、フェニックス・パーク[21]でハーリングのスティック[22]を振るって猛烈にぶつかり合っていた。彼らの革命が油を注がれた者、キリストによって祝福されてから、彼らの武器は正当な争いの三倍にもなっていた。また、同じ団体の憤りをかき立てていたのは、懐疑的な青年が招待もされずにその場にいたからだった。懐疑的な青年なら誰でも、数においてアイルランド人よりも優勢で、政治的には同盟関係にあるマジャール民族（ハンガリーの主要民族）がラテン、スラブ、チュートン民族に戦闘を仕掛ける可能性があり、歩兵一連隊で二万人の住民が住む都市を制圧できることを知っていた。

スティーヴンはある日マッデンに言った、

——ハーリングの試合や徒歩旅行はいざという時の準備なのだね。

——現在アイルランドには君が知っている以上のことが起きようとしている。

——ハーリングのスティックは何に使うのだ？

——そうだね、われわれはこの国の体格を鍛えようとしているのだ。スティーヴンはしばらく考えていたが、次のように言った、

——そのことで英国政府は大いに君たちの役に立つと思うな。

——それはいったいどういうことだ？

——英国政府は、夏ごとに君たちを束にしてあちこちの民兵キャンプに連れて行ってくれるぜ。近代的武器の使い方を教え、訓練し、飯を食わせて給金を払い、演習が終わると家に送ってくれるのさ。

——それで？

——君たちの若者にとって、公園でハーリングの練習をするよりましではないの？

——つまり、君はゲール語連盟の若い会員に英兵の赤い軍服を着せ、女王に忠誠の誓いをさせ、彼女の金を受け取らせたいのだな？

——君の友達、ヒューズを見てごらん。

——彼がどうした？

——いずれ彼は法廷弁護士、勅撰弁護人になるだろう、判事だって夢でない——それでいながら彼は忠誠の誓いをするからと言って議会党を軽蔑する。

——世界中どこの国だって、法律に変わりはないさ——誰かが国を治めなければならない。特にこの国では、

裁判所に同胞がいないのだから。

――弾丸だって変わりはないさ。僕はどうして君が英国の法律を非難するのと、英国の弾丸を非難するのに差をつけるのか分からない。どっちの職業に就くにしても同じ忠誠の誓いをしなければならない。

――ともかく、人間は文明が人道にかなっていると認める職業に就く方がよいに決まっている。赤い軍服を着るより法廷弁護士の方がましだ。

――君は、武器を携帯する職業はいかがわしいと思っている。それなのにどうしてサースフィールド・クラブやヒュー・オニール・クラブ、レッド・ヒュー・クラブ(23)なんかを作るのだ？

――自由のための戦いは別さ。しかし、あさましくも君たちの専制君主の下に出征するのは、自らその奴隷になるようなもので、全く事態が違う。

――それでは、どうして、あんなに大勢のゲール語連盟の会員が、下級公務員になるために勉強をし、政府の役所で出世を望んでいるのだ？

――それは違うよ。彼らは単なる公務員さ、それに……

――公務だなんて、くそくらえ！　彼らは政府に忠誠を誓い、政府から給料をもらっているのだ。

――それはそうだ、もちろん、もし君がそんな風に見たいのなら……

――ゲール語連盟会員の身内に、何人の警察官や保安隊員がいるか教えてくれないか？　僕が知っているだけでも、君の友達のおおよそ十人は警部補の息子だ。

――父親の職業があれだこれだと言って、息子を非難するのは公正を欠いている。息子と父親は異なった思想を持っていることがよくある。

――しかしアイルランド人は好んで青年時代に受け継いだ伝統を忠実に守っていると自慢する。君たちはそろいもそろって全員が母なる教会の忠実なしもべではないか！　どうして剃髪の伝統に忠実なくらい鉄兜の伝統に忠実になれないのだ？

――われわれが教会に真心を捧げるのは祖国の教会だからだ。われわれ人民がそのために苦しめられ、これからもまた苦しめられるであろう教会。警察は違う。われわれは警察を外国人、裏切り者、人民の圧制者とみなしている。

――田舎の老農夫は君の意見に賛成しないと思うよ。脂で汚れた紙幣を数えながら、「わしはトムを牧師に売る、ミッキーをサツに売る」(24)と言う連中さ。

――そういうせりふをどこかの「紋切り型のアイルランド人」劇で聴いたのだね。われわれの農民の面汚しだ。

――いや、そうじゃない。あれはアイルランドの農民の知恵だ。彼らは牧師と警察とを天秤にかけているのさ。とてもよいバランスだ、何と言っても両方とも結構な胴回りをしているからね。補完的組織だ！

――どんな英国贔屓《ウエスト・ブリトン》だって自分の国の農民をそれ以上悪く言えない。君はただ言い古された陳腐な悪口をぶちまけているだけだ――『パンチ』に載っている酔っぱらいのアイルランド人、とんまな顔をしたアイルランド人。(25)

――僕は自分の周りに見るもののことを話している。人びとの不幸を食い物にして生きているパブのおやじや質屋は、彼らが稼いだ金の大半を、自分たちのために祈ってくれる宗派の学校へ息子や娘を行かせるために使っているのだ。医科大学で衛生学とか法医学とかいうのを――何とでも勝手に言えばいいさ――教えている教授のひとりは、いま僕たちが立っている所から一マイルも離れていないところにある一区画の淫売宿の家主でもあるのだ。

——そんなことを誰から聞いた？

——胸が赤いコマドリからさ。

——うそだ！

——いかにも、名辞矛盾さ、僕が言うところの意図的補償だ。

スティーヴンと愛国主義者との会話はすべてがこんなに厳しいものではなかった。毎金曜日の夕方、彼はミス・クレリーというよりも、いまではクリスチャンネームで呼ぶようになっていたので、エマに会った。彼女はポルトベロ[26]の近くに住んでいたので、集会が早く終わる夕方は、いつも歩いて家に帰った。彼女は背が低い青年牧師と長話をして待たせることがよくあった。モランとかいう名前の、黒い巻髪のこざっぱりした頭と表情豊かな黒い目の神父だった。この青年牧師は感傷的な歌を歌うピアニストでもあり、いろいろな理由から若い女性のあこがれの的だった。スティーヴンはエマとモラン神父[27]が一緒にいるところをよく見た。モラン神父はテナーの歌手で、スティーヴンの声を多くの人が高く評価しているのを聞いたことがあり、いつか自分も拝聴する栄誉を得たいものです、と世辞を言うのを聞いたことがあった。スティーヴンは同じ言葉を牧師に返し、「ミス・クレリーがあなたの声をたいへん褒めていました」とつけ加えた。これに牧師はほほえんで、スティーヴンをいたずらっぽい目で見た。「ご婦人方が私たちに言うお世辞めいたことをすべて信じてはなりません。彼女たちにはちょっとした傾向があります——何と言ったらよろしいか——罪のないうそをつくところがあるのです」。そしてここで牧師は小さな白い二本の整った歯で赤い下唇を噛み、表情豊かな目でほほえみ、まるで愛すべき心やさしい俗物そのものに見えたので、背中をピシャリと叩いて褒めてやりたいくらいだった。スティーヴンはしばらく話を続けた、そして会話がアイルランドのことになると、牧師はとても真剣になり、敬虔な声で言った、「ええ、そうです。あの事業に祝福あれ！」と。モラン神父は古めかしい、だらだらした詠唱歌はあまり好きになれない、とスティーヴンに言った。もちろんあれは偉大な音楽で、厳かな音楽だが、教会はあまり重苦しい気分にさせられる所であってはならない、教会の精神は重苦しいものではない、と魅力的な微笑を浮かべながら言った。人びとが厳かな音楽を快く受け入れると期待することはできない。人びとはグレゴリオ聖歌よりももっと人間的な宗教音楽を求めていると彼は言って、アダムズの「聖なる都市」(28)を学ぶようにとスティーヴンに勧めた。

——これは現代の歌です。美しい、きれいなメロディーがいっぱいあり、それでいて——宗教的です。ここには宗教的な情緒、感動的なメロディー、そして力強い——要するに——魂があります。

スティーヴンは、この青年牧師とエマが一緒にいるところを見ていると、いつもむかむかした憤怒の状態になってしまうのだった。それは彼が個人的に苦しんだというより、むしろ彼にはその光景がアイルランドの無力さを象徴しているように思えた。しばしば彼は指先がうずくのを感じた。モラン神父の目はあまりにも清らかで、穏やかな表情をしており、エマは彼の凝視を肉体のプライドを秘めて、大胆な巧まない姿勢で受け止めていたので、スティーヴンはふたりを互いの腕に投げ込んで、部屋にいる人びとに衝撃を与えてやりたいという誘惑にかられた、もっともこの非個性的な寛大さがどれくらいの痛みを自分に与えるか分かっていたが。エマは何度か彼に家まで送って行くのを許したが、彼だけを特別扱いにしているようには思えなかった。この若者は何よりも他人と比べられるのが嫌いだったので、このことでひどく感情を害した。それで彼女の肉体があれほど快楽の塊のように思われなかったら、卑劣にも追い抜かれる方を選んでいたろう。彼女のこれ見よがしの気取った態度は、最初彼を驚かせたが、やがて彼の精神は彼女の愚かしさを完全に理解した。彼女はミス・ダニエルを辛らつに非難したが、思うにそれは、スティーヴンを不快の淵に叩き落さずにおかなかったが、彼のなかに同じような気質があるのを見てのことだった。彼女は知識をもてあそび、大学の学長に女性を大学に入学させるよう説得できないかとスティーヴンに尋ねた。彼はマキャンが女性のチャンピオンなのだから、彼に頼めと言った。彼女はこれに笑って、本当に残念そうに言った、「そうね、全く、あの人はこわい顔の芸術家そっくりよね」。彼女は若い男性が真剣に考えると思われることなら何でも女性的に優しく扱ったが、スティーヴンのこととゲール語復興のことだけは丁重に別扱いにした。彼女は彼に論文を発表するのね、何について話すのと尋ねた。どんなことがあっても聞きに行くわ、演劇は大好きだし、ある時ジプシー女が手相を見て、女優になる相をしていると言った。彼女はパントマイムを三度も観に行ったことがあり、パントマイムでは何が一番好きか、とスティーヴンに尋ねた。スティーヴンは上手な道化が好きだと言ったが、彼女はバレエの方が好きだと言った。それからダンスによく出かけるかと訊き、彼女が加入しているアイリッシュダンスのクラブに彼も加入するように勧めた。会話が陳腐さの最低レベルに達すると、彼女の目はモラン神父の目の表情——優しい意味ありげな表情——を真似していた。彼は、彼女と一緒に歩きながら、最後に彼女と会ってから、彼女はどうして時間を費やしていたのだろうかと考えることがよくあった。そして彼は彼女が一番良かった瞬間の印象を心に留めていることを自分に感謝した。彼が心のなかで彼女の変化を嘆いたのは、彼がいま何よりも望んでいたのは彼女とのアバンチュールであったのに、あの温かい豊満な肉体でさえ、彼女の哀れな小生意気さと中産階級的な愛には勝てないだろうと感じたからであった。彼に対する彼女の態度の中心に挑戦的な悪意の切っ先が感じられ、しかもその理由も理解できると思われた。彼はその瞬間を記憶に押し流し、その人影と光景とを彼の宝庫に入れて、これら三つで魔法を使い、数頁の悲しい詩を作った。ある雨の夜、歩いて行くには道があまりにも悪く、彼女がネルソン塔停車場でラスマインズ[29]行きの電車に乗った時のことだった。彼女が踏み台から彼に手を差し伸べて、送ってくれてありがとう、おやすみ、と挨拶を交わしたとき、あの遠い子供時代の挿話[30]がふたりの心を同時に引き寄せるように思えた。状況の変化が彼らの立場を逆転させ、彼女が優勢になっていた。彼は彼女の手をいつくしむように取った。彼女の鹿革の手袋の甲の三本の筋を交互に撫ぜ、関節の数をかぞえながら、この無定見に遺産を憎む者は常に寛大であった彼自身の過去もまたいつくしんでいた。彼らは微笑を交わした。そして再び彼は彼女の人当たりのよさの中心に悪意の切っ先を感じ、彼女は名誉の掟によって男性に自制を求め、そして、耐えている彼を軽蔑せざるをえないのだと思った。

第十八章

スティーヴンの講演は三月の第二土曜日と決められた。クリスマスからその日までのあいだに予備的な潔斎を行う十分な時間的余裕があった。四十日間は目的地を決めない孤独な散策に費やされ、そのあいだに彼は文章を練り上げた。こうして論文の断片を少しでも紙に書き写すまでに、論文のすべてを最初の語から最後の語まで空で覚えた。論文の形式を考えたり、構成したりするあいだ座った姿勢でいるのが苦痛だった。肉体が精神の集中を妨げるので、穏やかに散策することによって肉体を鎮めるという便法を講じた。散歩のあいだ時に思考の流れを見失うことがあった。精神の空白を埋めることができないような時はいつでも、とっさに情熱を奮い起こして無理やり精神を統一した。午前中の散歩は批評的で、夕方の散歩は想像的であった、夕方もっともらしく思われたものは何でも、日の光のなかで常に厳しく検討された。このような荒野の散策はさまざまな地点から報告された。ディーダラス氏は、いつであったか、いったい何の用があってドルフィンズ・バーン[1]などへ行ったのだ、と息子に訊ねたことがあった。学校の帰りに途中まで大学の友人と歩いて行ったとスティーヴンが言うと、ディーダラス氏はあんな大学の友人など、ミーズ県[2]の奥地へ行って勝手に暮らせばよいのだと言った。こういう散歩の途中で出会うどんな知り合いも、日常的な会話でこの青年の瞑想の邪魔をすることは許されなかった――このことを彼らは丁重なお辞儀によって前もって気づいたらしい。それでスティーヴンは、ある夕方、ノースリッチモンド通りのクリスチャン・ブラザーズ校[3]を通り過ぎたとき、後ろから腕をつかまれ、押しつけがましい口調で声を掛けられて非常に驚いた。

——いやあ、ディーダラス、しばらくだな。元気かい？

スティーヴンは振り向いて背の高い青年を見た、顔中に吹き出物があり、喪服をきちっと着ていた。その顔を思い出そうとして、彼はしばらくのあいだ見つめていた。

——覚えていないのか？　俺はすぐにおまえだと分かった。

——あ、思い出した。とスティーヴンは言った。それにしてもすっかり変わったね。

——そう思うかい？

——分からなかった……ご不幸が……あったの？

ウェルズ[4]は笑った。

——とんでもない、言ってくれるね。どうやらおまえは自分の教会を見ても気づかないようだ。

——何だって？　君はまさか……？

——その通りだよ。分かった。俺はいまクロンリフ[5]にいるのだ。今日は休暇をもらってバルブリガン[6]に行ってきた。おやじが悪くてね。かわいそうに！

——ああ、そうだったの！

——おまえはいまグリーンに行っているのだろう。ボーランド[7]から聞いた。知っているね？　ベルヴェディアで一緒だったと言っていた。

——ボーランドも一緒なの？　彼なら知っている。

――おまえのことを褒めている。文学をやっていると言っていた。

スティーヴンは笑ったが、この次に何を言われるか分からなかった。この大きい声で話す学生はどこまでついてくるつもりなのかと思った。

――ちょっとのあいだ付き合ってくれないか？　アミエンズ通り駅で列車を降りたところなのさ。晩飯までに帰らなければならない。

――ああ、いいとも。

それで彼らは並んで歩いて行った。

――それで、どうしていたのだ、おまえは？　楽しんでいたのだろ、きっと。ブライ[8]で？

――ああ、いつもの通りさ、とスティーヴンは答えた。

――分かっている、分かっている。遊歩道の女の後を追いかけていたのだろう？　ばかな遊びだ。全くばかげている！　いいかげんにしろよ。

――君は、どうやら。

――おどろいたと思うよ、時間も時間だし……ところで誰かクロンゴーズの連中と会っている？

――いや、誰とも。

――そんなもんだよね。別れるとみんな音信不通になってしまう。ロス[9]のことを覚えているか？

――ああ。

――いまではオーストラリアに住んでいる――詐欺師みたいなことをして。おまえは、将来、作家になるのだろう。

——分かんないよ、本当に。将来のことなど。

——分かった、分かった。釈放中というところか？　俺は中にいたことがある。

——そんな、まさか……スティーヴンは始めた。

——おお、もちろん、そうじゃない！　ウェルズはすぐに大声で笑いながら言った。

ジョーンズ街を通っているとき、彼らはメロドラマ風の劇のどぎつい色をした派手な広告を見た。ウェルズはスティーヴンに『トリルビー』(10)を読んだかと尋ねた。

——読んでないのか？　有名な本だぜ。文体はおまえにぴったりだと思うよ。もちろん、ちょっと……エロいけど。

——それで？

——ああ、そうだな、つまり……パリで、つまり……芸術家たちが。

——そう、そういう種類の本なの？

——特に悪いことは何も出ていないと断言できる。でも少し不道徳だと考える人がいる。

——クロンリフの図書館にはないのだろう？

——あるはずがない……外に出られたらなあ！

——出ることを考えているの？

——来年——もしかしたら今年——神学課程を受けにパリに行く。

——後悔しないと思うよ。

——本当だな。気分が悪くなる、ここは。食い物は悪くないが、退屈すぎる。

——君のところには、たくさん学生がいるの？

——ああ、そうだけど……あまり大勢と付き合っていないのだ……わんさといる。

——いずれ君は教区牧師になるのだね？

——そうだと思うよ。そうなったら会いに来てくれるな。

——いいとも。

——おまえが大作家になったときには——第二の『トリルビー』の作家みたいになったら……寄って行かないか？

——いいの？

——ああ、俺となら……入れる。気にするな。

ふたりの青年は神学校の構内に入り、円形の馬車寄せに沿って歩いた。じめじめした夕暮れに変わり、薄暗かった。不確かな明りのなかで、四、五人の冒険心の強そうな学生が小さなサイドアレーで溌剌とハンドボールに興じているのが見えた。彼らの盛んな歓声と交互に、濡れたボールが球戯場のコンクリート壁に当たり、ピシャと音を立てるのが聞こえた。学生たちはたいてい小さなグループになって中庭を歩き回っていた。ビレッタを首の後ろまで押しつぶして被っている者もいれば、スータンを女性が泥道を横切るときスカートを持ち上げるように掲げている者もいた。

——好きな者同士で歩いてもいいの？　とスティーヴンは尋ねた。

——群れを組むことは許されていない。最初に出会ったグループに加わらなければならないのだ。

——どうしてイエズス会に入らなかったの？

——願い下げだね。十六年間も修道士生活をしても落ち着く見込みがないのだぜ。今日はここ、明日はかしこ。

薄い日の光を通して彼らの前にぼんやり浮かぶ大きな一棟の四角い石造建築物を見ているうちに、スティーヴンは心のなかで何年も送ってきた神学生の生活のなかに再び入っていった、その生活の息苦しさは、いままでは強烈な好意的異邦人の精神を持ち出せば一瞬のうちに理解できた。彼は直ちにアイルランド教会の好戦的な精神をこの聖職者用建造物の兵舎スタイルに認めた。前を通り過ぎて行く顔や人の姿に、道徳的高揚のしるしを探したが無駄だった。みんな控えめにしているのではなく怯えていた、質素な身だしなみをしているのではなくモダンな恰好をしていた。学生のなかにはウェルズに会釈する者もいたが、その好意はほとんど無視された。ウェルズは、彼が仲間の学生たちを蔑んでいる、彼らが彼を重要人物とみなしたとしても自分のせいではない、とスティーヴンが推測してくれることを望んでいた。石段の下で彼はスティーヴンの方を向いた。

——ちょっと行って学監に会わなければならないのだ。悪いけど、今晩はなかを案内するには遅すぎる……

——いや、そんな。この次にするよ。

——そうか、じゃあ少し待っていてくれないか。チャペルへ行く小道のあたりでぶらぶらしていろよ。すぐに戻る。

彼は仮の別れを告げるしるしのつもりでスティーヴンに会釈して、石段を駆け上って行った。スティーヴンは考え深げに白い平らな石を蹴りながら、灰色の小石まじりの道を通って、チャペルの方にゆっくり歩いて行った。彼はウェルズの言葉に惑わされて、あの青年を特に悪い人間だと思うつもりはなかった。ウェルズが肉体と悪魔の世界を捨てていない人間に会って、内心の屈辱感を隠すために態度を誇張しているのをスティーヴンは知っていた。また、あのずけずけ物を言う若い学生の精神にためらいのようなものがあるとしたら、均衡を回復するために教会の戒律の鉄の手が断固として介入することも分かっていた。そして同時にスティーヴンは、精神的葛藤をあのような告解者に委ねたり、また、いかなる秘蹟や祝福であろうと、中庭を歩き回っていたあの若い学生たちの手から、敬虔な感情をもって受け取ることを彼に期待する人がいると考えると少し腹が立った。彼を妨げたのは個人的プライドなどではなく、相いれないふたつの本質の認識であった。ひとつは教会の抑圧的な強制につながり、もうひとつはその天使がどうしても幻覚を受け入れることに慣れようとしない幻と、論争と同じくらい哄笑を愛する知性を備えていた。

夕暮れの霧が濃くなり、細かな弱い雨が降りだした。スティーヴンは、五、六本の月桂樹の灌木が植えられている細い小道の端で立ち止まり、葉先に小さい雨粒ができて、きらめき、ためらい、水を含んだ下の土にぽとりと落ちるのを見ていた。雨はウェストミーズ[11]にも降っているだろうと思った。牛が垣根に身を寄せてじっと佇み、雨のなかで湯気を立てているのを見たことを思い出した。学生たちの小さな集団が月桂樹の灌木の向こう側を通り過ぎて行った。彼らは互いに話をしていた。

――でも君はバーギン夫人を見たの？

――ああ、見た……黒と白のボアを着けていた。

――ケネディ家のふたりのお嬢さんもそこにいた。

――どこに？

――大司教席のすぐ後ろさ。

――僕も彼女を見た――ふたりのうちのひとり。小鳥の飾りが付いた灰色の帽子を被っていなかった？

——それが彼女だ！　彼女とてもしとやかだよね。

その小さな集団は小道を通り過ぎて行った。二、三分もしないうちに別の小さな集団が灌木の背後を通った。ひとりの学生が話し、ほかの者たちは聞いていた。

——そうだね、それに天文学者もいた。宮殿のそばに天文台を立ててもらったのだからね。ヨーロッパで三人の最も偉大な人物は、グラッドストン(12)とビスマルク（ドイツの大政治家）(13)、そしてわれわれの大司教だ——多才な人物という意味でね——とある牧師が言ったのを聞いたことがある。その牧師は大司教とメイヌース(14)の同窓なのだって。彼の話ではメイヌースで……

話し手の言葉は砂利を踏みしめる重たいブーツの音でかき消された。雨は一面に広がり勢いを増し、歩き回っていた学生の集団はみんな学寮の方向へ足取りを変えた。スティーヴンがまだその場で待っていると、やがてウェルズが小道を急いで来るのが見えた、彼は外出着からスータンに着替えていた。彼はひどく弁解がましく、物腰も妙によそよそしかった。スティーヴンは彼がほかの学生たちと一緒に学寮に戻ってほしかったが、ウェルズは訪問者を門まで送ると言い張った。彼らは壁沿いに近道を通り、すぐに守衛室の向かい側に出た。横の出入り口はもう閉じており、ウェルズは大声で守衛の女に戸を開けて客人を出してくれと言った。それから彼はスティーヴンと握手して、またぜひ来るようにと言った。守衛の女は横の出入り口を開けた。ウェルズは一、二分、まるでうらやましそうに外を見ていたが、やがて言った、

——じゃ、さようなら、君。急いで戻らなければならないのだ。また会えたらすごくうれしい——誰かクロンゴーズの昔の仲間に逢えよ。じゃあね、もう行かなければならない。さようなら。

スータンを高くたくし上げ、ぶざまな格好をして馬車寄せを駆けて行く姿は、もの寂しい夕闇のなかで、ま

るで罪を犯した外国の逃亡者のように見えた。スティーヴンはしばらくのあいだ、駆けて行く人影を目で追っていた。そして彼は、戸口を通って街灯に照らされた通りを歩いていると、急に憐みの情がこみ上げてきて笑った。(15)

第十九章

彼が笑ったのは、内心に湧き上がる成熟感があまりにも唐突に思えたからであって――この憐みの情――というか、むしろこの急にこみ上げてくる憐みの情は、それを受け入れるよりほかに方法がなかった。しかし、他人に対する憐みの感情と同じくらい、成熟した喜びを彼に許したのは、事もあろうに彼の論文が本当に完成したからだった。スティーヴンは多くのことにおいて完璧主義者であった。彼の論文は教養人のたしなみのお披露目などでは決してなかった。それどころか彼自身の立場を自分のために定義する目的できわめて慎重に意図されたものであった。スティーヴンは当面の主題について、才能にまかせて好き勝手に書けば、また、いかなる視点から論じようと、自ずとよい結果が生まれるとは思っていなかった。その一方で、彼が生を受けた世代に、芸術においても人生においても、自分と同じくらい確実な贈り物を提供することができる者はほかにいないと確信していた。愛国主義者のプログラムはきわめて筋の通った疑惑を抱かせずにおかなかった。その要綱は彼からいかなる知的承認も引き出すことができなかった。さらに、それに同意を示すことは、それに関係するほかのすべてに服従することを意味し、こうして思考のバネをその根底において破壊せざるをえなくなるということも分かっていた。したがって、もし祖国への誓いによって彼の成功を最初に犠牲にしなければならないのなら、どんな義務であろうとそれを履行することを拒絶した。そしてこの拒絶が厳格であると同時に、何ものにもとらわれない芸術の理論を生むことになった。彼の美学は結局のところ応用アクイナス(1)であり、彼は新奇なものを発掘しているという無邪気な気取りをもってそれを率直に述べた。そんなことをしたのは、謎めいた役割を楽しむ彼の個人的嗜好に合致したのが半分、もう半分は前提を除き、スコラ哲学のすべてを認める誠実な資質によるものであった。彼は冒頭で、芸術とは知性または感覚で把握しうる事柄を審美的目的のために人間が処理することであると宣言した。(2)進んで、かかる人間的処理の方法は抒情的、叙事的、演劇的という三つの自然にして自明な様態に分けられなければならないと述べた。抒情的芸術はそれによって芸術家がそのイメージを自分に直接関係するものとして提示し、叙事的芸術はそれによって芸術家がそのイメージを自分と他者とに直接関係するものとして提示する、そして演劇的芸術はそのイメージを他者に直接関係するものとして提示する。(3)音楽、彫刻、文学といったさまざまな芸術様式は、これらの様態を同一の明快度をもって提示しているのではない。そしてこのことから彼は、これら三つの様態を最も明快に提示する芸術様式が最も優れた様式と呼ぶことができると結論を下した。そして彼は、肖像画は叙事的芸術作品か否か、また、建築家は自らの意思で抒情詩人、叙事詩人あるいは劇作家のいずれかになれるか否かということを、決めかねたとしても特に動揺しなかった。このような単純な過程によって、彼は、最も優れた芸術様式は文学であると確認して、彼の理論が正しいことを証明するために文学様式の検討に取り掛かったというか、彼の表現に従うと、文学的心象すなわち芸術作品自体と、それを想像し創り出したエネルギー、すなわち意識の中心で再活動している特別の生命である芸術家とのあいだに存在しなければならない関係の解明に取り掛かった。

彼の想定するところによると、芸術家は経験の世界と夢の世界とのあいだの仲介者の地位にある——仲介者であるからには選択能力と再現能力という二対の能力を備えていなければならない。芸術家の成功の秘密は、これら二対の能力を均等化することにある。心象のとらえがたい本質的な生命を、周囲の限定的な状況の網の目から最も的確に解きほぐし、新しい役割のなかでそのために最もふさわしいものとして選ばれた芸術的状況において、再現することができる芸術家が最高の芸術家である。スティーヴンは、芸術家のこのふたつの能力が完全に同所共存している状態を詩《ポエトリー》と呼び、芸術の領域は円錐形をしていると想像した。彼にとって「文学《リテラチャー》」という術語はいまでは侮辱的な術語に思われ、それを頂点と底辺とのあいだ、すなわち、詩《ポエトリー》と忘れられた文書の無秩序な集団とのあいだの膨大な中間領域を指し示す用語として用いた。(4)「文学《リテラチャー》」の長所は外的なるものの描写にあった、その王子の領域は社会の風習と習慣という——広大な領地である。しかし社会はそれ自体いくつもの法則が関係し、重ね合わせになっている複雑な組織体をなしていると思われた。それに対して詩人の領域は不変の法則の領域である、と彼は宣言した。このような理論は、その考案者が同時に古典的スタイルを強調するのでなければ、容易に文学における精神的な無政府状態の容認につながるであろう。古典的スタイルは芸術の三段論法、すなわち、ひとつの世界から他の世界へ至る唯一の合法的な過程である、とスティーヴンは言った。(5)古典主義はある特定の時代、または、ある特定の国家の様式ではなく、芸術家の精神の恒常的な状態であり、自信と満足と粘り強い気質である。浪漫的気質は、あまりにもしばしば、そしてあまりにも嘆かわしく誤解されている、それも他者によるのではなく、むしろ自らによって誤解されている、不安で不満足で落ちつかない気質である。それはその理想にふさわしい住居を現世に見ることができず、それゆえにあえて感覚でとらえられない表象の下に理想を見ることを選ぶ。この選択の結果、浪漫的気質は物事の限界を無視することになる。その表象は、固体の重力を欠き、風に吹かれて無謀な冒険へ飛ばされ、それを生みだした精神は、結局、それとの関係を否認するようになる。(6)これに反して、古典的気質は、常に限界を意識し、どちらかというと現在の事物に精神を集中することを選び、鋭敏な知性がそれらを超えて、いまだ表現されたことのない意味を獲得するように働きかけ、形づくろうとする。この方法に自然はその善意と感謝とを補い、健全で喜ばしい精神が生まれ、不滅不朽の完成を成し遂げる。われわれに自然のこの場所が与えられている限り、芸術はその贈り物に危害を加えるはずがない。

諸芸術の都市は、これらふたつの対立的な流派の争いで驚くほど不穏な状態になっていた。多くの観察者にとって、紛争の原因は名辞に関するもののように思えたが、その争いにおいて標準的な立場など全く当てにならなかった。この破滅的な内部抗争——古典派はそれに仕えなければならない物質主義との戦い、浪漫派は一貫性を維持するための苦闘(7)——に加えて、優れた才能の出現を認めるために、批評はどれほど無慈悲な方法を使わざるをえないかということを考えてみたまえ。批評家とは芸術家が提供する記号を頼りに作品を創造した気質に接近し、そこで何が巧みに処理されているか、それが何を意味しているかということを判断できる人である。シェイクスピアの歌は、いかにも自然で生きいきとしており、庭に降る雨あるいは夕暮れの灯火のように、いかなる作為的目的も持っていないように思われるが、批評家は、そこにこれ以外に表現の仕様がない、あるいは、少なくともこれほど適切に表現された例がない、感情のリズミカルな発話の秘密が隠されているのを明らかにする。しかし、芸術を創造する気質を明らかにするのは敬虔な行為であり、それを行う前に多くの因襲をまず放棄しなければならない、なぜなら芸術の深奥の領域は、冒涜的なことにとらわれている人にその秘密を譲り渡すことは絶対にないのであるから。(8)

そのような冒涜的な行為の最たるものに、スティーヴンは、芸術の目的は教えること、鼓舞すること、楽しませることにあるという骨董品めいた原理を挙げた。(9)「アクイナスが美の定義として述べているもののなかに、あるいは、美なるものに関して述べているいかなる文書にも、審美的目的について、そのような清教徒的思考の痕跡を見いだすことはできない」、とスティーヴンは書いた。「アクイナスが美に求める要件は、実際、きわめて抽象的かつ一般的な特徴であり、たとえどんなに過激な狂信的支持者であっても、また、われわれが所有する芸術作品がいかなる芸術家の手によるものであろうと、それを攻撃するためにアクイナスの理論を使うことは絶対にできない」。美というものをその語を適用しうる対象が有する最も抽象的な関係から認識するこの考え方は、*Noli Tangere*（触れるべからず）[10]という命令に何らかの支持を与えるものでは全くなく、芸術家からあらゆる禁制を解除することに端を発する正しい因果的連鎖の結果にすぎない。現代の思想家はあまりにも簡単に道徳的限界というものを持ち出しすぎる。その結果、通俗的な人びとを全く無益な司法の世界に送りこむことになる。なぜなら芸術の伝統は芸術家と共にあり、もしかりに芸術家が道徳の限界を踏みにじることを彼らの不変の習わしとしないのであれば、それを理由に一般の人びとが、芸術家はその気になればできるのに、完全な自由を自分のものとしていない、と結論を下す権利を持っているといくら強調しても強調しすぎることはない。そもそも批評が芸術家の選択科目から美の「啓示」を排除する訓戒の上に開設されているということ自体、警察裁判所判事が三角形の二辺の合計は他の一辺よりも大きいことを認めないのと同じくらいばかげている、とこの烈火のごとく気性の激しい革命家は書いた。

結局、芸術家はいかなる流行を追及しようと、そのためにいちいち家主の特許状を必要とせず、世は常にその裁可を詩人と哲学者に求めなければならない、というのが真実である。詩人はその時代の生命の強烈な中心であり、それに対し彼はほかの誰よりも生きいきとした関係にある。詩人だけが彼を取り巻く生命を自分自身のなかに取り込み、それを再び惑星間の音楽のただ中にばらまくことができる。[11] この詩的現象が天空に記されると、次いで批評家がそれに従って彼らの計算結果を証明する番になる、とこの天にも昇る気持ちの論者は叫んだ。その時、批評家は、想像力が可視的世界の存在の真実を強烈に熟視し、真実の光輝である美[12]が生まれたことを認めるのである。時代は、それ自体、慣用表現や複雑な組織の奥深くに埋もれてはいるものの、それだけが生命を与え、生命を維持するこのような現実性を必要とする。時代は、また、生気を与えるために選ばれた中心的な人びとが生きる力を与えるのを待っているはずである。生きるための保証を時代に与えることができるのは彼らだけである。こうして人間の精神は不断に肯定的な宣言を行うのである。[13]

このような雄弁で尊大な結論部分を除いて、スティーヴンの論文は慎重に検討した審美理論を慎重に展開したものであった。それが完成したとき、表題を「演劇と人生」から「芸術と人生」に変えねばならないと思った、土台を固めることに没頭しすぎて、すべての構造物を構築する余地を残しておかなかったからである。この奇妙に高踏的なマニフェストはふたりの兄弟で一字一句、丁寧に検討され、最終的にすべての点において完璧であると判断された。それからそれは公の出番が来るまで安全に待避線に格納された。モーリスのほかに、論文の成功を願うふたりの人に前もってそれを見る機会が与えられた、スティーヴンの母と友人のマッデンである。マッデンは、はっきり論文を見せろとは言わなかったが、スティーヴンがクロンリフの神学校を訪ねたことを皮肉まじりに話した会話の終わりで、漠然と、どんな精神状態だったらそんな無礼なことができるのだろうと言った。それでスティーヴンは「これが僕の爆弾の一発目だ」と言って、直ちに原稿を彼に差し出した。その翌日の夕方、マッデンは原稿を戻し、文体を高く評価した。論文はあまりにも深遠すぎて理解できない部分もあるが、上手に書けているのは分かると言った。

――ところで、スティーヴィー、とマッデンは言った（マッデンにはスティーヴンという兄弟がいて、時々このうちとけた言い方を使った)、君はいつも僕のことを田舎のがき呼ばわりするけど、僕は君たちのように神秘的な連中の考えることが理解できない。

――神秘的だって? とスティーヴンは言った。

――惑星や星座のことさ、分かるだろう。ゲール語連盟の会員のなかにはダブリンの心霊協会に所属している者が数人いる。彼らならすぐに分かるのだろう。

――でも論文には神秘的なところなど全くないぜ、本当に。慎重に書いたから……

――ああ、それはよく分かる。上手に書かれている。しかし、聴衆の理解を超えているのは確かだ。

――マッデン、君はまさか、「美文調」の作文だと言うのではないだろう!

――よく考え抜かれていることは分かる。でも、君は詩人なのだろう?

――詩を書いては……いるけど……そういうことを訊いているのなら。

――ヒューズも詩を書くことは知っているよね?

――ヒューズが!

――そうだ、彼はわれわれの新聞に詩を書いている、知っているだろう。彼の詩を見るかい?

――なんだ、持っているのなら見せてくれよ。

――たまたまポケットに入っていたのだ。今週の『剣』(14)に載っていたのだけど。読んでみろよ。

スティーヴンは新聞を受け取って、「恥知らず」(*Mo Naire Tu*)という題の詩を読んだ。その詩にはスタンザが四つあって、各スタンザがアイルランド語の *Mo Naire Tu* で終わり、行末の語は、もちろん、それに対応する行の英語と韻を踏んでいた。その詩は次のように始まる。

何ということだ！　さざ波のように響きよいゲール語が
サクソンどもの卑劣な語の前に屈するとは！

こうして、高揚した愛国主義で沸き立つ詩行は、祖国の古い言葉を学ぼうとしないアイルランド人をあざわらっていた。スティーヴンは、'even'、'never'、'through'といった語の代わりに'e'en'、'ne'er'、'thro'といった短縮形が多用されていることだけを指摘し、その詩の評価には何も触れずに新聞をマッデンに返した。

――君がこの詩を好きになれないのは、アイルランド色が強すぎるからだと思う。でもこれなら好きになれると思う、これは君たち詩人が夢中になっている神秘的で理想的な詩だから。見せてくれと頼む必要はないぜ……

――まあ、そう言うな。

マッデンは内ポケットから四つに畳んだ画用紙版の紙を一枚取り出した。それには「わが理想」という題の八行四スタンザの詩が書かれていた。どのスタンザも「本当だろうか？」という言葉で始まっていた。その詩は「悲哀の谷間」における詩人の悩みと、その悩みがもたらす「心臓の動悸」を歌っていた。それは「疲れ果てた夜」と「不安な日々」と「現世が与える」以上の至福に対する「抑えられない欲望」を歌う詩であった。この哀れな理想主義の後で、最後のスタンザは、悲哀に暮れる詩人に慰めともとれる仮定の代案を提供し、次のように淡い希望をもって始まっていた。

本当だろうか、わが理想よ
おまえは本当に訪ねてくれるのだろうか
柔らかな優しい黄昏の光のなか
おまえのおさなごを膝に抱えて？

幼子が唐突に出現して、スティーヴンは非常に驚き、顔が怒りで真っ赤になり、いつまでも消えなかった。ごてごてと飾り立てた詩行、韻律のくだらない変更、不可解な幼児で押しつぶされる滑稽な、よたよた歩きのヒューズの「理想」、これらがひとつになり彼の感じやすい領域に激しい苦痛を与えた。彼は以前と同じように賞賛の言葉も非難の言葉も付けずにその詩を返したが、もうこれ以上ヒューズ氏の授業に出席することはできない、愚かにも友人の共感を期待し、衝動に屈して残念なことをしたと思った。

知的共感の要求が返答を得られないとき、規律にきわめて厳格な人間であるスティーヴンは、愚者にはより高度に組織化された生活の過激な運動に参加する機会を提供しておけばよかったと自らを責めた。それで彼は原稿の貸し出しを語句による複雑な手旗信号とみなした。彼は母を愚者であるとは考えなかったが、好意的評価の追及が二度目の失敗に終わったのは、責任を自分自身の肩ではなく他者の肩に転嫁していたからで、それにはこれまでも先天的、後天的に十分な責任が彼にあった。母は原稿を見たいとは言わなかった。彼女は、息子の精神の動揺など全く気付かずに、台所のテーブルの上で洗濯物にアイロンをかけ続けていた。彼は台所の三、四脚の椅子に次々に座り直し、テーブルの隅の装飾がついていないところで足をぶらぶらさせたが無駄だった。ついに彼は動揺が抑えられなくなり、論文を読んでほしいのか、と単刀直入に母に訊ねた。

——ええ、ぜひ、スティーヴン——アイロンをかけるものがもう少しあるのだけど、いいかしら……

——いや、全然かまわない。

スティーヴンはゆっくりと力をこめて論文を母に読んでやった。読み終わると、母は、とてもよく書けていると思うけど、ついてゆけないところがあるので、もう一度読んで少し説明してくれないかと言った。スティーヴンはもう一度読み返し、無数の無作法でどぎつい引喩で飾られた彼の理論を、完全に理解してもらうために、長い時間をかけて説明した。おそらく「美」についてなど、客間のきまりごとか結婚と結婚生活の自然な前触れくらいにしか考えたことがなかった母は、息子がそれに並々ならぬ栄誉を与えるのを見て驚いていた。このような婦人の精神にとって、美とはしばしば放縦な生き方と同意語であった。そしておそらくそのような理由から、新しい崇拝のこのような行き過ぎは、公認の聖職者によって監督される、と彼女は考えてほっとした。しかし、この論文を書いた者の最近の習慣は、かならずしも彼女を安心させるものではなかったので、母は分別ある母親らしい気づかいと興味とをひとつにし、論文の不自然さを正面から非難するのではなく、最初は賛辞の形を取って心中を吐露することにした。彼女はハンカチーフを丁寧に畳みながら言った、

——イプセンという人はどういうものを書く人ですか、スティーヴン？

——劇だよ。

——その人の名前はこれまで聞いたことがないのですが、いまでも生きているのですか？

——ええ、生きている。でも、分かっていると思うけど、アイルランドにはヨーロッパで現在起きていることをよく知っている人がいない。

——あなたが言うことから判断すると、この人はきっと大作家に違いないわ。

――イプセンの戯曲を何か読んでみる？　お母さん。僕のところに何冊かあるけど。

――ええ、一番良いのを読みたいわ。何が一番なの？

――さあね……でも、お母さんは本当にイプセンを読みたいの？

――ええ、本当よ。

――僕が危険な作家のものを読んでないかどうかを調べるために、そうなの？

――いいえ、スティーヴン、母は勇敢にも二枚舌を使って答えた。何を読むべきか私が指図しなくても、何が良いか、何が悪いか、そのくらいの判断ができるくらい十分にあなたは年を取ったと思うわ。

――僕もそう思う……でもお母さんがイプセンのことを尋ねるのでびっくりした。こういうことには全く関心がないと思っていたから。

　ディーダラス夫人は彼女の記憶の流れに合わせるように、白いペティコートの上に滑らかにアイロンを押した。

――そうね、もちろん、そんなことあまり話をしたことはありませんけれど、それほど無関心でもないのよ……あなたのお父さんと結婚する以前、よく本を読んでいたわ。新しい劇すべてに関心があった。

――でも結婚してからというもの、ふたりとも本など一冊も買ったことがないじゃないか！

――そうね、スティーヴン、お父さんはあなたとは違うわ。そういうことには興味がないのよ……若かったとき、よく言っていたわ、時間のすべてを猟犬の後を追い、リー川[15]で舟を漕いで費やした、と。戸外の運動競技が好きだったのよ。

――何が好きだったのか怪しいものだ、スティーヴンは冷やかすように言った。おやじは、僕が考えたり、書いたりするものを、からっきし気にしていないことを知っている。

——お父さんはあなたが一人前になるのが見たいのよ、出世してほしいのよ、母はむきになって言った。それがあの人の念願なのです。それだからといってあの人を責めてはいけません。

——いや、いや、そんな。しかしそれは僕の念願ではないかもしれない。そういう種類の人生が時々いやになる。穢くて卑劣だと思う。

——もちろん、人生は私が若いころに考えていたようなものではありません。大作家のものを読んでみたいと思うのは、そういう理由からなのです。どのような人生の理想をもっているのか知りたいのです……「理想」なんていう言葉を使って間違っている？

——そんなことないよ、でも……

——なぜって、時々……神様が与えてくださった運命を愚痴っているわけでありませんし、また、あなたのお父さんと大なり小なり幸せな人生を送っています……でも時々現実の人生から逃れて、別な人生が送れたらと思うわ……ちょっとのあいだですけど。

——しかしそれは間違っている。それは誰もが犯す大きな過ちだ。芸術は人生からの逃避ではないのです！

——そうではないの？

——お母さんはどうやら僕が言ったことを聞いていなかったようです。そうでなければ僕が言ったことを理解していないのだ。芸術は人生からの逃避ではない。それとは全く正反対なのです。芸術は、それとは違って、人生のまさしく中心的な表現なのです。芸術家は大衆の前におもちゃの天国をぶら下げる手合いではない。そういうことをするのは牧師です。芸術家は彼自身の人生の充実をもって肯定する、創造するのです……分かる？

などなど。そんなことがあった一、二日後、スティーヴンは読んでみたらと、数冊の戯曲を母に渡した。母は熱心にそれらを読み、ノラ・ヘルマー[16]は魅力的な女性だと言った。母はストックマン医師[17]を賞賛したが、彼女の賞賛は、当然、息子が上機嫌で口にした、あの恰幅の良い中産階級の市民は「フロックコートを着たイエス」だという不謹慎な言葉で阻止された。どの作品よりも母が好んだ戯曲は『野がも』であった。この作品について母は快く、自ら進んで話した、深く感動したようだった。スティーヴンは、激しやすい狂信的支持者だと非難されるのを避けるために、彼女の感想を思い切り述べるようにとは勧めなかった。

——『骨董屋』のリトル・ネル[18]を持ち出してはほしくないね。

——もちろん、ディケンズも好きですけれど、大きな違いがあるわ、リトル・ネルとあのかわいそうな少女とは——あの子の名前は何と言ったかしら？

——ヘドヴィク・エルダル[19]ですか？

——ヘドヴィク、そうよ……とても悲しくて、読むのが怖いみたい……イプセンはすばらしい作家だという、あなたの意見に心から同意します。

——本当？

——ええ、本当よ。あの人の劇に強く感動したわ。

——イプセンは不道徳だと思う？

——もちろん、分かるでしょう、スティーヴン。扱っている主題が……そういうことについて私はほとんど知りませんけど……主題は……

——こういう主題のものは取り上げるべきではない、という意見ですか？

——そうね、昔の人はそう考えていたのでしょうけれど、それが正しかったかどうか私には分からないわ。人びとが何も知らない方が良いのかどうか、分からないわ……

——それなら、なぜそういうことを公然と扱ってはいけないの？

——ある人には害になるかもしれないからだと思うわ——教育のない、判断力を欠いた人たちには。人間性はいろいろあるから。あなたはもしかして……

——まあ、僕の心配はいらないよ……これらの劇は人が読むのにふさわしくないと思いますか？

——いいえ、これらは非常に優れた劇だと思います。

——そして不道徳ではないのですね？

——私はイプセンという人は……人間性について驚くべき知識を持っていると思います……そして人間性は時に非常に驚くべきものだと思います。

スティーヴンがこの陳腐な一般化に満足せざるをえなかったのは、そのなかに誠実な感情を認めたからであった。母は、実際、自ら改宗して、異教徒のために伝道師の役目を買って出た、つまり、読むようにと何冊かの戯曲を夫に差し出したのである。父は母の賞賛を少し驚いたような様子で聴いていた、母の顔の造作のどれかに注目するのではなく、びっくりした目に片眼鏡をねじ込み、口は素朴な驚きのポーズを取った。父はいつも新しいものに引かれ、子供のように興奮して受け入れていた。この新しい名前とそれが彼の家庭に引き起こした現象は彼にとって新しいものであった。彼は妻の新しい進歩を頭からはねつけるようなことはしなかったが、彼女が彼の援助なしにそこまで成し遂げたこと、そしてそれによって彼女が自分と息子との仲介者として働き得ること、その両方に腹を立てた。彼は時機を逸していると非難したが、息子が気まぐれに未知の文学の研究にうつつを抜かしているとは言わなかった。自分のなかに同じような趣味を発見できなかったが、彼は最も高潔な英雄主義に献身する気になった。つまり、人生の半ばを過ぎて、若者の主張に敬意を払い、共感の情を拡大する気になったのだった。時代遅れの人間は、どうして彼らの庇護や判断が文学者を激怒させるのか、その理由を理解することができないのが常であるが、そのような人たちの習慣に従って、父は母から差し出された戯曲を表題で選んだ。隠喩はその適切さゆえに感受性の鈍い人を引き付け、その虚偽性と危険ゆえにまじめすぎる人を不快にする悪である。それで、結局、語られるべきものが存在する。たとえ詳細で長大なものでないとしても、少なくとも他のすべてと同様に、文学において常にしっかりと四本の足で大地を歩く、社会のあの階級に対する譲歩の言葉がある。ディーダラス氏は、ともかく、『人形の家』は『小公子』[20]風の取るに足らないものであろうと思った。そして彼は心霊現象を収集・検討する、あの国際的な協会の会員であったことは、たとえ非公式でもなかったので、『幽霊』はきっと妖怪変化が出没する家に関する何か退屈な物語だろうと結論を下した。彼は、かつて大いに肝胆相照らした飲み友達を思い出させるようなものを期待して『青年同盟』[21]を選んだが、田舎の陰謀を二幕読んで、つまらないと言って大事業を放棄した。彼は、その名前を聞いて新聞記者がよそよそしい態度をとり、慇懃無礼で煮え切らない言葉を使うのから推論して、ある種の逸脱、北欧には珍しい焦熱の恋を期待していた。もっともイプセンの写真の下に書かれた名前のまっすぐに伸びた"b"の線が、不安の最中に、ある忘れた瞬間を求める心を支えるように、頭文字に沿って奇妙に流れているのに、驚嘆の念を再び目覚めさせられたのは疑いなかったが、その名前が添えられている人物によって、彼はデイム通り[22]の事務弁護士あるいは株式仲買人事務所を連想し、結局、この奇妙な名前の人物が彼に与えた最終的な印象は、失望が混じりあった安堵の印象、彼の微かではあったが真の失望を息子のために忠実に打ち消してくれる安堵感であった。そんなわけで尊敬すべき人はスティーヴンの両親のどちらからも揺るぎない忠誠を得ることができなかった。

論文の発表日に決められた日の一週間前、スティーヴンはきれいな文字で表紙を付けた小包を幹事に手渡した。マキャンは唇で音を立て、原稿をコートの内ポケットに入れた。

――今夜これを読む、あした同じ時間にここで会おう。ここに書いてあることはすべてあらかじめ分かっているると思うけど。

次の日の午後、マキャンは告げた、

――やあ、君の論文を読んだよ。

――それで？

――見事に書けている――少し強烈だとは思うけど。ともかく、目を通してくれるようにと今朝、学長に渡した。

――何のために？

――許可を得るために、すべての論文はまず学長に提出しなければならないのだ、知っていると思うけど。

――つまりこういうわけだ、スティーヴンは蔑むように言った。僕の論文は君の協会で発表する前に学長の認可を受けなければならないのだ！

――その通り、学長は検閲官なのさ。

――ご立派な協会だ！

——どうしていけないのだ？

——子供だましだね、全く。幼稚園の子供を思い出させる。

——仕方がないのさ。できるものを受け取らざるをえないのだ。

——どうしてすぐに店を閉めないのだ？

——そうだな、有益だからさ。若者が公衆の前で話す訓練になる——弁護士や政治家になるためにね。

——ダニエル氏だってジェスチャーゲームで立派に演説ができるぜ。

——多分そうだろうな。

——それで君たちの検閲官が僕の論文を査読しているのだね？

——まあね。あの人は心の広い人だから……

——参ったな。

ふたりの青年が図書館の階段でこのような会話をしていたとき、大学弁士のウェラン[23]が近づいてきた。この人当たりのよい丸々と太った青年は、協会の事務局長で、法曹界に入るための勉強をしていた。彼は穏やかな嫉妬に満ちた目に恐怖を浮かべ、アッティカ風の習慣をすっかり忘れてスティーヴンに言った、

——君の論文はタブーですよ。ディーダラス。

——誰がそう言った？

——敬虔なる尊師、ディロン博士です。

このニュースが伝えられるとその後に沈黙が続いた。そのあいだにウェランは下唇を舌の唾液でゆっくり湿らせ、マキャンは肩をすくめる準備をした。

――くそったれ、あの間抜けなじじいはどこにいる？　とスティーヴンは即座に言った。ウェランは顔を赤らめて肩越しに親指を立てた。スティーヴンはあっという間に中庭を半分越えていた。マキャンは彼を呼び止めた、

――どこへ行くのだ？

スティーヴンは立ち止まったが、あまりに腹を立てていて話ができるとは思わなかったので、ただ大学の方角を指で示して先を急いだ。

さんざん苦労して、考えるにいいだけ考え、文章を練ったというのに、あの頭の古い頑固じじいが論文を差し止めようとしている！　グリーン公園を横切っているうちに、彼の怒りは悪賢い軽蔑のムードに変わった。スティーヴンが老齢で足がおぼつかない門番に声をかけたとき、大学の玄関の時計は三時半を指していた。彼は二度話さなければならなかった。二回目は、門番が少しもうろくしていて、耳も遠かったのに気づいて、はっきりと一語ずつ発音した。

――学長に――お会い――でき――ますか？

学長は自室にいなかった。校庭で日課の祈りを唱えていた。スティーヴンは校舎から出て校庭に入り球戯場の方へ歩いていった。スペイン風のゆったりした黒い外套を羽織った小柄な人が、歩道の向こう端に近いところでスティーヴンに背を向けていた。その人は歩道の先端までゆっくりと歩いていき、そこでちょっと立ち止まり、それからぐるっと振り向いて彼の方を見た。聖務日課書の端から灰色の巻き毛に覆われた、きれいな丸い頭と何とも言いようのない色をした皺だらけの顔が見えた、上半分は淡褐灰色、下半分は暗い青みをおびた灰色。学長はだぶだぶの外套を着て、声を出さずに灰色の唇を動かし、聖務日課を読みながら、ゆっくりと歩

道を歩いてきた。道の先端で再び立ち止まり、不審そうにスティーヴンを見た。スティーヴンは帽子を取って、「こんばんは、先生」と言った。学長は、可憐な少女が何か彼女を困らせるような世辞を言われた時に見せる笑い——「勝ち誇った」微笑——で答えてくれた。

——私に何か用があるのですか？　と学長は計算づくの豊かな深い声で尋ねた。

——論文のことで、とスティーヴンは言った。私に会いたいとお考えになっていらっしゃると思ったものですから——討論協会で発表するために書いた論文のことです。

——ああ、ディーダラス君でしたか、と学長はより真剣ではあったが、まだ快く言った。

——もしかして、お邪魔では……

——いや、ちょうど聖務日課を終えたところです、と学長は言った。

彼は、誘っているとでもいうように、ゆっくりした歩調で道を歩き始めた。それでスティーヴンは学長についていった。

——あなたの論文の文体はとてもよく書けていると思います、彼はしっかりした口調で言った。本当です。しかし、あなたの理論のすべてを是認することはできません。残念ですが、私はあの論文を大学の文学歴史協会で発表する許可を与えることはできません。

ふたりは何も言わずに道の端まで歩いていった。やがてスティーヴンが言った、

——どうしてでしょうか、先生？

——この大学の学生諸君のあいだに、あのような理論を広めることを奨励するわけにはいかないのです。

——先生は私の芸術理論が誤っているとお考えですか？

――あれはこの大学が認めている芸術理論でないのは事実です。

――その点には同意します、とスティーヴンは言った。

――それどころか、現代の不安と現代の自由思想の全体像を表すものです。例として引用されている作家たちは、あなたは高く評価しているようだが……

――アクィナスのことですか？

――アクィナスではなく、アクィナスについては後で話さなければなりません。そうではなくて、イプセン、メーテルリンク……といった無神論の作家のことです……

――先生はお嫌いなのです……

――このような大学の学生が、あのような作家に何か賞賛に値するものを発見したことに私は驚いているのです。詩人の名をかたり、無神論の思想を堂々と発表し、読者の精神を現代社会のがらくたでいっぱいにするような作家たち。あれは芸術ではありません。

――先生がお話になっている腐敗を認めるとして、腐敗を検証することが法を犯すことにはならないと思います。

――その通りです、法にかなっているでしょう――科学者にとっては、革命家にとっては……

――なぜ詩人にとっていけないのですか？　ダンテは確か社会を検証し、弾劾しています。

――ああ、そうです、学長は説明するように言った。道徳的目的を意図していたのです、ダンテは偉大な詩人でした。

――イプセンだって偉大な詩人です。

——ダンテとイプセンを比べることはできません。

——比べてなんかいません。

——ダンテは美の高邁な支持者です。イタリアの最も偉大な詩人とイプセン、他のすべての作家を凌駕する作家、イプセンとゾラ(24)は彼らの芸術を堕落させることを求める者たちです。腐敗した趣味につけこむ者たちです……

——先生ご自身が比べていらっしゃいます！

——いや、ふたりを比べることはできない。前者は高い道徳的目標を持ち——人類を高めます。後者は堕落させるのです。

——道徳的慣例のある特種なきまりの欠如は詩人を堕落させない、というのが私の意見です。

——そうですね、詩人がかりに最も下劣なことを検証したとして、と学長は寛容の余地を感じさせるような口調で言った。検証した上で自らを純化する方法を人びとに示すならば、話は別です。

——それは福音伝道者に言うことです、とスティーヴンは言った。

——まさか君は……

——私が言いたいのは、現代社会に関するイプセンの評価は、英国新教徒の道徳と信念に関するニューマンの評価と同じくらい純粋に反語的だと言うことです。

——なるほど、学長は接続法によってなだめられて言った。

——そして、いかなる伝道者的な意図も持っていません。

学長は黙っていた。

——気質の問題です。ニューマンは『アポロギア』を書くのを二十年間がまんすることができました。

——しかしニューマンが自ら禁を解いたとき！　学長は含み笑いと意味深長な不完全語法で言った。かわいそうにキングズリー[25]は！

——すべて気質の問題です——社会に対する態度は、詩人であろうと批評家であろうと同じです。

——ああ、そうです。

——イプセンは大天使の気質を持っています。

——きっとそうなのでしょう。しかし彼はゾラのような激越な現実主義者で、教え諭すべきある種の新しい主義主張を持っている、と私はかねてから思っています。

——それは間違いです、先生。

——それが一般大衆の意見です。

——間違った意見です。

——私は彼が何らかの主義主張を持っていると解釈した——自由な生き方に関する社会主義的主張、抑制のない奔放な芸術的主張——あまりにも過激なので、大衆は彼の劇を舞台に載せるのを許そうとしないのです。また、男女同席の場で彼の名前を口にすることさえできないのです。

——そんなことをどこでご覧になったのですか？

——おお、至る所で……新聞に。

——真剣な議論をしているのです、とスティーヴンは咎めるように言った。

学長はこのあつかましい言い方を憤るどころか、それが正しいことを認めているようだった。生半可な教育しか受けていない今日のジャーナリズムの意見ほど信用ならないものはないと考えているのは、学長をおいてほかに誰もいなかった。そして彼はどんなことがあっても、こう言え、ああ言えと指図する新聞を認めようとしなかった。同時にまた、イプセンに関する意見は、至る所で全員が一致するところであったので、つい思い込んでしまった……

——お尋ねいたしますが、イプセンの作品はどのくらいお読みですか？

——そう、いや……白状すると、私は……

——お尋ねします、一行でも読んだことがおありですか？

——そう、いや……私は認めなければならない……

——そして先生は、はっきりと、ある作家について、その作品の一行も読まずに判断を下すのは正しくないと考えていらっしゃるのですね？

——そうです、それを認めなければならない。

スティーヴンはこの最初の成功の後、ためらっていた。学長は話を続けた、

——どうしてあなたはこの作家をそれほど熱愛するのか、たいへん興味深いことです。私はこれまで自分でイプセンを読む機会がありませんでしたが、たいそう評判になっていることは知っています。あなたが彼について話したことで、正直に白状しますが、彼に関する私の見方が大きく変わりました。いつかきっと私も……

——お読みになるのでしたら、お貸しできます、とスティーヴンは不謹慎なほど率直に言った。

——本当に貸してくれるかね？

ふたりともしばらく立ち止まった。それから——

た。

——イプセンがどれほど偉大な詩人か、偉大な芸術家か、お分かりになるでしょう、とスティーヴンは言っ

——私は心から、と学長は好意的な意図を込めて言った。彼の作品をいくつか自分で読んでみたいと思っている。ぜひ読ませていただく。

スティーヴンは、「クリスチャニア[26]に電報を打ってきますから、五分間待ってください」、と言う衝動に駆られたが、何とかその衝動を抑えた。この会見のあいだ中、心中のこの執拗な悪鬼に強く足枷を掛けなければならない時が一度ならずあった、その欲求はとんでもない茶番を引き起こしかねなかった。学長は彼の性格の開放的な面を見せ始めていたが、牧師の用心深さを失っていなかった。

——ええ、きっと読んでみます。あなたの意見はどちらかというとなじみのないものです。この論文を出版するつもりですか？

——出版ですって！

——この論文で述べている思想とこの大学の教育とを結びつける人がいても、私は一向にかまいません。私たちは大学を任されているのですから。

——でもしかし、あなたの大学の学生が考えたり、言ったりすることすべてに責任を取るおつもりはない。

——いや、もちろんそれはない……しかし、あなたの論文を読んで、あなたがこの大学の学生だと分かって、私たちがそのような思想を大学で教えていると思う人がいるかもしれません。

——この大学の学生は希望すれば、特別な研究計画を追求できるはずです。

——それはまさしく私たちが常々学生諸君に奨励していることです。しかしあなたの研究は、非常に革命的

な……非常に革命的な理論をあなたに受け入れさせることになる、と思うのです。

——もし私があした、ジャガイモの胴枯れ病を防ぐ方法について非常に革命的な論文を出版したとしたら、先生は私の理論に責任があるとお考えになりますか？

——いや、いや、もちろんそんなことはない……それに第一、ここは農学校ではない。

——演劇法の学校でもありません、とスティーヴンは答えた。

——あなたの論拠は予想ほど決定的ではありませんよ、と学長は少しあいだをおいて言った。しかし、あなたの主題に対する態度が本当に真剣であることが分かってとてもうれしい。同時に、あなたがお持ちのこの理論は——その論理的帰結まで推し進めると——あらゆる道徳上の規制から詩人を解放することになることも認めなければならない。私は、この論文であなたが「骨董品めいた」理論と言うものに嘲笑的に言及していることにも気づいています——戯曲は倫理的目的を持たなければならない、教え、鼓舞し、楽しませなければならないという理論です。あなたは芸術のための芸術を目指しているのだと思います。

——私はアクイナスが美について与えている定義を、その論理的帰結まで推し進めただけです。

——アクイナス？

——*Pulcra sunt quae visa placent.*（知覚して快い物は美しい。）[27] 彼は、美は審美的欲望を満足させる以外の何ものでもないと考えているようです——それを知覚すること自体が快い……

——しかし、彼が意味するのは崇高なるもの——人間を引き上げるものです。

——彼の言葉は、オランダの画家が一椀の玉葱の絵で表すものにも当てはまります。

——いや、違う、聖別された状態において魂を楽しませるものだ。魂は精神的善を求めているのです。

——アクイナスの善の定義は安全な適応基準とは言えません、あまりにも広すぎます。「欲望」の処理において彼はほとんど反語的であると思います。

学長は疑わしそうに頭を掻いた。

——もちろんアクイナスは特別な精神の持ち主です、と彼はつぶやいた。教会の最も偉大な博士ですが、彼を理解するためには膨大な注釈が必要です。アクイナスにはどんな牧師も説教壇で口にしようとは思わないような部分があります。

——しかし、もし私が、芸術家として、いまなお依然として生まれたばかりの愚かな状態にいる者に必要であると考えられる警告を受け入れるのを拒否したとしたらどうしましょう?

——あなたが誠実なのは認めます。これはあなたよりも年を取った人間として、少しは経験を積んだ人間としてお話しするのですが、美のカルトは厄介ですよ。唯美主義は、出だしは上々でも、結局、不快きわまりないもので終わることがよくあります……

——*Ad pulcritudinem tria requiruntur.*(美には三つの要件がある。)

——それは陰険で、少しずつ、精神に忍び寄る……

——*Integritas, consonantia, claritas.*(全一性、調和、光輝。)[28]ここにあるのは……危険ではなく、この理論の光彩とも言うべきものだと思います。知性が一瞬のうちにそれを把握する。

——聖トマスはもちろん……

——アクイナスが有能な芸術家の側に立っているのは明らかです。教えるとか、鼓舞するといった言葉はどこにも見当たりません。

——アクイナスの上に立ってイプセンの考えを立証するのは、逆説が過ぎるように思われる。若い人は往々にして見事な逆説と信念とを取り違える。

——私の信念はどこへも私を導くものではありません、理論がすべてです。

——ああ、あなたも逆説家だ、と学長は穏やかな満足でほほえみながら言った。私にはそれが分かります……それともうひとつ別のことがあります——おそらくほかの何よりも趣味の問題です——それがあなたの理論を未熟だと考えさせるのです。あなたは古典劇の重要性を理解していないらしい……もちろんイプセンもまた、彼の専門分野では、きっと賞賛に値する作家なのでしょう……

——でも、失礼ですけど、先生、とスティーヴンは言った。私の理論で最も高く評価しているのは、芸術における古典的気質です。先生はきっと覚えているはずです、私が言ったことを……

——私が思い出すことができるのは、と学長はかすかに微笑を浮かべる顔を青白い空に持ち上げながら言った。その顔の上で、思い出がうつろな愛想のよさに釈明を求めようと努めていた。私が思い出すことができるのは、あなたはギリシャ劇を——古典的気質で——一刀両断に処理している。若気の至り……厚顔無恥とでも言いますか。

——しかしギリシャ劇は英雄的で、荒唐無稽です。アイスキュロス(29)は古典的作家ではありません！

——あなたのことを逆説家だと言いましたよね、ディーダラス君。あなたは何世紀にもわたる文芸批評を見事な言い回しで、逆説でひっくり返そうとしている。

——「古典的」という語を特別な意味で使っているのです。特別に限定した意味で使っているだけです。

——専門用語を好き勝手に使ってはいけません。

――用語を変えていません。はっきり説明しています。「古典的」という語は、満ち足りた芸術の緩慢かつ入念な粘り強さを意味します。英雄的なるもの、奇怪なものを、私は浪漫的と言います。メナンドロス(30)は、どちらになるのでしょうか、おそらく……

――世界中がアイスキュロスは至高の古典的劇作家であると認めています。

――ああ、彼がその日の糧を与えている教授の世界のことですか……

――有能な批評家たちです、と学長は厳しく言った。最高の文化人です。それに世間一般の人たちでさえ、彼の真価を認めている。ある新聞に……載っていた記事だったと思いますが……あれは確か……アーヴィング、あの名優、ヘンリー・アーヴィング(31)がロンドンで演出したアイスキュロスの劇に、ロンドン市民が大挙して押し寄せたそうです。

――好奇心からです。ロンドン市民は新しくて、一風変わったものなら何にでも押し寄せるのです。アーヴィングが固ゆで卵のまがいものを提供したとしても、連中はそれを見るためにわんさと押し寄せるでしょう。

学長はこの駄洒落をびくともしないで厳粛に受け取った。そして小道の端まで来ると、学長は学寮へ向かう道に入る前にちょっと立ち止まった。

――この国であなたの主張は喝采を得られるとは思いません、と学長は結論的に言った。この国の人たちには彼らの信仰があり、彼らは幸せです。彼らは彼らの教会を信頼し、教会は彼らに十分応えています。たとえ世俗的世界のためであるとしても、現代の厭世主義の作家たちは、少し、ちょっと……行き過ぎています。

クロンリフ神学校からマリンガーまで駆けて行くくらいの軽蔑にかられながら、スティーヴンは、何かはっきりした盟約が示されるとき、それに対処できる態勢を整えようと懸命に努めた。学長は慎重に会見をうちとけた会話の領域に移していた。

——ええ、そうです、私たちは幸せです。英国人でさえ、ああいう陰惨な悲劇の狂気の沙汰を見るようになりました。ああいう惨めで非健康的な悲劇。私は先日、ある劇作家が彼の劇の最後の幕を書き換えなければならなかったという記事を読みました。流血の惨事で終わっていたからです——むごい殺人、自殺、あるいは死だったのでしょう。

——どうして死を極刑にしないのでしょうか？　とスティーヴンは言った。民衆は腰抜けです。雄牛と闘うには角をつかめと言うではありませんか、その方が良いに決まっています。

学寮のロビーに着いたとき、学長は自室に行く前に、階段の下で止まった。スティーヴンは黙って待っていた。

——物事の明るい面が見えてきましたね、ディーダラス君。芸術は第一に健康であるべきです。学長は階段を上るために、ゆっくりと男とも女ともつかない身振りでスータンを手繰り寄せた。

——あなたは非常に上手に自説を正当化したと言わなければなりません……非常に上手だ、本当に。私は、もちろん、同意はいたしませんが、あなたが前もってすべてを慎重に検討したことは分かります。慎重に検討しましたね？

——はい、いたしました。

——あなたの理論は非常に興味深いものです——時々少し逆説的で、少し未熟なところがありますが——強く心を打たれました。あなたは、また、研究がわき道にそれてしまったような時にはきちっと——一般に認められる事実によりよく合致するように――修正することができる人だと確信します。その時にはきっと、あなたの理論をより良い目的に用いることができるでしょう――あなたの精神がある課程……修道会の……訓練を受け、そしてより大きな、広い意味での……比較を持たれたら……

第二十章

学長のどちらとも取れる会見の閉じ方は、スティーヴンの心にある疑惑を残した。上階に引き籠るということは、友好関係の打ち切りを意味したのか、無力さを巧妙に告白したのか決めかねた。しかし、はっきりと禁止が言い渡されたわけではなかったので、実質的に阻止されるまで静かに自分の道を進むことにした。マキャンと次に出会ったとき、笑って質問されるのを待った。学長との会見に関するスティーヴンの説明が学部学生のクラスを駆け巡り、多くの学生の目に驚きの表情が浮かぶのを見て、彼は大いに楽しんだ。彼らの偏見のない卑屈な驚きから判断して、自分のなかに道徳的なネルソンの性格を見るようだった。モーリスは大学の権威者との戦いに関する兄の説明を注意深く聞いていたが、それについて何も言わなかった。ほかの人からの援助がなかったので、スティーヴンは自分で会見の暗示的な側面をひとつずつ大げさに拡大して出来事に注釈をつけ始めた。彼はこの妄想の楽しい追いかけっこのために想像の油をずいぶん費やした。やがて彼のすばやい、絶えず変わる話の経路は、モーリスの冷淡な態度に対する不満の炎に火を点けた。

――おまえは俺が言っていることをちゃんと聞いているのか？　何を話しているか分かっているのだろう？

――分かっている。いいよ……論文を読んでくれるのだろう？

――そうだ、もちろん、読んでやる……でもいったいどうしたのだ？　退屈なのか？　何かほかのことを考えているのか？

――まあ……そうだ、考えている。

――何を？

――どうして今晩は、いつもと気分が違うのか分かったのだ。どうしてだと思う？

――分かるものか。話せよ。

――左足の踵から歩きだしていたのさ。いつもは右足の踵から歩きだすのに。(1)

スティーヴンは、こんなことを話す相手のまじめくさった顔を横目で見て、皮肉なムードのしるしが浮かんでいないか探りを入れたが、そこには揺るぎない自己分析があるだけだった。

――本当か？　そいつはすごくおもしろい、と彼は言った。

論文発表の日と決められていた土曜日の夜、スティーヴンは物理学の階段教室に並ぶ長椅子に向き合っていた。議事録が書記役によって読み上げられているあいだに、窓の高いところで父の片眼鏡が光るのを見る時間があった。そして彼は中央席の油断のならない聴衆のどまん中に、無愛想なケイシー氏の姿を見た、というよりむしろ直感的に察知した。弟の姿は見えなかったが、最前列の長椅子にバット神父とマキャンとほかのふたりの牧師が座っていた。司会者は英文構成法の教授のキーン先生だった。形式的な議事が終わると、司会者が論文を読むようにと執筆者を促し、スティーヴンは立ち上がった。スティーヴンは控えめな拍手が鳴り止むまで待っていると、マキャンが最後に歓迎のソロのように力強い手でよく響く拍手を四つ送った。それから彼は論文を読んだ。大胆な思想や表現をひとつずつ音程の低い無害なメロディーの封筒に包んで、静かにはっきりと論文を読んだ。彼は落ち着いて最後まで読み続けた。朗読は一度も拍手で中断されることがなかった。彼は最後の文章を金属的に響く、すきとおった調子で読み終えて腰を下ろした。

　どっと押し寄せてくる混乱した気分を突いて出てきた最初の率直な感想は、こんな論文を書くべきではなかった、という明らかな悔悟の念であった。彼らの頭に原稿を投げつけて家に帰ってしまおうか、それとも残っていようか、と陰気な気分で考えながら、司会者の机の上の蝋燭の灯りが顔に当たらないようにしていた。気が付くと彼の論文について議論が始まっていて、びっくりした。大学弁士のウェランが、美辞麗句に合わせて頭を振り動かしながら、感謝演説の提案をしていた。スティーヴンは誰かほかに大学弁士の口のあどけない動きに気付く者がいないだろうかと思った。バシッと顎を閉じて、頑丈な歯があるのを見せてほしかった。演説の音を聞いているだけで、乳母のサラがイザベル[2]のミルク入りパンを青い椀のなかで潰すときによく立てていた音を思い出した。あの椀はいま母が澱粉を入れるのに使っている。しかし彼はすぐにこのような批判めいた態度を改め、大学弁士の言葉を聞くように努めた。ウェランは褒めちぎっていた。ディーダラス君が論文を読んでいるあいだ、まるで天使たちの討論に耳を傾けているような気分になり、彼らが話している言葉が分からなかった。ディーダラス君はアッティカの演劇の美を理解していないようです、と彼は思い切って批評したのだが、いかにも自信なげだった。彼は、また、アイスキュロスは不朽の名前であると指摘して、ギリシャ演劇は幾多の文明の試練に耐えて生き延びるであろうと予言した。スティーヴンは、ウェランがバット神父の真似をして、「イエスタディー」と言うところを二度も「イスタディー」[3]と言うのに気付いた。それはバット神父が英国南部の出身であったのと、大学弁士の最終決定権がドミニコ会の牧師とイエズス会の牧師のどちらに帰属するのか決めかねていたからだった。ウェランは、「ギリシャ芸術は、一時代のためにではなく、すべての時代のためにある。それは超然とそれ自体で立っている。荘厳にして、威厳ある、厳然たる芸術である」と言った。

マキャンは、ウェラン君が適切にも提案してくれた感謝演説の動議に賛意を表し、今夜の発表者に対するウェラン君の雄弁な敬意に自分の敬意を加えたい、と言って話しだした。ディーダラス君がわれわれに読んでくれた論文には、必ずしも同意できない部分が多々あるが、彼はウェラン君ほど盲目的に古代のための古代を支持する者ではない。現代の思想はその言葉を持たなければならない、現代社会は幾多の差し迫った問題に直面しなければならない。これらの問題に印象的な方法で注意を喚起することができる作家は誰でも、真剣に物事を考えるすべての人の考慮に十分値する。ディーダラス君は、今晩、彼の率直かつ真剣な論文を発表することによって、社会に大いなる恩恵をもたらしたのであり、この場にいる者全員に代わって謝意を表したい、とマキャンは言った。

これら二本の冒頭のスピーチが終わると、みんなが待っていた当夜の気晴らしが始まった。スティーヴンは六、七人の敵意をむき出しにした発言者の砲火を浴びた。最初の発言者はマギー(4)という名前の青年で、宗教の精神にこれほど敵対する精神で書かれた論文が、われわれの社会で認められるはずがないと驚きの意を表明し、ディーダラス君は自分が唱えている理論の真の目的を理解しているとは思えないと言った。教会以外の誰が芸術的気質を維持・育成したか？　演劇はその誕生自体を宗教に負っているではないか？　罪深い陰謀のつまらない劇に力を貸し、不滅の名作を公然と非難しようとすること自体、不毛な理論である。マギーは、イプセンについてはディーダラス君ほどよく知らないし、また、この作家について何か知ろうとも思わないが、その劇のひとつが海水浴場の衛生状態に関するものだということを知っていると言って、次のように締めくくった。「もしこれが演劇ならば、どうしてダブリンのシェイクスピアは、ダブリン行政区の新しい幹線排水路計画について不朽の作品を書いてはならないのだ」。この発言が総攻撃の合図になった——この論文は意味のない言葉のあそびだ、文芸理論の仮面を被った邪悪な原理の巧妙なプレゼンテーションだ、ヨーロッパの疲弊した都市の退廃した文学論の再現だ。論文にはあえて悪ふざけを意図したとしか考えられないような部分がある。『マクベス』は、ディーダラス君が愛好する未知の作家たちが死んで忘れられてもなお、不滅であることを誰でも知っている。古代の芸術は好んで美しいもの、崇高なるものを支持した、現代芸術は勝手にほかの主題を選べばよい、しかし、いまだ無神論の害毒に汚染されていない精神を維持している人びとは、どれを選ぶべきか知っている。ヒューズが立ち上がったとき、攻撃は最高潮に達した。彼はリンリンと響く北部訛りで、アイルランド国民の道徳的繁栄がこのような理論によって威嚇されたと宣言した。外国の汚物はいらない。ディーダラス君は、もちろん、誰でも好きな作家を勝手に読めばよい。しかし、アイルランド国民には彼らの栄光に満ちた文学があり、そこに彼らは、常に新しい愛国的な試みに駆り立てる新鮮な理想を発見することができる。ディーダラス君は国粋主義の隊列からの脱落者であり、世界主義を唱道している。しかし、すべての国の国民たろうとする者はいかなる国の国民でもない——芸術を所有する前にまず、国家を所有しなければならない。ディーダラス君は何でも好きなようにすればよい、芸術の神殿にぬかずこうが、素性の知れない作家に熱を上げようと勝手である。教会の偉大なる博士の名をいかに偽善的に用いようと、アイルランドは芸術と道徳とを峻別する狡猾な理論に対して警戒心を怠らない。もしこの国民に芸術が必要ならば道徳的芸術、精神を鼓舞する芸術、とりわけ、国民的芸術でなければならない。

サクソン語でなくイタリア語でもない。

司会者が討論を総括して閉会を宣言する時間が近づき、いつものように一瞬静かになった。その沈黙を利用してバット神父が立ち上がり、ひとこと言わせて欲しいと許可を求めた。聴衆は興奮して拍手喝采し、権威《エクス》の座《カシィードラ》からの弾劾を聞こうと座り直した。バット神父は、「ノー、ノー」という喚声のなかで、夜も更けた時間に聴衆を引き留めることの許しを求め、さんざん罵られた発表者を弁護するためにひとこと述べなければならないと言った。「私はあまの《アドヴォカタス》じゃく《ダイアボリ》なのかもしれないが、発言者のひとりが、必ずしも正鵠を得ていないわけでもないが、ディーダラス君の論文で用いられている言葉が天使の言葉であると言ってからというもの今更ながら、私の職務に落ち着かないものを感じています」。ディーダラス君は非常に驚くべき論文を発表してくれた。それは会場を沸かせ、それが引き起こした活発な議論によって聴衆を楽しませてくれた。もちろん、芸術の問題において全員が一致した意見を持つことは期待できない。ディーダラス君は浪漫派と古典派との論争をあらゆる成果の条件であると認めている。そして今夜出席した人びとは、敵対的な理論間の論争は論文そのものと同じくらい、めざましい成果を収めることができるのを確認した。この論文は特出すべき労作であり、また一方、反対側の指導者であるヒューズ氏もまた長く記憶に残る反撃を行った。発言者のなかには一、二名、発表者に対し不当に厳しい人がいたが、討論で取り上げられた問題に関してディーダラス君は自分で十分に対処できると確信している。この理論そのものについては、トマス・アクイナスが審美哲学の権威者として引用されるのを聞くのは初めてで、感動的であった、とバット神父は告白した。審美哲学は最近の学問で、それに何らかの価値があるとしたら、役に立つものでなければならない。アクイナスは美についてわずかに論じてはいるが、常に神学的立場からである。彼の言葉を実質的に解釈するためには、アクイナスの全哲学についてディーダラス君が持っている以上のより完全な知識を必要とする。しかしまた同時にディーダラス君が、実際、故意にあるいは知らずに、アクイナスを誤解しているとまでは言えない。しかし、それ自体善であっても、周囲の状況によって悪となる行為があるように、本質的に美しい対象でも他の理由から価値が低下することもある。ディーダラス君は美を本質的に考えようとしており、そのようなほかの考慮をおろそかにしている。しかし美にはまたその実用的な側面もある。ディーダラス君は芸術的なものの熱心な崇拝者であり、そのような人は必ずしも現実世界で最も実用的な人ではない。それからバット神父は、聴衆にアルフレッド王とケーキを焼く老婆[5]の物語を思い出してほしいと言った。つまり理論家と実用的な人との物語である。そして彼は結論として、発表者はアルフレッド王を見習い、彼を批判する実用的な人たちに厳しすぎることのないように希望すると言った。

司会者は、総括的な演説で、その文体について発表者に賛辞を表したが、発表者はどうやら芸術は選択であることを忘れているらしいと言った。彼は論文についてきわめて有益な討論があったと認め、その明瞭かつ簡潔な批評に対して、全員がバット神父に感謝していると確信すると述べた。ディーダラス君はどちらかというと少し厳しく取り扱われたが、その論文に認められる多くの優れた点を考慮して、彼は司会者として、この協会の最高の感謝が、当然、ここに、見事で有益な論文を発表してくれたディーダラス君に与えられることに、全員一致して賛同してくれるように提案したいと言った。この感謝動議は満場一致で通ったが、盛り上がりはなかった。

スティーヴンは起立して頭を下げた。その晩の発表者がこの機会を利用して論文の批評家たちに反論するのが習慣になっていたが、スティーヴンは感謝動議に謝辞を表すだけにした。彼に発言を求める者もいたが、司会者がむなしく数分待っているうちに、一連の議事は瞬く間に終わってしまった。物理学の階段教室は五分間で空になった。階下のロビーで、若者たちが忙しそうに外套を着たり、巻きタバコに火を点けたりしていた。スティーヴンは父とモーリスを探したが、どこにも見つからなかったのでひとりで家に帰った。グリーン公園の曲がり角でスティーヴンは四人の青年の一団に出会った、マッデン、クランリー、テンプル[6]という名の若い医学生そして税関の職員。マッデンはスティーヴンの腕を捕まえて、慰めるようにそっと言った、

——やあ、おい、ああいう連中は理解しようとしないと言ったろう。奴らには高尚すぎるのだ。

スティーヴンはこの友情の誇示にほろりとしたが、話題を変えようじゃないかと言うように頭を振った。それに、マッデンは論文についてほんのわずかしか理解していないのは事実だし、また、理解したことに反対であるのも知っていた。スティーヴンが四人の青年に出会ったとき、彼らはぶらぶら歩きながら、復活祭の月曜日にウィックロー[7]へ行く旅行計画の話をしていた。スティーヴンはマッデンと並んで歩道の端を歩いていたので、広い歩道に五人が一列になって前進していた。中央のクランリーはマッデンと税関の職員と腕を組んでいた。スティーヴンはぼんやりと聞いていた。クランリーは、（有閑階級の青年と歩くときの癖で）基本はラテン語で上部構造はアイルランド語とフランス語とドイツ語から成るごたまぜ言葉を話していた。

——*Atque ad duas horas in Wicklowio venit.*（それにウィックローへ行くには二時間かかる。）

——*Damnum longum tempus prendit*（くそ、そんなにかかるのか）、と税関の職員が言った。

——*Quando*（その時）……いや、つまり……*quo in*（それで）……*bateau*（船で）……*irons-nous?*（行こうというのだな?）、とテンプルが尋ねた。

——*Quo in batello?*（船で行くか？）とクランリーが言った。*'Regina Maris'*（「海の女王」）で。

青年たちはしばらく話をした後で、ウィックローへ「海の女王」号で行くことに同意した。このような会話を聞いているうちにスティーヴンの気持ちはとても楽になった。やがてあの大失敗の苦痛はそれほど強く感じなくなった。クランリーは歩道の端を歩いているスティーヴンを見て、おもむろに言った、

——*Ecce orator qui in malo humore est.*（発表者はやけにふさいでいるじゃないか。）

——*No sum*（いや、別に）、とスティーヴンは言った。

——*Credo ut estis*（大丈夫なのだな）、とクランリーが言った。

——*Minime.*（全く心配ない。）

——*Credo ut vos sanguinarius mendax estis quia facies vestra mostrat [sic] ut vos in malo humore estis.*（おまえはひどいうそつきだと思う。だっておまえの顔にはひどくふさいでいると書いてあるぞ。）

マッデンはこの言葉を上手に使うことができなかったので、一団の者たちの会話を英語に戻した。税関の職員はスティーヴンの文体について賞賛の意を表す義務があると考えているようだった。彼は大きい頑丈な体つきの青年で、まるまると太った顔をして傘を持っていた。彼は仲間の者たちの誰よりも三、四歳年上であったが、精神倫理学の学位を取るために勉強していた。彼はクランリーの忠実な仲間のひとりで、クランリーの能弁に説き伏せられて大学の夜間コースを受講していた。クランリーは人生には違う生き方があると若者たちに説いて、彼の時間の大部分を費やしていた。税関の職員の名前はオニールと言った。彼はとても愛想のよい男で、クランリーの油断のならないおどけにいつもぜいぜいと、喘息持ち特有の笑い方で答えていたが、精神向上に役立つ機会なら何でも逃さないようにしていた。大学の討論クラブや信心会の集まりに出席するのも、

そうすることによって大学生活に係わることができたからだった。彼は用心深い青年で、クランリーが女のことで彼をからかうのに逆らわなかった。スティーヴンは一団の者たちに論文に触れることを思いとどまらせようとしていたが、オニールはそれを自己啓発の絶好の機会と捉えていた。彼は若い婦人の告白録のページに出てきそうな問題を尋ねた。スティーヴンは彼の精神の至福の場所はたぶん菓子屋みたいなところに違いないと思った。テンプルはジプシーのような顔つきをした下品な青年で、よろよろした足取りで歩き、よろよろした話し方をした。彼はアイルランド西部の出身者で、筋金入りの革命家であると言われていた。オニールはしばらくのあいだクランリーと話していた。そのときクランリーはスティーヴンより丁寧にオニールに答えていた。テンプルは最初少し言葉につまずいたが、やがて口から言葉が出てきた、

——俺は……ものすごくいい論文だと思う。

クランリーはうつろな顔をして話者の方を見たが、テンプルは続けた、

——奴らに喝を入れた。

——*Habesne bibitum?*（応えただろうか?）クランリーが尋ねた。

——ごめんよ、君、とテンプルは間に挟まっている人越しにスティーヴンに言った。君はイエスを信じるか?……俺はイエスを信じない。

この発言の調子にスティーヴンは声を出して笑った。笑い続けているとテンプルはよろよろと弁解めいたことを言いだした、

——ごめんよ、君がイエスを……信じているかも知れないからな。俺は人間を信じる……君がイエスを信じるなら……もちろん……君に最初に会った時に何も言うべきではなかった……そう思うだろ?

オニールはまじめくさって沈黙を保っていたが、テンプルの演説が不鮮明なつぶやきに変わっていくと、彼は全く新しい話題を取り上げるかのように言った、

——僕は君の論文にたいへん感動した。ほかの人の演説にも……君はヒューズをどう思いましたか?

スティーヴンは答えなかった。

——いやな奴さ、とテンプルが言った。

彼の演説は非常に趣味が悪いと思った、とオニールは同情するように言った。

——*Bellam boccam habet*(けんか腰だ)、とクランリーが言った。

——そうだ、彼はやりすぎたと思う、とマッデンが言った。でも、分かるだろう、アイルランドに熱中してわれわれを忘れてしまうのだ。

——*Patrioticus est.*(愛国主義者だ。)

——そうだ、彼は愛国狂だ、とオニールはぜいぜい、あえぐように笑いながら言った。しかし、バット神父の演説はとても良かった、とても明晰で哲学的だったと思う。

——君はそう思うかい? とテンプルは歩道のまん中からスティーヴンに叫んだ。……ごめんよ……彼がバットの演説をどう思うか聞きたかったのだ、テンプルはほかの三人にも同時に説明した……彼もくそったれだ……と思うか?

スティーヴンはこの新しい呼び方に苦笑せずにいられなかった、もっともバット神父の演説は彼を少しも寛大な気持ちにしていなかったが。

——あれは彼がいつもわれわれに示すやり方と全く同じだ、とマッデンが言った。彼のスタイルを知ってい

るだろう。

——あの演説にはうんざりした、スティーヴンはそっけなく言った。

——どうしてだ？　とテンプルはむきになって言った。どうしてうんざりしたのだ？

スティーヴンは答える代わりにしかめっつらをした。

——くそったれ、ひどい演説だ、とテンプルは言った……俺は合理主義者だ。どんな宗教も信じない。

——あの演説の半分は親切心から出たものだと思う、とクランリーはしばらくしてから、スティーヴンに面と向かって言った。スティーヴンは澄んだ黒い目をじっと見て、彼の凝視に応えた。そして彼らの目が合ったとき、一瞬、希望を感じた。その言葉には勇気づけるようなものは何もなかったし、その当否も大いに疑問だったが、それでいて希望が彼に触れたのが分かった。彼は考えながら、四人の青年と並んで歩いていた。クランリーは、彼らが通りかかったうらぶれた路地の小さな行商人の店の窓の前に立ち止まって、窓ガラスに斜めにぶら下がっていた黄色くなった『デイリー・グラフィック』の古新聞をじっと見つめていた。冬景色の挿絵が載っていた。誰も何も言わず、沈黙がいつまでも続くと思われたとき、マッデンはクランリーに何を見ているのかと訊いた。クランリーは質問者を見た、そして再びその汚い絵に目をやり、それに向かって深々と頭を下げた。

——何だ……何だ？　と隣の窓の冷たくなったクルビーンを見ていたテンプルが言った。

クランリーはうつろな顔をもう一度質問者の方へ向け、絵を指差して言った、

——*Feuc an eis super stradam......in Liverpoolio.*（見ろよ、道路が凍っているぞ……リバプールだ。）(8)

イザベルが修道院から戻ってきて、スティーヴンの家庭の構成員が増えた。このところ彼女の体調が優れず、

修道女は在宅看護を受けることを勧めたのだった。彼女はスティーヴンの論文の記念日から数日後に家に帰ってきた。スティーヴンは川口に面した表の小さな窓辺に立っていると、両親が痩せた青白い少女をあいだに路面電車から歩いて来るのが見えた。スティーヴンの父は家に住人が増えるのが好きでなかった、ほとんど愛着を感じていない娘の場合はなおさらだった。ディーダラス氏は、修道院が彼女に提供してくれた機会を利用しようとしない娘が疎ましかった。しかし彼の社会的な義務感は、長続きしないとはいえ、本物であったので、妻が彼の援助なしに少女を家に連れて来ることを絶対に許そうとしなかった。娘が彼にとって助けになるどころか、足手まといになるという心配と、長男の肩にもっともらしく背負わせた責任の重荷が、その若者を苦しめ始めているという疑念が、彼の将来展望を曇らせた。彼は何でも比べてみるのが好きだった。子供たちに勤勉と節制を期待することになったのはおそらくそのせいであったが、何か物質的な贅沢を望んでいたわけではなかった。この容易に理解できない父の性格が、逆境に立ち向かって家運を立て直すことを息子に求めたのであり、スティーヴンはそれに条件付きで同意していた。しかし、この父と子のあいだの細い連合の糸は、日々の生活の使用で擦り切れてしまい、また、その細さと上層部を食い潰しはじめた錆びの増殖のために、より少ない、より微弱なメッセージしか送らなくなった。

スティーヴンの父は、正しくないと分かっていることでも平気で正しいと信じて話すことができた。彼は自分の破産が自分自身の不始末に責任があることを知っていながら、その原因を他人のせいにして話してきた。彼は責任に対して息子の嫌悪を持っていたが、息子の勇気を持っていなかった。彼は不合理な知ったかぶりで、彼にかかるといかなる証拠も第一印象を論破することができなかった。彼の妻は夫に対する義務を驚くほど忠実に守ってきたが、それでも血を分けた者たちの過ちを償うことはできなかった。このような誤解は、上流社会では当然のこととして受け入れられるのであるが、中流階級では不当に拒絶された挨拶と同じで、飽くことを知らない、けちな憎しみに満ちた確執に発展することがよくある。ディーダラス氏は妻の結婚前の姓を中世的な強烈さで嫌った。鼻持ちならなかったのである。彼らとの婚姻関係は、怯懦《きょうだ》な彼が全く率直に自らを非難することができる唯一の罪であった。彼はいまや人生の最終段階にさしかかり、快適に過ごせる財産を食い潰し、不快な習慣を募らせてしまったという良心の呵責に苛められながら、偏執狂になるのではないかと心配されるほど長く、くどくどと繰り返される毒舌で自らを慰め、自らに復讐した。夜の炉辺はこのような復讐が思いめぐらされ、つぶやかれ、唸り声をあげ、果たされるのを目撃する神聖な場所であった。彼の慈悲心からもともと妻のために設けられていた例外はすぐに忘れ去られ、彼女はその従順な象徴性で彼をいらいらさせ始めた。彼の人生の大きな落胆は、より小さいが、より鋭い喪失——切望してやまない名声の喪失——によって強調された。確かな収入と確かな社交的才能のおかげで、ディーダラス氏は自分を常々小さな世界の中心、小さな社会の最愛の人とみなしていた。彼はいまでもなおこの役割を維持しようと努めていたが、家の者たちがその行為だけでなく精神においても、さんざん苦しまねばならなかった向こう見ずな大判振る舞いは犠牲になった。彼は、この彼を有頂天にさせる役割を維持しようと努めているあいだに、ディーダラス家の経済状態は、彼が理解しようとしたことが一度もない息子の働きで、あっという間に元どおりになると想像していた。この希望は、それに夢中になっていたとき、それまで自分より優れていると認めていた息子に対する愛情を時々ほろにがいものにしたが、いまや彼の希望が実体のないものと思わざるをえなくなり、あの愛情のほろにがさは、彼の感情の陸標のなかで永久にその痕跡をとどめるように思われた。息子の貴族趣味は彼が賛同できるものではなかったが、家計のやり繰り算段に息子が口を挟まないことを、もはや無言の賛辞とみなすことはできなかった。彼は、実際、この点に関し、城主としての権利に対するひそかな威嚇を読み取ることができるほど十分に敏感であった。そしてあのまわりくどい、いまわしい独白に付き合わされるのを、最低限の必需品を受け取る代わりに、わがままな子供に要求するみつぎ物と父がみなしている、と息子が想像していたとしても間違ってはいなかったであろう。

スティーヴンは両親のことを特に真剣に考えなかった。彼の意見では、両親と彼とのあいだに紛らわしい、不自然な関係を築いたのは彼らなのであり、両親の彼に対する愛情は、彼らに対する勤勉な態度と、彼の現在の強烈な理想主義の状態においては、些末なことでしかない幾多の物質的奉仕を彼らのために行う真の善意によって、もうすでに償われたと考えていた。彼が両親のためにしようとしなかった唯一の物質的奉仕は、精神的に危険だと判断されることであった。その上、この例外は彼の慈悲をほとんど無効にしたと言ってもよかった、というのも彼は服従をほとんど全く許すことができない精神的独立を求めていたからだった。この点に関しては神学上の模範が手本となった。牧師が従順の戒律を説明するために入念に作り上げる語句は、彼には貧弱で、反語的で、決定力に欠けるように思われた。そしてイエスの生涯に関する物語は、どうしても他者に仕える者の生涯の物語として受け取ることができなかった。彼が、その語の正しい意味において、ローマカトリック教徒であったとき、イエスの姿は常に彼にはあまりにも遠く離れ、あまりにも情熱を欠いていたので、彼は救世主に対して一度も心から熱烈な祈りを捧げたことがなかった。彼が精神的なことを託したのは、救済のより弱き器、より魅力ある器である聖母マリアであった。いま教会の教えからの解放が創始者のもとへの本能的な回帰と重なるように思えるとき、この衝動はおそらくプロテスタント主義の利点を考えさせていたであろう、もうひとつの自然な衝動が、秩序のなかに自己矛盾と不条理までも持ち込む気にさせたのでなかったなら。その上、何かの支払いを「アーメン、お願いだから」という言葉以上に強制されたくないのと同じように、歴代教皇の高慢さはイエス自身にその起源をたどることができないとは言い切れなかったが、イエスの謎めいた発言の背後には、プロテスタント神学の背後に発見されると予測できるもの以上に、はるかにもっと確実な思想があることを彼は確信していた。

——これをおまえの日記に書き留めておけ、と彼は何でも書き写す癖があるモーリスに言った。プロテスタントの正統主義はランティ・マックヘールの犬[9]のようなものだ、誰にでもついてどこへでも行く。

——聖パウロがその犬を訓練したのだろう、とモーリスが言った。

ある日スティーヴンが大学に行くと、偶然にもマキャンが長い感謝状を持ってロビーに立っていた。感謝状の一端がロビーのテーブルの上に載っていて、大学のほとんどすべての学生がそれに署名していた。マキャンは小さなグループを相手に大演説をぶっていた。スティーヴンは、感謝状はロシア皇帝に対するダブリン大学の学生からの称賛の証しであることが分かった。世界規模の平和、あらゆる紛争の仲裁によるところの解決、諸国の軍備撤廃。これらは世界の人びとを豊かにするもので、学生たちは謝意を表してそれに報いようというのであった。ロビーのテーブルの上に写真が二枚載っていた。一枚はロシア皇帝、もう一枚は『レヴィユー・オヴ・レヴィユーズ』誌の編集長[10]で、写真には両方とも著名な両人の署名があった。マキャンは明かりを横に受けて立っていたので、スティーヴンは彼と平和を好む皇帝の側面から撮られた写真とのあいだに類似をたどって楽しんでいた。皇帝のキリスト然とした、何かに取りつかれたような雰囲気が彼の嘲笑を誘い、同意を求めてドアの横に立っているクランリーの方を向いた。クランリーはバケツをひっくり返したような形をしたひどく汚れた黄色い麦藁帽子を被っており、それに隠れて彼の顔は淡い青緑色の静けさを浮かべていた。

——むさいイエスに見えないか？[11]　スティーヴィンは皇帝の写真を指差しながら、ダブリン風の名前を結果相の普通名詞として使いながら言った。

クランリーはマキャンの方を向き、頭でうなずいて答えた、

——むさいイエスと毛むくじゃらのイエス。

そのときマキャンがスティーヴンの姿を見て、すぐにそっちへ行くからと合図を送った。

——署名をしたか？　とクランリーは尋ねた。

——このことか？　いや——君はしたの？

クランリーは一瞬ためらい、それからやがてじっくり考えた上で「イエス」と言った。

——何のために？

——何のためにだって？

——ああ。

——*Pax*（平和）……のためさ。

スティーヴンは隣人の顔をバケツの形をした帽子の下から見上げたが、表情を読むことはできなかった。彼の目はゆっくりと帽子の天辺のへこんだところへと移っていった。

——神の名にかけて何のためにそんな帽子を被っているのだ？　ひどく暑いわけでもないだろう？　と彼は尋ねた。

クランリーはゆっくりと帽子を取って帽子のくぼみを覗き込んだ。しばらくしてそこを指差して言った、

——*Viginti-uno denarios.*（二十一ペンスだ。）

――どこで？　とスティーヴンは言った。

――買ったのだ、とクランリーは堂々とはっきり言った。去年の夏ウィックローで。

彼はもう一度じっと帽子を見て、気難しい愛情をこめて笑いながら言った、

――こいつは……それほどひどく悪い……帽子じゃない……そうだろう？

それから彼はいつもの癖で'*Viginti-uno denarios*'とつぶやきながら、それをまたゆっくり頭に載せた。

――*Sicut bucketus est*（まるでバケツだ）、とスティーヴンは言った。

この主題はそれ以上論じられなかった。クランリーはポケットから小さい灰色のボールを取り出して、その表面をあちこちへこませながら丹念に点検し始めた。スティーヴンがこの仕草を見ている時にマキャンが話しかけてきた。

――感謝状に署名してもらいたい。

――何についてなのだ？

――これは国際紛争を解決する手段として、戦争によるのではなく、仲裁を主張する声明を世界の列強に発することによってロシア皇帝が示した勇気を讃える感謝状だ。

スティーヴンは頭を振った。そのとき、ロビーをぶらついて賛同者を探していたテンプルがやってきてスティーヴンに言った、

――君は平和を信じるか？

誰も彼に答えなかった。

――それで君はサインするつもりがないのだな？　とマキャンが言った。

スティーヴンはまた頭を振った。

――どうしてだ？　マキャンが鋭く言った。

――イエスが必要ならば、とスティーヴンは答えた。正統的なイエスにしようじゃないか。

――すごい！　テンプルが笑いながら言った。これは名言だ。聞こえたかい？　と彼はクランリーとマキャンに言ったが、ふたりとも耳が悪いとでも思っているようだった。聞こえた？　正統的なイエスだって！

――それでは、君は戦争と殺戮を認めるのだな、とマキャンが言った。

――こんな世界を作ったのは僕ではない、とスティーヴンは言った。

――すごい！　テンプルがクランリーに言った。俺は国際的友愛を信じる。ごめんよ、彼はマキャンに向かって言った、君は国際的友愛を信じるか？

マキャンはこの質問を無視して、スティーヴンに話し続けた。彼は平和の必要性から説き始めた。テンプルはしばらくそれを聞いていたが、マキャンがテンプルに背を向けて話していたので、話がよく聞こえなかったのか、革命的青年はまたロビーをぶらつきだした。スティーヴンはマキャンに反論しなかった。いい具合に話が途絶えたところで言った、

――僕はサインをするつもりはないよ。

マキャンは話すのを止めた。クランリーはスティーヴンの腕を取って言った、

――*Nos ad manum ballum jocabimus.*（ハンドボール[12]をやろうじゃないか。）

――よろしい、マキャンは、拒絶に慣れているかのように、きっぱり言った。したくないのなら、しなければいい。

彼は皇帝のためにもっと署名を集めるために離れていき、クランリーとスティーヴンは中庭へ歩いて行った。球戯場が空いていたので二十ポイントの試合をすることにし、クランリーはスティーヴンに七ポイントのハンディを与えた。スティーヴンは試合の練習をしたことがあまりなかったので、クランリーが「ゲームボール」と叫んだとき、十七ポイント取るのが精いっぱいだった。二試合目も負けた。クランリーは強い球を打つ、確実なプレイヤーではあったが、有名選手になるには足が重すぎる、とスティーヴンは思った。彼らがハンドボールの試合をしていると、マッデンが球戯場に入ってきて、古い箱の上に座った。彼は誰よりも興奮して、踵で箱を蹴り、「いけ、クランリー！　いいぞ、クランリー」、「頑張れ、スティーヴィー！」と叫んだ。三試合目のサーヴのとき、クランリーはボールを球戯場を超えて隣のアイヴァ伯の庭に打ち込んでしまい、彼がボールを探しにいくあいだ試合は中断した。スティーヴンはマッデンと並んでしゃがんだ。二人はネットにつかまって壁の上から庭師のひとりに合図を送っているクランリーの姿を見上げた。マッデンは煙草道具を取り出した。

——君とクランリーは長いあいだここにいるの？

——長くはない、とスティーヴンは言った。

マッデンはひどく安いタバコをパイプに詰め始めた。

——知っているかい、スティーヴィー？

——何だ？

——ヒューズだけど……君を嫌っている……すごく。君のことをある人に話しているのを聞いてしまったのさ。

——「ある人」とはあいまいな言い方だ。

——彼は君をすごく嫌っている。

——気が狂っているのではないの、とスティーヴンは言った。

棕櫚《しゅろ》の聖日(13)の前の土曜日の夜、スティーヴンはクランリーとふたりきりだった。図書館の大理石の階段に寄り掛かり、出たり入ったりする人をぼんやり見ていた。彼らの前の大きな窓が開け放たれていて、穏やかに風が吹いていた。

——聖週(14)の礼拝は好きかい？　スティーヴンが尋ねた。

——ああ、とクランリーは言った。

——いいな、とスティーヴンが言った。テネブレ(15)——長椅子に祈祷書を叩きつけて脅すなんてまったく子供じみている。予備聖別のミサ(16)は変わっていると思わない——蝋燭も祭服もなく、祭壇はむき出し、聖櫃のドアは開け放しで、祭壇の階段に牧師がひれ伏しているなんて？

——ああ、とクランリーが言った。

——ミサを始める読師は変な人だと思わない？　誰も素性を知らない、ミサと何の関係もない。ひとりで出てきて祭壇の右手にある聖書を開いて、聖文を読み終わると聖書を閉じて、来た時のように立ち去る。変だよね？

——ああ、とクランリーが言った。

——あの聖文の最初の部分を知っている？(17)　*Dixit enim Dominus: in tribulatione sua consurgent ad me; venite et revertamur ad Dominum.*（「主は言い給う、彼らは苦しみの内に我に来たらん。来たれ、主に帰ら

ん」)

彼は低音で聖文の最初の部分を唱えた。声は階段を流れ下り、円形のロビーを巡りひとつずつ木霊して、豊かに、やわらかく耳に帰ってきた。

——彼は嘆願しているのだ、とスティーヴンは言った。彼はむかし小学校の先生が僕のためにしてくれたことをしている、悪魔の代弁者だ。(18) イエスには聖金曜日に味方がひとりもいない。聖金曜日にどういう人の姿が僕の前に現れると思う?

——どういうのだ?

——その肉体に現世の罪をとりこんだ醜い小男。(19) ソクラテスとグノーシス派のキリスト(20)の中間——暗黒時代のキリストかな。あれは贖罪の使命が彼にもたらしたものだ、かつて神も人間も憐れみを垂れたことのない、ゆがんだ醜い肉体。イエスと彼の父とは奇妙な関係にある。イエスの父は相当の俗物だと思う。彼は公の場で息子を認めたのはたった一度だけなのを知っている——タボル山(22)の頂上でイエスが正装した時のことさ?

——昇天祝日はあまり好きになれない、とクランリーが言った。

——僕も嫌いだ。チャペル・ハントを楽しんでいるママさんやお嬢さんたちであふれている。教会堂が花と溶けた蝋燭と女の匂いでむんむんしている。それに女の子のお祈りでおさすりをする気がなくなる。

——聖土曜日は好きか?

——いつも礼拝が早すぎるけど好きだよ。

——俺も好きだ。

——そうだね、教会は事態をよく考えた上で、こう言っているようだ、「そうですね、いろいろあったけど、ご覧なさい、もう朝です。だめかと思いましたが持ちこたえました」。イエスの亡骸は五つの聖痕の代わりに香料を五箇所において、復活祭の蝋燭になる。三人の忠実なマリアも金曜日にすべてが終ったと思って、蝋燭を一本ずつ持っている。鐘が鳴り、礼拝は前後に関係なく何度もハレルヤが繰り返される。[23] これはどちらかというと技術的な問題で、あれもこれも祝福し、そのほかにもと言うのだから、でもあれは厳かなうちにも楽しい。

——べらぼうな阿呆どもはこれらの礼拝に好き勝手なものを見ているとは思わないか？

——見てはいけないの？　とスティーヴンは言った。

——ばかばかしい、とクランリーが言った。

彼らが話していると、クランリーの友人のひとりが階段を上がってきた。昼間はギネス醸造所で事務員として働き、夜は大学の夜学で精神倫理学の授業を受けている青年だった。受講を勧めたのはもちろんクランリーだ。グリン[24]という名前のこの若者は、遺伝性神経症の病気をもっていたので頭をしっかり保つことができなく、手を使って何かしようとするといつもひどく痙攣した。彼は神経質な口ごもった話し方をし、几帳面に足を踏み鳴らさなければ、満足に話ができなかった。彼は小柄な青年でニグロのような顔をし、頭もニグロのような黒い縮れ髪をしていた。いつも傘を持ち歩き、会話は大部分当たりまえのことを多音節の語句に置き換えたものだった。彼がこの習慣を身に着けた理由の一半は、正常の速度で脳を使う障害から自分を守るためであったが、おそらくそれが彼独特のユーモアに最も適した伝達方法であると考えたからだった。

——やけにでかい傘のグリン教授のお出ましだ、とクランリーが言った。

——今晩は、諸君、とグリンはお辞儀をしながら言った。

――よい……晩だって、クランリーはぼんやりと言った。なるほど、そうだな……よい晩には違いない。

――私にも、とグリンは震える人差し指を叱責するように動かしながら言った。君が露骨なことを言うところだったのは、私にも分かります。

裏切りの水曜日(25)の夜、臨時司教座聖堂(26)におけるテネブレの朝課に出席した。彼らは祭壇の後ろへ回って、賛歌を唱えているクロンリフの学生たちの背後にひざまずいた。ウェルズがスティーヴンの真正面にいた。袖の広い白いサープリスがあの若者の容貌に大きな変化をもたらしていた。スティーヴンは大声で早口に読み上げられる賛歌は好きでなかった。教会堂も白熱灯が輝き、長椅子が磨き上げられていると保険会社の事務所みたいだ、とクランリーに言った。クランリーは、受難日にはホワイトフライアーズ通りのカルメル会教会(27)の勤行に出席する計画を立てていて、そこでの祈祷ははるかに質素だと言った。クランリーは家に帰る路の途中までついてきて、大きな手をそのために使いながら、ウィックロー・ベーコンの長所を微に入り細を穿って説明した。

――君はユダヤ人ではないから、とスティーヴンは言った。不浄な動物でも食べてもいいのだ。

クランリーは、豚が汚い残飯を食べるから不浄だと考え、それと同時に、主として排泄物で大きくなる牡蠣を快いものと考えるのは、ばかげていると答えた。豚で大儲けをする人がいるから、豚は不当に恨まれるのだと言って、豚肉屋を開いてダブリンでそれなりの成功を収めたすべてのドイツ人を挙げた。

――俺は時々、真剣に思うのだ、彼は発言を強調するために歩みを止めて言った。豚肉屋を開こうかなってさ……クランリベルグ(28)とか何とか、ドイツ語の看板をドアに掲げてさ……豚の肉を売ってがっぽり儲けてやる。

――神よわれらを祝福したまえ！　とスティーヴンが言った。何というひどいアイデアだ！

――ああ、とクランリーはのろのろと歩きながら言った。がっぽり、べらぼうに儲けてやる。

キリスト受難の聖金曜日に、スティーヴンは目的もなく街を歩き回っていたとき、壁に貼られた一枚のビラが目に留まった。それにはガーディナー通りのイエズス会教会[29]でイエズス会士Ｗ・ディロン師とＪ・キャンベル師[30]が「十字架上のキリストの三時間の苦悶」について説教を行うとあった。人通りのない通りを次々に横切っているうちに孤独と無為な感情が募ってきて、特別に意識したわけでもないのに、ガーディナー通りの方角へ歩きだしていた。蒸し暑い、曇った日で街は神聖な休息の様相を呈していた。聖ジョージ教会[31]の下を通ったとき二時半を過ぎているのに気づいた――もう三時間も街を行ったり来たりしていたのである。彼はガーディナー通りの教会に入った。小銭を期待して無感覚な眠りから目覚めた平修士のテーブルの前をお辞儀もせずに通り過ぎ、教会堂の右翼に着いた。教会堂は祭壇から戸口まで正装をした群衆であふれていた。彼は至る所に、一様にイエズス会士におもねる親愛の情を見た。イエズス会士は習慣的に、数千の尊敬すべき地位にある不安な中産階級の人たちに、その精神的冒険が決して彼らに与えたことのない高級な避難所、つまり、不純な、察しのよい告解聴聞席と独特の人当たりのよい作法を授けることによって、彼らを修道会に繋ぎ止めていた。スティーヴンは、あまり遠くない柱の陰に父とふたりの友人がいるのに気づいた。父は片眼鏡を遠くの聖歌隊に向けており、その顔に感動に満ちた敬虔な表情を浮かべていた。聖歌隊は哀悼の意をこめた何かのはなやかな装飾音楽を演奏していた。教会堂の歩き方、熱気、人ごみ、暗闇がスティーヴンを圧倒した。彼は入口のまぐさに寄り掛かりながら、半ば目を閉じ、思考が漂うにまかせた。やがて頭のなかでリズムが形を取り始めた。

白衣を着た人が説教壇に上るのがぼんやり見え、*Consummatum est*（事終れり）という声が聞こえた。スティーヴンはその声が誰のものだか分かった。ディロン神父が第七の御言葉[32]について説教しているのだった。説教を聞くのは何の苦労もいらなかったが、数分ごとに戒律の新しい翻訳が信徒たちの上に朗々と響いていくのが聞こえた。「それは終わった」、「それは成し遂げられた」。その感動が白昼夢から彼を目覚めさせ、訳文が次から次とますます早く続くうちに、彼の投機的な本能が警戒態勢を整えているのに気づいた。彼は説教者がどちらの語を選ぶかに賭けていた。「それは……成し遂げられた」、「それは……完成した」、「それは……達せられた」。この語句の最初の部分と二番目の部分とのあいだの数秒のあいだにスティーヴンの精神は、占い師の機敏な芸当を演じていた。「それは……終結した」、「それは……完全になった」、「それは……完結した」。こうしてディロン神父が修辞的話法の最後に思いっきり一花咲かせて説教の終末を告げると、信者たちは一塊になって通りに流れだした。スティーヴンは群衆のなかを押されて歩いていた。周りの至る所から一様に賞賛のつぶやきが聞こえてき、一様に満足の表情が見えた——控えめなつぶやき、感情を抑えた表情。イエズス会士に委託された特別な教区民たちは、有意義に過ごした聖金曜日を互いによろこび合っていた。

父を避けるためにスティーヴンはこっそり教会堂の内陣の方へ回っていき、中央のポーチで待っていると、一般の人たちが足を引きずり、よろめきながら通り過ぎていった。ここにもまた賞賛と満足があった。若い労働者が妻と一緒に通り過ぎていき、「あの人はじん学に詳しいと言ったろう」と話しているのが聞こえた。ふたりの婦人が聖水盤の横で立ち止まり、基盤の上でいたずらに手をこすり合わせ、乾いた手でぞんざいに十字を切った。彼女たちのひとりがため息をついて茶色いショールをたぐり寄せた。

——それにあのお言葉、ともうひとりの婦人が言った。

――んん、そんだ。

ここでもうひとりの婦人が彼女の番になって、ため息をつきショールをたぐり寄せた。

――そんだ、と彼女は言った。あの人にゃあ悪いけんど、あんたもわしもはんじゃくできない言葉を使っていた。(33)

第二十一章

　復活祭と五月の終わりまでのあいだに、スティーヴンのクランリーとの交友関係は夜ごとに深まった。夏期試験の時期が近づいていたので、モーリスとスティーヴンはふたりとも勉強に忙しいと思われていた。モーリスはお茶の時間が終わると毎晩、おとなしく自室に下がっていき、一方、スティーヴンは足しげく図書館に通った。彼は図書館でまじめに勉強していると思われていたが、実際には、図書館で本をほとんど、あるいは全く読んでいなかった。クランリーと閲覧机で、または、不快感を露わにする図書館員や学生たちの眼差しで移動させられる場合には階段の上で、何時間も話した。図書館が閉まる十時になると、ふたりはほかの学生たちと他愛のない会話をしながら中心街を通って家に帰った。

　最初のうちこのふたりの若者には、余暇に対する救いがたい欲求以外に共通点があろうとは思えず、何となく不自然で変な感じだった。スティーヴンは自分のことを本気で文学者とみなすようになっており、空騒ぎや権力に対する侮辱行為に加わるのをいさぎよしとしないことを公然と表明していた。クランリーの選ばれた仲間たちは、大桶と食卓用の細口瓶との中間の部分的な発酵状態における空騒ぎを代表しており、クランリーは彼自身の準備不足を示す、この風刺漫画の一コマを楽しんでいるようだった。いずれにしろ空騒ぎに対しても、権力に対しても、彼は同様に服従を最大の防御としていた。もしクランリーが汚染されていると噂されている者との交際によって、信心会の会員や教会の平修士総代としての名声を危険にさらすのを厭わないことを、スティーヴンが日々確証できなかったなら、このあまりにも成熟した振る舞いを精神的退廃の紛れもない徴候とみなす気になっていたかもしれない。クランリーは、しかし、父親たちからは、反抗的な若い芸術家を再び良い習慣に連れ戻すという隠れた目的をもって付き合っていると、思われていたかったのかもしれない。そして、そのような任務に自分が最適であることを内心ひそかに承知しているとでもいうように、彼はいつもスティーヴンの理論と並行して教会の教義を拡大し、解説した。このような対決において、この正統派の仲裁者は、隣人たちに受け入れられそうな調停案を手際よく示し、さらに進んで、教会は異様な建造物や異教徒の象徴や飾り物の使用でさえ、教会の地代が四半期ごとに前納される限り、性急に非難するようなことはないであろうと言った。このような融通無碍な商業的条件は、より素朴な人びとにとっては信仰心を疑われたかもしれないが、たとえ道徳的現象でもその根源的細胞にまで遡ってみようとする悪い癖のある、ふたりの若者を驚かせるようなことはなかった。カトリックの教義において、道徳は良心というわざとらしい合金できわめて巧妙に裏打ちされ、織り合わされているので、敏捷な精神の管理の下で、拡張と収縮の離れわざを演じることができた。無数のそのような形式上の変化の後に、この伸縮自在な集合体は突然位置の変化を見破られ、それまでは外部にあった点がいまではそのなかに完全に取り込まれているように見えた。これらの変容はすべて、目が多様な変種の展示にすぎないものによって誤魔化されているあいだに、ある種のアメーバ状の本能によって達成された。

芸術的共感ということに関しては、クランリーはそれらを提供したとは言えなかった。彼は田舎者の愛情のすべてを週六日間の散文的な事柄に捧げていた。それに加えて、この田舎者は週の七日目に芸術を愛でるという偽善的な趣味を持っていなかった。図書館で彼は好んで挿絵の多い週刊誌を読んでいた。時にはカウンターで分厚い本を受け取り、それをまじめくさって机に持ってきて本を開き、表紙と序文とを一時間もかけて詳細に検討していることがあった。彼は純文学については、ほとんど全く文字どおり無知であった。イギリスの散文に関する彼の知識は、『ニコラス・ニックルビー』[1]の最初の部分をぼんやり覚えている程度だった。英詩に関してはワーズワースの[2]「父への忠告」という詩を読んだのは確かだった。これらふたつの偉業をスティーヴンに打ち明けたのは、ある日のことクランリーが『牛の疾病』[3]という書物の表紙を真剣に読んでいるのが発見された時だった。彼は読んでいた書物について何の評価も下さなかった。ただ、そこに書かれている業績は、彼がすでに達成していたもので、驚くまでもないと言った。彼の言語を使いこなす連隊は統帥力を欠いており、かろうじて自分の意思を表現することはできたが、話し方が単調で、しばしば子供じみた過ちを犯した。彼は専門用語や外国語を、彼にとってそれらが単なる言語の約束にすぎないことを誇示するかのように、挑戦的に使う癖があった。彼はどんな苦痛も平然と受け入れる受容力を持っていて、彼の人生に生起することをすべて受け入れた。スティーヴンは本能的に、これほど無差別に何でも受け入れる容器に特別な親近感を感じた。クランリーは哲学的議論を知的機能自体の手続きに還元するきらいがあり、日常的な事物については、同様に、すべてを食物的価値によって検証した。

この青年のためを思って、スティーヴンは彼の沈黙の戒律を破る決心をした。クランリーにしてみれば、あれほど繊細で執拗なお世辞に少しの動揺も感じなかったとしたら、まさしく人生の偶然であったに違いない。スティーヴンはクランリーの不毛な耳に向かって溢れるばかりの大量な語彙を使って語りかけ、相手の大胆不敵なきまり文句に思想の複雑な輝きをもって立ち向かった。このような独白にクランリーはほとんど、あるいは全く彼の存在を押し付けようとしなかった。彼はすべてを聞き、すべてを理解しているようだった。まるで聞き、そして理解するのが彼の想像上の人格の義務であると考えているかのようであった。彼は耳をふさぐことは決してなかった。スティーヴンは知的共感を求める必要から、間断なくそれに訴えた。彼らは腕を組んで何マイルもの道を一緒に歩いた。何か妙に気を引く小さな物を見つけて歩みを止めて、雨のなか広いポーチの下に佇んだ。時々、ミュージックホールの平土間に座り、ひとりが詩の目的のつづれ織りをもうひとりに向かって繰り広げているあいだに、楽団が喜劇役者にわめきかけ、喜劇役者が楽団にわめき返した。クランリーはさまざまな感じや印象が現れる瞬間に目の前で記録され、分析されるのに次第に慣れてきた。彼にとってそのような自己集中は初めての経験であり、最初、スティーヴンの天真爛漫な傲慢さをひとり占めする喜びにとまどった。このような現象は、それを理解するためにこれまでの判断をすべて思い出させ、彼の世界の極限で新しい生活のシステムを切り開くもので、クランリーを何となく苦々しい気持ちにさせた。更にまた、それが彼をいらいらさせたのは、ストイズムの薄板の下に隠しているキリスト教徒の心情がどれほど得になるかということをあまりにもよく知っていたので、同じような無茶な言動をする性癖が自分にもあるのを疑ってみることができなかったからだった。それでいて、この真剣そのものの若きエゴイストがその自尊心と怒りを彼の足に高価な軟膏のように注ぐのを聞き、また、その保留するものは皆無に等しいと思われる気前のよさから利益を得ながら、クランリーはできるだけそのような絆から超然としていたかったのだが、次第にその訴えに無言の倒錯した愛情で応えている自分に気づいた。彼には性格的にわざと残忍性をひけらかすところがあったが、相手の尊大さに影響されでもしたのか、スティーヴンに関しては攻撃的批評の実践を一時的に中断しなければならないと思っているようだった。

クランリーが多少気前よく自分に許した鑑札は、きわめて深遠で卓越した知的活動を暗示しながら、最後に何かざっくりした事実で表される、ぶしつけな抽象化であった。もし独白が、些末なことから始まっていつまでもずるずると続くと思われるような場合、クランリーはうんざりしているのが、はっきり分かるように押し黙って聞いているのであるが、中休みになると、彼の鉄槌が哀れな最初の対象に無残に打ち込まれた。スティーヴンはこの超古典的な習慣をひどく不快に感じることがよくあった。ある晩、独白が何度も何度も中断された。スティーヴンは妹の病状を述べ、家庭における独裁的な権力の乱用という主題について、数マイルにも及ぶ理論を展開していた。クランリーはその長ったらしい演説をあからさまに遮るようなことはしなかったが、話が途絶える度に次から次へと質問を挟み続けた。イザベルの年齢、彼女の症状、医師の名前、治療法、食餌、容貌、母の介護法、牧師の訪問を求めたか否か、既往症等々。スティーヴンはこれらの質問のすべてに答えたが、クランリーはまだ満足しなかった。彼はなおも質問を続け、ついに独白は礼儀作法上放棄せざるをえなくなった。スティーヴンは、クランリーのやり方を再検討して、あのような行為は人間の病気に対する深い関心のしるしと考えるべきか、それとも冷酷な理論家に対するいらだたしい、不満のしるしと考えるべきか決めかねた。

スティーヴンは自分に向けられるこのような非難に怯むことは全くなかったが、その正当性は正直言ってどうしても認められなかった。イザベルは、彼女がそれまで育てられてきた方法から言っても、彼にとってほとんど他人になっていた。彼は妹と一緒に過ごした子供の時から、彼女に百語も話したことがなかった。彼はいま彼女に他人に話すような話し方しかできなかった。彼女は母親の宗教に黙従してきた、彼女は差し出されたものを何でも受け入れてきたのだった。もし彼女が生きていたら、彼女は狭隘な知性と敬虔な従順さを備えた、カトリック教徒の妻に求められる気質を間違いなく持っていたであろうし、もし死んだら、ふたりの兄たちはおそらく締め出されるに違いない、キリスト教徒の永遠の天国にその場所を与えられるであろうと思われた。この世の災難は、創造主が善良な人たちのために王国を創るまで、苦しみを耐え忍ぶことができる真のキリスト教徒の肩の上にそっと置かれると言われる。イザベルの症状はスティーヴンの怒りと同情を誘ったが、同時に彼が介入したところで何の役にも立たず、何の望みもないことも分かっていた。彼女の人生はこれまでも、そしてこれからも、常に神の前の震える歩みであろう。かりに彼らのあいだにほんの少しでも意見の交換が成立するとしたら、それは彼の方からのへりくだりか、買収の企てのどちらかに違いなかった。彼らが同じ血を分けた兄と妹であるからといって、その意識が自然な、理性を超えた愛情で彼を悩ますことはなかった。イザベルは、母が彼の母と呼ばれるように彼の妹と呼ばれていたが、彼に対する彼らの情緒的態度において彼に提供されるあの関係のいかなる証拠も、また、彼らに対する彼の情緒的態度において許されるあの関係のいかなる認識もなかった。カトリック教徒の夫と妻、カトリック教徒の父と母は、無条件で自然であると認められているが、カトリック教徒の子供たちには同じ恩恵が与えられていない。子供たちは、自然はサタンの所有物であると主張するとんでもない牧師によって不自然だと非難される危険を冒してもなお、絶対的な秩序を維持しなければならない。スティーヴンは、母に対して、父に対して、イザベルに対して、ウェルズに対しても、憐みの衝動を抱いたが、それに屈しなくてよかったと思った。なぜなら、彼は何よりもまず自分自身を救わなければならなかったし、彼の実験が自分自身を正当化しない限り、他人を救う試みに干渉する権利などなかった。クランリーは、生命の輝きが次第に衰えていく、長い黒髪と、大きな驚いたような目をしているイザベルの姿をそれとなく思い出させながら、スティーヴンに対し重大な告発をほとんど完璧に練り上げていた。スティーヴンは、しかし、その告発に敢然と立ち向かい、心のなかで次のように答えた、自分に非難の矛先を向けるのは正しくない、それを受け入れる者に対し共通の、卑屈な連帯感情を支持する者からの漠とした消極的な憐みは、エゴイストの特徴であると同じように、情緒的な人間の特徴でもある感情の遊びにすぎない、と。その上、イザベルが重篤な状態にあるとは、スティーヴンには思われなかった。彼女はおそらく成長が早すぎたのだ、たいていあの年頃の女の子はデリケートだから、と彼はクランリーに言った。スティーヴンはこの主題は少し疲れると白状した。クランリーは立ち止まって、彼をまじまじと見た。

——おい、おまえ、と彼は言った。全く本当に……おまえさんはとんでもない……奴だ。

試験の一週間前、クランリーは五日間で教科を完全に習得する計画をスティーヴンに説明した。それは試験官と試験問題に関する詳細な調査に基づいて綿密に練り上げられた計画だった。クランリーの計画は朝の十時から昼の二時半まで、四時から六時まで、そして夕方の七時半から夜の十時まで勉強するというものだった。スティーヴンは、彼が「一般的」知識と呼ぶもので合格する十分な見込みがあると思っていたので、この計画に乗るのを断ったが、クランリーは計画は万全だと言った。

——全然そうは思わないね、とスティーヴンは言った。いったいどうすれば合格できるのだ……ラテン語の作文に……うわべだけの勉強で？　よかったら見せてやってもいいんだぜ……僕自身それほどうまく書けるわけでもないけど……

クランリーは、この提案を仔細に検討する様子もなしに、黙って考えていた。そして計画はうまくいくときっぱり断言した。

——おれの大事なバイブルを使う、と彼は言った。何でもお望み通り書いてやる、きっとうまくいくさ——

お望み通りだ。ラテン語の散文は出るだろうか？

——長文は出ないと思うけど、とスティーヴンは言った。ラテン語の文法はしっかり勉強しておいた方がいいぜ。

クランリーはこのことに思いめぐらし、やがて対策を見つけた。

——いい考えがある、と彼は言った。文法で困ったときにはタキトゥス[4]の一節にお出まし願う。

——どういう目的で？

——くそったれ、何の目的かどうしても知りたいのか？

——その通りだ、とスティーヴンは言った。

クランリーの計画は成功も失敗もしなかった。計画が実行されなかったのが、何よりの理由であった。試験の前の夜は図書館のポーチの下に座って過ごした。ふたりの青年は穏やかな空をうっとりと見上げ、どうすれば最低限の労働で生きることができるかという問題について話し合った。クランリーは蜂になったらと言った。彼は蜂の生活の経済組織全体を知っているようで、人間に対してと同様に蜂に対しても不寛容ではないようだった。スティーヴンは、もしクランリーが蜂の労働に頼って生きることができたら、そしてもし彼（スティーヴン）が蜂と養蜂家との両方の労働に頼って生きることが許されたら、それはよい取決めだろうと言った。

——「私は朝から黄昏までじっと眺めているだろう、
湖に光る太陽が
蔦の花のなかの黄蜂を明るく照らすのを[5]」

——「明るく照らす」だって？　とクランリーは言った。

——「明るく照らす」の意味は知っているだろう？

——誰の詩だ？

——シェリーさ。

——明るく照らす——実にふさわしい言葉だ。分かるだろう、秋に、深い黄金色。

——風景の精神的解釈は非常に珍しい。薄暗い背景に雲を散らす人は、精神的に書いているという解釈がある。

——おまえがいま引用した一節は、精神的だとは思えない。

——僕もそうとは思わないけど、シェリーは目に訴えかけていない時がある。「湖に囲まれたフルートの群れ」というシェリーの詩句があるけど、これが感銘を与えるのは君の目だろうか、色感だろうか？

——シェリーは鳥を思い出させるような顔をしている。「湖に囲まれた太陽が明るく照らす……」のは、何だと思う？

——「湖に光る太陽が
　　蔦の花のなかの黄蜂を明るく照らすのを」

——何を引用しているのですか？　と数時間の勉強を終えて、図書館から出てきたばかりのグリンが尋ねた。

クランリーは答える前に彼をしげしげと見た。

——シェリーだ。

——おお、シェリーですか？　もう一度聞くけど何を引用していたのですか？

クランリーはスティーヴンに向かってうなずいた。

——何の引用だったのですか？　とグリンが尋ねた。シェリーは私のかつての愛好詩人です。

スティーヴンはあの詩行を反復した。グリンは同意するように、神経質に何度もうなずいた。

——シェリーは美しい詩を書くと思いませんか？　すごく神秘的だ。

——ウィックラで黄蜂を何と呼ぶか知っているか？　クランリーはグリンの方を向いて突然訊いた。

——知らない、何と言うのですか？

——赤いけつの蜂と言うのさ。

クランリーは自分が口にした言い回しに大声で笑って、踵で大理石の階段を叩いた。グリンは局面に誠意がないのに気づき、持っていた傘をぎこちなく手探りして、いつもの警句を探し始めた。

——でもそれはただ、と彼は言った。失礼な言い方を許してもらえるならば、それはただいわば……

——「湖に光る太陽が
　蔦の花のなかの赤いけつの蜂を明るく照らすのを」——これはシェリーの詩と同じくらいすごく、くそったれな詩だ、とクランリーはグリンに言った。そうは思わないかね？

——否定することはできないと思います、とグリンはぐらつく傘を強調するかのように前に回して言った。蜂が花のなかにいることは。そのことについては疑いもなくそうだと明言してもよいでしょう。

試験は五日間続いた。最初の二日が過ぎると、クランリーは試験場に入るという形式さえ無視したが、試験が終わるたびに、大学の外でより勤勉な友人たちとすべての問題を注意深く検討している姿が見られた。彼は、試験問題は全く簡単で、平均的知識があれば誰でも合格できるだろうと言った。彼は具体的な質問をしなかったが、「おまえはきっと通るだろう」とだけ言った。「そう思っている」とスティーヴンは言った。マキャンは試験を受けている学生たちに会うためによく大学へ来た。彼が来た理由の一半は、大学にかかわることのすべてに関心を示すのが義務の一部と考えていたからであり、残りの半分はダニエル家の娘たちのひとりが試験を受けていたからだった。スティーヴンは、試験に成功しようが失敗しようが大して気にかけていなかったので、無関心を装って表に出すまいとしている嫉妬や、落ち着きのない不安を見るのが楽しくて仕方がなかった。年中懸命に勉強している学生が一様に怠け者を装い、怠け者も努力家もいやいやながら試験を受けているふりをしていた。競争相手は互いに言葉を掛けない、目が信頼できなかったのだ、それでいて、渡り鳥のような知り合いに、こっそりと相手の成功を尋ねる。彼らの興奮はセックスの興奮もそれに太刀打ちできないほど真剣だった。女子学生はいつもの忍び笑いと冗談の対象ではなく、相当の反感を込めて陰険な敵とみなされた。青年たちのなかには、女子学生は一年中、一日十時間も勉強することができるのだから、成績が良いのは当たり前だと言って、彼女たちに対する敵意を軽減するだけでなく、その優越性を擁護する者もいた。マキャンは両方の取持ち役といったところで、ほかの陣営のゴシップを彼らに伝えていた。ミス・リーヴズが『嘲笑の効用と濫用』について二十ページの論文を書いたので、ランディは英文学の最優秀賞に選ばれないだろうという噂を広めたのも彼だった。

試験は火曜日に終わった。水曜日の朝、スティーヴンの母はどことなくそわそわしていた。スティーヴンは試験の出来、不出来について両親に十分満足を与えていなかった。しかし、それが母の心配の原因だとは思わなかった、彼は母の心配が正体を現すまで待つことにした。母は部屋に誰もいなくなるのを待っていて、それ

となく尋ねた、

――復活祭の義務をまだ果たしていませんね、スティーヴン？

スティーヴンはまだだと答えた。

――昼のうちに告解に行った方がよいでしょう。明日は御昇天の木曜日です。今晩は、最後の瞬間まで、復活祭の義務を果たすのを延ばしている人たちで、教会堂はきっといっぱいでしょう。どうしてみんなもっと羞恥心を持たないのでしょう。牧師のところに行くのを十二時が鳴るのを待たなくとも、灰の水曜日から十分時間があるのをちゃんと知っているのに……あなたのことを言っているのではありませんよ、スティーヴン。試験勉強で忙しかったのは分かっています。しかし何もすることのない人たちは……

スティーヴンはこれに何も答えずに、卵の殻のなかを入念にこすり続けていた。

――私は復活祭の義務をとうに果たしましたけど――聖木曜日に――朝のうちにお祈りに行ってきます。私は九日間の祈りをしているのです。私の特別の修行のためにあなたの聖体拝領を捧げてほしいのです。

――特別の修行？

――ええ、あの、イザベルのことが心配でやりきれないの……どうしたらいいか分からないから……

スティーヴンは腹立たしげにスプーンを卵の殻の底に突き刺して、お茶が残っているかと訊いた。

――ポットにはもうないけど、すぐにお湯を沸かしてあげるわ。

――それなら、いりません。

――すぐの間よ。

スティーヴンがお湯を沸かすのに同意したのは、この会話にけりをつける時間をかせげると思ったからだった。母が妹の健康を理由に使って、一般的慣行に従った行動に自分を引き込もうとするのが無性に腹が立った。そのような試みは彼の名誉を汚し、最後の諫止から優しい敬愛の情を奪うことになると思った。母はやかんを火にかけ、にべもない拒絶にあうと思っていたのか、少しほっとしたように見えた。彼女は教会の婦人会のよもやま話まで持ち出した。

——あしたはマールボロ通りの教会の荘厳ミサに間に合うように街に行かなければなりません。あしたは教会の大切な祝祭日ですから。

——どうして？　とスティーヴンは笑いながら尋ねた。

——キリストが昇天されたのです、と母は厳粛に答えた。

——それで、どうしてそれが大切な祝祭日なのですか？

——なぜって、その日にキリストが自ら神であることをお示しになったからです、天国に昇られたのです。

スティーヴンはパンの堅くて厚い外皮にバターを塗り始めているうちに、彼の顔に敵愾心がむきだしになった。

——どこから昇天したの？

——オリヴの山からよ、母は目の下を赤くして答えた。

——頭から先に？

——何が言いたいのですか、スティーヴン？

——天国に着いた時には少しめまいを起こしていたに違いないと言いたかったのさ。どうして風船で行かなかったのだろう？

——スティーヴン、イエス・キリストを愚弄するつもりですか？　あなたはそんな言葉を使うよりももっと知性がある、と私は心から思っていました。それは鼻の下に見えることしか信じられない人だけが言うことです。驚きました。

——ねえ、お母さん、スティーヴンはパンをほおばりながら言った。お母さんは、キリストは、みんなが言っているように、あの山から天に昇ったと信じている、と僕に言うつもりなの？

——そうよ。

——それはできない。

——あなたは何を言っているのですか、スティーヴン？

——それはばかげている、サーカス王バーナム(6)のすることだ。いったいどうやってこの世に戻ってきたのだ。海の上を歩いて、墓を出てホウスの丘(7)から天に昇る。こんなたわごとある？

——スティーヴン！

——僕は信じない、僕が信じたところで何の手柄になるものでもない。僕の手柄でないのだから僕は信じない。たわごとですよ、これは。

——教会の最も学識のある博士が信じています。私にとってそれで十分です。

——四十日間も断食できる。

——神は何でもできます……

——いまケーペル通り(8)の寄席に出ている役者は、ガラスや鋼鉄の釘だって食べられるそうです。自称「人間ダチョウ」と言うのです。

――スティーヴン、母は言った。信仰を失ってしまったようね。

――そのようです、とスティーヴンは言った。

ディーダラス夫人はひどく取り乱した様子で、近くの椅子に力なく座った。スティーヴンは火の上のお湯に注意を集中していたが、お湯が沸くと自分でお茶をいれた。

――少しも思いませんでした、と母は言った。こんなふうになるとは――私の子供が信仰を失うなんて。

――でも少し前から気づいていた。

――どうして分かるものですか？

――お母さんは気づいていた。

――何か変だとは、うすうす感じてはいましたが、まさか……

――それでいて僕に聖体拝領を受けてほしいと言った！

――もちろん、いまとなっては受けられません。でも、これまで毎年してきたように復活祭の義務を果たすことができると思っていました。誤った道に導いたのは、あなたが読んでいるあの本でないとしたら何でしょう。伯父さんのジョンも――若いころに読んでいた本で道を誤った――でも一時期だけでした。

――かわいそうに！　とスティーヴンは言った。

――あなたはカトリック教徒の家庭に生まれて、イエズス会士によって宗教教育を受けたのに……

――真のカトリック教徒の家庭！

――あなたの親戚の誰ひとり、お父さんの親戚だって私のだって、誰ひとりとして血管のなかにカトリック教徒の血以外のものを一滴だって持っていません。

——なるほど、家族で僕が最初というわけだ。

——あまりにも自由放任にさせておいたのがいけなかったのです。あなたの好きなようにしなさい、あなたの好きなものを信じなさい。

——僕は信じないのです、たとえば、イエスはかつて純粋に黄褐色の頭髪を持っていたたったひとりの男であるということを。

——それで？

——背丈は正確に六フィート、それ以上でもそれ以下でもない、たったひとりの男であるということを。

——それで？

——それで、お母さんはそれを信じている。そんなことを何年も前にブライで子守に話していたのを覚えている——子守のサラを覚えていますね？

ディーダラス夫人はいいかげんなやり方で伝統を守っていた。

——あれはみんなが言っていることです。

——へー、みんなが言っている！　みんなは何とでも言います。

——でも、そのつもりがないのなら信じる必要はありません。

——大いに感謝します。

——信じるように求められたのは神の御言葉です。イエス・キリストの美しい教えを考えてください。その教えを信じていた頃のあなた自身の生活を考えてください。当時はもっと善良でもっと幸せではありませんでしたか？

——当時はきっと僕のためになっていたのだけれど、いまでは全く無駄です。

——あなたの何が良くないのか、教えてあげましょうか——あなたは知性の思い上がりに苦しんでいるのよ。あなたは私たちが大地の虫けらにすぎないことを忘れているのです。神様に反抗できると思うのは、神様からいただいた才能を正しく使っていないからです。

——エホバは動機を判断するための給料をもらい過ぎていると思う。彼には老年を口実に引退してもらいましょう。

ディーダラス夫人は立ち上がった。

——スティーヴン、そういう言葉を、それを誰でも、あなたのお友達に使ってもかまいませんが、私に使うことは許しません。あなたのお父さんだって、悪い人かもしれませんが、あなたが使っているほど罰当りな言葉を使うことは絶対にありません。あの大学へ行くようになってからすっかり人間が変わってしまった。きっと悪い学生の罠にはまったのです……

——ねえ、お母さん、とスティーヴンは言った。そんなことを信じないで。学生たちはすごく良い連中です。彼らは彼らの宗教を愛している、ガチョウのことをブーなんて言うことは決してありません。

——どこで習ったにしろ、神聖なことを話すのにそんな言葉を私に使うことは許しません。夜の街角のためにしまっておきなさい。

——分かった、お母さん、とスティーヴンは言った。でもこんな会話を始めたのはお母さんですよ。

——私が産んだ子供が、信仰を失う日に立ち会うなんて考えてもいませんでした。本当に全く。あなたが正しい道を守るように最善を尽くしたというのに。

ディーダラス夫人は泣き出した。スティーヴンは、身の回りにあるものをすべて飲み、食べてしまうと、立ち上がり戸口へ向かった。

——悪いのはすべてあの本とあなたが付き合っている友達です。家というちゃんとした場所があるのに、夜はいつでも外出して。一冊残らず燃やしてやる。ほかの誰かを堕落させるためにあんな物をこの家に置くものですか。

スティーヴンは戸口で立ち止まって、いまでは涙を流して、泣き崩れている母の方を向いた。

——もしお母さんが正統的なローマカトリック教徒なら、本と一緒に僕も燃やすだろうな。

——あんな所に入学したからって、何も良いことにならないのは分かっていました。肉体も精神も台無しにして、信仰までなくした！

——お母さん、とスティーヴンは入口から言った。何のために泣いているのか分からないな。僕は若くて健康で幸せです。何のための泣き声なのだ……ばかばかしい……

スティーヴンはその晩、クランリーに会って正統主義との最新の衝突を話すという、はっきりした目的を持って図書館へ行った。クランリーは図書館のポーチの下に立って、大学当局より先に試験の結果を発表していた。彼はいつものように小さなグループに囲まれていたが、そのなかに常連の取巻きである税関の職員と、もうひとりの親友でリンチ(9)という名前のすごく地味な顔つきの年上の学生がいた。リンチは性格的にひどくだらしないところがあり、中等教育を終えて外科医専門学校で医学を学ぶまで六、七年間ぶらぶらしていた。彼が学友から一目置かれていたのは、低く張りのあるバスの声をしていること、他人の酒は平気で飲むのに決してお返しにおごることがなかったこと、そして他人の話はよく聞くがそれに対してめったに自分の意見を述べることがないからだった。歩く時はいつも両の手をズボンのポケットに突っ込み、まるで人生の批評をしているとでもいうように胸を突き出していた。彼がクランリーに話すことはもっぱら女性のことで、それが理由でクランリーは、リンチにネロという綽名を付けていた。リンチのネロのように残忍、好色な話し方を非難することは可能であったが、衝撃的な額をむき出しにして、あみだにかぶった縁なしの帽子が帝国主義の幻想を打ち破った。彼は医学生と彼らの生き方を徹底的に軽蔑しており、あれほどダブリンに愛着を抱いていなかったなら、美術の愛好家になっていたろう。実際、彼は声楽が大好きで、音楽への関心を通してスティーヴンと親しい関係を持とうとした。彼はその沈着さの陰に内気な理想主義を持っており、クランリーを通してすでにスティーヴンの生気に満ちた混沌の影響を受けいれていた。リンチは、だらしない性格にはめずらしく、使い古された無意味な罵詈雑言、口先だけの軽率な不法行為を拒否したが、彼の場合、それは霊感のふたつの契機に由来するものであった。彼は黄色をその不確かな語源の楽観的な形容詞に抗議して忌み嫌った。そして処女膜を表すためにあるかけがえのない語を持っていた。彼はそれを「オラクル」と名付け、そしてその未知の領域にあるものすべてを「オラキュラ」と言った。この語は彼の仲間のあいだでゆかしいものと考えられており、リンチはそれが発見された経緯を絶対に明らかにしないように注意していた。

スティーヴンはポーチの一段高いところに立っていたが、クランリーは彼に歓迎の意を示そうとしなかった。スティーヴンは会話に二、三語言葉を挟んでみたけれども、まだクランリーに認められなかった。この冷たい扱いにスティーヴンは大いに当惑したが、少しもたじろがず、彼の機会を静かに待っていた。一度などクランリーに直接声をかけたが、答えはなかった。どうしてこんな仕打ちを受けなければならないのかと反芻しているうちに、その反芻は長く引き延ばした笑いに変わった。笑いに興じているとリンチがこっちを見ているのに気づいた。リンチはグループから離れてやって来て、「こんばんは」と言った。それから脇ポケットからウッドバインの箱を取り出し、それを一本スティーヴンに勧めながら言った、

——五本一ペニーだ。

スティーヴンはリンチが金に困っていることをよく知っていたので、感謝して巻き煙草を受け取った。ふたりはしばらくのあいだ黙って煙草を吸っているとやがてポーチの下の連中も静かになった。

——あの論文の写しはあるか？　とリンチが言った。

——いるのかい？

——読んでみたい。

——明日の晩に持ってきてあげるよ、とスティーヴンは階段を上りながら言った。

スティーヴンは柱にもたれて、まっすぐ前を見ているクランリーのところへ行き、軽く肩に触れた。

——話したいことがある、と彼は言った。

クランリーはゆっくり振り向いて彼を見た。そして言った、

——いまか？

——そうだ。

彼らは何も言わずにキルデア通り[10]を一緒に歩いて行った。グリーン公園に来るとクランリーが言った、

——土曜日に田舎に帰るつもりだ。ハーコート通りの駅[11]まで付き合ってくれないか？　列車が出る時刻を確かめておきたい。

——いいぜ。

駅でクランリーは時刻表を読み、訳の分からない計算をして長い時間を費やした。それから駅の乗降場に出て、長いあいだ貨物列車の機関車を旅客列車につけ替えるのを見た。機関車は蒸気を吐き、耳を聾するばかり汽笛を鳴らし、厚い煙をもくもくと駅の天井に向かって噴き上げていた。クランリーは、機関士は彼と同郷で、ティナヒリー(12)の靴屋の息子だと言った。機関車は一連の不確かな動作を繰り返した後で列車に繋がった。機関士は側面から頭を突出し、けだるそうに長い視線を列車に向けた。

——おまえならあいつを黒んぼうのイエスと呼びかねない、とクランリーは言った。

——クランリー、とスティーヴンは言った。僕は教会を捨てた。(13)

この言葉でクランリーは彼の腕を取った。彼らは乗降場を離れ階段を下りた。通りへ出るとすぐに、彼は元気づけるように言った、

——教会を捨てたのか?

スティーヴンは母との会話を一語一句繰り返した。

——それではもうおまえは信じないのだ?

——信じることはできない。

——でもかつてはできた。

——いまはできない。

——そのつもりになればいまでもできるさ。

——そうだね、そのつもりにならないのだ。

——信じないなんて本気なの?

――全く本気だ。

――どうしてお祈りに行かないのだ?

――もう信じていないから。

――冒涜的な聖体拝領をやったら?

――どうしてそんなことをしなければならないのだ?

――おまえの母上のためにだ。

――そんな理由が分からない。

――母上は大変苦しむだろう。おまえは信じないと言っている。ホスチアはおまえにとって一片のただのパンだ。おまえの母上が苦しむのを避けるために、一片のただのパンを食べられないのかと聞いているのだ?

――大抵の場合にはそうする。

――どうしてこの場合にはそうしないのだ? 神聖を汚す行いをするのを躊躇すると言うのか? もし信じていないなら、どうでもいいはずだ。

――ちょっと待ってくれ、スティーヴンは言った。いま僕は神聖を汚す行いをするのは躊躇する。僕はカトリックの産物だからね。生まれる前にローマに売られたのだ。いま屈従を解いたからといって、僕の本性のなかにあるすべての感情を、一瞬のうちに破壊することはできないよ。それには時間がかかる。しかし、それが――たとえば、命にかかわるとか――ぜひともしなければならないのなら、ホスチアのことでどんな大罪でも犯すつもりだ。

――多くのカトリック教徒は同じことをするだろう、とクランリーは言った。彼らの生命が賭けられているような時には。

——信者たちが?

——ああ、信者たちだ。だから外見上からいえばおまえは信者だ。

——神聖を汚す行いをしたくないというのは、恐怖がその理由ではない。

——それではなぜだ?

——神聖を汚す行いをする理由がない。

——でも復活祭の義務はすでに果たしている。なぜ変えるのだ? こんなことはおまえにとっては猿芝居、茶番劇だ。

——もし僕が茶番を演じたら、それは服従の行為、公に教会に服従する行為になる。僕は教会に服従しない。

——たとえ茶番であっても?

——それは故意に茶番を演じることだ。外面的には、ただの出し物にすぎないけど、大きな意味がある。

——またしても、カトリック教徒のような話し方をしている。ホスチアは外面的な出し物では何の意味もない——一片のパンだ。

——その通りだ、それでもなお、僕は教会に従わないことを主張する。もう絶対に服従しない。

——それにしても、少しは外交的になれないのかね? 心のなかで反抗して、軽蔑から同意するというわけにはいかないのか? 精神的反逆者にだってなれるのだぜ。

——そういうことを、いつまでも感受性の強い者にやれと言っても無理だ。教会は礼拝式の価値を知っている。牧師は毎朝聖櫃の前で自分自身に催眠術をかけるのだ。僕が毎朝起きて鏡の前に行き、自分に向かって「汝は神の子」なりと言ったら、十二か月後に僕は使徒になりたいと思うだろう。

――もしおまえの宗教をキリスト教のように儲かるものにしたければ、毎朝起きたら鏡の前に行くことを勧める。

――それは地上の教皇代理たちにとってはよいことかもしれないが、はりつけは個人的にはご免こうむりたいね。

――しかし、ここアイルランドでおまえの新しい不信心の宗教に従うのは、イエスのようにおまえ自身をはりつけにすることになるぜ――肉体的にではなく社会的にだけれど。

――それにはこういう違いがある。イエスは十字架の上で上機嫌だった。僕は頑固に抵抗する。

――将来自分の身に起きることを、そんなふうに考えることができるおまえが、教会の最も簡単な茶番劇を演じるのが、怖くて仕方がないというのはなぜなのだ？　とクランリーが言った。

――それは僕が決めることだ、とスティーヴンは額を叩きながら言った。

グリーン公園まで来ると、彼らは通りを横切って、鉄鎖に囲まれた遊歩道のなかを歩き回り始めた。数人の職工とその恋人たちが暗がりをよいことに鉄鎖に座って腰を動かしていた。歩行者用の小道は、ガス灯の明かりに照らされた場所に、警告のしるしとして配置されている、遠くの警官の金属質なイメージを除けば、人影はなかった。ふたりの青年が大学を通り過ぎたとき、彼らは同時に暗い窓を見上げた。

――どういう理由で教会を捨てたか訊いてもいいか？　クランリーが尋ねた。

――戒律を守れなかった。

――恩寵をもってしても？

――だめだ。

――イエスの戒律は単純明快だ。教会が厳格なのだ。

――イエスか教会――僕にとってはまったく同じさ。僕はイエスに従うことができない。好きなようにする自由を持たねばならない。

――好きなようにすることができる人はいないよ。

――道徳的に。

――道徳的にだって、できないね。

――君は僕に大学のおべっかどもや偽善者たちの真似をさせたいようだけど、それは願い下げだ。

――そうじゃない、俺はイエスのことを言ったのだ。

――イエスのことは言うな。僕にとってはもう固有名詞にすぎない。彼らはイエスを信じていないし、戒律を守ってもいない。いずれにしろイエスは脇にのけておこう。僕の視力はローマにいる彼の副官を捉えるのが精いっぱいなのさ。全く使い物にならないのだ。脅されて金銭や思想で貢物をさせられることもないだろう。

――おまえは前に言ったことがある――あの晩のことを覚えているか、階段の一番上に立って話していた……

――ああ、覚えている、とスティーヴンは言ったが、クランリーの過去を思い出させるやり方が嫌いだった。どんな話をした？

――受難日におまえが考えたイエスのイメージを俺に話した。醜い不格好なイエス。おまえはイエスが意識的な詐欺師だったかもしれないと思ったことはないか？

――純潔だと思ったことは一度もない――僕がイエスのことを考えるようになってからというもの。イエスが宦官の僧侶ではなかったのは確かだ。彼にかかわりがある女性はすべて性格がいかがわしい。

――彼は神だったとは思わないのか？

――何という質問だ！　説明しろ、位格的結合を説明しろ。あの警官が精霊として崇拝している人物は羽を付けた精子だとでも言うつもりなのか。何という質問だ！　神は人生について一般的発言をしている。僕が知っているのはそれがすべてだ、そして僕はそれに同意しない。

――たとえば？

――たとえば……いいか、僕はこの主題について話すことができない。僕は学者でないし、神の聖職者として給金をもらっていない。僕は生きたいのだ、分かるだろう。マキャンは空気と食物を求めている、僕はそれらとそれら以外のものすべてが欲しい。正しいか正しくないかなど、どうでもいいのだ。人事にはそういう危険が常にあるものだと思う。たとえかりに僕が正しくないとしても、最低限、永久にバット神父のお相手をするのだけは免れる。

クランリーは笑った。

――栄光が授けられるかもしれないのを忘れるな。

――転地療法に天国もないよね、そして社会には地獄……何から何まであまりにもひどくばかげている。やめた。僕はまだ若い。中年になって髭でも生やすようになったらヘブライ語を勉強して、そのことについて君に手紙を書くよ。

――イエズス会士のことになると、どうしてそんなにかっかするのだ？　とクランリーは尋ねた。

スティーヴンは答えなかった。彼らが次の明かりの輪に来たときクランリーが叫んだ、

――顔が赤いぞ！

――そうだろうな、とスティーヴンは言った。

――大抵の人は、おまえは自制心が強いと思っている、としばらくしてからクランリーが言った。

――その通りだ、とスティーヴンは言った。

――この主題ではそうはいかない、と言うのだな。どうしてそんなに興奮するのだ、俺にはそれが理解できない。これはおまえが考え抜かなければならないことだ。

――僕はそのつもりになれば、いろいろなことを考え抜くことができる。こうして話している時には信じないかもしれないが、このことをすごく注意深く考え抜いた。しかし僕の脱出が僕を興奮させるのだ、僕はいま話しているように話さなければならない。顔が火照るのを感じる。風が吹き抜けるのを感じる。

――「力強い風の吹きつけるごとく」[14]、とクランリーが言った。

――君はしきりに人生を延期しろと言うけど――いつまでなのだ？　人生はいまだ――これが人生だ。もしそれを延期したら、生きていないことになる。大地の表面を堂々と歩き、言いわけをせずに自己表現し、自らの人間性を認めよう！　僕が有頂天になっていると考えなくともよいのだぜ、大まじめなのだから。魂から話している。

――魂だって？

――そうだ、僕の魂、精神的本性から。人生はあくびをすることではない。哲学、愛、芸術が僕の世界から消え失せないのは、欲望の感情を一秒の十分の一楽しませることによって、自分自身のために永遠の責め苦を

準備しようとは、もう思わないからだ。僕は幸せだ。

――そんなこと言えるのか？

――イエスは悲しい。あんなに悲しいのはなぜだ？　孤独だからさ……本当に、君は僕が言っていることの真実を感じるべきだ。君は僕に反対して教会を支持している……

――おい、おい、悪いけど……

――しかし、教会とは何だ？　それはイエスではない。彼の無類の禁欲にもとづく壮大な孤独。教会は僕や僕の同類によって作られている[15]――教会の礼拝、伝説、慣例、音楽、伝統。これらは教会の芸術家が教会に与えたものだ。彼らがいまある教会を作った。彼らがアリストテレスに関するアクイナスの注釈を神の言葉と認め、いまある教会を作ったのだ。

――それなら、どうして教会がそうあり続けるようにおまえは助けようとしないのだ――芸術家としてのおまえは？

――君は認めようとしないけど、僕が言っていることが真実であることを理解している。

――教会は赦している。個々の良心が大いなる……実際、もしおまえが信じるなら……信じる。つまり、とクランリーは重たい足で言葉を踏み鳴らしながら言った。正直に、真に……

――もういい！　とスティーヴンは相手の腕をしっかりとつかんで言った。君は僕を守る必要がない。賭けに応じてみるよ、どんなに不利でも。

彼らは黙ってグリーン公園の三辺をゆっくりと歩いた。そのあいだに例の恋人たちは鉄鎖を離れ、おとなしく彼らのささやかなねぐらへと戻り始めた。しばらくするとクランリーは、自分もまた人生に対する欲求を感じたことがあった、とスティーヴンに説明し始めた——自由と幸せな人生——もっと若い時のことで、そのとき幸せを求めてもう少しで教会を捨てようとしたが、いろいろ考えて踏みとどまった。

第二十二章

クランリーはその週末にウィックローへ行ってしまい、スティーヴンは別の聴取者を探さざるをえなくなった。スティーヴンは彼の時間の大部分をスラム街をうろついて過ごしていたが、モーリスは幸い休暇を楽しんでおり、ブルの砂州[1]を散歩している時、ふたりの兄弟はよく出会って話をした。年下の懐疑主義者は、はっきり言わなかったが、クランリーを兄ほど高く評価していないようだった。それは嫉妬によるのではなく、むしろクランリーの農民性を過大に評価しているところに原因があり、モーリス自身その偏見を認めた。農民であるということは、モーリスの目には、狡猾で、愚かで、臆病な習慣の集合体に見えた。彼はクランリーと話したことは一度しかなかったが、何度も会っていた。モーリスの意見によると、クランリーは独創的な思想家では全くなく、誰かに話しかけられると初めて、自分は信じないでいられるような、きまり文句を使って答えているにすぎなかった。それは言い過ぎだ、とスティーヴンは思い、クランリーの凡庸さは驚くべきものであり、会話の達人で、あまのじゃくな才能の持ち主だと言った。クランリーの過度な懐疑主義と重い足取りに注目して、モーリスは彼の農民性に名前をつけた。モーリスはクランリーを堅物トマス[2]と呼び、彼がある程度まで堂々とした態度を持っていることさえ認めようとしなかった。クランリーがウィックローに行ったのは、モーリスに従えば、支持者に神を演じて見せる必要があったからだった。この抜け目のない若い異教徒は、スティーヴンが誰かほかの人に神を演じるようになると、クランリーに嫌われるようになると言った。スティーヴンがクランリーに与えるもののお返しとして何かを受け取ることは——彼がそんなものを持っていようがいまいが——決してないだろう、なぜなら性格が生まれながらにして尊大だからだ。クランリーはおそらくスティーヴンが話すことの半分も理解していないであろう、それでいてスティーヴンを理解できるのは自分だけだと思われていたいのだ。スティーヴンにとってクランリーはますます必要欠くべからざるものになり、こうしてスティーヴンを思うままに操るつもりなのだ。一緒にいるとき決して弱みを見せないように注意しなければならない。スティーヴンが優位な立場にいる限り、クランリーを思うままに操ることができる。スティーヴンはその真偽は議論だけでは証明できないが、きわめて新しい友情の概念だと思った、そして自分はどんな敵でも敵が現れるや否や、忠実に反応する本能的な楽器の意識的所有者であると答えた。こうしてスティーヴンは友人と友情の両方を同時に弁護した。

　その年の夏はどんよりと曇り、暑かった。スティーヴンは、ほとんど毎日、スラム街をうろつき回り、そこに住む人たちのむさ苦しい生活を眺めて過ごした。リバティーズ地区[3]の塵まみれの窓に張られている街のはやり歌を片端から読んだ。真紅の警察新聞を窓に飾っている汚い煙草屋の外に、青鉛筆でなぐり書きされた競馬名と払戻金を読んだ。古い住所氏名録、説教集、聞いたこともない論集などを一冊一ペニーまたは三冊二ペンスで売っている露店の本屋をすべて見て回った。彼はしばしば昼の二時頃、ダブリン旧市街の工場のひとつの向かい側に立って、職工たちが食事に出てくるのを見ていた——大体が血色の悪い無表情な顔をした少年少女で、この機会をとらえて彼らなりに粋がっていた。彼はどこまでも続く教会堂に当てもなく入り、当てもなく出てきた、そこには老人が長椅子で居眠りをし、修道士が木細工のほこりを払い、老婆が蝋燭に火を点して祈りを捧げていた。彼は貧しい街の迷路をのろのろと歩きながら、彼に向けられる愚かしい好奇の眼差しを誇らしげに睨み返し、巡査のそばを通り過ぎるときには、その大きな雌牛のような胴体がゆっくり回って彼の後を追うのを、目を伏せて見ていた。そのような散策は根深い怒りで彼をいっぱいにした。黒い聖職服を着た恰幅のよい牧師が、うじゃうじゃ群れをなし、こびへつらう信者であふれる、ごみごみした地域を視察がてらに、楽しそうに散策しているのに出会うと、彼はアイルランド・カトリシズムの茶番狂言を呪った。その住民が精神的麻痺の生活を保証してもらうために、自ら進んでその意志と精神を他人に任せる島、すべての力と富がその王国は現世にはないとする者に管理されている島、シーザーがキリストに告白し、キリストがシーザーに告白する島。彼らはともに、皮肉にも苦難のさなかにあって「神の王国は汝の中にあり」という慰めを受け入れることを命ずる、おそまつな空騒ぎをえさに太る奴らだ。

こうした憤懣やるかたない気分は、当然ながら浅薄であるとの誇りを免れなかったが、解放の興奮によるものであるのは疑う余地がなく、そのような気分を、民衆煽動家の危険を知る以前は、ほとんど容認することはなかった。彼の体質的な性格は、寡黙で自分のことばかり考えている傲慢な態度であった。彼の知性は、その上に、戦いの効果的な道具としてトマホークは時代遅れになったことを彼に納得させた。彼は、率直なエゴイズムをもって、国家の苦難を深刻に考えることはできない、国家の魂は彼の魂に下手な詩行に対する軽蔑と同じくらい激烈な嫌悪を抱かせることを認めた。しかし同時に彼はしろうとの芸術家も同然で全く価値がないこともまた認めた。スティーヴンは彼が豊かにしたいと思っている社会のためにも、また彼自身のためにも、自分の本性を自由に、完全に表現したかった、そうすることが彼の人生の役割であると思った。社会の包括的な改革に従事するのは彼の人生の役割ではなかったが、自己表現の欲求は差し迫った欲求、真の欲求であったので、彼は次のように断言した、社会のいかなる慣習といえども——たとえ口先たくみに哀れみをその暴虐行為に混ぜ合わせようと——それを妨げることを許してはならない、と。優雅と繊細を愛でる趣味から言って、煽動政治家の役割は彼にふさわしくなかったが、その一般的態度から言って、彼が集産主義的な政治家の味方ではないと思われるのは筋が通らなかった。そのような政治家は、現実を抽象のいけにえに捧げていると、エホバとモーゼの十戒と天罰を信じる敵対者から、しばしば手厳しく非難される者たちである。[4]

カトリシズムと呼ばれるこの種のキリスト教的信仰が彼の通路を阻んでいるように思えたので、彼は直ちにそれを取り除いた。ローマ教皇の至上権を信じて育てられてきたので、カトリック教徒でなくなるということは、彼にとってキリスト教徒でなくなることを意味した。帝国の力はその周辺において最も弱いという考えは、教皇はアイルランドを統治するように、イタリアを統治できないし、また、ロシア皇帝はステップに住む小ロシア人にとって恐ろしい機関車であると同じように、サンクトペテルブルグの商人にとって恐ろしい機関車ではないのであるから、修正を要するのは誰にとっても自明のことである。実際には多くの場合において、帝国の統治は周辺において最も強い、そして中心の力が終焉に瀕しているとき、周辺の統治力は常に最強である。[5]帝国の興隆と衰退の波は光の波の速さで伝わるものではない、また、教皇制度はもはや同化作用を繰り返すことはないと、アイルランドが理解することができるまでには、おそらくかなりの時間が掛かるであろう。アイルランド人の牧師に導かれて、安全に大陸を渡ってきた巡礼者の群れは、彼らのあきれ返るほどの強烈な信仰心によって、永遠の都市の白けきった反応を辱めるに違いない。同じようにして、スペインあるいはアフリカからローマに着いて間もない、好奇心丸出しの田舎者は、温厚なローマ人の自尊心を傷つけたかもしれない。[6]

ローマ人にとって彼らの過去がすでに明らかになっていたと同程度に、民族の未来は不確かになりつつあった。このようなアイルランドにおけるカトリック教会の持続力は、一方において、自ら進んで自分自身を反逆者としたアイルランドのカトリック教徒の孤独を、いやがうえにも強めなければならないのは明らかであるが、他方、これほど強力で錯綜した抑圧的な力から飛び出すためにスティーヴンが生み出さなければならない力もまた、しばしば再び引き戻す力の領域の外に彼を置くほど十分に強かった。いま彼の孤独な立場の苦痛を激しくえぐっていたのは、とりもなおさず、スティーヴンの以前の信仰生活の熱意であり、同時にまた、最初は無力感、孤独感、絶望感が冷水を浴びせていた、烈火のような怒り、強烈な感情のたかぶりは、より融通の利かない、より抑制不能な敵意に固まった。

数か月の夏休みのあいだ図書館の閲覧室は人影がまばらだった。スティーヴンがぶらりと立ち寄ると、いつもそこに見覚えのある顔がいくつかあった。ギネスの事務員をしているグリンというクランリーの友人がよく見かける顔のひとつで、夏のあいだ中、哲学の入門書を熱心に読んでいた。スティーヴンはある晩のこと運悪くグリンにつかまった。彼は直ちにアイルランドの現代派の作家——スティーヴンが何も知らない主題——について話し始め、文芸批評の気まぐれな潮流について意見を聞かされた。スティーヴンはそのような議論に全く関心がなかった。バイロン、シェリー、ワーズワース、コールリッジ、[7]キーツ、[8]テニソンが[9]どんなにすばらしい詩を書くかというグリンの話に耳を貸し、ラスキン、[10]ニューマン、カーライル、[11]マコーリーが[12]現代イギリス散文の巨匠だと聞かされているうちに、スティーヴンは次第にうんざりしてきた。そしてついに、グリンが彼の妹がロレト修道院高校[13]の女子弁論部で発表した文学の論文のことを話し出そうとしたとき、スティーヴンはこの会話に終止符を打つ正当性が認められると判断して、わざとクランリーのやり方をまねて、あからさまに醸造所の見学パスを都合してくれないだろうかとグリンに尋ねた。その懇願は、酒にうえた好奇心を押し殺した調子で申し出されたので、グリンは彼の文芸批評を続ける気がなくなり、パスが出るように最大限の努力をすると約束した。図書館にもうひとりスティーヴンと親しくなりたいと望んでいると思われる男がいた。それは来年度の文学歴史協会の幹事に選ばれたモイニハン(14)という名前の若い学生だった。彼は十一月の就任演説をひかえ、「現代の不信と現代の民主主義」という演題をすでに決めていた。モイニハンはすごく醜い青年で、その大きな口はすぐ近くから顔を見るまで顎の下にあるという印象を与えた。オリーヴを水に浸したような緑色のふたつの目はひどく接近し、大きな硬直した両の耳は互いに大きく離れていた。彼の志望は弁護士になることで、有名になるためにこの就任演説に賭けていたので、論文の成功が気になって仕方がなかった。就任演説に関する居ても立ってもいられないほどの不安を、スティーヴンと分かち合えると想像したくらいだから、彼はまだ法律の実際の適用に必要とされる柔軟性と的確な判断力を身に着けていなかった。ある晩たまたまスティーヴンは、モイニハンが忙しそうに彼の演説の要旨をまとめているとき、彼と出会った。彼はレッキー(15)の分厚い書物を何冊も脇に置いて、『大英百科事典』の「社会主義」の見出しにある論説を読み、ノートを取っていた。スティーヴンを見ると彼は仕事を止めて、委員会が行っている準備状況の説明を始めた。発言の有無に関する委員会の照会に対して、さまざまな公的人物から受け取った手紙、委員会が印刷することに決めた招待状の様式、新聞社に送る広告の原稿などを見せた。モイニハンをあまりよく知らないスティーヴンは、こんな風に何でも打ち明けるのに驚いた。モイニハンは、彼の次に選ばれる幹事は絶対にスティーヴンであると言って、スティーヴンの論文の文体を高く評価していると付け足した。それから彼は彼自身とスティーヴンが受けることになっている学位について話しだし、ドイツ語はイタリア語より実用的である(もちろん、言語としての美しさにおいてはイタリア語の方が勝るが)、そしてそういう理由から、いつもドイツ語を勉強していると言った。スティーヴンが帰るために立ち上がると、モイニハンも帰ると言って、書物を返却した。彼はパーマーストン・パーク行き(16)の市街電車に乗るためにナッサウ通り(17)を歩いていた。その途中、小雨が降る夜、雨で光る暗い通りで、彼は茶色の靴下にピンクの婦人服を着た病院の看護婦が通った後で、小さな喚声をあげ、ウインクをして、彼の後釜に決められた男とより親しく結ばれた。スティーヴンはモイニハンが気づく前に、長いあいだ黙って彼女を見ていたので、その光景は全く不愉快ではなかったが、モイニハンの物欲しそうな喚声は、タイプライターを叩くカチカチいう音を思い出させた。その時までにスティーヴンと良好な間柄になっていたモイニハンは、ボッカッチョ(18)などイタリアの作家に関心があるのでイタリア語を学びたいと言った。彼は「エロい」ものを読みたいのなら『デカメロン』が最高だとスティーヴンに言った。

――君がうらやましいな、原語で読んだら十倍もすごいに違いない。残念だけど、電車が来たので話せない……でも断然最高さ……分かるかい?……じゃ、あばよ!

ディーダラス氏は私有財産権について正当な感覚を持っていなかった。父が家賃を払うことは滅多になかった。食料品を求める金を要求するのは、正しいと思っていたようであるが、ダブリンの家主が毎年要求する法外な金額を住居のために支払うことを人に期待するのは、正しいと思っていなかった。クロンターフの家に住むようになって一年になるのに四半期分の家賃を払っただけだった。最初に送達されてきた令状には法律上の瑕疵があり、それを理由に居住期間を延長することができた。いまやのっぴきならない事態になり、町中を走り回って別の家を探していた。父は州裁判所の友人を介して五日間限定の猶予を認めるという私信を取りつけ、毎朝丹念にシルクハットにブラシをかけ、片眼鏡を磨き、自嘲的に鼻歌を歌いながら大家のえじきになるために出かけた。このような時、口論を締めくくる唯一の方法として、玄関のドアがしばしば大きな音を立てて閉められた。スティーヴンはかろうじて試験に合格することができたが、父はひどくうちとけた調子で、一週間もすれば家族全員が路頭に迷うことになるのだから、安宿でも探しておいた方がよいと彼に言った。新しい家具は配達されると、すぐに少しずつ質屋に運ばれていたので、家の資産はほとんどなかった。家財が運び出されるのを見て御用聞きたちはドアを叩き、ベルを鳴らして、狼藉を始め、浮浪児がもの珍しげにそれを見ていた。イザベルは二階の奥の部屋で寝ており、日ごとに痩せ、愚痴っぽくなっていった。医者はいままでは週に二回来るようになり、彼女に滋養のある物を食べさせるように命じた。ディーダラス夫人は毎日せめて一回だけでもしっかりした食事を用意するための工面にありったけの知恵を絞らなければならなかった。その離れ技をやってのけ、玄関口での騒ぎをなだめ、夫の不機嫌を受け流し、臨終の娘の介護に忙殺され、ほっとする時間など全くなかった。息子たちといえば、ひとりは自由思想家でもうひとりは偏屈者だった。モーリスはバターもジャムも塗っていないパンをほおばり、父と父の債権者を小声で罵り、庭で重たい平石を持ち上げる運動をし、壊れた亜鈴を上げ下げして、毎日とぼとぼと潮が引いたブルへ歩いて行った。夕方、彼は日記を付けていたが、そうでない時はひとりで散歩に出かけた。スティーヴンは朝も昼も夜も外をぶらついていた。ふたりが一緒にいることはほとんどなかった。夏のあるうす暗い夕方、仏頂面をした兄弟が街角で偶然すれ違い、ふたりとも吹き出してしまった。それから彼らは夕方ときどき一緒に散歩に出かけ、文学について議論するようになった。

スティーヴンは約束していた通りリンチに彼の論文を貸してやり、それがきっかけでふたりはかなり親しくなった。リンチはもう少しで不満分子の集団に最後の誓いを立てるところだったが、スティーヴンのかたくななエゴイズムと、他人に対するのと同じくらい自分に対して冷酷無情な態度を貫くのが彼を思い止めた。リンチの芸術に対する趣味は、彼にとって、常に注意深く隠しておかなければならないものであったようであるが、いまおずおずと頭をもたげ始めた。彼はまたスティーヴンの唯美主義が青年の動物的欲求の健全かつ良心に恥じない肯定と一致するのを発見して大いに安心した。というのも彼自身抜け目のない動物として、スティーヴンの熱意と高尚な議論から、相手が少なくともあの頑迷な純潔性——聖職者や解放者になろうとするすべてのジョンやジョーン[19]に対して、そのような高い役割にふさわしい最初の神聖な証拠としてアイルランドの国民が求める純潔性——を主張するのではないかと疑い始めていたからであった。スティーヴンにとって、ダニエル家の人たちはひどく煩わしいものになっていたので、日曜日の訪問を中断し、その代わりにリンチと街をぶらついていた。彼らは薄給の若者や派手に着飾った女の子たちが群れをなして練り歩いている雑踏のなかをやっとの思いで歩いた。そんな散策を何回か繰り返しているうちに、リンチは新しい態度を表現する新しい用語を身につけ、それまで彼を感動させてやまなかったダブリンの風俗の哀れな風景を軽蔑するのも当然だと感じるようになった。彼らは何度も立ち止まり、用心深く隠語を使って、街の愚かな女たちと話した。彼女たちの魂は年上の青年の深い声の響きに驚いて、邪な意図を失いかけた。そしてリンチは、これほど機敏で偏見がなく、しかも心に秘めた競争心や庇護者ぶった振る舞いの痕跡が全くない友情に顔を輝かせ、どうしてスティーヴンを見せかけだけの青年と考えたのか不思議に思うようになった。彼はいまでは維持するに値する性格を持っている者は誰でも、必ずそれを維持する方法を持っていると考えた。

ある夕方、スティーヴンは、図書館で三十分ほど何気なく声楽に関する医学論文を読んで時間を潰した後に階段を下りてきたとき、背後にドレスを引きずる音を聞いた。ドレスはエマ・クレリーのもので、彼女は、もちろん、スティーヴンに気づいてひどく驚いた。彼女は古いアイルランド語の文献を調べに来ていたのだったが、ちょうど家に帰るところだった。彼女の父は彼女がエスコートなしに十時まで図書館にいるのを許さなかった。その夜はとても気持ちがよかったので、彼女は歩いて帰ろうと思っていた。スティーヴンは彼女を家まで送る許しを乞うた。彼らは話しながらしばらくポーチの下に立っていた。スティーヴンは巻き煙草を取り出し、それに火を点けたが、すぐに火の点いた煙草の端をじっと考えながら押しつぶし、それをケースにしまった。彼女の目はきらきら輝いていた。

彼らはキルデア通りを歩いて行った。グリーン公園の角まで来ると、彼女は道路を横切り、彼らは歩き続けた。急ぐ様子もなく、鉄鎖に沿って砂利道を通っていった。鉄鎖には夜の逢瀬を楽しんでいる恋人たちがいた。彼が彼女に腕を差し出すと、彼女は感謝するように寄り掛かった。彼らは噂話をした。彼女はマキャンがダニエル家の長女と結婚する可能性について話した。彼女はマキャンが結婚生活を望むのはとてもおかしいと思っているようだったが、大まじめになってアニー・ダニエルは絶対に、いい女の子だと付け足した。恋人たちがいる暗がりから女の声が聞こえた、「だめよ！」

——やめておきな、とエマが言った。というのが結婚しようという若者へのミスター・パンチの忠告ではなかったかしら……あなたこのごろ女嫌いだという噂よ、スティーヴン。

——だからと言って何か変かなあ？

——それに大学でひどい論文を発表したという噂も聞いたわ——何もかもぶち込んだという話よ。ほんとう？

——あの論文のことはよしてくれないか。

――でもあなたは絶対に、女嫌いだと思うわ。あなたはひどくよそよそしいし、分かるでしょう、ひどく控えめよ。きっと女性とのおつきあいが嫌いなのよ。

そうではないというしるしに、スティーヴンは彼女の腕を少し押した。

――あなたは女性の解放に賛成なのでしょう？　と彼女は尋ねた。

――もちろん！　とスティーヴンは言った。

――そうお、それを聞いてうれしいわ、ともかく。あなたが女性の味方だったとは知らなかった。

――僕はすごく寛容だからね――ディロン神父のように――あの人は実に心の広い人だ。

――そうお？　あの人が？　と彼女は当惑した様子で言った……どうしてこのごろダニエルさんのところへ来ないの？

――さあ……どうしてかなあ。

――日曜日の夕方は何をしていらっしゃるの？

――家にいる、とスティーヴンは言った。

――家にいるときはふさぎ込んでいるに違いないわ。

――そんなことはないよ。僕はどえらく幸せだ。

――あなたがまた歌ってくれるのを聞きたいわ。

――ありがとう……いつかまた、きっと……

――どうして音楽の勉強をしないの？　声の訓練をしたことあるの？

――不思議だな、今晩、声楽の本を読んでいた。表題は……

――いい声をしているのですもの、絶対に成功すると思うわ、と彼女は早口で言った。明らかに彼が会話を支配するのを恐れているようだった……モラン神父が歌うのを聞いたことがある？

――いや。いい声をしているの？

――ええ、すごくいいわ、それに歌の趣味がいいのよ。あの人すごくいい人だし、そう思わない？

――実にいい人物だ。君はあの人のところに告白に行くの？

彼女はそれと分かるように彼の腕に寄り掛かって言った、

――まあ、失礼よ、スティーヴン。

――僕は君が僕のところに告白に来てほしいのだ、エマ、とスティーヴンは本気で言った。

――そんなの口にするのも恐ろしいことよ……どうしてそんなことがしたいの？

――君の罪を聞くためさ。

――スティーヴン！

――君が犯した罪を僕の耳もとでつぶやいて、後悔しています、もう二度と繰り返しません、お赦しください、と言うのを聞くためさ。僕は君に赦しを与えて、好きなだけ何度も繰り返すように約束させて、「神の御恵みがありますように、わが子よ」と言うのだ。

――まあ、スティーヴン、恥ずかしくないの！　秘蹟のことをそんな言い方をして！

スティーヴンは彼女が顔を赤らめると思っていたのに、彼女の頬は無邪気そのもので彼女の目はますます輝きを増した。

――あなたはそういうことにも飽きてしまうわ。

——そう思う？　とスティーヴンは、こんな知的な言い方に驚いていないふりをしながら言った。

——あなたという人はすごく浮気なのだと思うわ、絶対。あなたは何にでもすぐ飽きてしまう——ゲール語連盟の時みたいに。

——浮気の初めに終わりのことを考えるべきではないのではない？

——そうかもね。

彼女の家の街角に来たとき、彼女は立ち止まって言った、

——送ってくださってありがとう。

——どういたしまして。

——そうね、改めなさいな、そうするわね。この次の日曜日にダニエルさんのお宅にいらっしゃい。

——君がどうしてもと言うのなら……

——ええ、ぜひそうして。

——さようなら、エマ。それじゃあ、行くことにする。

——いいわね。言いつけ通りにしてくれるわね。

——分かった。

——わざわざ送ってくださって心からお礼を言うわ、*Au revoir!*（おやすみなさい！）[20]

——おやすみ。

彼は彼女が通りの四番目の庭に入るのを見るまで待っていた。彼女は彼が見ているのを確かめるために振り向かなかったが、彼女はあからさまに目を使わなくとも、物を見るこつを持っているのを知っていたので落胆

しなかった。

リンチはこの出来事を聞いて、両手をこすり合わせて予言した。彼の忠告に従って、スティーヴンは次の日曜日にダニエル家に行った。馬の毛の古い長椅子がそこにあり、聖心の写真がそこにあり、彼女がそこにいた。放蕩息子は歓迎された。彼女は、その日の夕方、彼にほとんど話しかけず、最近わざわざ招待されるという栄誉に気をよくしている、ヒューズと熱心に話し込んでいるようだった。彼女はクリーム色のドレスを着ており、ふくよかな髪が重くクリーム色の首に載っていた。彼女に歌を所望され、ダウランド[21]の曲を歌うと、アイルランド語の歌を歌ってくださらない、と彼女は彼に頼んだ。スティーヴンは視線を彼女の目からヒューズの顔に移し、再びピアノの前に座った。彼は彼女のために彼が知っている数少ないアイルランド民謡のひとつを歌った。「わが恋人は北国に生れし」を歌い終わると、彼女は拍手喝采し、ヒューズがそれに和した。

――わたしアイルランドの音楽が大好き、としばらくしてから彼女は彼にもたれ掛かり、放心したように言った。魂を揺り動かされるのですもの。

スティーヴンは何も言わなかった。彼は彼女にはじめて会ったときから、彼女が話した言葉をほとんどすべて覚えていたので、魂という名前を付けるに値するほど有意義な精神的原理の存在を示す言葉を思い出そうとした。彼は彼女の肉体が発する芳香に屈服し、そのなかに精神的原理を突きとめようとしたが無駄だった。彼女はカトッリクの信仰を守り、十戒と戒律に従っているようだった。あらゆる外面的なしるしから、彼女の神聖さを推し測ろうとしてみた。しかし、彼女の目のきらめきを神聖と読み違え、胸の起伏を宗教的意志の動きと解釈するほど愚かではなかった。彼は自分の熱烈な宗教性と世捨て人的な態度について考え、マラハイド近くの森のなかで東洋人式に忘我の姿勢をとっていて労働者を驚かせたことがあったのを思い出した。そして彼は、彼女の魔力に負けてほとんど半ば意識を失った状態で、ローマカトリックの神は彼を地獄へ落とすだろうかと考えた。なぜなら彼は、それに従って生活を改める必要が全くない誘いに、快い同意を与えることを可能にする、あの最も市場性の高い美徳の本質を理解することができず、秘蹟の消化を助ける価値を認めることもできなかったのであるから。[22]

賓客のなかにダニエル夫人の兄にあたるヒーリー神父がいた。彼は、エニスコーシ[23]の近くに教会堂を建てるために七年間募金活動をしていたアメリカから帰ってきたばかりだった。その夜は彼の帰国を祝う集まりだった。彼はダニエル氏が無理に勧めた肘掛け椅子に腰掛け、指先を軽く合わせて一同に笑顔で応えていた。彼は小柄な色の白い太った牧師で、その体は新品のテニスボールを思い出させた。彼は一方の脚をかっこうよくもう一方の脚の上に投げあげて椅子に座り、キーキー音を立てるずんぐりした小さな革靴に収められた、ずんぐりした小さな足を細かく揺り動かし続けていた。彼は慎重にアメリカ訛りの英語を使って話をしていたが、彼が話すときには部屋中の者が耳を傾けた。彼は最近のゲール語復興とアイルランドの新しい文芸運動に強い関心を抱いていた。彼はマキャンとスティーヴンに特に注意を払い、彼らふたりにいろいろ質問をした。彼はグラッドストーンが十九世紀の最大の人物であるという点でマキャンと合意した。そしてこの高名な客人を接遇する栄誉に酔って興奮しているダニエル氏は、グラッドストーンとアシミード・バートレット卿[24]との有名な逸話を述べ、低く太い声で偉大な老人の演説を再現した。ジェスチャーゲームのあいだ中、ヒーリー神父はたえず演者の当意即妙のせりふを反復してくれるようにダニエル氏に頼み、演者が言ったことをダニエル氏が彼に繰り返すと、何度も笑いながら体をゆすった。彼は大学内部の生活に関する知識を補強するための機会を決して逃さなかった。そして、どんな暗示も彼が満足してうなずくまで、誤解のしようがないほど平たく叩き伸ばされた。彼は文学的な話題でスティーヴンに攻撃をしかけ、ジョン・ボイル・オライリー(25)の作品について長談義を始めたが、スティーヴンがあまりにも礼儀正しいのに気づいて、若者に文学訓練ばかりするのはいかがなものかと言いだした。それでスティーヴンは大学の球戯場やハンドボールの試合などについて、控えめな熱意をこめて彼に話し始めた。

――なるほどそれで分かりました、ヒーリー神父は如才なく頭を一方に傾け、にこやかにその若者を見ながら言った。君はきっといい選手になる。あつらえ向きの体格をしている。

――いいえ、そんな、スティーヴンはクランリーがいてくれればと思いながら言った。私は選手としては落第です。

――謙遜しなくてもいい、ヒーリー神父は笑いながら言った。謙遜しなくとも。

――本当です、とスティーヴンは言いながら、こんなふうにハンドボール選手としての素質を認められ、彼の競技をクランリーが痛罵したのを思い出して笑った。

やがてヒーリー神父が小さくあくびをし始めた。そしてそれがミルクカップとバター付きのパンを、若い男女のあいだに回すきっかけとなった。誰も強いものを飲まなかった。ヒューズは簡素な生活に徹していて、食べ物も飲み物も一切断った。そのことでスティーヴンは、この理想家によい印象を持てると思っていただけに、ちょっと残念だった。マキャンは人生の実際面の代表者だったが、むしゃむしゃ音を立てて食べ、ジャムはないかと言った。そんなことをこれまでに聞いたことがなかったので、ヒーリー神父は大声で笑い、ほかの者たちをほほえませたが、ヒューズとスティーヴンは、誰もいないテーブルクロス越しにまじめくさって互いに見つめ合っていた。若い女性たちはみんなテーブルの一方の隅に座り、若い男性はもう一方の隅に座っていたので、一方の隅がとても賑やかでもう一方の隅がとても静かだった。ヒーリー神父とダニエル氏のために、パンチグラスをふたつ持ってきて彼女の役目を果たしたこの家の未婚の叔母を、会話に引き入れようとして失敗したスティーヴンは、無言でピアノのところへ行って古い曲を弾き、ひとりで口ずさんでいると、テーブルで誰かが、「何か歌ってちょうだい」と言った。彼はピアノを離れ、馬の毛の長椅子に戻った。

彼女の目はすごくきらきらしていた。スティーヴンは険しい自己分析を推し進めていたので疲労困憊し、ただ美しい彼女のそばで休みたかった。彼は、ダブリンの生活の入口で彼を圧倒したあの最初の巨大な不満の心的状態と、彼女の美しさに何よりも慰められたことを思い出した。いま彼女は彼に休息を提供しているようだった。彼は迷っていた――彼女は彼を理解しているのだろうか、それとも彼に同情しているだけなのだろうか、そして彼女の低俗な態度は意識してゲームを楽しんでいる者へのへりくだりにすぎないのだろうか？　彼が芸術と人生の理論を構築し、詩歌の花束を作ったのは、そのようなイメージのためではなかったことを、彼は知っていた。しかし、それでもなお彼女を信頼できたら、彼の芸術と詩歌を軽々と捧げていたであろう。狂った愛の夜のあこがれが彼に訪れた――彼の魂である彼の人生と彼の芸術を放棄し、それらすべてを彼女とともに欲望に苛まれる昏睡の淵に沈めたいという気違いじみた欲求。ヒーリー神父が気持ちよさそうに統轄している醜い人生の不自然さが、彼からこの常軌を逸した瞬間を打ち消し、彼はダンテの一行を何度も口ずさんでいた、そこに*'frode'*（「欺瞞」）という腹立たしい二音節語が含まれているという以外に、何の理由もなかったのに。そうだ、僕はかつてダンテが用いたように、この語を使う権利を持っているのだ、と彼は考えた。モイニハン、オニール、グリンの精神はダンテの神曲の戯画にも似た地獄の縁を、風に吹かれて回るだけの価値があると思った。愛国主義者と宗教を熱烈に信ずる者たちの精神は、欺瞞者の圏に容れられるのがふさわしいと思った。そこで清浄な氷の巣箱に入れられて、彼らにふさわしい狂乱のピッチで肉体を動かすのだ。穢れを知らない、その値もない、無気力な信心会の会員の精神は、おろかでグロテスクな処女たちの圏に容れられ、イエズス会士が取り囲むなかで石と化すであろう。そして彼らと彼らの途方に暮れたイコンを超えて上ってくるようにと、彼のエマが——現世のままの姿形で、衣服もそのままに——ムハンマド(26)の楽園から彼に呼びかけるだろう。

戸口で彼は彼女をほかの者たちに譲り渡して、無意味な挨拶を交わして別れ、ひとりで家に帰ったときも、彼の気分は疑惑と不信の迷路をたどっていた。その夜の後、家庭の事情に忙殺されて、しばらくのあいだ彼女に会わなかった。父の支払い猶予期間は興奮に満ちた三日間だった。家族が路頭に迷う寸前のところで、ディーダラス氏は金物の行商人をしている北アイルランドの友人を介して、住む場所を見つけた。ウィルキンソン氏(27)はおそらく十五室もあるような古びた家を持っていた。彼は名義上その家の賃借者であったが、親戚も身寄りもない守銭奴の老家主が都合よく死んでしまい、ウィルキンソン氏の賃借権は、期間および料金を考慮して不問に付されることになった。ディーダラス氏はこの老朽化した邸宅の一区画を少額の週払いで借り受け、法律で決められた立ち退き日の前夜、夜のうちに引っ越した。彼らに残されたわずかな家具は、馬匹輸送車で運ばれて行き、荷車ひきがへべれけに酔っぱらっていたので、スティーヴンと彼の弟、父と母が自力で先祖の肖像画を運んだ。晩夏のよく晴れた夜は冷たくさわやかだった。彼らは堤防に沿ってひとかたまりになって歩いた。イザベルは日中早いうちに移され、ウィルキンソン夫人に預けられていた。ディーダラス氏はモーリスと一緒に先に立って歩き、彼の策略が見事に成功して上機嫌だった。スティーヴンはその後に母とついて行ったが、母までうきうきしていた。満潮時の波がひたひたと岸壁を打ち、さわやかな大気を通して、父が弱音器を付けたフルートのような声で、恋歌を歌うのが聞こえた。彼はよく聞くために母を立ち止まらせ、ふたりは肖像画の重い額縁に寄り掛かって、耳を澄ました。

わが心、汝がもとに、
わが心、汝がもとに、
香しき夜風がはこぶ
わが心、汝がもとに！(28)

ウィルキンソン氏の家には、ピアノが一台置かれているだけで家具が何もない、オークの壁板張りの堂々とした客間があった。冬のあいだ、ウィルキンソン氏はこの部屋をあるダンスクラブが火曜と金曜日に使用するために週七シリングで貸していたが、いま彼はこの部屋の一隅を金物類の見本を置く倉庫として使っていた。彼は物静かな、背の高い片目の男で、いくら酒を飲んでも乱れることは絶対になかった。彼は彼の客人を心から尊敬し、「ミスター」という敬称を付けずに呼びかけることは決してなかった。彼は彼と同じくらい物静かで、背の高い女性と結婚した。彼女は三文小説の大ファンで、窓から身を乗り出し、ふたりの幼い子供が金網の断片やガスパイプの配管に足を取られるのを見ていた。彼女は色が白い面長な顔をした人で、どんなことにでもよく笑った。ディーダラス氏とウィルキンソン氏は毎朝一緒に街に出かけ、しばしば一緒に戻ってきた。日中、ウィルキンソン夫人が窓から身を乗り出し、使い走りの少年や牛乳配達夫と話しているようなとき、ディーダラス夫人はイザベルの枕もとに座っていた。彼女の容態がよくないのはいまや疑う余地がなかった。

彼女の目は痛々しいほど大きくなり、声はうつろになっていた。一日中枕に寄り掛ってベッドに体を半分起こし、濡れたように見える髪を小さな房に束ねて顔に下げ、絵本の頁をめくっていた。彼女は、食事を勧められたり、誰かが枕もとを離れたりすると、泣くようになった。少しでも元気な様子を示すのは、下の部屋からピアノの音が聞こえてくる時だけだった。そんな時には寝室のドアを開けさせ、目を閉じていた。お金は依然として不足していたが、医師はそれでも滋養のある物を食べさせるように命じた。彼女の病気が長く続くことが家族に希望のない無力感を募らせた。イザベルはほとんど子供同然であったが、このことに気づいていたに違いなかった。スティーヴンだけが粘り強い親切心でいつもの自己本位の明るい態度を持ち続け、彼女の生命の残り火を絶やさないように努めた。彼はわざと大げさな言い方をし、母がうるさいとたしなめるほどだった。彼は妹の部屋へ行って、「生きるのだ！　生きるのだ！」と言うことはできなかったが、彼女の魂に触れることができればと思って、かん高い口笛を吹き、歌を歌ってやった。彼女の部屋に行く時はいつも、彼女の病気は重大でないかのように無関心をよそおって、質問をいくつかした。そしてベッドから見る目が彼の言葉の意味を理解していると確信することが一、二度あった。

夏は蒸し暑い天気に変わった。クランリーはまだウィックローから帰らず、リンチは十月の試験のために勉強を始めた。スティーヴンは自分のことにかまけていて弟とあまり話す機会がなかった。数日中にモーリスは学校に戻ることになっていたが、それは彼が「ブーツと洋服」の愁訴と言うところのことが原因で、二週間もずるずると引き延ばされた。ウィルキンソン家の住人は日ごとに少なくなっていったが、ウィルキンソン夫人は相変わらず窓から身を乗り出し、ディーダラス夫人は娘の看護を続けた。ウィルキンソン氏は日中痛飲した後に客人を家に招くことがよくあった。ふたりは台所に座って、大声で政治の話をしながら夜を明かすのだった。スティーヴンは家がある街角を曲がると、父が大声で話し、テーブルを叩くこぶしの音をよく聞いた。彼が家に帰ると、論争中のふたりはしばしば彼の意見を求めたが、彼はいつも黙って夕食の残りを食べて自室へ退いた。階段を上っていくとき、父がウィルキンソン氏に「変な奴ですよ、全く。変な奴だ！」と言うのが聞こえ、ウィルキンソン氏が泥酔した目[29]で凝視するのを想像できた。

　スティーヴンはとても孤独だった。夏の初めと同じようにいまも彼は当てもなく街をぶらついていた。エマはゲール語の仲間とアラン諸島[30]へ出かけてしまった。彼は決して不幸ではなかったが、やはり幸せではなかった。彼の気分を引き立て、紛らわすものがまだあって、それらを散文や詩に書き留めた。足の裏があまりにも疲れ、気分があまりにも滅入り、希望があまりにも萎えているとき、彼はぶらりとあの長い大きな埃くさい客間に入っていって、日の射さないうす暗がりのなかでピアノの前に座るのだった。彼は彼の周囲と頭上に、希望のない家庭と朽ちた草葉とを感じ、彼女の生命が終わりに近づくなかで、ひとつの輝かしい歓喜の星が一瞬震えるのを彼の魂は感じた。蜘蛛の巣やがらくたに漂っていき、埃に覆われた窓にいたずらに漂う和音は、彼の心の動揺の無意味な声であった。そしてそれができることと言えば、意味のない音の連続を意識の小部屋にひとつずつ流し込むことだった。彼は墓場の空気を吸った。

　自分自身の生命の価値さえ疑わしく思われた。彼は彼の人生に含まれるあらゆる欺瞞を指摘した――他人の前では勇敢に振る舞ってはいるものの、良心の些細な挑戦で怯えるエゴイズム、衣服としきたりで世界を新しく装うとする自由は奴隷を生み、誰ひとり理解する者もいない芸術の卓越性だって、その類まれな優美さをそれ自体低俗な情熱の商標と烙印である肉体の荒廃に負っている。墓地はそのむなしい記録を彼に示した、快くあるいは渋々と、明らかな神の意志を受け入れた者すべての人生の記録。これらすべての失敗の幻、もっと哀れな、気心の合った人たちの幻が、あくびとわめき声のなかをすり足で前に進み出て、彼を災いで取り囲んだ。そして災いは、ゆがんだ儀式の姿をして、彼女と姦淫を犯せと彼の魂に叫んだ。

ある日の夕方、彼は夕闇に包まれてピアノの前に座っていた。陰鬱な入り日はいつまでもさび色がかった炎の残り火となって窓ガラスにとどまっていた。彼の上にも彼の周りにも荒廃の影、草花の荒廃、希望の荒廃があった。彼は和音を鳴らすのを止めて、鍵盤の上に静かにうつ伏せになり、待っていた。彼の魂は深まりゆく無言の夕暮れと混じり合った。母の姿と思われる姿が部屋の遠いところに現れ、戸口に立っていた。暗闇のなかで彼女の興奮した顔は紫がかった赤い色をしていた。母の声だと聞き覚えのある声が、怯えた人の声が彼の名前を呼んだ。ピアノの前にいる人影が答えた、

——なに？

——からだのこと分かるかしら？……

興奮して話しかけている母の声は劇の伝令の声のようだった。

——どうしたらいいのかしら？　イザベルの穴……胃……から何かが出てきたのよ。そんなこと聞いたことある？

——分からない、と彼は、母の言葉の意味を理解しようとしながら、自分に言い聞かせるように答えた。

——医者を呼びにやるべきなのかしら……そんなこと聞いたことある……どうしたらいいのかしら？

——分からない……何の穴さ？

——穴よ……わたしたちみんな持っているじゃない……ここよ。(31)

第二十三章

妹が死んだときスティーヴンは自室にいた。母が妹の急変に気づくとすぐに牧師が呼ばれた。牧師はいつも右の肩の上に頭を載せている小柄な男で、舌足らずの話し方をし、決して聞きやすくなかった。彼は妹の告白を聞き、「神様にまかせなさい、神様はなにもかもご存知です、おまかせしなさい」と言って立ち去った。医師がディーダラス氏と車で駆けつけ、少女を診察して、牧師は来たかと尋ねた。彼は、命があるあいだは希望があるけれども非常に弱っている、明日の朝また来ると言って帰っていった。イザベルはその日の夜十二時を少し過ぎて死んだ。父は全くしらふというわけではなく、忍び足で部屋を歩き回り、娘が少しでも変化を見せる度にひきつけたように泣きじゃくり、母が彼女に無理やり少量のシャンペンを飲ませようとする時にはいつも、「さあ、いい子だ、これを飲むと元気になるぞ」と言いながら何度もうなずき、また泣きだした。父はイザベルを元気づけてやるようにとみんなに言い続けた。モーリスは火のない暖炉のそばに座って火格子を覗き込んでいた。スティーヴンはベッドの枕もとに座って彼女の手を握っていた。母は彼女の上にかがみこみ、水を飲ませ、キスをし、祈りを捧げていた。スティーヴンにはイザベルが急に老けて見えた、成人した女の顔になっていた。彼女の目は、この世に生を与えられたのが間違っていたのではないかと尋ねているようで、しきりに身近にいるふたりを代わりがわり見た、そしてスティーヴンの言葉に促され、勧められるものを何でも飲みこんだ。彼女がもう飲み下すことができなくなると、母は「さあ、もう、逝くのよ、いい子ね。天国へ逝くのよ、みんなまた会えるようになるからね。分かるでしょう?……そうよ、いい子ね……天国へ、神様と」と言った。イザベルが大きな目で母親の顔をじっと見つめているうちに、彼女の胸は寝具の下で大きくふくらみ、苦しそうな音を立てた。

スティーヴンは妹の命のむなしさを痛感した。彼女のためにたくさんのことをしてやれたのに、彼女は彼にとってほとんど他人であったが、彼女が死ぬのを見るのはつらかった。命は贈物だ、と彼は思った。「生きている」という言葉には満足に満ちた確信が含まれており、そのほかの多くのことは、疑う余地がないとみなされていても確信が持てなかった。妹は人生の事実をほとんど全く享受しなかったし、その特権をわずか、あるいは何も味わうことがなかった。全能の神はよしと考えられたときに人の魂を故郷に召されるという仮説は、彼の目には、彼女の命のむなしさの埋め合わせになるとは思われなかった。彼の前に横たわっているこの衰弱した肉体は、お情けで存在していた。そこに宿っていた精神は果敢に生きようとしたことも、何かを学んだことも、文字どおり全くなかった、それも自ら意図したことのない節制によって。彼女は彼女にとって何物でもなく、そういう意味では何物も彼女に付随しなかったし、彼女もまた何物にも付随しなかった。彼らが子供であったとき、人びとは「スティーヴンとモーリス」のことは話題にしたが、彼女の名前は後から思い出して付け加えられた。彼女の名前でさえ、なんとなく生気のない名前だが、人生のドラマから彼女を遠ざけていた。スティーヴンは歓喜と悪意をこめて叫ぶ子供たちの声を思い出した。

スティーヴン、リーヴン、リック-ディックス・ディーヴン

しかし彼女の名前はいつもいいかげんな歓喜としおらしい悪意をこめて呼ばれた、

イザベル、リザベル、リック‐ディックス・ディザベル。

イザベルの死を機会にディーダラス夫人の親戚がぞろぞろと家に来た。彼らは玄関のドアをおずおずとノックし、しおらしく控えめに振る舞っていたが、彼らのホストは許さなかった――特に、女たちを――それとなくずるそうな目つきをしているというのだった。彼は早めに火が入れられた長いがらんとした客間に男たちを通した。二晩にわたる少女の通夜のあいだに大勢の人が客間に集まった。彼らは煙草を吸わなかったが、酒を飲み世間話をした。翌朝になるとテーブルは船舶用具店の様相を呈しており、黒や緑の空き瓶でいっぱいだった。イザベルのふたりの兄は通夜の手伝いをした。談話は多くの場合一般的なものであった。彼らの伯父のひとりは、もじゃもじゃの頭髪をした喘息持ちで、若いころ大家の娘とかなり軽率な付き合いをし、家族は遅ればせの結婚でかろうじて事なきを得た。ディーダラス氏の友人のひとりは警察裁判所の書記で、ダブリン城(1)に勤める彼の友人が担当している禁止本の点検の仕事を一同に話した。

――あんな不潔なものを、と彼は言った。臆面もなく印刷する者がいるのに驚きます。

――わしがきのころ、アンクル・ジョン(2)はひどくのっぺりした調子で言った。いまよりもっと読書の趣味があって、もっと金がなかったとき、パトリックス・クロース(3)近くの本屋へよく通ったもんだ。ある日のことそこに『コリーン・バーン』(4)を買いに行ったのじゃ。店員はわしを店に引き入れて、本を見せてくれた……

――分かります、分かります、と警察裁判所の書記が言った。

――あんな本を若者に触れさせるなんて！　あんな考えを若者の頭に植え付けるなんて！　けしからぬ！

モーリスは丁重な賛同の瞬間が過ぎるのを待っていて尋ねた、

――その本を買ったの、アンクル・ジョン？

一同は笑おうとしたようだったが、アンクル・ジョンは真っ赤になって怒り、まくし立てた、

――あんな本を店頭に並べるなんて、罰せられなければならん。子供は子供らしくしておくべきじゃ。

葬儀の日の朝、蓋を閉じたピアノのそばに立っていたスティーヴンは、棺が曲がった階段をぶつかりながら下りていくのを聞いていた。会葬者たちはその後について外に出て四台の馬車に乗った。スティーヴンとモーリスは花輪を三つ葬儀用馬車に運び入れた。霊柩車は軽快な速足でグラスネヴィン共同墓地[5]へ向かった。墓地の門のところで六台の霊柩車が鉢合わせになった。イザベルの葬列のすぐ前に乗り付けていた葬列は貧しい階級の人の葬列だった。馬車の外に六人ずつ寄り集まっていた会葬者たちは、ディーダラス氏とその会葬者たちが乗り付けたときに、馬車からぞろぞろと出てきたところだった。最初の葬列は、暇つぶしをしている人や職員たちが小さな群れを作っている門を通り抜けた。スティーヴンは彼らが入って行くのを見ていた。遅れてきたふたりが群衆を荒々しく押し分けて通り過ぎていった。ひとりの少女が、片手で女のスカートを握り、一歩前を走っていった。少女の顔は日に焼けて変色し、目はやぶにらみ、魚みたいな顔をしていた。女の顔は角張り、やつれ、特売場の売り子の顔をしていた。少女は口をまげて女を見上げ、泣くタイミングを計っていた。女は、平らなボンネットを抑えながら、墓地の付属礼拝堂へと駆けていった。[6]

付属礼拝堂でディーダラス氏と彼の友人たちは、貧しい会葬者たちの礼拝が終わるまで待たなければならなかった。数分で礼拝が終わり、イザベルの棺が運び込まれ、棺台の上に置かれた。会葬者たちは座席に散らばば

り、ハンカチーフを敷いておそるおそるひざまずいた。ヒキガエルのような大きい腹をした牧師が、片方の足で体の釣り合いを取りながら、侍者の後について聖具室から現れた。彼はカエルのような声で祈りの言葉を早口で読み上げ、眠そうに棺の上で散水器を揺り動かし、侍者は時おりかん高い声で応答文を唱えた。牧師は祈りの言葉を読み終わると本を閉じ、十字を切って、体を左右に揺すりながら聖具室へ戻っていった。二、三人の人夫が入ってきて、棺を運び出し、二輪手押し車に載せて砂利道を押していった。墓地の管理人はディーダラス氏と礼拝堂の戸口で握手をして、ゆっくりと葬列の後についてきた。棺がなめらかに墓穴にすべり落ちると、墓掘り人は土を入れ始めた。最初の土くれの音でディーダラス氏は泣きだし、友人のひとりが彼のそばに来て腕を取った。

墓が土で覆われると、墓掘り人はその上にシャベルを置いて、十字を切った。花輪が墓の上に置かれ、お祈りのためにひと休みしてから、会葬者たちはきれいに刈り込んだ道を歩いて戻った。哀悼の不自然な緊張がどことなくほぐれ、会話は再び実用的になってきた。彼らは馬車に乗り込み、グラスネヴィン街道[7]を引き返した。ダンフィーズ・コーナー[8]で彼らの馬車はほかの葬儀馬車の後に停まった。バーではウィルキンソン氏が最初の一杯をみんなにおごった。馬車の御者はなかに入るようにと促された。彼らが群れをなして戸口に立ち、生活にやつれた骨ばった顔をコートの袖で拭っていると、飲物の名前を告げるように声を掛けられた。全員がビールを選んだ、実際、彼らは体を休める安アパートでピューターの計量器などほとんど全く使ったことがなかった。会葬者たちはみんな度数の低い、店の特注ドリンクを注文した。スティーヴンは、何を飲むかと訊かれて、すぐに答えた、

——ビール。

父は話を止めて強い関心をもって彼を見つめ始めた。しかしスティーヴンはあまりにも冷ややかな気持ちになっていたのでたじろぎもせず、生まじめにビールを受け取って一気に飲み干した。彼の頭が大ジョッキの下にあったとき父が驚いているのに気づき、突き刺さるような墓地のにがい粘土の味を喉に感じた。

妹が言葉で表せないほど下品な方法で埋葬され、スティーヴンは死んだ肉体を永眠させるには、水か火が一番よいのではないかとかなりまじめに考えた。国のすべての組織が最初の仕事から最後の仕事まで間違っていると思われた。若者は誰も死の事実を大いなる喜びをもって考えることができない。また、運命あるいはその継母の娘である偶然の働きによって、感性と知性をつかさどる器官が特に発達している若者なら誰でも、死んだ市民の葬儀に化粧をほどこすために、網の目のように張り巡らされた、欺瞞と些末な規則を激しい憎悪なしに考えることができない。妹の葬儀から数日が過ぎ、スティーヴンは古着の薄墨色の喪服を着て、弔意を受けなければならなかった。そのような弔意の多くは家族の気心が知れた友人からのものだった。男性はほとんど全員、「かわいそうに、母上は耐えられないだろう」と言い、女性はほとんど全員、「おきのどくに、お母さんにとって大きな試練です」と言った。悔やみの言葉はいつも同じように気の抜けた、説得力に欠ける一本調子で述べられた。マキャンも弔意を表した。彼がスティーヴン(9)に声を掛けたとき、その若者は男性用服飾品店の窓越しにネクタイを見ながら、どうして中国人は黄色を喪の色に選ぶのだろうと考えていた。マキャンは元気よくスティーヴンと握手して、

――妹さんの死の知らせを受けて残念だ……何も知らずに申し訳ない……葬儀にも出席せず。

スティーヴンは少しずつ手を離して言った、

――ああ、とても幼い……女の子だった。

マキャンは彼の手をスティーヴンの手と同じ速さで離しながら言った、

——でもやはり……心が痛む。(10)

この瞬間に説得力のなさは頂点に達した、とスティーヴンには思われた。

スティーヴンの大学生活の二年目は十月早々に始まった。彼の教父は一年目の結果について全くコメントをしなかったが、スティーヴンにはこの機会が彼に与えられる最後のものになるであろうと伝えられていた。彼は選択科目にイタリア語を選んだ。その理由の一半は本気でダンテを読みたいと思ったからであり、他の一半はフランス語とドイツ語の講義に殺到する大勢の受講生から逃れたかったからであった。彼のほかに大学でイタリア語を履修する学生は誰もいなかったので、スティーヴンは一日おきに朝の十時に大学に来て、アルティフォーニ神父(11)の寝室へ行った。アルティフォーニ神父はロンバルディアの町ベルガモ出身の小柄で聡明なムーア系の人だった。彼は清潔で生きいきとした目と厚い大きな口をしていた。毎朝、スティーヴンが彼のドアをノックすると、'Avanti!'（「お入り！」）と言われる前に椅子を動かす音がした。小柄な牧師は座った姿勢で本を読む習慣がなく、スティーヴンが聞いた音は、間に合せの書見台にその構成要素、つまり二脚の籐の椅子と厚い吸い取り紙を戻す音だった。イタリア語の授業は時間を超えることがよくあった。文法や文学の授業に比べ哲学の議論の方がはるかに多かった。先生はおそらく彼の生徒のかんばしくない評判を知っていた。まさにそのことが理由で彼は純真な気持ちで敬虔な言葉を使っていたのであり、彼が純真な気持ちを持ち合わせないほど筋金入りのイエズス会士であったからではなく、むしろ信と不信のゲームを楽しむイタリア人であったからだった。彼はかつて彼の生徒が『傲れる野獣』の著者を高く評価するのをたしなめたことがあった。

——知っていると思いますが、その書物の著者ブルーノ(12)はおそろしい異端者です。

——はい、知っています、とスティーヴンは言った。おそろしい焚刑になりました。

しかし先生はやさしい審問官[13]であった。先生はちゃめっけたっぷりに、彼と彼の同僚の聖職者が大学の公開講座に出席したとき、講師が意地悪く彼の批評に少量の塩を加えた話をスティーヴンにした。アルティフォーニ神父はその塩をおいしく味わったのだった。彼は、英国人に対する愛情が欠如している点において、第三次イタリア王国[14]の市民の多くとは違っていた。そして彼の生徒の大胆な発言に対し寛大なところがあるのは、熱烈なアイルランド贔屓の結果に違いない、とスティーヴンは考えた。彼は思想の大胆さをイタリア民族統一主義者の気質以外のいかなる気質とも結びつけることができなかった。

アルティフォーニ神父は、ある日のこと、人間の喜びの最も非難されるべき瞬間でも、人間に喜びを与える限りにおいて、それは神の目から見て善である、とスティーヴンに認めざるをえなくなった。その時、彼はあるイタリアの小説について話していた。ある牧師がその小説を寄宿寮で読み、食事の席でそれを非難し、怪しからん小説だと言った。スティーヴンは、その作品は少なくとも審美的喜びをその牧師に与えたわけで、その理由から、それは善であると言うことができると主張した。

——バーン神父はそうは思わない。

——しかし、神はどうなのですか?

——神にとって善……かもしれない。

——それでは僕はバーン神父に反対する側を選びます。

彼らは美と善について非常に激しい議論を行った。スティーヴンはスコラ哲学の用語を修正するか、あるいはそれから不純物を除去したかった。善と美を対立的に考える必要はなかった。アクイナスは、善とは欲望がその所有へ向かおうとするところのもの、すなわち、望ましいものと定義した。しかし真も美も望ましい、しかも望ましいもののなかで最も高尚で、最も不変的な原理である。真は知的欲望によって求められ、知的対象の最も満足すべき関係によっていやされる。美は審美的欲望によって求められ、感覚的対象の最も満足すべき関係によっていやされる。[15] アルティフォーニ神父は、スティーヴンが哲学的一般論に生気を与えるために精魂を傾けていることを心から賞賛し、美学について論文を書くように勧めた。彼はこんな片田舎に芸術と自然との絶縁は考えられないと主張する若者がいることを発見して驚いたに違いない、それも気候や温度によるのではなく知的理由からというのであるからなおさらである。スティーヴンにとって芸術は自然の複製でも模倣でもなかった、芸術の過程が自然の過程であった。[16] 芸術の完成に関する彼の理論のどこにも、人工を重視するところを発見するのは不可能だった。ある人の芸術が優れているということは、彼にとって、崇高というよりむしろ、実際には崇高な慣例にすぎないものとして認められている何かについて語ることではなく、その人の自然について真に崇高な過程を語ることであり、実にそれこそ検討と公開討論に値した。

まさにこのような生きいきとした関心が、大学の討論クラブや温かいクッションのついた信心会といったぶざまなお遊びの場から彼を遠ざけた。モイニハンの就任演説は十一月に大学の大講堂で開かれた。学長が教授陣に囲まれて議長席に着いた。ひな壇に著名人が並び、講堂の中央には様々な種類の知識人が座っていた。冬のあいだは方々の演説を聞いて歩き回り、外国語の劇が上演される時には欠かさずに劇場に行くような連中である。講堂の奥は大学の学生たちですし詰めだった。彼らの十分の九は非常に熱心な学生で、残りの者の十分の九は時々熱心な学生だった。論文の発表に先立ち、学長からウェランに大学弁士金賞が贈られ、ダニエル氏の子息のひとりに銀賞が贈られた。モイニハンはタキシードを着て前髪をカールしていた。彼が論文を読むために立ち上がると、学長が拍手を送り、一同がそれに和した。モイニハンの論文は、苦しむ者を真に慰めるのは、無知蒙昧で道徳的に放縦、私利私欲を追求する民衆煽動家ではなく、教会であるというものだった――労働者階級の多くの人びとをよりよい生活に導く真の方法は、精神的かつ物質的秩序を疑うように教えるのではなく、一致団結して働き、位の高い者も低い者も、富める者も貧しい者も、正しい者も邪な者も、教育のある者もない者も等しく、すべての人の友人である神、他のすべての者の上にありながら、彼自身人間のなかで最も柔和な者である神の人生に謙虚に従うことを教えることにある。モイニハンは、また、フランスの無神論作家の不可解な死[17]に触れ、我らと共にいます神、インマヌエルがその不幸な紳士に復讐するためにこっそりガスストーブに手を加えたのだというようなことをほのめかした。

モイニハンの後に演壇に上がった演説者のなかに下級裁判所の判事と反動分子のシンパである退役大佐がいた。演説者たちは口をそろえて、アイルランドの青年を高い社会的地位に就かせるためにイエズス会士が果たした教育上の貢献を高く評価し、その一例として今夜の論文発表者の名が挙げられた。スティーヴンはクランリーの横に位置を占め、講堂の一隅から学生たちの列を眺めた。そのまじめくさった顔にはどれも一様にイエズス会の教育の烙印が押されていた。大体において彼らは、若者の目に余るずうずうしい未熟さは卒業していた、また、青春期の悪習に対しある種の無害な真の嫌悪感を持っていないわけでもなかった。[18]彼らはグラッドストンと物理学とシェイクスピアの悲劇を賞賛し、日々の要求にカトリックの教えが役に立つことを信じ、教会の外交的手腕を高く買っていた。実際、彼らは貴族政治に対して英国人ほど強い願望を示すことがなく、暴力的手段を見苦しいものと考え、同僚間または上位者に対する関係において神経過敏になり、（権威が問題になる場合には常に）きわめて英国人的な寛容さを示した。[19]彼らは精神的および世俗的な権威を尊敬した、つまりカトリックと愛国主義という精神的権威、位階制と政府という世俗的権威とを尊敬したのである。テレンス・マクマナスの記憶はカレン枢機卿の記憶に劣らず崇敬された。[20]もしより大きく、より高貴な人生への召命が彼らに訪れるようなことがあれば、彼らはそれを秘かに嬉々として聞くであろうが、彼らは常に準備不足と感じて、彼らの人生を都合のよい時まで先送りする。彼らは演説者の言葉をすべて注意深く聞き、学長、アイルランド、信仰に言及するようなところでは決まって拍手喝采した。テンプルが演説会の途中に足を引きずりながら講堂に入ってきて、彼の友人をスティーヴンに紹介した。

——悪いけど、フィッツと言うのだ、いい人だぜ。君を尊敬している。悪いけど、彼を紹介させてもらうよ、いい人だ。

スティーヴンはフィッツと握手した。彼は白髪まじりの青年で、当惑した真っ赤な顔をしていた。フィッツとテンプルはふたりとも少し足もとが不確かだったので壁にもたれていた。フィッツは静かに居眠りを始めた。

——彼は革命家なのだ、とテンプルはスティーヴンとクランリーに言った。分かるだろう、クランリー、おまえも革命家だから。君は革命家だろうか……ちぇ、くそ、それには答えたくないか……俺は革命家だ。ちょうどそのとき演説者はジョン・ヘンリー・ニューマンの名前を挙げて拍手をもらった。

——あれは誰だ、とテンプルは周りの者にひとりずつ訊いた。あの男は誰だ？

——ラッセル大佐。

——へえ、大佐か……何と言った？　どんなことを言ったのだ？

誰も答えなかったので、彼はまた辻褄の合わない質問をごちゃごちゃ言って、最後に、大佐の考え方に納得できないものだから、「マッドムッラー万歳[21]」と叫び、大佐は「おおばか野郎だ」とは思わないか、とクランリーに尋ねた。

スティーヴンは二年生になって一年生の時よりも規則的に勉強する時間が少なくなった。彼は以前よりもよく講義には出席したが、本を読むために図書館に行くことはめったになかった。ダンテの『新生』が散在している恋愛詩をひとつの完全な花輪にすることを示唆し、彼はクランリーに作詞家が克服しなければならない問題点を長々と説明した。恋愛詩は彼に喜びを与えた。彼は長い間隔をおいてこれらの詩を書き、書く時は常に成熟した、論理的にも説明がつく情緒に促されていた。しかし、彼は愛を表現する際に、彼が封建的用語と呼ぶものを使わざるをえなかった。そして封建時代の詩人に生気を与えたと同じ信念と目的をもってそれを使うことができなかったので、彼の愛をすこし嘲笑的に表現せざるをえなかった。この相対性の示唆が、きわめて異質な情熱と混じり合っている点において、現代の特徴であるとスティーヴンは言った。われわれは、個々の人間の活力の限界をあまりにも正確に認識しているので、永遠の忠誠を誓えず、また、期待することもできない。現代の恋人は宇宙を彼の情事の補佐役と考えることができない、現代の愛はその激しさをいくぶんか失い、その分だけ優しさを獲得したのである。クランリーはこのことを聞き入れようとしなかった。彼にとって古代と現代の違いは言葉のトリックにすぎなかった。彼は心のなかで過去と現在とをあえて不名誉なもののレベルに引き下げていた。スティーヴンはクランリーに反対して、人間性は人間の時代といわれる短い年代にそれと分かるほど変わっていないかもしれないが、人間の時代はさまざまな思想をむさぼり食ってきた、人間の時代が生みだすあらゆる活動は、たとえどんなに小さな活動であっても、それらの思想に従って考案され、方向づけられているという考えを持ち続けようとした。封建時代の精神と現代の人間の精神との弁別は文学者の空言ではない、とスティーヴンは主張した。クランリーは、多くの冷笑的な浪漫主義者と同じように、市民生活は絶対に個人の生活を変えないと考えていた。そしてまた、人間は種々雑多な機械に囲まれて調和のとれた人生を送り、なおかつ自分が支持する秩序に対し心のなかで反逆者になることもできるように、現代的な機械のただ中で古代の迷信と偏見を持ち続けることもできると考えており、彼にとって、人間性とはひとつの定数であった。愛を讃える歌の花輪を作る計画にしても、仮にそんな情熱が実際に存在したとしても、表現することはできないと思っていた。

——それを表現しようとする人がいなければ、存在するとも、しないとも言えないだろう、とスティーヴンは言った。われわれはそれを試すものを持っていないのだ。

——それを試すものは何か？　とクランリーは言った。友情の試金石は友人のために命を投げ出せるかどうかにある、と教会は言っている。

——まさか、そんなことを信じないだろう？

——信じないさ、でもばかな奴らはいろいろなことのために死ぬ。たとえば、マキャンは、どうしようもない強情がもとで死ぬかもしれない。

——人は自ら確信しないことのためにのみ命を捧げる、とルナンは言った。

——人は現代においてもなお十字に交差した二本の枝のために死ぬ。十字架が二本のただの枝でないとしたら何だろう？

——愛は、とスティーヴンは言った。名前と言ってもよいかもしれない、表しえないものの……しかし、違う、それは認められない……愛の試金石は交換に何を差し出すかにあると思う。愛するとき人は何を与えるか？

――結婚披露宴だ、とクランリーは言った。

――その肉体ではないだろうか、肉体だろうな、最低限という意味で。たとえ金のためとはいえ肉体を差し出すのは相当のことだ。

――金のために肉体を提供する女たちは、おまえの言うところによると、提供する相手を愛しているわけだ？

――愛するときには与えるものだ。ある意味では彼女たちは愛している。われわれは何かを与える、シルクハットでも音楽の本でも時間や労働でも、肉体でも、愛と交換に。

――ひどい話だ、俺なら肉体よりシルクハットをくれる女の方がいいな。

――趣味の問題だ。君はシルクハットが好きなのだろう。僕は嫌いだね。

――おい、おい、とクランリーが言った。人間性についてほとんど何も知らないくせに。

――僕はいくつかの基礎的なことを知っている、それを言葉で表すのだ。僕は情動を感じる、それを押韻詩で表す。歌は感情を純粋に韻律によって解放するものだ。愛は歌である程度まで自らを表現することができる。

――おまえは何でも理想化する。

――君がそういうことを言う時は、ヒューズを思い出させる。

――おまえは誰でもそういうことをみんなできると思っている……すべてそういう美しい想像的なことを。そういうわけにいかないのだ。おまえが毎日出会う女の子を見てみろ。あの連中はおまえが愛について言うことが分かると思うか？

――自分でも分からないのだ、本当に、とスティーヴンは言った。僕は毎日出会う女の子を理想化していない。僕は彼女たちを有袋動物[22]だと思っている……しかし、それでも僕は自分の本性を表現しなければならない。

――詩を書くのだな、ともかく、とクランリーは言った。

――雨が降ってきた、とスティーヴンは言って木の下で立ち止まり、雨粒が落ちてくるのを待った。

クランリーは彼のそばに立ち、皮肉っぽい満ち足りた表情を顔に浮かべて、彼の姿勢を見た。

散歩の途中、スティーヴンはダブリン旧市街と呼ばれる薄汚い通りの真ん中に古い図書館[23]があるのに気付いた。その図書館はマーシュ大司教によって創立されたもので、一般に公開されてはいたが、その存在に気付く人はほとんどいなかった。司書は図書館利用者になりそうな人間の出現に喜んで、埃をかぶった茶色い書物が並べられている壁龕や隅の小部屋に案内してくれた。スティーヴンは十四世紀のイタリアの書物を読むために週に二、三回そこにかよった。彼はフランシスコ修道会の文献に興味を抱くようになっていた。アッシジの柔和な異端の指導者[24]の伝説は、哀れな感情を抱かずに読むことができなかった。彼は本能的に、聖フランチェスコの愛の鎖は長いあいだ彼を縛めておけないだろうと思ったが、イタリア人は風変わりでおもしろいと思った。エライアス[25]もヨアキム[26]も汚れを知らない歴史に変化を添えた。彼はリフィー河沿いの手押し車に本を並べて売っている店のひとつで、W・B・イェイツの二編の物語[27]が入っている未刊の書物を見つけた。物語のひとつは「律法の石版」という題で、そのなかでフィオーレの大修道院長ヨアキムが彼の福音書に付けたといわれる有名な緒言に触れていた。この発見は、都合よく彼の調査と合致し、フランシスコ修道会の研究を熱心に進めるきっかけになった。彼は日曜日の夕方はいつもカプチン会の教会[28]へ行った。そこはかつて彼が負担を少しでも軽くしてくれればと、恥ずべき罪の重荷を背負って行ったところだった。教会の周りを職人や労働者たちが行列を組んで唱える祈りは不快ではなかったし、牧師たちの説教は説教者がその雄弁術や朗読法の訓練の成果を見せつけようとするところがなく、また、彼らが、少なくとも理論的には、俗人であることを示すのに汲々としていないのも、彼にとってありがたかった。彼は、アッシジの人の気分になって、これらの人はほかの人たちよりも自分の目的の近くにいるのではないかと思った。そしてある晩、ひとりのカプチン僧と話していたとき、彼の腕を取って教会の構内を引きずり回し、一語残らず記憶している「律法の石版」の物語を最初から最後まで一気に話してしまいたいという衝動を何度も抑えなければならなかった。スティーヴンの教会に対する一般的態度から考えても、このような衝動には強烈な伝染力があるのは疑いなく、それを治療するために彼の知的仲間の大変な努力が必要であった。彼は、リンチをスティーヴンズ・グリーンの公園緑地を引っ張りまわし、イェイツ氏の物語を注意深く生きいきと朗読して聞かせて、あの青年をひどく困惑させ、彼の欲望を満した。リンチはその物語が何を伝えようとしているのか分からないと言ったが、しばらくして居酒屋の「こぢんまりした個室」で外から見えなくなると、朗読はとても楽しかったと言った。

――あの修道僧はりっぱな人たちだ、とスティーヴンは言った。

――丸々と太った連中さ、とリンチが言った。

――りっぱな人物だよ。二、三日前に彼らの図書館に行った。入るのに相当苦労したけどね、修道僧が全員方々から出てきて僕を覗いた。属管区長の神父が何か用かと訊いた。それから招じ入れてくれて、わざわざ本のところまで案内してくれた。いいか、その人は太った牧師で、食事をとったばかりだったので、すごく機嫌が良かった。

――善良なりっぱな人物だ。

――彼は僕が何の用で何のために来たか全然知らないのに、指で名前を探しながら頁をめくり、ひと息つき、もごもごと言った、「ヤコポーネ、(29)ヤコポーネ、ヤコポーネ、ヤコポーネですか」。どうだ、僕はリズム感があると思わないか？

スティーヴンはあいかわらず夕闇が作るデフォルマシオンが好きだった。ダブリンの晩秋と冬はいつもじめじめした陰鬱な天候の季節だった。彼は夜の街を語句に抑揚をつけて唱えながら歩いた。「律法の石版」の物語や「東方三博士の礼拝」の物語を何度も復唱した。これらの物語の雰囲気は香の煙や前兆、遍歴する修道士の姿で重苦しく、アハーンやマイケル・ロバーツ(30)がそのなかを大股で歩いていた。彼らの言葉はまるで尊大なイエスの謎のようなもので、彼らの道徳性は人間以下であるか、あるいは超人的であった。彼らが重大視する儀式は、あまりにも支離滅裂で異物が多く、陳腐なことと神聖な実践とがあまりにも奇妙に混じり合っているので、大昔に傲慢な精神の罪を犯した大祭司の手から受け継いだ混乱した非人間的伝承、神秘的な聖職叙任を奉ずる人びとの儀式だと解釈するのがやっとだった。文明は確かに無法者の創造物であるということができる、しかし、無法者は現存の秩序に対して抗議などしたためしがないし、彼らの信条と生活様式は、たとえ反動的になったとしても、更新できるものではない。これらの者たちは人里離れた教会に住み、荒れ果てた祭壇に物憂げに香炉を掲げる。彼らは彼らの人生の法則を実現することを選び、人間の領域の彼方に住む。スティーヴンのような青年は、このようにじめじめした不安な季節において、何の苦痛もなく彼らの存在の現実性を信じた。彼らは情けないほど大地へ傾く、煙霧のように、罪にあこがれ、名誉ある彼らの血統を思い出し、ほかの者たちに彼らのもとに来たれ、と呼びかけながら。スティーヴンは「律法の石版」のこの美しい部分が好きで何度も暗唱した、「おまえはどうしてわれわれの松明から飛び去るのか、ゲッセマネの花園でキリストがその下で泣いた林の木で作ったのに？　おまえはどうして甘い木で作ったわれわれの松明から飛び去るのか、それがこの世から消え去った後に、われわれの息で古い歌からそれを作った者たちのところへ来たというのに？」[31]

ある途方もない考えが彼の人生に色を付け始めた。彼は、彼が生をうけた社会の秩序と名ばかりの友好関係を維持してきたが、そういう関係をこれ以上続けることはできないと思った。はぐれ者の人生は、凡庸な専制君主を受け入れた者の人生ほど見下げたものではないと思った。例外であることの代償があまりにも高価だった。自分の周辺に育っているのを目撃する若い世代は、彼の精神的活動のマニフェストを不体裁なものを超える何かとみなしていた。そしてまた、彼らのぞっとするような愛想のよいそぶりの下で、権威を代表する者たちは、彼の無軌道な性格が事実との惨めな衝突を引き起こし、いつの日か彼を職権で病院か救護院に収容するようになるのを楽しみにしているのを、彼は知っていた。これは決して異常な結末ではなかったろう。若者の高邁な企てはしばしば時ならぬ老化をもたらし、詩人の大胆さは、[32]鮮やかな青いリボンでロブスターを結わえ市民専用の歩道を引き回すようなことをすると、間違いなく、約束の不実な後見人であることを立証する。彼は、途方もない考えの仮装の下に身を隠している油断のならない危険を鋭く感じたが、同時にまた、無感動な義務の履行は理解できないだけでなく、体質的にも合わず、はるかに危険で、はるかに満足度に欠けると思った。

――人は人が行うすべての行為において何らかの善を求めていると教会は信じている、とクランリーが言った。一般の人間は金を儲けようと思っている、ウェランは下級裁判所の判事になりたいと思っている、きのうおまえが話しているのを俺が見た女性は……

——ミス・クレリーか？

——彼女は男と住むための小さな家を求めている。教区宣教師は異教徒をクリスチャンにしようとし、国立図書館の司書はダブリン市民を学生と図書館利用者にしたいと思っている。俺はこういう人たちが求める善を認めることができるが、おまえは何を求めているのだ。

——教会はそういう人が求める善と僕が求める善とを区別する。*bonum simpliciter*（単純なる善）というのがある。君が挙げたような人たちは、たとえ下賤な人であっても、欲望、向上心、貪欲といった直接的な情熱によって促されているのだから、その種の善を求めているのだ。僕が求めるのは *bonum arduum*（厳しい善）だ。

——それはもっとはるかに *simpliciter*（単純な）、*bonum*（善）かもしれない。おまえには分からないと思うけど、とクランリーは言った。

第二十四章

ちょうどその頃、政治の世界でロイヤル・ユニヴァーシティー(1)の運営について盛んに議論が交わされていた。この問題を検討する委員会を発足することが提案された。イエズス会士は公平を求める多数の意見を無視して、自分たちの目的のために組織を動かしていると非難された。このような蒙昧主義に対する攻撃をかわす目的でマキャンを編集長とする月刊誌ができた。新しい編集長はこの出来事に興奮していた。

――創刊号のほとんどすべての原稿がそろった、と彼はスティーヴンに言った。これはきっと成功する。君にも第二号に何か書いてほしい――でも、みんなが理解できるものだぞ。少しは譲歩しろよ。われわれのことをもう野蛮人扱いするのは許さない、われわれ自身の機関誌を持っているのだから。われわれの意見を発表できる。何か書いてくれるのだな。創刊号にヒューズの記事が載る。

――もちろん検閲はあるのだろう？　とスティーヴンは尋ねた。

――そうだな、とマキャンが言った。最初に機関誌の発行を思いついたのは、カミンズ神父なのだ。

――君の信心会の指導者だろう？

――そうだ。彼がこのアイディアを思いついたのだから、われわれの後援者みたいな役割を果たしている。

――それで彼が検閲官というわけか？

――彼は裁量権を持っているが決して狭量な人物ではない。敬遠する必要はないさ。

――分かった。聞きたいことがあるのだけど、稿料は出るの？

――君は理想主義者だと思っていた、とマキャンは言った。

――機関誌の成功を祈るよ、とスティーヴンは別れを告げるように手を振りながら言った。

マキャンの機関誌の創刊号には、ヒューズの「ケルト民族の将来」という長い記事が載っていた。さらにグリンの妹のアイルランド語の記事と機関誌刊行の経緯を述べるマキャンの論説が掲載されていた。論説は次のような書き出しで始まっていた、「この度、大学の機関誌という媒体を通じ、さまざまな思想や批評を交換する機会を提供することにより、われわれの大学生活のさまざまな要素を統一することができるようになったのは、ひとえにわれわれの信心会の指導者の時宜を得た提案によるものである。カミンズ神父の熱意と企画力のお蔭で最初の困難は克服された。われわれは、大衆がわれわれに耳を貸してくれることを心から期待する」。機関誌にはそのほかに数頁におよぶ文化系や体育系クラブの通信欄があり、そのなかで多くの有名人が彼らの氏名をラテン語化した程度の仮面の下でからかわれていた。「H_2O」と署名された「医学メモ」には、最終試験に受かった医学生への祝辞と医学部の優秀教授を称える表敬文が載っていた。さらに詩が数編掲載されており、「女ともだち」（ツバメの飛翔の歌）には「トガ・ジリリス」と署名されていた。

スティーヴンは図書館でクランリーから新しい機関誌を見せられた。彼はすでに最初から最後までそれを読んでしまったようだった。クランリーはあれを読め、これを読めとしつこく指図し、スティーヴンの苛立たしげな叫び声に留意する様子などなかった。スティーヴンが激しい感情を慇懃な言い回しにくるんで「医学メモ」を痛烈に非難すると、クランリーは雑誌に顔を埋めて笑いだし、前に座っていた赤ら顔の牧師に、読みかけの

『タブレット』誌越しに、憤然と睨まれた。図書館のポーチに若い男性の小さい塊と若い女性の小さい塊があり、みんな新しい雑誌を持って、雨を口実に天蓋の下で時間潰しをしながら、笑ったり話したりしていた。マキャンは元気よく、サイクリングキャップを斜めに被り、興奮してグループのあいだを行ったり来たりしていた。スティーヴンを見かけると何かを期待する様子で近づいてきた。

――どうかな？　見たろう……？

――アイルランドにとって記念すべき日だ、とスティーヴンは編集長の手を取ってまじめに握手した。

――そうだな……たいしたものだ、マキャンは額に汗をかいていた。

スティーヴンは石柱にもたれ掛り、遠くのグループを見ていた。彼女は友達の輪のなかにいた、みんなと笑い、話していた。新しい機関誌が彼の心を満たしていた怒りは次第に引いていき、彼は彼女と彼女の友達が示す風景に注意を集中した。クロンリフ神学校の構内に入った時と同じように、突然襲いくる追憶から突然同情が生まれてきた。あれは世間から隔離された神学生の生活に対する追憶から生まれた同情だった。廉潔そのものの彼女たちの生活が世間の無法な眼差しの前に挑発的に置かれているように思われた。それはあまりにも挑発的であったので、モダンで脆弱な様式の小さな囲いのなかに彼女たちを閉じ込めておくには、頑丈な壁と番犬が必要だった。彼女たちの気取りはしばしば気品を欠き、その卑俗さは肺が耳障りな音を立てることだけを望んだが、雨が彼に施し物を持って来た。若い学生たちのおしゃべりが、遠くから聞える物音のように、とぎれとぎれの鼓動となって聞こえてきた。目を上げると、上空の雨雲が風雨にさらされた郊外へ退いていくのが見えた。足早なにわか雨が止み、雨粒はダイヤモンドを散りばめたように中庭の灌木にとどまり、黒い台地から靄が立ち上がっていた。柱廊に集まっていた者たちは、疑い深い目くばせを何度も交わしながら、天蓋から立ち去り始めた——こざっぱりした長靴のおしゃべり、傘の下からチラッとのぞく美しいペティコート、小粋に抱えた軽い雨具。彼は彼女たちが女子修道院へ帰るのを見た——つつましい回廊、簡素な寄宿舎、何時間にもおよぶロザリオの祈り——やがて雨雲は西に退いてゆき、若い学生たちのおしゃべりが規則正しい鼓動となって聞こえてきた。彼は、はるか遠く雨に吹かれた平らな郊外のまん中に、うす暗い日の光が差し込む窓がいくつかあるだけの高い建物を見た。三百人の子供たちが、腹をすかしてがやがや話をし、長いテーブルに座ってクラゲのような海がめの脂身を飾った牛肉とじめじめした白パンの塊を食べていた。ひとりの幼い少年が両肘をついて、手で耳にふたをし、開けたり閉じたりする度に、食事をしている者たちの音が野獣の騒々しいおしゃべりのようにリズミカルに聞きえてきた。[3]

——身振りの芸術があってもいいはずだ、とスティーヴンはある夜クランリーに言った。

——何だって?

——身振りの芸術と言っても、もちろん、僕は雄弁術の教授が理解しているような意味でこの語を使っているわけではない。彼にとって身振りは強調だが、僕にとって身振りはリズムだ。「さあ、この黄色い砂浜に来て」[4]という歌を知っているだろう?

——いや。

——それはこういうことだ、とこの青年は両腕で優美に短短長格の身振りをしながら言った。これがリズムというものだ、分かるだろう?

——ああ。

——いつか僕はグラフトン通り[5]に行って、通りのまん中でいくつか身振りをしてみたい。

——俺もそれを見たいよ。

——たとえコロンブスがアメリカを発見したからと言って、人生があらゆる優美と高貴さを失わねばならない理由などない。僕は自由で高貴な一生を生きるつもりだ。

——それで？

——僕の芸術は自由で高貴な源泉から生まれる。奴隷の習慣を受け入れるのはあまりにも難しすぎる。威嚇されて愚かになるのはまっぴらだ。一行の詩が人を不滅にするのを信じるか？

——どうして一語ではいけないのだ？

——'Sitio'（「われ渇く」）[6]は古典的な叫びだ。この語に優るものはないだろう。

——イエスは十字架にかけられたとき、おまえが言う言葉のリズムとやらを楽しんだと思うか？　シェイクスピアは歌を書いたとき、人びとのために身振りをするために通りに出かけたと思うか？

——イエスは彼の言葉を、それにふさわしい壮大な身振りで表すことができなかったのは明らかだ。しかし彼はそれを無味乾燥な声で述べたとは思わない。イエスは非常に純粋な悲劇的演技力を持っていた。裁判の場における彼の振る舞いは賞賛に値する。教会は、最初の人物がある種の悲劇的な威厳を持っている人でなかったら、その伝説の上にあれほど手の込んだ芸術的秘蹟を打ち立てることはできなかったろう、そうは思わないか？

——それでシェイクスピアは……？

——彼は通りに出かけようとはしなかったが、彼自身の音楽を理解していた、と僕は確信する。美は偶然の所産だとは思わない。ある男が七年間時々考えて、ある日突然彼を不滅にするような四行詩を、一見、何も考えずにやすやすと書いたとしよう——一見だぞ。そうすると大向こうはこう言うだろう、「ほう、あの男には詩の心得があったのだ」と。それで「どんな具合に?」と訊くと、大向こうは「そうだな、ただ書いたのさ、それだけだ」と答えるだろう。

——リズムと身振りについて、これがおまえが考えていることのすべてらしいが、おまえの言うところによると、詩人とはひどく支離滅裂な野郎だ。

——そういうことを言うのは、行動中の詩人を見たことがないからだ。

——どうしてそんなことが言える?

——君は僕の理論の立て方をひどく大げさで、空想的だと思っているのだろう?

——ああ、そうだ。

——君が僕を空想的だと言うのは、僕が現代的であるからにすぎないと思う。

——いいかげんにしろ、くだらない。おまえはいつも「現代的」と言うけど、地球の年代を考えたことがあるのか? おまえは自由だと言うけれども、俺の意見では、創世記の第一巻から抜け出していない。「現代」とか「古代」というものは存在しない、すべて同じなのだ。

——何がすべて同じなのだ?

——古代と現代。

——ああ、そうか、分かった。すべてはほかのすべてと同じだ。もちろん、「現代」という語は単なる言葉にすぎないことを知っている。それでもこの語を使うとき、僕は特別な意味で使っている……

——どういう意味なのだ、例えば?

――現代的精神とは生体解剖のことだ。生体解剖こそ人が考えられる最も現代的な過程である。古代の精神はいやいやながら知覚の直接的対象を受け入れた。古代の方法は正義のカンテラをもって法律を、天啓のカンテラをもって道徳を、伝統のカンテラをもって芸術を検証した。しかしこれらのカンテラはすべて不思議な魔力を備えていた、それは形を変え、歪めてしまう。現代の方法はその領域を日の光で検証する。イタリアは正義のカンテラを消して、犯罪人を生産の場と行動の場で考えることによって文明に科学を導入した。現代のあらゆる政治的、宗教的批評は推定上の国家、推定上の救世主と教会なしに論理を展開している。それは全共同体を活動の場で検証し、あがないの光景を再現する。もし君が審美哲学者ならば僕のとっぴな行為をすべてノートに収めるだろう、いまここで君は審美的本能が活動している光景を目撃しているのだから。哲学の学部は僕に私立探偵をつけるべきなのだ。

――アリストテレスが生物学を興したのを知っていると思うけど。

――僕はアリストテレスに反対するような言葉は口が裂けても使うつもりはないが、「厳密ではない」科学を扱うとき彼の精神は自分に公正ではない、と僕は思う。

――アリストテレスはおまえを詩人としてどう評価するだろう?

――彼に謝罪するようなことがあれば、僕は地獄行きだ。できるならば精査してもらおうじゃないか。妙齢のご婦人がこんなことを言うのを想像できるか、「まあ、親愛なるアリストテレス様、お許し下さる、こんなに美しくて?」

――彼は賢人だった。

――その通りだ。しかし彼は不動の行進の有効性を主張する者の特別なパトロンだとは思わない。

——どういう意味なのだ？

——大学の古代人たちが抽象的な専門語を口にすると、誤ったわざとらしい発音になるのに気付いているだろう？　彼らがいま大学の新しい機関誌についてどんな話をしているか知っているな。マキャンは彼らを監禁状態から解放するつもりなのだ。彼らのあの機関誌は、君にこう言わせていないだろうか、「おお、神よ、ありがたいことに私はあれに係わりがありません」と？　不動の行進と僕が言うものは、イエズス会士があの従順な青年たちに生きることを許している玩具の人生だ。イエズス会士自身が啓蒙と独善の自動販売機として生きている操り人形としての人生は、不動の行進のもうひとつの変種だ。それにもかかわらず、これら両種の人形は、アリストテレスは公衆の面前で自分たちに謝罪したと思っている。頼むから、彼らのすべての人生が管理されている、あの途方もない伝説を思い出してくれたまえ——アリストテレスそのものではないか！　頼むから、優れた作品における救済の正確な分量を量るために、彼らが取り決めた細かな付則を思い出してくれたまえ——何たるアリストテレス的発明だ！

クリスマスの一週間ほど前、スティーヴンがある晩、図書館のポーチに立っていると、エマが出てきた。彼女は立ち止まって彼に声をかけた。彼女は暖かいツイードの外套を気持ちよさそうに着て、長く平らに巻いた白いボアの襟巻が彼女の小さな顔を冬の大気に差し出していた。精神的にも肉体的にも健全な青年なら誰でも、わびしい風景のなかでこれほど幸せそうに、これほど鮮やかに輝いている人の姿を見て、彼女をその腕に抱きしめたいと思ったであろう。彼女は茶色の小さい毛皮の帽子を被っていた、それはまるでクリスマスの人形のようで、わがままな目は「愛撫したくないの？」と言っているようだった。彼女はすぐにしゃべり始めた。彼女は「女ともだち」を書いた女子学生を知っていた——そういうことに関してはすごく切れる子よ、彼女の女子修道院でも機関誌を発行していて、あの子はスキット欄を担当しているの。

——ところで、あなたのことについて恐ろしい噂を聞いたわ。

——どういうこと？

——あなたは恐ろしい思想の持ち主で、恐ろしい本を読んでいる、とみんなが言っているわ。あなたは神秘主義者か何かなのですって。女の子がどんな噂をしているか知っている？

——いや。どういうこと？

——あなたは神を信じない、と言うのよ。

彼らはグリーン公園の鉄柵の内側を歩いていた。彼女がこう言ったとき、彼女は彼女の体のぬくもりをいっそう彼にあずけ、目には心配そうな表情を浮かべて彼を見た。スティーヴンはその目をじっと見た。

——気にするな、エマ、とスティーヴンは言った。君は例の紳士よりも僕に関心があるのだ。

——どんな紳士のことよ？　とエマはあからさまに尋ねた。

鳥小屋をもっている中年の紳士さ——エホバ二世。

——そういうことを私に言うべきではないわ、前に言ったでしょう。

——分かった、エマ。君は信仰を失うのではないかと恐れている。でも僕の影響を恐れることはない。

彼らは、それ以上会話を続けようとせずにグリーン公園から南循環道まで歩いて行った。足を一歩踏み出すごとに、彼女と別れよう、もう二度と会わないようにしようという、スティーヴンの決意が強く固まっていった。たとえ気晴らしのつもりであったとしても、彼女と一緒にいることが彼の品位の感覚をわずかに傷つけた。遊歩道の高い木の下を通りかかったとき、彼女は歩調を緩め、橋の明かりが届かなくなるとゆっくり立ち止まった。時間と場所が彼らの立場をどう取られても仕方がないものにしていたので、スティーヴンはひどく驚いた。彼女は大きな木の影を選んで立ち止まってはいたが、彼女の家が見えるところでこんな大胆なことをしていたのだった。彼らはしばらくのあいだ静かに流れる川の音に耳を傾け、列車が橋の天辺をのろのろと通り過ぎて行くのを見ていた。

——あれと同じくらい私が気になる？　やがて彼女は深い意味ありげな声で言った。

——もちろん気になるさ、とスティーヴンは彼女の口調に合わせようとしてつぶやいた。君は生きているし、人間だもの。

——でもたくさんの人が生きているわ。

——きみは女性だ、エマ。

——私を女性と認めるのね？　私のことをまだ女の子だと思っているのではないの？

スティーヴンは彼女の挑発的な領域を長い時間をかけてじっと見ていた。そのあいだ中彼女の半ば閉じた目は、抗議するともなしに彼の侵犯行為に耐えていた。

——いや、エマ、と彼は言った。君はもう女の子ではない。

——でもあなたは男性ではない、そうでしょう？　と彼女は言った。影のなかでも彼女の頬に誇りと若さと欲望が揺らぐのが見えた。

——僕は不器用な男だ、とスティーヴンは言った。

彼女はもう少し彼の方へ寄り掛かり、あのいつもの優しい心配そうな表情を目に浮かべた。彼女の体のぬくもりが彼の体に流れ込んでくるように思え、とっさに彼は手をポケットに突っ込みコインをまさぐりだした。

――もう帰らなければならないわ、と彼女は言った。

――さようなら、とスティーヴンは笑いながら言った。

彼女が行ってしまうと、彼は運河の土手に沿って、先刻と同じように葉のない樹木の影のなかを受難日のゴスペルを口ずさみながら歩いた。愛する時に人は何を与えるかということについてクランリーに言ったことを思い出し、彼は大きな声で「僕はもう二度と彼女に口を利かない」と言った。下流の橋の近くに来たとき、ひとりの女が物陰から現れて、「こんばんは、お兄ちゃん」と言った。スティーヴンはじっと立ち止まって彼女を見た。小柄な女で、底冷えのする季節だというのに着ている物から古くさい汗の臭いがした。黒い麦藁帽子が生気のない顔の上に斜めに載っていた。彼女はちょっと散歩に行かないと言った。スティーヴンは彼女に答えなかったが、受難曲を口ずさみながら、コインをいくつか彼女に手渡して、歩き続けた。彼は歩きながら背後に彼女の感謝の祈りを聞いた。そしてイエスの死に関するルナン(7)の説と福音書の著者が述べている説のどちらが、文学的観点から見て、より正しいかと考え始めた。彼はかつてある牧師が、イエスは狂人であるという、文学的な悪魔の手先によって流布された仮説を、おそるおそる敬虔に語るのを聞いたことがあった。あの黒い麦藁帽子の女はイエスを狂人だとは決して信じないであろうし、スティーヴンもその意見に賛成だった。イエスは確かに独身男性の偉大な手本ではあるが、神聖な人物にしてはあまりにも少し自分に用心深すぎるとスティーヴンは思った。黒い麦藁帽子の女は仏陀の名前を聞いたことがない。しかし仏陀の性格の方が、飾りのない清浄さという点で、イエスの性格より優れていると思われた。仏陀が悟りと赦しを得た後にヤショーダラ(8)が口づけをしたという話を、彼女はどう受け取るだろうか。ルナンのイエスは小型の仏陀と言ったところだけれど、西洋世界の大食漢、大酒飲みは決してそんな人間を崇拝しないであろう。血は血を求める。この島には

「神の子羊の血で洗った」という讃美歌を宗教的衝動を和らげる目的で歌う人がいる。おそらくこれは食餌療法の問題なのだろうが、僕はむしろ重湯で洗ってもらう方を選ぶ。ヒャーッ！　何たる考えだ！　罪深い汗で汚れた精神的肉体を浄めるための血の風呂……あの女に冬のさなかに黒い麦藁帽子を被せるのが礼儀作法というものだ。彼女は僕に「こんばんは、お兄ちゃん」と言った。あらゆる時代の最高の恋人だってあれ以上のことを言えなかった。よく考えてみろ、「こんばんは、お兄ちゃん」。悪魔は彼女が悪い女と言われるのを聞いて当惑するに違いないだろうな。

——僕はもう彼女には会わないつもりだ、とスティーヴンは、それから二、三日後、リンチに言った。

——それは大きな過ちだ、リンチは胸を突き出して言った。

——時間の浪費にすぎないからさ。僕が望むものを彼女から得ることは決してないだろう。

——それで、おまえは彼女に何を求めているのだ？

——愛さ。

——何だって？

——愛。

リンチは急に立ち止まって言った、

——よく見るのだぞ、ここに四ペンス持っている……

——まさか、本当か？

——飲みに行こう。俺がおまえに酒をおごったからといって、そのことについて何も言わないと約束するのだぞ。

——いったい、どうしたのだ？

——例の言葉だ。

——「愛」のことか？

——さあ、ここに入ろう。

居酒屋の薄汚い暗闇に座ると、スティーヴンは彼の椅子を考え深げに前後に揺すりだした。

——どうやら僕は君を教育しすぎたようだ、親愛なるリンチ君？

——しかし、そういうのを悪趣味と言うのだ、リンチは友人をもてなしているという豪奢な気分にひたりながら、相手を叱責した。

——俺を信じないのだな？

——信じるものか。

スティーヴンは何を飲むかしばらくのあいだ考えていた。

——もちろん、とついに彼は言った。彼女がくれると言ってもそのまま受け取らないだろうな。

——いや、受け取るさ。

——彼女を誘惑してほしいみたいな言い方だ。

——その通り。すごくおもしろいことになる。

——まあ、そんなことはありえない！

リンチは笑った。

——悲しみに打ちのめされた口調でそう言わなくては。マキャンなら何と言うだろう。

——なあ、リンチ、とスティーヴンは言った。われわれは率直かつ自由に認めてもよいのだ。われわれは女が必要だ。

——そうだ、賛成。われわれは女が必要だ。

——イエスは、「欲望をもって女を見る者はすでに心のなかで姦淫を犯せり」と言ったが、「姦淫」を非難してはいない。そもそも「姦淫」を犯さないということが不可能なのだ。

——全く不可能だ。

——したがって、ある女性に性的欲求があるのが分かれば僕は彼女を求める。しかし欲望がないのなら近づかない。

——でも、あの女の子には性的欲求がある。

——気をもませるのはそのことなのだ、僕は彼女がその気になっていることを知っている。僕の気をもませるなんて全くずるい女だ。僕は自分の立場を確信しうる場所へ行かざるをえない。

——でも、それには金がかかる、しかも危険でさえある。一生治らない病気に罹るかもしれないぞ。これまでに罹ったことはないのだろう。

——ああ、ない。あれは不快だそうだ。それでも、僕はどこかへ行かなければならない……彼女は人間だ、分かるだろう。僕は淫売を人間だと考えているとは言えない。*scortum*（娼婦）と *moechus*（姦夫）は両方とも中性名詞だ。

——もちろん人間の方がはるかにましだろう。でもその気になれば彼女を獲得できる。

——どうして？

――結婚において。

――それを思い出させてくれてありがとう、とスティーヴンは言った。ほとんど忘れていた。

――彼女は忘れていないと確信してもいいと思うぜ、とリンチが言った。そうでなければほかの奴も忘れさせようじゃないか。

スティーヴンはため息をついた。

――「東方三博士の礼拝」にこんな文句があったのを覚えているかい――「不死の神々が今日のものを打倒し、昨日のものを取り戻したいと望むとき、神々の助けとなるものは今日のものが打倒したもの以外にないであろう」[9]。

――ああ。

――黒い麦藁帽子の女以外に僕を助けてくれる人がいるだろうか。それでいて僕はこの世に精神的再生をもたらしたいと望んでいる、詩人がもたらすものはそれだ……いや、決めた。僕はもう二度と彼女に会わない。

――黒い麦藁帽子の女のことか？

――いや、処女の方だ。

――それでもやっぱりおまえは間違っていると思うぜ、とリンチはビールを飲み干しながら言った。

クリスマスの後のある冷え冷えした霧の濃い朝、スティーヴンはアルティフォーニ神父の寝室で『オレステイア』[10]を読んでいた。彼は機械的に質問をし、機械的に答えを聞いていた。彼は擬古典的な教理問答をまねて次のような質問と答えを編み出した。

問――アイスキュロスの『供養する女たち』からわれわれが学ぶ偉大な真理とは何か？
答――アイスキュロスの『供養する女たち』からわれわれは古代ギリシャにおいて兄弟姉妹は同じサイズの靴をはいていたことを学ぶ。

彼はうんざりしてイタリアで装丁された粗末な本から人気のないスティーヴンズ・グリーン公園の方を見た。彼の上、彼の下、彼の周りで、小さな暗い教室のなかでアイルランドの知的心臓が鼓動していた――青年たちが熱心に学問を追及していた。彼の上と下と周りにはイエズス会士が配置され、危険に満ちた学問の道で迷わないように青年たちを指導していた。イエズス会の権威者の手は知的心臓の上にしっかり置かれていた。もしそれが時に耐えるには重すぎるとしたら、小さな十字架の重さは何ほどか？　青年たちはその厳しさには理由があるのを知っていた。彼らはそれが用心深い配慮と関心の証しであると理解していた、そして彼らの将来においても、その配慮が続き、その関心が維持されると確信していた。権威の行使は時々（まれに）疑わしいこともあるが、その意図が疑われたことは一度もない。したがって、これらの青年たちほど嬉々として、愛想のよい教授の洒落や門番の無愛想な態度を受けいれる者がいるだろうか？　彼らほど熱心に母校の名誉をあらゆる方法ではぐくみ育て、身をもってその促進に貢献しようとする者はいるだろうか？
屈辱を感じさせずにおかない大学の雰囲気が、スティーヴンの心臓の周りに忍びよってきた。彼にとって当時は年齢的にも難しい時期だった。相続権を奪われ、経済的に緊迫し、そんな体たらくであらゆる下劣なものに精通していた、夢想のなかでは、少なくとも、高貴な者と交わっていたのに。これほど厄介な疾病の救済策として、ある誠実なイエズス会士がギネスの事務員の口を処方してくれた。確かに、醸造会社の事務員に推挙されるということは、それは彼が望んでいた（スコラ哲学者の言葉でいう）厳しい善ではないとしても、少なくとも賞賛に値する共同体をあざ笑うことでも、憐れむことでもなかったであろう。彼の魂にふさわしい善を、他者に対する思いやりを一般の人びとに奨励する会合のなかに見いだすのは不可能であった。ましてや温かい信心会の愚かで奇怪な処女たちの集まりに、肉体的慰藉以外の何ものかを見いだすことなどできなかった。常に詩的エクスタシーを求めて打ち震えている気質が黙従に屈し、美のイメージを衣鉢として受け継いでいる人生に、魂が苦役を命ずることは不可能であった。(11)

死人のように冷え冷えとした大学の雰囲気がスティーヴンの心臓を麻痺させた。力なく意識が朦朧とするなかで彼はカトリック信仰の悪疫を回顧した。疫病の時代にうじ虫がカタコンベ(12)のなかで生まれ、むごたらしい光景がヨーロッパの平原や山々に広がるのを見るようだった。カリスタに述べられているイナゴの異常発生のように、(13)それは河を塞ぎ、谷を埋めるようだった。太陽まで覆ってしまった。人間性、弱さ、神経の戦きへの軽蔑、白昼と歓喜への恐怖、人間と生命に対する不信、意志の麻痺、(14)こうしたものが、暴虐な黒いシラミに食まれ、手足の自由を奪われた肉体に襲いかかった。喜ばしい美を前にした精神の歓喜、自由な共同作業を行う肉体の高揚、健康と知識と幸福に対する自然な衝動はことごとく、これらの害虫の悪疫に蝕まれてしまった。このような奴隷として繋がれた世界の光景を眺めているうちに、彼の心は燃えるような勇気でいっぱいになった。ヨーロッパ文化の中心からはるか遠く離れ、大海に浮かぶ小島に繋がれて生きているとはいえ、疑惑に打ちひしがれた意志と、その不動の憎しみでさえセイレンの腕に抱かれれば水のように溶けてしまう魂を受け継いでいるとはいえ、少なくとも僕は積極的に、恐れも恥もなく、自らが新しい人間の声と認めるものに従って、自分自身の人生を生きよう。

大学の連綿と続く死んだような雰囲気を喉と肺のなかに感じ、それが自分の目を曇らせ、脳髄を麻痺させるのを感じながら、彼はイタリア語の授業を機械的に受けていた。テーブルの上の小さな鉄の時計は三十分をやっと過ぎたばかりで、十一時ははるか遠くに思えた。彼はマキアヴェリの(15)『君主論』を開いて、教師の耳が満足するまで文章を読まなければならなかった。さえない年代記が彼の唇から断片的に落ちていった、つまらない気の抜けた言葉。時々、彼は頁から目を上げて、牧師の厚ぼったい口が、激しい口調で突然ざらざらした母音を発したり、唇をゆっくり突き出して無音を作ったりして、彼のだらしない「0」を訂正するのを見ていた。小さい鉄の時計がまた五分、時を刻んだ。すると教師は宿題の訂正を始めた。スティーヴンはものうげに窓から霧に包まれた公園を見渡した。大気は水蒸気で蜘蛛の巣状になり、すべての花壇と歩道が水を含み痛烈な褐色を呈し、灰色の空と対峙していた。防水外套とオーバーコートが傘を差して歩道を通り、記念碑の階段を下り、マフラーを巻いた頭が上っていった。夜、何度も友達と歩いた鉄鎖の内側の歩道は灰色の鏡のように輝いていた。つややかな路面を人が通り過ぎていくのが見えた。それは長時間にわたる絶望に反動的に投げ返された過剰な生命力が瞬間的にもたらしたもののように思われた。彼は自分がクランリーの目で世界を見ているのに気づいた。それでもなお彼は歩道を見つめ続けた。

——こうは言えない、と教師は言って、ある語句の下に鉛筆を走らせた。これはイタリア語ではない。

スティーヴンは突然窓から目をそらし、立ち上がった。

——申し訳ありません、先生。ごめんなさい、前もって、きょうは早退しなければならないことをお話しするのを忘れていました……遅れてしまうかもしれない、と彼は時計を見ながら付け加えた。許していただけますか?

――約束があるのだね？

――ええ、ほとんど忘れていたのです。きょうだけは許してください……

――分かりました、よろしい。退室を許します。

――ありがとうございます。もうこのようなことは……

――分かりました、よろしい。

手すりに手をかざしながら彼は階段を駆け下りた、一度に五段飛び下りた。廊下でしゃにむにレインコートに腕を通し、喘ぎながら外套を半分羽織って正面玄関の階段に出た。泥だらけの車道の真ん中に走り出し、鈍い明かりを通して広場の東側を覗き見た。彼は一点を凝視しながら、通りの真ん中を急いで歩いて行き、ふたたび歩道に出ると走り始めた。アールスフォート・テラス(16)の角まで来ると、走るのを止めて右に曲がり、また速足で歩いた。大学の外で彼はそれまで追いかけていた物の横に並んだ。

――おはよう！

――スティーヴン！……あなた走ってきたの？

――ああ、

――どこへ行くのよ？

――窓から君を見たのだ。

――どこの窓？

――大学のだ。君はどこへ行くの？

――リーソン・パーク(17)に行くところよ。

——こっちへ行こう、スティーヴンは彼女の腕を取って言った。

彼女は白昼にそのような行動をすることに腹を立てようとしたらしいが、すばやく抗議の一瞥を送ってから、彼女に付き添うのを許した。スティーヴンは彼女の腕をしっかりとわきに抱え、彼女の顔のすぐそばで話しかけ、彼女を不安にした。彼女の顔は霧できらきら輝き、彼の興奮した情熱的な挙動に応えるように紅潮し始めていた。

——私をどこで見ていたの？

——アルティフォーニ神父のイタリア語の授業で、僕は窓のところにいた、君がグリーン公園を抜けて道を渡るのが見えた。

——そうなの？

——それで急に立ち上がって、約束を忘れていたと言い訳を述べ、階段を飛び下りて君の後を追ったのだ。

彼女の頬の色はいっそう濃くなっていき、彼女ができるだけ平静を装うとしているのは明らかだった。最初、彼女は得意な気持ちになっていたが、いまでは少しそわそわしていた。スティーヴンが彼女の後を追って走ってきたと言ったとき、彼女は不安げに笑った。

——まあ驚いた！　なぜそんなことをしたのよ？

スティーヴンは答えずに彼女の腕を彼の脇腹に強く押し付けた。テラスの端で彼女は本能的に脇道へ折れ曲がった。そこで彼女はもっとゆっくり歩いた。通りはとても静かで彼らは声を潜めた。

——どうしてそれが私だと分かったの？　あなた目がいいのね。

——僕は窓の外を見ていたのだ、と彼は答えた。空や公園を見ていた。ああ、僕は！　どうしようもない絶望感におそわれた。時々そんな風になる。生き方が異常なのかもしれない――誰の援助も同情もなく。時々自分が怖くなる。僕は大学の友達のことをまともな人間ではなく、植物だと思っている……そんなとき、自分の性格を呪っていたとき、君を見たのだ。

――それでどうしたの？　彼女は卵の形をした大きな目で彼女のそばにいる取り乱した人間を見ながら言った。

――君を見てうれしかった。飛び出して追いかけなくてはと思った。あそこにあと一分間も座っていられなかったろう……僕は自分に言った、ついに人間に会えた、と……どんなにうれしかったか、言い表すことができない。

――あなたって変な子ね！　と彼女は言った。あんな風に走り回ってはいけないわ。もっと物わかりがいいはずなのに。

――エマ！　とスティーヴンは叫んだ。きょうはそんな風に僕に話すのはよしてくれないか。分別をわきまえろ、と君が言うのも分かる。でも君と僕は……僕たちはふたりとも若い、そうではないか？

――そうね、スティーヴン。

――よろしい、それで。もし若くて幸せを感じたら、欲望に満たされる。

――欲望？

――君を見たときに分かったのだ……

――そう、どうして私だって分かったの？

――君の歩き方を知っている。

――歩き方！

――いいかい、エマ、僕がいた窓からでもレインコートの下で動くお尻が見えた。この衰退した都市のなかを若い女性が誇らしげに歩いて行くのを見たのだ。そうさ、君はそんな風に歩いていた。君は若さを誇りにし、女性であることを誇りにしている。君の姿を窓から見たとき――僕が何を感じたか分かるかい？(18)

彼女がどんなに無関心を装うとしてもいまは無駄だった。彼女の頬はぱっと赤くなり、目は宝石のように輝いた。彼女はまっすぐ前を見つめ、息が荒くなった。彼らは人気のない通りに立ち、彼は話し続けた、彼の興奮した情熱を導いていたのは率直な拒否感のようなものだった。

――僕は君をこの腕に抱きしめたいと思った――君の体を。君の腕で僕を受け止めてほしかった。それがすべてだ……それから君の後を追いかけて、君に言わなくてはと思った……一晩だけ一緒に生きて、エマ、そして朝になったら、さようならを言って、もう二度と会わないようにしよう！　この世に愛などというものは存在しない。ただ人は若くて……

彼女は彼女の腕を彼の腕から抜き取ろうとした。そして忘却から思い出しているかのようにつぶやいた、

――あなたは狂っているわ、スティーヴン。

スティーヴンは彼女の腕を離し、彼女の手を握って言った、

――さようなら、エマ……僕はね、僕自身のためにあんなことを君に言いたかったのだ。だけどこれ以上こんな間抜けな通りで君のそばに立っていたら、どんな余計なことを言いだすか分からない……君が僕に狂っていると言うのは、君と取引をしないし、君を愛していると言わないし、君に誓いを立てないからだ。でも君は僕の言葉を聞いて、僕を理解していると僕は信じている。それでいいのだね？

——あなたが分からないわ、本当に、と彼女は少し怒りをこめて言った。

——君にチャンスをあげるよ、とスティーヴンは両の手で彼女の手をしっかり握りしめながら言った。こんばんベッドに入るときに僕を思い出して、窓辺に来てほしい。僕は庭にいる。窓を開けて僕の名前を呼んで、なかに入って、と言うのだ。それから下に降りて玄関を開ける。僕たちは一晩だけ一緒に生きるのだ——一晩、エマ、僕たちだけで。そして朝になったら、さようならを言おう。

——手を離して、お願い、彼女は彼女の手を彼の手から抜き取りながら言った。最初からこんな気違いじみた話だと分かっていたら……もう私に話しかけないでください、彼女は一、二歩動いて、彼の手が届かないように、レインコートをたぐり寄せながら言った。あなたはどうしてあんなことを私に話すことができると思ったのか知りたいわ？

——侮辱ではないのだ、とっさに逆さまのイメージが浮かんできて、色めきながらスティーヴンは言った。男が女に、僕が君に頼んだようなことを頼むのは。君はそんなことではなく、別の何かに腹を立てているのだ。

——あなたは狂っている、私はそう思う、と彼女は言って、彼の挨拶を無視して彼のそばをすばやく通り過ぎていった。しかし彼女の目に浮かぶ涙を隠すほど早くなかった。彼はそれを見て驚き、その原因を自問しているうちに、彼の唇に浮かんだ、さようならを言うのを忘れた。彼は、彼女が頭を少し下げてすばやく歩いていくのを見ながら、彼女と彼の魂がほとんど結合の瞬間を迎えた後で、すばやく、そして永久に瓦解してしまったと感じた。

第二十五章

リンチはこの冒険談(1)をおもしろそうにげらげら笑って、これまで聞いた性的な誘惑のなかで最も独創的な試みだと言った。これほど独創的なものはない……

——いいか、と彼は言った。言っておくけど、通常の知性の持ち主には……

——つまり、君のことか?

——通常の知性の持ち主には、おまえは少しのあいだ判断力を失っていたように思われる。

スティーヴンは靴のつま先をじっと見た。彼らはグリーン公園のベンチに座っていた。

——あれが僕にできる最善のことだった、と彼は言った。

——最も悪い最善だ、俺の意見では。少しでも物を考える能力のある女の子なら、おまえの話を聴かないだろう。そんなやり方をするものではないぜ。おまえは突然彼女の後を追いかけていって、汗をかき、息を切らして近づいて、「一緒に寝よう」と言ったのだ。冗談のつもりだったのか?

——いや、すごく真剣だった。彼女もきっと、と思っていた……実際、あの時、何を考えていたのか分からないのだ。僕は彼女を見た、前にも言ったけど、そして彼女の後を追って、僕の心のなかにあったことをすべて打ち明けた。僕たちは長いあいだ友達だった……いまになってみれば気違いじみた真似をした。

――いや、違う、とリンチは胸を突き出しながら言った。気違いじみたではなくて、おまえはきわめて異常な方法で情事を行ったのだ。

――もし僕が彼女の後を追いかけて彼女に申し込んでいたら、つまり結婚を申し込んでいたら、異常な行動とは言わないのだ。

――そうだな、たとえそんな場合でも……

――いや、違う、ごまかすな、君はそうは言わない。君は僕のために口実を見つけようとしている。

――そうだな、分かると思うけど、結婚には比較的健全なところがある、そうだろう？

――君程度の通常の知性を持っている人間にとって、それはそうかもしれないけれど、僕にとっては違う。祈祷書にある結婚の挙式文を読んだことがあるか？

――いや、ない。

――それでは読んでみるべきだ。君の日常生活は新教徒のものだ、議論をするときだけカトリック教徒のふりをする。そうだ、僕にとってあの儀式は受け入れられない、君が想像するほどあれは健全ではない。死が彼と彼女を分かつまでひとりの男がひとりの女を愛すると世界に誓うのは、可変性とは何かということを研究している哲学者の意見において健全ではない。また、そのような出来事の行為者になるよりも目撃者になる方が安全だと思っている、世間の男たちの意見においても同様だ。自分の力でできないことをすると誓う男は、健全な男とは考えられない。僕としては、愛する者に向かって「永遠にあなたを愛します」と言うことを裏付けるほど、激しくかつ精力的に、情熱的になった瞬間があったとは思わない。ゲーテの重要性を理解してくれたまえ……

——それでも結婚は慣習だ。慣習に従うのは健全性のしるしだ。

——それは通常性のしるしだ。多くの通常な人たちが健全なのは認める。同様に多くの通常な人たちは妄想を抱いていることも知っている。しかし他人あるいは自分に欺かれる能力は、健全さの本質的な部分を構成するとは言えない。それはむしろ、自ら進んで自分を欺いたり、自ら進んで他人から欺かれるのを許すことによって、人はあえて自分自身を不健全な状態におとしめることができるかどうかの問題だ。

——いずれにしろ、おまえの打った手は外交的ではない。

——それはみんな知っているさ、とスティーヴンは立ち上がりながら言った。しかし本当の外交というのは、すべて何か特別に有利な見返りを期待している。クランリーが外交的手腕によって得ようとする見返り——もちろん、それ自体非常に高い価値のあるものでなければならない——は、何だと思う？　外交的な結婚の申し込みによって僕が獲得するであろうと思われる見返りは、「恐怖と結合して貞淑な会話をするため」の相手以外にあるのだろうか——え？

——果実のエキスだ、リンチもつられて立ち上がりながら、ひどく喉が渇き、疲れた様子をしながら答えた。

——女性自身という意味か？

——その通り。

スティーヴンは黙って二十ヤードくらい歩いて言った、

——僕は自分自身を与える女性が好きだ。僕は受け取りたい……ああいう女たちは神聖なものを金で売るのは罪だと考えている。彼女たちが聖霊の神殿と呼ぶものは絶対に安売りしてはならないのだ！　沽聖にあたるのではないか？

――おまえは自分の詩を売りたくはないのか？　とリンチは唐突に言った。おまえが軽蔑していると言う大衆に。

――詩的精神まで大衆に売るつもりはない。僕は僕の詩歌に対する報酬を大衆に期待する、僕の詩歌は国家の精神的資産に数えられるべきだと信じているからね。これは沽聖にあたらない。僕はグリンが神聖な霊感と呼ぶものを売らない。僕は死ぬまで愛も名誉も誓わないし、大衆に従わない――そうだろう？　女性の肉体は国家の有形の資産だ。もし彼女たちがそれで取引するのなら、それを淫売として、既婚の女性として、独身の職業婦人として、あるいは情婦として売らなければならない。しかし女性も（たまたま）人間である。そして人間の愛と自由は国家の精神的資産ではない。国家は電気を売買できるか？　そんなことはできない。沽聖が恐ろしいのは、何が人間的に可能かというわれわれの観念に背くからだ。人は子を産むため、あるいは、満足するために生産したり、受け入れたり、愛したりする自由を行使することができる。愛は与え、自由は獲得する。あの黒い麦藁帽子の女性は国家に肉体を売る前に何かを与える。エマは国家に彼女自身を売るであろうが、何ものも与えない。

――いいか、かりにおまえが彼女をいい値段で買いたいと申し込んだとしても――国家のために――とリンチはむっつりしてつま先で砂利を蹴飛ばしながら言った。彼女はその値段では売らなかったろう。

――君はそう思っていない、絶対に。かりに僕が……

――そんなことはない、と相手は断固として言った。何という間抜けだ、彼女は！

スティーヴンは思わず顔を赤らめた。

――君は実に表現がうまい、と彼は言った。

次にスティーヴンがエマと路上で出会ったとき、彼女は彼に挨拶しなかった。彼はこの出来事をリンチ以外の誰にも話さなかった。クランリーからはほとんど同情を期待できなかったし、モーリスに話すのは差し控えた、兄としてまだうまくいっているというふりをしていたかった。リンチとの会話は、悲惨な結末をもって男女交際の平凡な一面を彼に示した。彼はまじめに自問し、彼の申し込みに彼女が「イエス」と答えてくれるように何度も願った。彼の精神はあの朝どこか平衡を失っていたに違いない。それでも自分がとった行動について、改めていかに釈明するかと自らに問うたとき、あれは正しかったと判断した。結婚の経済的な側面は彼には、はっきり分からなかった。ただはっきり残念に思ったのは、道徳的な問題の解決に純粋に物質的に考慮すべき事柄がどうしようもなく絡み合っているという事実だった。彼は社会の全面的改革によって彼の理論を試してみようと思うほどの空論家ではなかったが、彼の理論が全く実行不能であるとは思わなかった。男子は少年時代から堅く節制を守り、しかる後に男性としての肉体的機能を行使することが許されるべきであるというローマカトリック教会の教え――最初に各自の正統性、経済的条件、見通し、そして結婚の意志について教会を満足させ、その上で立会人の前で、妻を愛していようといまいと、永久にこれを愛し、教会が認める方法で神の王国のために子供を生むと誓わなければならない――このような教えを、彼は決して納得できるとは思わなかった。

このような省察の過程のあいだに、教会は敏腕な弁護士からなる使節団を彼の耳に送り込んだ。大使たちはすべての階級とすべての文化型から成り、彼の性格のすべての面に順番に話しかけた。彼は将来に不安を抱く特異な性格の青年であった、これがまず何よりも抜きんでた事実であった。大使たちはこのことを過度のてらいも、慌てることもなしに受け入れた。彼らは、多くの起伏に富む道をならし、物質的な現実の苦難を縮小することにより、特異な性格に発展と改善の余地とゆとりを与える権限があると主張した。彼は道徳の問題に純粋に物質的に考慮しなければならない事柄が深く関わっているのを嘆いたことがあった。それには、もし彼が使節団の申し入れに耳を貸せば、道徳の問題は、彼の場合、副次的で取るに足りない気苦労から解放されて、自然と解決に向かう道が拓かれるであろうという最低限の保証があった。彼は誓約に対して、彼が「現代的」と呼ぶところの、抵抗感を抱いており、誓約はどんな場合でも受け入れられなかった。もし彼が五年後になおかたくなな心を持っているならば、彼は、依然として、個人の自由にしがみ付いていることができよう。そのために誓約を破る者と呼ばれる恐れもないであろう。情状酌量という習慣は古くて賢明な習慣である。愛国主義者たちの熱狂的な情熱に関しては、彼は誰にも負けない懐疑主義者であった。芸術家として彼は、いかなるものであろうと、精神の最も安定した様態以外から生まれた作品には軽蔑以外の何ものも感じなかった。彼が芸術に行使しようと望んでいた厳しさに劣る厳しさを彼の人生に行使することは可能であったか？　慣例の価値は現実の人間の要求または活力にどの程度まで近くにあるかということによって計られる。そして「生体解剖」という形容詞は、古代または範疇に縛られた精神から峻別されるものとして、現代の精神に用いられなければならない、と彼がもし本気で信じているとしたなら、どうして彼は事実を抽象の下に置くという愚かしいシニシズムの罪を犯していると言えるか？　彼は芸術家の人生を望む。よろしい！　そして彼は教会が彼の望みを妨害するのを恐れる。しかし、彼の芸術的信念の形成過程において、それらが一から十まで彼のために前もって教会の最も偉大にして、正統的な博士によって決められていたことに気づかなかったのか、そしてすべての理論と、それに従って形づくられる彼の芸術的人生のすべてが、カトリック神学の全体から彼の目的のためにきわめて都合よく生まれているというのに、異端者のイバラの冠を求めるのは虚栄心以外の何ものでもないではないか？　彼が新教徒の信仰の申し出を心から受け入れることができなかったのは、それが自慢する自由は、しばしば思考におけるずさんさと儀礼におけるまとまりのなさを求める自由にすぎないことを知っていたからである。誰ひとり、教会の最も過激な敵であっても、思考におけるずさんさをもって教会を責めることはできない、その論究の精緻さは民衆煽動家のあいだの語り草になっている。また、誰ひとりとして儀礼におけるまとまりのなさで教会を責めることはできない。清教徒、カルヴァン派、ルター派の人たちは芸術と華麗な美を敵視している。カトリックは美を解釈し、解明することを職業とする者の味方である。すべての白熱する芸術的創造に最高の満足すべき秩序を求める、彼自身の貴族的知性と情熱は、純然たるカトリック的資質であるのを否定することができるか？　使節団はこの点を細かく詮索しなかった。

その上、彼らは、すべての絶対的主張の面前で躊躇するのが現代的精神の特色であるとも言った。いまどんなに自分の信念の合理性を確信していようと、その信念を常に合理的に考えると確信をもって言うことができるか？　もし君が誓約は人間の自由の侵犯であると心から思うなら、いつかきっと襲ってくる反動的衝動に身を任せたりしないと誓うこともできないはずである。事の成行きを阻害するものは、依然として希望という幻想に惑わされている者の役割であるとみなすほど、大きく君の世界観が変わる可能性だって無視できないであろう。そういう場合、君の人生はどうなるのか？　自由に対する好みも適性もない人を救う努力で、人生を浪費することにならないか。君は貴族制を信じている。貴族階級の優秀性とその優秀性を保証する社会の秩序もまた信じている。われわれが支配してきた無知で、狂信的で、精神的にだらしない者たちが、われわれを支配するようなことがあれば、風習はいまより下劣でなくなり、知的で芸術的な活動への制約がいまより少なくなると思うか？　そのようなだらしない者たちは誰ひとりとして、君の芸術家としての目的を理解しないし、君の同意を求めない。それに対して、われわれは君の目的を理解し、しばしば君の目的に同意する。そしてわれわれは君の支持を求め、君との友情を名誉に思う。君は好んで神は死んだと言う。もしそうだとしたら、われわれはすべて間違っていることになる。それをかりに可能性として認めるとして、知的軽蔑以外の何が君に残るのか。われわれと共にあれば、君が名門の士の一員と認められた暁には、その傲慢無礼な能力を行使することができる。理論の展開を途中であきらめざるをえないということさえなくなる、現世における成功が名門の士であることを保証するからだ。われわれとひとつになれ。君の人生は世のつまらない苦労から守られる。君の芸術は、歴史に残る芸術家の誰ひとりとして支持したことのない革命的な思想の侵入から守られるであろう。われわれとひとつになれ、対等の条件で。気質においても精神においても、君は依然としてカトリック教徒である。君の血液のなかにはカトリックの信仰が流れている。進化論を発見したと称する時代に生きているのだから、片意地を張りさえすれば、精神と気質を完全に再創造し、君の血液からカトリックの汚染物質と呼ぶものを取り除くことができると考えるほど、君は愚かではないはずだ。君が望んでいるような革命は暴力によってもたらされるのではなく、徐々に達成される。教会のなかにいれば、君の革命を合理的な方法で展開する機会がある。君は君に任された手入れが行き届いた畝に種子を播くことができる。そしてもしその種子がよければよく育つであろう。場違いな荒野に行って、あたり一面に種子をばらまいても、どれほどの収穫が得られようか？　あらゆるものが中庸の道を選べ、忍耐しろ、と君に言っているようである。純化された意志は、反抗においてと同じように受諾においても見事に自らを表現することができる。木々は秋を恨まない、自然の称賛に値するものは、どれもその限界を恨まない。したがって君も妥協の限界を恨まないはずだ。

スティーヴンが細心の注意を払って最後まで耳を傾けたこの告発は、クランリーの影響によって補充された。ふたりの青年はいずれも試験のための勉強をせずに、いつものように当てもなく散策し、議論をして夕方を過ごした。彼らの散策も議論もどこにも行き着かなかったのは、彼らの議論に何か決定的なことが起きる危険があるような時はいつも、クランリーがすぐに彼の選ばれた仲間の誰かを同席させたからであった。このふたりの友人が最近贔屓にしているたまり場は、アデルフィ・ホテル(2)のビリヤードルームであった。十時を過ぎると彼らは毎晩ビリヤードルームへ行った。そこは手入れの行き届いていない、野暮な玉突き台がいくつも置いてある大きな部屋で、玉を突いている人はあまりいなかった。クランリーは彼の仲間のだれかかれかといつまでも続くゲームをしていた。そのあいだ中、スティーヴンは玉突き台に沿って置かれた椅子に座っていた。五十点一ゲームの料金は六ペンスで、参加者がそれぞれ同じ割合で公平に支払い、クランリーも彼の三ペンスをハート型の革の財布からおもむろに取り出していた。ゲーム中に何度もボールを床に落とす者がいた。クランリーはよく彼のいまいましいキューに悪態をついた。ビリヤードルームには付属のバーがあり、バーには仕立ての悪いコルセットを付けた太ったウェートレスがいて、頭を一方に傾けて黒ビールの注文を聞き、方々の劇場の劇団について客と英国訛りで話していた。彼女の客は帽子を斜めにしてあみだに被り、大股で歩きまわる若者だった。彼らのズボンはたいていなめし革のブーツの上に高く折り曲げられていた。このバーの常連のひとり（いま述べた若い兄ちゃんたちとは関係がない）に、クランリーの友人で農務部に勤める青年がいた。彼はがにまたの小男で、しらふの時はほとんどしゃべらないが酔いが回るとよく話した。彼は酒が入っていない時はとてもきちんとしていたが、あばた面に黒いしみが浮かんできて、ほろ酔い加減になると話が大きくなり、収拾がつかなくなった。ある晩、彼は、護身術の趣味を持っている、がっしりした体格の医学生とティム・ヒーリー(3)について激しい議論をした。議論はほとんど完全に一方的であった、というのも医学生の発言はあざけるような笑いと、「ティムはグローブを使えるのか？」、「うまく防御の態勢が取れるか？」、「奴はボクシングが強いのか？」といった言葉であったからである。ついに農務部の役人は医学生を汚い名前で呼んだ。すると直ちに医学生は無礼者に「一撃を食わせ」ようとして、カウンターの上の飲み物をすべて殴り倒した。ウェートレスは悲鳴を上げて経営者のところへ走っていき、医学生は察しのよい友人たちになだめすかされ、無礼者はクランリーとスティーヴンとほかの二、三人で外へ連れ出された。最初、彼は新しいカフスが黒ビールで汚れたのをこぼし、バーに戻って白黒を付けると言い張ったが、クランリーに思い止められ、はっきりしない声で純粋数学の学位試験でこれまでに与えられた最高点を取った[4]、とスティーヴンに話しだした。彼は新聞に論文を発表するためにロンドンへ行くようにスティーヴンに勧め、すぐにでもうまくいくように手はずを整えてやると言った。クランリーが中断されたビリヤードの試合についてほかの者たちと会話を始めると、スティーヴンの相手は再び純粋数学の学位試験でこれまでの最高点を取ったと繰り返した。

　スティーヴンは、このような落ち着かない影響があったにもかかわらず、彼の詩集を作り続けた。彼は自然が自分を文学者にしようと企てたと結論をくだすようになっており、どんな影響があっても自然の勧めるところに従うと決心した。彼はクランリーを悪い影響であると考えるようになっていた。クランリーの議論の方法はあらゆるものをその栄養価に還元することであった（もっとも彼自身は最も非実践的な理論家であったが）、そしてスティーヴンの芸術の概念はそのような方法では全くうまく処理できなかった。スティーヴンは栄養価によるテストは極端すぎる、その完全な物質主義において、浪漫主義の高みからの下落を示すものだと考えた。彼はクランリーの物質主義はうわべだけのものに過ぎないことを知っており、クランリーがあえてひどく汚い言葉や行動で自己表現するのは、笑い物にされるのを恐れているからであり、男たちとうまくやっていることを誇示する外交的な願望が、あらゆる種類の美から彼を遠ざけさせているのだと思った。スティーヴンはさらにクランリーの彼に対する態度のなかには、挫折した模倣願望から生まれる、ある種の敵意が認められると思った。クランリーは彼の飲み友達にスティーヴンを笑い物にする悪い癖があった。これは悪意のない冗談にすぎなかったのであろうが、スティーヴンはそのなかにかすかに真剣なものを感じた。スティーヴンは彼の友人のこのような些細な欺瞞と対決するのを避けて、まるで何の変化にも気づいていないかのように、胸に秘めるすべての秘密を打ち明け続けた。しかし、彼はもはやこの友人の意見を求めることはなく、また、そのむら気な気難しい不満に押しつぶされることもなかった。スティーヴンは、どんな物質的なことも、幸運も不運も、いかなる交際、衝動、伝統のつながりも、自分の境遇の謎を自分の方法で解明するのを妨げることがあってはならない、とエゴイスティックに決めた。父を周到に避けたのは、父の思い込みを、内にも外にも、独裁的な権威の乱用のなかで最も破壊的なものであるとみなし、これとは全力を尽くして戦うと決めた。母とはあれ以来議論しなかった、母が彼女と彼の本来の姿のあいだに牧師の影を置くことを選んだからには、彼女と満足な会話はできないと思った。母はある日、彼女の聴罪司祭に彼のことを話し、精神的助言を求めたと言った。スティーヴンは彼女に振り向いてどうしてそのようなことをしたのかと激しく抗議した。

——結構なことだ、と彼は言った。僕のいない所でこそこそ僕のことを話し合うのは。自分を導く本能というものがないの、何が正しいかを解する心がないの、どこかのびっくり箱の神父のところへ行って、お導きくださいと頼まないで？

——牧師は世のなかのことをよく知っています、と母が言った。

——それでどうしろと彼は言ったの？

──家に年下の子供たちがいたら、できるだけ早くそういうところから遠ざけるように忠告すると言われたわ。

──結構！　とスティーヴンは腹を立てて言った。お母さんがそんなことを自分の息子に言うなんてとんでもないことだ！

──私はただ牧師が忠告してくださったことを話しているだけです、と母は静かに言った。

──ああいう人たちは、とスティーヴンは言った。世のなかのことなんか何も知らないのだ。下水溝のネズミと同じようなものさ。ともかく、これからは僕の言うことをお母さんの聴罪司祭に告げ口することはない、もう何も話さないから。今度、司祭が「あの道に迷った青年はどうしていますか、あの不幸な子は？」と訊かれたら、こう答えればいい、「さあどうしているのでしょう、神父様。あの子に尋ねたら、かんしゃく玉を作っている、と牧師に言えと言われました」、とね。

女性の宗教に対する一般的態度はスティーヴンを悩ませ、しばしば激怒させた。性格的に彼は不誠実な、あるいは、愚かな態度を取ることができなかった。このことについて絶えず考え続け、結局、彼は有袋動物のなかでも最も人を惑わす臆病者としてエマに破門を宣告した。彼の要求に応じるのを彼女に拒否させたのは清純な精神ではなく、卑屈な恐怖心であるのに気づいた。何か神聖な像を見上げるときの彼女の目の何とも言えない妙な表情、聖体を拝受するために身構えるときの彼女の唇。彼は彼女の中産階級特有の怯懦とその美しさを呪った。そして、彼女の目はローマカトリックの間抜けな神を籠絡することはできても、自分を籠絡することはできないと心のなかで言った。道をさまよう人影のひとつひとつに彼女の魂そのものが顕示しているように見えた。そしてそのような顕示のひとつひとつが彼の強い反感を新たにした。神聖な物に対する女たちの態度は、彼自身の解放に比べより純粋な解放を意味しているとはどうしても思えず、純粋に仮定上の良心に基づいて彼女たちを断罪した。彼は彼女たちの邪悪さと罪深い影響を誇張し、彼女たちに対する反感を思い切って彼女たちに投げ返した。彼はまた精神と肉体という二対の永久不変の真実を男と女という二対の永久不変の真実で象徴する二元論をもてあそび、彼の詩の大胆な表現を象徴的な暗喩として説明することまで考えた。彼の頭脳に厳格な古典的気質を失なわないように強いるのは難しかった。季節が変わり、春が――霧の濃いアイルランドの春が――明けて終わることを、これまで以上に願った。ある晩、霧の濃い夕方、彼はエクルズ通り[5]を歩いていた。これらすべての思考が彼の脳髄のなかで落ち着きのない踊りを踊っているとき、些細な出来事が「誘惑女のヴィラネル」[6]と題する熱烈な詩を作るきっかけとなった。ひとりの若い婦人がアイルランドの麻痺の化身と思われるような茶色い煉瓦造りの家の階段に立っていた。若い紳士がひとり、地下勝手口を囲むさびた欄干にもたれていた。探し求めていた物を通り過ぎようとしたとき、スティーヴンは次のようなとぎれとぎれの会話を耳にし、彼の感受性を打ちのめすほど強烈な印象を受けた。

若い婦人――(慎み深く引き延ばして)……ええ、そうよ……わたし……教……会に……いたわ……

若い紳士――(ほとんど聞こえない声で)……ぼくは……(もう一度ほとんど聞こえない声で)……ぼくは……

若い婦人――(優しく)……そうお……でもあなたって……とて……も……ひどい……人……

このような瞬間をたくさん集めてエピファニーという本[7]にすることを思いついたのは、こんな些細な出来事であった。エピファニーという語によって、彼は、卑俗な言葉や仕草においてであろうと、精神それ自体の記憶すべき相においてであろうと、突然の精神的顕示を意味した。このようなエピファニーは、それ自体きわめて繊細で束の間の出来事でもあるので、それらを細心の注意をはらって記述するのが文学者の義務であると思った。彼はクランリーに港湾管理局の時計(8)はエピファニーの可能性を秘めていると言った。クランリーは港湾管理局の時計の謎めいた文字盤をそれに劣らぬ謎めいた顔つきでいぶかしげに見た。

――そうだ、とスティーヴンは言った。僕は何度もあの前を通り過ぎ、それとなく触れ、はっきり口に出して言い、ちらっと見る。あれはダブリンの路傍を飾る家具のカタログの一項目にすぎない。ところが全く偶然にあれを見て、ただちにあれが何かということを理解することがある。それがエピファニーだ。

――何だって？

――僕があの時計をちらちら見ているのを、精神の目が正確な焦点にその視覚を合わせようともがいているのだと想像したまえ。その焦点が合った瞬間に対象がエピファナイズするのだ。まさにこのエピファニーにおいて、僕は美の第三の、至上の特性を発見する。

――そう？　とクランリーはぼんやりと言った。

――いかなる審美理論といえども、とスティーヴンは容赦なく話し続けた。伝統のカンテラの助けを借りて考究するものは何の価値もない。われわれが黒で表徴するものを、中国人は黄色で表徴するかもしれない。それぞれ独自の伝統を持っているからだ。ギリシャ人の美はコプト人の美を笑い、アメリカインディアンはそれら両方をあざわらう。すべての伝統を和解させるのはほとんど不可能だ。ところが赤、白、黄あるいは黒色の服を着ていようと、審美的知覚のメカニズム(9)を検証することによって、地球上で愛好される美のあらゆる形式を正当化する方法を発見するのは決して不可能ではない。中国人がわれわれとは異なる消化組織を持っていると考えなければならない理由はない、われわれの食餌と彼らの食餌とは似ても似つかないけれど。知覚能力は行動中に精査されなければならない。

――なるほど……

――アクイナスが言ったことを覚えているだろう。美の三つの要件は全一性、調和、そして光輝なり。いつか僕はこの文章を一編の論文に敷衍するつもりだ。何かの対象、美しいと仮定される物に直面したときの君自身の精神の動きを考えてみたまえ。その対象を知覚するために君の精神は森羅万象をふたつの部分、その対象とその対象ではない虚空とに分ける。それを知覚するためにそれをそれ以外のすべてから持ち上げなければならない。そして君はそれをひとつの全一なる物体と認知する、つまりあるひとつの物体である。こうしてその全一性を認める、そうではないかね？

――なるほど、それで？

――これが美の第一の属性だ、それは知覚能力のごく単純な瞬間的統合によって明らかにされる。その次に来るのは何か？ 次は分析だ。精神は対象を全体において部分において、それ自体と他の対象との関係において考え、部分間のバランスを計り、対象の形式を熟慮し、その構造を隅から隅まで微に入り細をうがって検討する。こうして精神はその対象が完全に釣り合いが取れているという印象を受ける。精神はその対象がこの語の厳密な意味においてある物体、決定的に構成された存在であると受け入れるのだ。分かるか？

――戻ろうぜ、とクランリーは言った。

彼らはグラフトン通りの角に達していた。歩道は人であふれていたので、彼らは北に引き返した。クランリーはサフォーク通りのバーから飛び出してきた酔っ払いの異様な振る舞いが見たかったようだったが、スティーヴンは即座に彼の腕を取って、引っ張っていった。

――さて第三の属性だけど。僕は長いあいだアクイナスが意味していたことを理解できなかった。彼は比喩的言語を使っている（これはアクイナスにとって極めて異例なことだ）。でも僕はそれを解いた。*Claritas*（光輝）は *quidditas*（その物自体）なのだ。分析が第二の属性を発見した後に、精神は唯一論理的に可能な統合を行い、第三の属性を発見する。この瞬間を僕はエピファニーと呼ぶ。最初にわれわれは対象を、ひとつの全一な物体として認識する。それからそれが有機的に合成された構造、事実上あるひとつの物体であると認識する。最後に部分間の関係が絶妙であるとき、諸部分が特別な一点に調整されているとき、われわれはそれがまさしくそれ自体であるところの物と認知する。その魂、その個別的本質が、その現象の外被を突きぬけてわれわれに飛び出してくるのだ。全く平々凡々たる対象でも、その構造が正確に調整されたとき、その魂が輝いて見える。対象がそのエピファニーを獲得するのだ。

彼の議論を終えて、スティーヴンは黙って歩いていた。彼はクランリーの敵意を感じ、永遠の美のイメージを安売りしてしまったことで自分を責めた。また、はじめて、彼は彼の友人と一緒にいて何となく間の悪さを感じて、陽気な親しみ深い気分を取り戻すために港湾管理局の時計を見上げて笑った。

――こいつはまだエピファニーを獲得していない、と彼は言った。

クランリーは何の感動も示さずに河を見下ろし、数分間黙っていた。そのあいだに新しい美学の開陳者はその理論を最初からもう一度自分に言い聞かせていた。橋の向こう側で時計のチャイムが鳴り、それに合わせてクランリーの薄い唇が開いて話し始めた。

——不思議だな、と彼は言った。

——何が？

クランリーは忘我の境にいる人のようにリフィー河の河口を眺め続けていた。スティーヴンは文章が完結するのを待っていた、そしてもう一度「何が？」と言った。クランリーはそれから急に態度を変えて、のっぺりした口調で言った。

——不思議だな、あのくそったれボート、「海の女王」は動くことがあるのだろうか？[11]

スティーヴンはその時までに奔放な美を讃える一連の賛歌を完成しており、これらを一冊の草稿版の形で自費出版した。クランリーとの最後の会見は到底満足のいくものでなかったので、この草稿を彼に見せるのがためらわれた。彼はその草稿をひとりで持ち続け、その存在に悩まされた。彼はそれを両親に見せたかったが、試験が差し迫っており、彼らの好意に限りがあることを知っていた。それをモーリスに見せたかったが、弟は下品な友人たちと交換に見捨てられたことで腹を立てているのを知っていた。彼はそれをリンチに見せたかったが、この無感動な若者を受容状態に駆り立てるための肉体的努力が疎ましかった。彼は一瞬マキャンとマッデンまで考えた。マッデンにはほとんど会っていなかった。たまに出会った時にこの若い愛国主義者が彼におくる挨拶は、失敗した友人が成功した友人におくる挨拶と似ていないこともなかった。マッデンは一日の大部分をクーニー煙草店で過ごして、カモーン[12]の試し打ちをし、議論を交わし、すごく強い煙草を吸い、上京したばかりの田舎者とアイルランド語で話していた。マキャンは彼の雑誌に「合理主義の実践」と題する記事を載せるなど、その編集に忙しい日々を送っていた。その記事で人類は、あまり遠くない将来に、動物性や植物性の食物ではなく、鉱物性の食物を摂取するようになるだろうという希望を述べていた。編集長の論調は彼のかっての演説口調よりもはるかに正統的になっていた。大学の信心会の総会の報告は特集記事全体を占め、大学機関誌の半分に相当したが、そのなかでマキャン氏は、より実践的な基盤に立って会の組織の運営に多くの貴重な提案を行った、と強い口調で述べていた。スティーヴンはこれには驚いた。そしてある日のこと、クランリーとナッソー通りを歩いていたとき、意気揚々と大股で図書館に向かって歩いていく編集長に出会って、クランリーに言った、

——ボニー・ダンディーは何を狙っているのかね？

——どうして——何のことだ？

——僕の言いたいのは……彼が関係している例の信心会のことだ。何か実際的な目的のために信心会を使えるなんて考えるほど、ばかではないはずなのに。

クランリーはいぶかしそうにスティーヴンを見たが、事の次第を考えて、何も言わないことにした。

試験の結果は、クランリーは再度の「落第」、スティーヴンはぎりぎりの成績で合格した。スティーヴンは、試験の結果を特にみじめな気持ちで受け止める必要がないと考えた、というのも入学試験に立ち会ってくれたアルティフォーニ神父が彼のイタリア語の試験よりも英語の試験に高い評価点を付けていたのを知っていたからだった。イタリア語の試験はフランス語、イタリア語、アラビア語、ヘブライ語、スペイン語、ドイツ語など数か国語を話す試験官によってイタリア語で行われた。彼は本気で驚きを示す先生に同情した。試験期間のある夕方、大学の拱廊の下でクランリーと話していたとき、エマが彼らの横を通り過ぎた。クランリーは例の古ぼけた麦藁帽子（またどこからか引っ張り出して被っていた）を取り、スティーヴンもそれに従った。それに応えて彼女は、スティーヴン越しに、すごく丁寧に彼の友人に頭を下げた。クランリーは帽子を被りなおし、

その陰のなかでしばらく考えていた。

——どうして彼女はあんなことをしたのだろう？　と彼は言った。

——誘いだよ、きっと、とスティーヴンは言った。

クランリーは彼女が通り過ぎて行ったあたりの虚空を見つめ続けた。笑いながらスティーヴンが言った、

——きっと彼女は誘いのつもりだったのだ。

——たぶんな。

——君は女性なしでは不完全だ、とスティーヴンが言った。

——それにしてもすごくセクシーだ、とクランリーは言った。分かるだろう……

スティーヴンは黙っていた。他人が彼女を悪く言うのが不快だった。いつものようにクランリーが出発を勧誘する古英語の表現を使って「いざさら行かん」と言って腕を取ったときも笑わなかった。彼は、以前、その表現は正すべきだとクランリーに注意しようかしまいか迷ったことがあったが、クランリーがいつまでも「いざさら」という語を強く発音するのであきらめた。

試験結果の通知が家庭でのつまらない争いに発展した。ディーダラス氏は口汚い言葉を求めて彼の語彙を隈なく探した挙句、スティーヴンに将来の計画は何かと訊いた。

——計画などない。

——なるほど、それではできるだけ早く退学した方がいい。よくもこれまで人をこけにしてきたものだ、全く。ともかく明日の朝一番にマリンガーに手紙を書かなければならない。おまえの教父にこれ以上おまえのためにお金を浪費してもらうわけにはいかない。

——サイモン、ディーダラス夫人が言った。あなたはいつも極端なことをおっしゃる。無茶を言わないでください。

——無茶もくそもあるか。こいつが付き合っている連中のことが分からないのか——卑劣な顔つきの愛国主義者や、ニッカーボッカーを穿いてサッカーをやる奴らだ。本当のことを言おうか、スティーヴン、ああいう下衆と付き合うなんて、おまえにはプライドというものがあると思っていた。

——スティーヴンの試験の結果はそれほど悪いとは思いませんわ、ともかく落第しなかったのですから……

——よく理屈だけはつくものだ、とディーダラス氏は息子に言った。あれがけちな親譲りの習慣というものだ。あれの家族ときたら、時計の主ぜんまいの製造法まで何を訊いたって何でも知っているのだ、全く。

——主題をはぐらかしてはなりません、サイモン。こんな息子を持って喜ぶ父親はたくさんいます。

——わしと息子との邪魔をしないでほしい、互いに理解しているのだから。こいつに文句を言おうというのではない、この十二か月のあいだ何をしていたか知りたいだけだ。

スティーヴンはナイフの刃で皿の端を叩き続けていた。

——何をしていたのだ？

——考えていた。

——考えていたって？　それだけか？

——それから書きものを少し。

——ふむ、なるほど。時間を浪費していたのだな、要するに。

——考えることが時間の浪費だとは思わない。

――ふむ、なるほど。わしはああいう自由奔放に生きている連中、詩人たちのことを分かっていると思っている。ああいう連中は考えることを時間の浪費だとは思っていない。しかし同時に、豚の切り身を買うための小銭にも時々不自由するような連中だ。切り身さえ買えないときに、考えてどうするつもりだ？　何か確かなものに就くことはできないのか、政府の役所のちゃんとした地位に就いて、それから、何でも、好きなだけ考えればいいじゃないか。何か一級の官職に就くために勉強するのだ、そういう学生がたくさんいる。書きものなら余暇にだってできる。そうでなければ、オレンジの皮を食べて公園で寝る浮浪者になるのだな。

スティーヴンは答えなかった。退屈な説教が五回も六回も繰り返されたとき、彼は立ち上がって家を出た。クランリーを探して図書館に行ったが、読書室にもポーチにも彼の姿はなく、アデルフィ・ホテルへ行った。それは土曜日の夜で、どの部屋も会社帰りの事務員で混雑していた。例の農務部の役人が帽子をあみだにかぶりバーの隅に座っていた。スティーヴンはすぐに彼の上気した顔にいまにも現れようとしている黒いしみに気づいた。彼は人差し指を丸めて口髭をひねりまわし、ウェートレスの顔と黒ビールの瓶のラベルを交互に見ていた。ビリヤードルームはひどく騒がしかった、玉突き台はすべてふさがり、ボールがしじゅう床に落ちた。ワイシャツ姿でゲームをしている人もいた。

クランリーは玉突き台に並べて置いている椅子にどっしり腰を下ろしてゲームを見ていた。スティーヴンは黙って彼の隣に座って、同じようにゲームを見た。三人でやるゲームだった。年配の事務員が、見るからに上役ぶったそぶりで、年下の同僚ふたりとゲームをしていた。年配の事務員は、赤いしなびたリンゴのような顔に金メッキの眼鏡をかけた、背の高い、恰幅のよい男だった。彼はワイシャツ姿になり、ゲームをしながらきびきびと話し、遊んでいるというよりもむしろ教えているという風だった。若い事務員はふたりとも髭を生やしていなかった。そのうちのひとりはがっしりした体格の青年で、何もしゃべらずに根気よくゲームをしていた。もうひとりは眉毛が白く、物腰が神経質で、熱っぽい感じの青年だった。クランリーとスティーヴンはのろのろとゲームが展開していくのを見ていた。がっしりした体格の青年が三回続けてボールを床に落とした。得点記録票が遅々として動かないので記録係がやって来て、二十分が過ぎたことを思い出させるために、台のそばに立った。プレーヤーたちは以前よりも頻繁にキューにチョークをつけた。記録係は、彼らが本気でゲームを終了するつもりになっているのを見て、時間のことは何も言わなかった。しかし彼の存在が彼らに影響した。年配の事務員はキューをボールに滑らせて突きに失敗し、まばたきをしながら台から離れて、「ミスってしまった」と言った。熱っぽい感じの青年事務員は急いでボールを打って失敗し、キューを横に構えて片目をつぶり「あっ！」と言った。根気のよい青年はボールをまっすぐにトップポケットに入れた。これを記録係は直ちに壊れた記録板に記した。年配の事務員は眼鏡の枠越しにかなり長い時間をかけて狙いをつけていたのにまた失敗して、そそくさとキューにチョークを付けながら、熱っぽい感じの青年に短く、鋭く言った、「何をしている、ホワイト。急げ」。

目の前にいる三人の男たちの絶望的なてらい、彼らの救いようのない卑屈さを見ているうちに、スティーヴンの目の奥が燃えるように熱く感じられてきた。彼はクランリーの肩に手を置くと、衝動的に言った、

——すぐにここを出よう。もう我慢ならない。

ふたりが並んで部屋を横切っているとき、スティーヴンは言った、

——もうあと一分もあそこにいたら、きっと泣き出していたと思う。

——ああ、全くひどいものだ、とクランリーが言った。

——どうしようもない！　本当に！　スティーヴンはこぶしを握りしめながら言った。

第二十六章

クランリーが試験に失敗して英気を養うために田舎に帰る数日前の夜、スティーヴンは彼に言った、

――僕にとって重要な季節になると思う。人生の進路について何らかのけじめをつけるつもりだ。

――しかし、おまえは来年、文二[1]へ進むのだろう？

――教父が授業料を払ってくれないかもしれない。みんなは僕が奨学金を受けることを期待している。

――どうしてそのつもりにならないのだ？　とクランリーが言った。

――よく考えてみる、スティーヴンは言った。自分に何ができるかをね。

――おまえができることはごまんとあるさ。

――そうかな、本当に？　いずれ分かるだろう……君に手紙を書きたいと思うのだけど、住所を教えてくれないか？


クランリーはこの質問が聞こえないふりをした。彼はすごく慎重かつ丹念にマッチの棒で歯をほじっていた。時々、手を休めて注意深く舌の先を歯の割れ目に差し込み、またほじり続けた。彼はほじり出したものを吐き出した。彼は麦藁帽子をほとんど首のうなじに載せ、両足を大きく開いて大地を押し付けていた。かなり長いあいだの沈黙の後で、クランリーは最後に言った言葉をまるで心のなかで考えていたとでもいうように繰

り返した、

――ああ、ごまんとある。

スティーヴンは言った、

――田舎の住所を教えてくれたまえ？

――俺の住所？……ああ……そうだな……それは本当にできないことなのだ、(2) 分かるだろう、俺の住所がどこかと言われたって。でも、俺が戻ってくるまで、けじめなどつかないよ……明日の朝帰ることはほとんど決まっているのだけど、何時に汽車があるか調べておこうと思う。

――前に調べたじゃないか、とスティーヴンは言った。九時半だ。

――いや……何時に汽車があるか、ハーコート通り駅へ行って調べなければならないと思う。

彼らはハーコート通りへ向かってゆっくりと歩いた。スティーヴンは反感を抱くのを止めて言った、

――その仏頂面の下にどういう神秘的な目的を隠しているのだ？　頼むから話してくれないか。君は心の目で何を見ているのだ？

――もし神秘的な目的があったとしても、とクランリーが言った。それが何かおまえには話したくない。

――僕はいろいろなことを君に話した、とスティーヴンは言った。

――たいていの人は人生に何らかの目的を持っているものだ。アリストテレスは、すべての存在の目的はその最高の善を達成することにあると言っている。われわれはすべて何らかの善を目指して行動する。

――もう少し具体的に話してくれないか？　君は僕に君について福音書を書いてほしいわけでもないのだろう？……君は本気で豚肉屋になるつもりなの？

——ああ、本気だ。おまえには考えられないだろう。おまえは愛の詩でソーセージを包めばいい。

スティーヴンは笑った。

——僕をだませるなどと考えない方がいいぜ、クランリー、と彼は言った。君がいまいましいほどロマンチックなのを、僕は知っている。

ハーコート通り駅で彼らは時刻表のあるところへ行き、それを一瞥してスティーヴンはいたずらっぽく言った、

——九時半だ、前に言った通り。君は道化の言葉だって信用しないようだ。

——あれは別の汽車だ、とクランリーはもどかしげに言った。

スティーヴンは楽しそうに笑った。そのあいだにクランリーは時刻表を調べ、ぶつぶつと駅の名前を読み上げ、時間の計算を始めた。ついに何らかの結論に達したようで、スティーヴンに「いざさら行かん」と言った。駅の外でスティーヴンは、友人のコートの袖をつかんで、公衆の注意を引くように路上に四つ隅を石で止めた新聞チラシを指差した。

——こんなの見たことある?

彼らはチラシを見るために立ち止まった。四、五人の人が立ち止まって見ていた。クランリーは全く抑揚のない声でチラシの見出しを読み上げた。

イヴニング・テレグラフ(3)
[集 会]

バリーンローブ(4)で国民党の集会
重要な演説
幹線排水路計画
活発な討論
著名な事務弁護士の死
カブラ(5)の狂牛
文学など

——ああいう生活で成功するにはとてつもない能力が必要だ、そう思うだろう？　ふたりがまた歩きだしたとき、スティーヴンは尋ねた。

——おまえは文学を人生の最大事と考えているのだろう？

——君はそういう世界観を問題視する、本当に、どうしようもないつむじまがりだからね。君は僕が異常で病んでいると証明したいらしいが、それは例の著名な事務弁護士が病んで異常なのを証明するのと同じくらい簡単だ。感受性の欠如は病気の徴候だからね。

——彼はいわゆる芸術家であったかもしれない。

——そうだ、もちろん……そしてサタンがイエスの目の前にぶら下げることを許された誘惑について言うと、あれは、実際のところ、かつて天才に示された誘惑のうちで最も効果が少ないものだ。例の著名な事務弁護士はそれに屈したかもしれないが、イエスにとってこの世の王国はきわめて空疎な言葉だったに違いない

——少なくとも彼がロマンチックな青春期を卒業してからはね。サタンは、本当は、イエスのロマンチックな青春時代を一時的に再現したものだ。僕にもロマンチックな青春時代があった。あの当時は物質界のメシアになるのは偉大なことに違いないと思っていた。それが天国には決して入れないであろう僕の父の意志だった。しかし、そのような考えはいまでは肉体的にすごく弱っている時にしか心に浮かんでこない。したがってそういう人生観は異常であるとみなす——僕にとっては。数日前、水泳をするためにホウスへ散歩に行った。岬の側面を回っていたとき、岩礁の上に高く突き出たリボン状の細い小道を通らなければならなかった……

——ホウスのどっち側だ？

——ベイリー[6]の近くで……すごくきれいだった。足下の岩礁を見ていたとき、ふとあの上に身を投げたらという考えが心に浮かんだ。その考えは一瞬ぞくっとするほど楽しかった。しかし、もちろん、すぐに旧友の仕業と気づいた。このような誘惑はみんな異口同音だからね。イエスにも、僕にも、また、文学の暗示をあまりにも真剣に受け取って山賊行為や自殺を選ぶような興奮性の人たちにも、サタンは途方もない人生を提供する。途方もないというのは、人間の精神的原理の基底は物質的対象へ移すことができないからだ。人間だけが、頭よりも帽子の方が大事だと考えるふりをする。そういう人生観は異常だ、と僕は考える。

——すべての人がすることは異常とは言えまい。

——すべての人がホウスの丘から身投げするだろうか？　すべての人が秘密結社に加わるだろうか？　すべての人が幸福と満足と平和を名誉のために犠牲にするだろうか？　アルティフォーニ神父はイタリアのある相互補助団体の話をしてくれた。その団体の会員は、治療の限界を超えたことを証明する文書に署名することにより、会員仲間によってアルノ川[7]に捨てられる権利を持つそうだ。

ノブレッテの角で、(8)彼らはいつもそこで一休みするのだったが、テンプルが数人の若者を相手に熱弁をふるっているのに出会った。若者たちはぐでんぐでんに酔っぱらっているテンプルを盛んに笑い物にしていた。スティーヴンは、難しい言葉を発音しようとして、薄い泡で時々まだらになるテンプルの不格好な口をじっと見つめていた。クランリーは一団を睨みつけて言った、

——俺のくそったれ聖書にかけてもいい、テンプルはこの医学生たちに酒をおごっていたのだ……大ばか者が！……

テンプルは彼らを見つけると、すぐに演説を中断して近づいて来た。医学生が一、二名彼の後について来た。

——こんばんは、とテンプルは帽子をいじくりながら言った。

——*Druncus es.*（だいぶ飲んだな。）

ふたりの医学生は笑った。一方、テンプルは彼のポケットに手を入れて金を探し始めた。そのあいだに彼の口がぽかんと開いた。

——金を持っているのは誰だ？　とクランリーが尋ねた。

ふたりの医学生は笑い、テンプルを顎で指した。テンプルは憮然として探すのを止めて言った。

——あい、くそったれ……おごってやるつもりだったのに……あい、くそったれ……おれの金はどこへいっちまったのだ？……

医学生のひとりが言った、

——コネリーの店でくずしたじゃないか。

もうひとりの医学生が言った、

——彼は二年目の学位試験に落第して、今晩はビールづけというわけさ。

——それにしてもどこで金を工面したのだ？　とクランリーはテンプルに言った。テンプルはまたポケットをさぐりだした。

——十シリングで時計を質に入れた。

——安物の時計ではないようだな、とクランリーは言った。十シリング手にしたのなら。どこで十シリングに換えたのだ？

——いや、違う！　と二番目の医学生が言った。僕が彼の代わりに質に入れた。グランビー街[9]のラーキンという名の男と知り合いなので。

アデルフィ・ホテルで農務部の役人と政治のことで言い争った大柄の医学生が彼らのところに来て言った、

——やあ、テンプル、俺たちを淫売宿に連れて行ってくれないか？

——あい、地獄だ、とテンプルが言った。俺の金がみんななくなった……あい、絶対に、女を買うぞ……絶対に、女につけを頼むさ。

大柄の学生は大笑いをし、アデルフィ・ホテルでの一件で敵意を抱いていたクランリーの方を向いて言った、

——俺がおごると言ったら、おまえも女を買うかい？

クランリーの純潔は有名だったが、青年たちは必ずしもそれに感銘を受けるというわけでもなかった。同時に、一同は大柄な学生の誘いに笑って答えて、その意見を表に出すようなことはしなかった。クランリーは答えなかった。それで二番目の学生が言った、

——マックは合格したぞ！

——どこのマックだ？　とクランリーが言った。

——マック——知っているだろう——ゲール語連盟の奴さ。彼がきのうの晩、俺たちを淫売宿に連れて行ってくれた。

——それでみんな女を買ったのか？

——いや……

——何のためにあんな所へ行ったのだ？

——ひやかしてみようと、マックが言ったのだ。いい女もいるし。俺たちを追いかけてきた、すごかった、まるで寸劇みたいだった。あい、連中のひとりがマックを打った。彼が侮辱したそうだ。

——何をしたのだ？

——知らない。きっと「消えろ、うすぎたい売女」みたいなことを言ったのだろう。

——マックは何と言った？

——これ以上くっついてきたら、告発すると言った。

——そうだ、クランリーが女を買ったら、全員に女をふるまってやる、と大柄な学生が言った。彼はひとつのギャグで三十分の会話を持たせるような男だった。

——ああ、おい、とテンプルが突然言った。新しい寓話を聴いたことがあるか……バーバリの猿というのだ？……すごく……いい話だ……フラナガンが教えてくれた……そうだ、（スティーヴンに言った）君に紹介してくれと頼まれた……本当に……いい奴だぜ……宗教だって牧師だって全然気にしない……心から俺は自由思想家だ……

——寓話はどうした、とスティーヴンは言った。

テンプルは帽子を取り、頭をむき出しにして朗誦を始めた。田舎の牧師がやるように母音をすべて長く引き伸ばし、ここぞという語句で出しぬけに声を張り上げ、休止の度に声を潜めながら、

——親愛なる兄弟諸君、昔々、バーバリに猿の一族がいました。ところがまた……この猿たちは海の砂くらいに大勢いて、みんないっしょに森にすむ複婚家族……互いにむつみあっては……つぎからつぎと……子孫をつくった……ところが、見よ、聖なる伝道師、神の聖なるお使いが……バーバリにやってきました……バーバリの人たちを救うために。そしてこの聖なるお使いが教えを説きました……そしてそれから……森のなかに入りました……森の奥深くへ……神に祈るため。そして彼らは隠修士の生活を送りました……森のなかで……神に祈りながら。そして、見よ、バーバリの猿たちは木の陰から見たのです……隠修士の生活を送る聖なるお使いを……寂しい隠修士のように……神に祈りを捧げるのを。そして猿は、親愛なる兄弟諸君、物真似が大好きな生き物です……聖なる人たちの……することを真似るようになりました……そっくりそのままやりはじめたのです。そしてそれから……猿たちは互いに離ればなれになって……遠いところへ行って、神に祈りました……猿たちは彼らが見たとおり聖なる人たちの仕草を真似て……神に祈ったのです……そして……猿たちは元に戻りませんでした……もう……子孫をつくろうとしませんでした……そしてそれから……つぎからつぎと……これらのかわい……そうな猿たちは……一匹減り、二匹減り……そして四匹減り、五匹減っていきました……そしていまではもう……バーバリに猿は一匹もいません。

テンプルは胸の前で十字を切り、帽子をかぶり直しているうちに、聴衆は一斉に拍手した。ちょうどそのと

き警官が一団の者たちに移動を命じた。スティーヴンはクランリーに尋ねた、

――フラナガンというのは誰なの？

クランリーは答えなかったが、テンプルと彼の仲間の後について力強く歩きながら「奴だ、そうだ」と独り言を言っていた。彼らはテンプルが無一文なのを仲間に嘆き、あの寓話の断片を繰り返しているのを聞いた。

――フラナガンというのは誰だ？　とスティーヴンはまたクランリーに尋ねた。

――例のくそたれた間抜けだ、とクランリーは言ったが、声の調子だけでは誰か特定できなかった。
二、三日後にクランリーはウィックローに発った。スティーヴンは彼の夏休みをモーリスと過ごした。彼は大学の新学期が始まるとどんな困難が彼を待ち受けているか弟に話し、将来の計画について一緒に議論した。モーリスは詩集を出版社に送るべきだと言った。
――出版社に送るわけにはいかないのだ、とスティーヴンは言った。もう燃やしてしまった。

――燃やしたのか！

――ああ、とスティーヴンは短く言った。あれはロマンチックだから。

結局、フラム氏[10]がその意志をはっきりするまで待つのが一番だということになった。ディーダラス夫人はある日バット神父に会いに出かけた。母は面会の様子をすべて話さなかったが、どうやらバット神父は最初、青年の苦境の解決策としてギネス社に事務員として勤めることを提案したらしく、ディーダラス夫人が懐疑的に頭を振ると、神父はスティーヴンに会ってみると言ったようだった。彼は大学のある新しい解決策について暗示を与えていた。それには新しい約束が必要だった。スティーヴンの両親はその暗示に望みを託した。次の日、スティーヴンはバット神父に面会するようにという大学からの連絡を受け取った。

——やあ、いらっしゃい。しばらくですね、カーペットを敷いていない小さな寝室のドアにスティーヴンが現れると、バット神父は言った。

バット神父は一般的な話題についていろいろなことを話し始めた。彼は、何ひとつ決定的なことを言わず、どれもすぐに答えられないようなことについて意見を述べるようにと何度もスティーヴンに求めた。若者はひどく当惑した。ついに、バット神父は何度も顎をなで、目をしばたいた後で、スティーヴンの目的は何かと尋ねた……

——文学です、とスティーヴンは言った。

——なるほど、なるほど……もちろん……しかし当分のあいだ、つまり……もちろん君は学位を取るまで君の課程を続けるわけだが……それが重要な問題です。

——私はできないかもしれません、とスティーヴンは言った。ご存じと思いますが、父は都合つかないのです……

——まあ、バット神父はうれしそうに言った。問題の核心に触れてくれてありがとう……まさにそのことなのです……問題は、君が君の課程をこの大学で終える方法を見つけてあげられるか。それが問題なのです。スティーヴンは何も言わなかった。彼はバット神父が何らかの提案か助言を用意していると確信したが、それを持ち出すための手助けはしないことにした。バット神父は目をしばたき、顎をなで、「それが難問なのです、分かるでしょう」とつぶやき続けた。やがて、スティーヴンが堅く沈黙を守っていると、バット神父は言った、

——もしかしたら……ちょっといま思いついたのですが……この大学に仕事があるかもしれない……一日に

一時間か二時間……何のこともない……と思うのだが、ええ……大学としては……いいですか……君にとっては何の苦労もない……授業を持てとか、骨の折れる単調な仕事をしろと言うのでもない、午前中大学の事務室に一、二時間いるだけだ……

スティーヴンは何も言わなかった。バット神父は両手をなで合わせて言った、

——それがいやなら君は退学処分を受ける危険がある……学業不振により……ええ、大事なことについては……今晩、私からディロン神父に話します。

スティーヴンは少し驚いたが、何となくそのような提案があるだろうと予想していたので、小声で感謝の意を表した。バット神父は一両日中に手紙で連絡すると約束してくれた。

スティーヴンはこの面会の一部始終を両親に伝えなかった、バット神父は漠然と授業料の工面がつけられるようなことを言われたと話した。ディーダラス氏は、それはきわめて実際的な提案だと言った、

——まじめに勉強しさえすれば、大学を続けられるというわけだ。ああいう人たちと仲良くするのだ。前にも話したけど、イエズス会士とはそういうものだ、きっと勉強を続けられるように面倒を見てくださる。わしはおまえよりも少しは年を取っているからな。

——あなたを助けるためにあの人たちは最善のことをしてくださると確信します、とディーダラス夫人は言った。

——僕は彼らの助けなどいらない、とスティーヴンは苦々しく言った。

ディーダラス氏は片眼鏡をかけて、息子と妻を睨んだ。ディーダラス夫人は弁解を述べだした。

——いい加減にしないか、おまえ、と彼は言った。わしはこいつが落ち込んだわだちがどういうものか分

かっている。しかし、こいつはわしもこれの教父もだますわけにはいかない。ありがたいことにわしはもう長くはない。近いうちにこの男がどんな見事な無神論者になりおったかあの人にお知らせしなくてはならぬ。いまはじっくり様子を見る時だ、わしに任せてほしい。

スティーヴンは教父の助けもいらないと答えた。

——おまえが落ち込んだわだちを知っている、と父は言った。かわいそうなおまえの妹の葬儀の朝、わしが見ていなかった……あれを忘れたとでも思っているのか？　人道に悖るどうしようもないごろつきだ。本当にあの朝わしはおまえが恥ずかしかった。おまえは紳士らしい振る舞いができないどころか、ばかみたいなことばかりして、霊柩車の御者や雇われ会葬者と一緒に隅にかたまりおって。ジョッキでビールを飲むことを誰に習ったのか、教えてもらいたいものだ。ああいうことをするのが立派な行いなのかね……芸術家にとっては？

スティーヴンは両手を組み合わせて、体を震わせて笑っているモーリスの方を見た。

——何がおかしいのだ、と父は言った。おまえはこの男のだしに使われている、とみんなが言っているぞ。

——スティーヴンは喉が渇いていたのだ、とモーリスが言った。

——全くだ、こいつは近いうちに喉が渇くだけでなく、腹を空かせるようになる。

スティーヴンはバット神父との面会の詳細をモーリスに話した。

——彼らは僕を買収しようとしていると思わないか？　と彼は尋ねた。

——そうだ、それは明らかだ。でもひとつだけ驚いたことがある……

——何だ、それは？

——おふくろと話しているうちにあの牧師は平常心を失ったことさ。兄貴はあの善人をひどく悩ませたに違いない。

——どうして平常心を失ったと分かるのだ？

——醸造所の帳簿に兄貴の名前を載せるのをおふくろに提案したとき、怒っていたに違いない。あれで手の内を見せてしまった。ともかく、どういう権利であの人たちは自分自身を信者の精神的相談相手と呼ぶのか分かる……

——それで？

——兄貴のような気質上の疾患を伴う症例に関して彼らは何もできない。警官に応募したほうがよいのかもしれないぜ。

——おそらくバット神父の意見は、僕の精神はどうしようもない無秩序状態なので、規則正しい仕事が効くと考えたのだろう。

——それが彼の意見だとは思わない。それにこういう症例において彼らはみんなうそつきだ。だって、彼らはみんな兄貴の議論の明晰さを褒めちぎっているではないか。人間の精神は、三位一体の教理に同意するのを拒絶したからといって、知的に無秩序であるとはかぎらない。

——ところで、とスティーヴンは言った。僕と両親とのあいだにどんな理解と共感があると思う？

——うまくいっているのではないの？

——しかし、世のなかには勝手に僕の親友と考えて、いろいろと忠告をしてくれる人がたくさんいる。そんな人をかたき呼ばわりして、非難するのはばかげていると思う。おやじやおふくろは彼らが幸せだと考えるものを僕に獲得させたいと思っている。何か僕にお金の形で受け取らせたいのだ、僕にとってそれがどれほどの犠牲になるかなどおかまいなしに。

——それで受け取るの？

——もしここにクランリーがいたら、その質問に彼はどのように答えるか想像がつく。

——彼の答えは？

——「もちろん、おまえは受け取るのだろう？」

——あの若い紳士に関する僕の意見はもうすでに話した通りだ、とモーリスは厳しく言った。

——リンチも、「受け取らないとしたら、おまえは大ばかだ」と言うだろう。

——それで、兄貴はどうするの？

——断るさ、もちろん。

——そうするだろうと思っていた。

——どうして受け取れる？　とスティーヴンは驚いて訊いた。

——よくない、と思うよ。

その翌日一通の手紙がスティーヴンに届いた。

親愛なるディーダラス君
数日前、私たちが話し合ったことについて学長にお話しいたしました。学長は君のことにたいへん関心を持たれ、今週いつでも二時から三時のあいだに大学で会いたいとのことです。学長は私が君に話したようなことを何か見つけることができるとお考えです——毎日一、二時間の勤務——君が勉学を続けるために、それが肝心です。

イエズス会士　D・バット
敬具

スティーヴンは学長に面会の連絡をしなかったが、バット神父に手紙で返事を書いた。

親愛なるバット神父様
先生のご親切に心からお礼申し上げます。しかし、残念ながら先生のお申し出をお受けすることはできません。お断りするに際しまして、私にとって最善と思われることを致しているとご理解いただけるものと確信しますとともに、私のためにお示しくださったお心遣いに衷心より感謝致します。

敬具
スティーヴン・ディーダラス

スティーヴンは夏休みの大部分をノースブルの岩礁の上で過ごした。モーリスは、岩の上でぼんやりと体を伸ばしたり、海に飛び込んだりしながら、そこで一日を過ごしていた。スティーヴンはいま彼らの不和を忘れたかのようにしている弟とすごくよい関係だった。スティーヴンは、時々、半分裸になって、ブルの浅瀬のある岸へ横切って行き、子供や子守を見ながら行ったり来たりしていた。時には煙草の灰が上着に落ちるまで、彼らを見つめて立っていた。しかし、予期していたものにはすべて出会えたのに、もうひとりのルーシー(11)は現れなかった。それで彼は、たいていリフィー河の方に戻り、落胆をもてあそびながら、もしエマではなくルーシーに申し込んでいたら幸運に恵まれていたかもしれないと考えた。しかし、出会うのは雨にそぼぬれるクリスチャン・ブラザーズ校の生徒たちか私服警官ばかりで、幻はルーシーなのかエマなのか決めかねたが、いずれにしろ答えはすべて同じだと思った。ふたりの兄弟は一緒にドリーマウントから歩いて家に帰った。彼らはふたりともどちらかというとみすぼらしい様子をしていたが、彼らを追い越して家路に就く、こぎれいな洋服を着た事務員を羨ましいと思わなかった。ウィルキンソン氏の家まで来ると、彼らは外で立ち止まって、口論の音に耳を澄ました。そしてすべて安泰と思われる時でも、戸を開けてくれる母親に対するモーリスの最初の質問は、「おやじいる?」だった。答えが「いいえ」の時は兄弟ふたりで台所へ降りて行ったが、答えが「ええ」の場合はスティーヴンだけが下へ降りて行き、モーリスは手すりに寄り掛かり、父の声の調子でしらふかどうかを判断した。父が酔っているとモーリスは彼の寝室へさがったが、スティーヴンはおかまいなしに父と陽気に談笑した。彼らの会話はいつもこんな風だった。

——さて、(いやみたっぷりな話し方で)今日は一日中どこにいたのか、教えてもらいたいものだ?

——ブルにいた。

——そうか(穏やかな話し方で)。泳いだのか?

——ああ。

——なるほど、結構分別があるじゃないか、おまえたちだって。ああいう下衆どもに近づかないのは(疑い深い話し方で)。例のニッカーボッカーズや偉そうなことを言う連中と、一緒ではなかったのだな、本当に?

——絶対に本当さ。

――それは結構なことだ。わしが望んでいるのはそういうことだ。ああいう連中には近づくな……モーリスは一緒だったのか？

――ああ。

――どこにいるのだ、あいつは？

――二階だと思うけど。

――どうして下に降りてこないのだ？

――さあ、分からない。

――ふむ……（再びいやみたっぷりな話し方で）全く、おまえたちは仲のよい兄弟だ、おまえとおまえの弟は！

リンチは、イエズス会士の提案を断ったことで、スティーヴンをキリスト教国最大の頑固なのろまだと罵倒した。

――楽しい夜を過ごせたというのに！

――どうしようもない下劣な人間だ、君は、とスティーヴンは答えた。僕が君たちの商売第一の親分と食事を共にしても、同じように君はきっとすごく残酷な言葉を僕に投げかけるさ。

――だけど、どうして断ったのだ？　とリンチが言った。

夏は終わりに近づき、夕方はもう少し寒くなっていた。リンチは両ポケットに手を入れて胸を突き出し、図書館のポーチを行ったり来たりしていた。スティーヴンは彼のそばを離れなかった、

――僕は若い、そうではないか？

——それは——そう——だ。

——よろしい。僕のあらゆる適性は散文または韻文を作るためのものである。そうではないか？

——そうだと仮定しよう。

——結構。僕は醸造会社の事務員になるつもりがない。

——俺はおまえを醸造会社に入れるのはすごく危険だと思う……時々。

——僕にはそのつもりがなかった、それで十分だ。僕は同じ年代で気心が合う学生に出会うために、この大学の全日制に入学した……僕が出会ったのがどういう連中か、君は知っている。

リンチは絶望してうなずいた。

——全日制大学は、恐怖に怯える若者であふれている。どいつもこいつも自信の欠如という罪の共犯者だ。彼らの眼中には将来の就職のことしかない。将来よい職に就くためにならどんなことにでも同意し、イエズス会士の好意にうまく取り入るためにあくせく働く。彼らはイエスとマリアとヨセフを敬愛し、教皇の無謬性と彼のあらゆる卑猥な、悪臭ふんぷんたる地獄を信ずる。彼らは栄光に輝く信者と疲れきった無神論者の季節である千年至福を望む……甘美なる全能の神！　あの美しいおぼろな空を見ろ！　涼しい風を顔に感じるだろう？　このポーチにいる僕たちの声に耳を傾けろ——それが僕の声あるいは君の声だからではなく、人間の声だからだ。そうすれば、ああいう愚かしい飾り物はすべて、アヒルの背中から水が落ちるように君から落ちるのではないだろうか？

リンチはうなずき、スティーヴンは続けた、

——彼ら自身乞食同然のパントマイムの役者だというのに、僕が這いつくばり、ぺこぺこ頭を下げて祈り、

施しを乞いに行かなければならないというのは、ばかげている。人が街角という街角で、古くて気の抜けた信仰や偽善に出会わずに通りを歩くことができるように、われわれの精神とわれわれの社会から、この害虫を根絶することはできないのか？　僕は、少なくとも、やってみるつもりだ。僕は彼らから何物も受け取らない。彼らの下に仕えない。彼らに服従しない、外的にも内的にも。教会はジブラルタル(12)のような不動産定着物ではない、ましてや制度でもない。それからその人数を引き算してみたらいい、その実質性が減るのは明らかだ。僕は、少なくとも僕自身を差し引く。仮にわれわれの子孫十二人に身を引くことを許すと、教会にとって十二名の損失になる。

——おまえは子孫について、もう少し寛容な考えを持っているのではなかったか？　とリンチは言った。

——今晩、ヒーリー神父に会った、と君に話しただろうか？　とスティーヴンは訊いた。

——いや、どこで会ったのだ？

——僕はデンマーク語の文法書を持って運河沿いの道を歩いていた（正式に勉強するつもりになっているのでね。理由は後で話してやる）。そして偶然出会ったのが、あの背の低い男というわけさ。彼は金色の日没のなかへまっすぐ入り込んでいった。彼の皺も襞もすべてが、金粉を散りばめたみたいだった。彼は僕の本を見て、興味深いことですと言った。いろいろな言語を習得し比較するのは興味深いに違いないと言うのだ。それから遠くの金色の太陽を見て、突然——どうしたと思う！——あんぐりと口を開けて、ゆっくりと、何も言わずに、あくびをしたのだ……大人が出しぬけに、ああいうことをするのは、かなり衝撃的だとは思わないか？

——彼はじきにとんでもないことをするぜ、リンチは戸口で笑いながら話し合っている小さなグループを指差しながら言った。そのせいで彼は夢遊病にならないのだ。

スティーヴンはそのグループを見やった。エマとモイニハンとマッカンとダニエル家のふたりの娘は明らかに上機嫌だった。

——そうだな、彼女は近いうちに正式にあれをすることになると思う、とスティーヴンは言った。

——おれは別のペアのことを言っていたのだ、とリンチが言った。

——あ、マキャンか……彼女はいまでは僕にとって何者でもない。

——言わせてもらうけど、それは信じられないね。

［原稿はここで終わっている］

追加原稿

［追加原稿はここから始まる］

諸国。腕がさし伸べられ、われらはひとり――来たれ、と言った。するとさまざまな声がそれに和した、「われらは汝の国民」。彼らが彼に呼びかけたとき、大気は彼らの仲間でいっぱいになり、彼らの同胞である彼は、勝ち誇った恐るべき青春の翼を震わせながら、出発の準備をしていた。(13)

［パリへ出発（段落のあいだに青色のクレヨンで書かれている）］

ブロードストーン(14)からマリンガーまでは、アイルランド中部地方を横切る五十マイル余りの旅である。ウェストミーズ県の主要都市であるマリンガーは、内陸地方の首都で、この都市とダブリンとのあいだには農民と牛との頻繁な往来がある。この五十マイルの旅は、列車で行くと二時間ほどの旅で、三等客車の隅に陣取って煙草の薄青い煙をふかし、それでなくても臭い空気をいっそう耐え難くしている、スティーヴン・ディーダラスの姿を思い描くことができよう。客車には農民の一団が乗っており、彼らのほとんどすべてが水玉模様のハンカチーフに包んだ束を持っていた。客車は農民の強烈なにおいがした（スティーヴンが、最初の聖体拝領の朝、クロンゴーズの小さな教会堂で嗅いだのを覚えている、[15]あの人間の品位を下げずにおかない悪臭である）。その刺激臭はあまりにも強く、その若者が汗のにおいを不快に感じたのは、農民の汗が異常であるからなのか、それともそれが彼自身の肉体から漂い出たものではなかったからなのか決めかねた。これら両方の理由によってそのにおいを不快に感じたとしても、彼は少しも恥ずかしいとは思わなかった。農民たちは、列車がブロードストーンを出ると、黒くなって縁がすり減ったカードで遊んでいた。彼らのひとりが群れから離れる時はいつも、あの束を持って、のろのろとものうげに列車のドアを抜けて行くのだが、ドアを閉めることは決してなかった。農民たちはほとんどしゃべらず、通り過ぎていく風景もめったに見ていなかった。しかし、メイヌースの駅に着いたとき、彼らの散漫な注意はしばらくのあいだ、機械類の箱のことで駅夫に大声で指示を与えている、フロックコートとシルクハットで正装した紳士に注がれた。

マリンガーでスティーヴンは彼のこぎれいな小さい旅行かばんを棚から下し、ホームに出た。彼が集札係のつめのあいだを通り過ぎ、所在なげに数分立ち止まっていると、やがて濃緑色の小さい二輪軽装馬車の御者の目に留まった。御者は彼にフラムさんのところへ行く学生さんかと尋ねた。スティーヴンが「そうだ」と答えると、馬車に乗って横の席に座るように促された。やがて彼らは静々と出発した。決してきれいとは言えない二輪馬車はガタガタ激しく揺れ、スティーヴンは一、二度、心配そうに振子のように揺れる旅行かばんを見たが、御者は「しんぺいねい」と言った。同じ言葉を何度か繰り返してしまうと、御者はしばらく押し黙っていたが、やがてスティーヴンにダブリンから来たのかと尋ねた。この点で安堵するとまた静かになり、鞭を巧みに使って、ながえのあいだのあまり手入れをしていない獣の皮からハエを払い始めた。

二輪軽装馬車は長く湾曲した町の大通りを抜け、運河橋を渡り田舎へと続く道を進んだ。スティーヴンは立ち並ぶ家がとても小さいのに気づいた。しかし四方を壁で囲まれた敷地に大きな四角い建物が立っているのが目に留まり、あの建物は何かと御者に尋ねると、御者はあれは精神病院だと言って、すごく大勢の患者が入院していると感慨深げに付け足した。道は長く伸びた牧草地を通り過ぎた。どこまでも続く野原一面に牛の群れが草を食んでいた。眠そうな農夫に飼われている牛の群れが時々目に留ったが、よりしばしば牛たちは放し飼いにされ、ゆっくりと沼地から乾燥地へ乾燥地から沼地へと意のむくままに移動していた。道路沿いの小さな田舎家は盛りを過ぎたバラに覆われていた。多くの家の戸口に女の人がひとり静かに立って平らな野原を見つめていた。ゆっくりと重い足取りで歩いてくる農夫が時おり御者に挨拶し、スティーヴンが敬意に値すると分かると帽子に手をやった。こんなふうに埃っぽい道を通り、二輪軽装馬車はフラム氏の家に次第に近づいた。

　道からかろうじて見える不規則な家が美しい農園に囲まれていた。その家には手入れが行き届いていない車道が伸びており、家の背後の庭には色あせたシャクナゲのやぶが密生し、だらだらと傾斜してオウェル湖[16]の岸辺に続いていた[17]。園丁が住む番小屋はのろを塗った田舎家で、その戸口にシュミーズを着た小さな子が座って、大きなパンの塊を食べていた。門が開き、二輪軽装馬車は道を曲がって車道に入った。数百ヤード円を描いてドライブした後に、二輪軽装馬車は色あせた古い家の玄関に着いた。

　二輪軽装馬車がドアに横づけになると、それを迎えるためにひとりの若い女性が静々と威厳に満ちた足取りで近づいてきた。彼女は上から下まで黒い装いをし、その黒い髪はこめかみを払いのけるように質素にブラシがかけられていた。彼女は手を差し出した。

――よくいらっしゃいました。伯父は果樹園にいます。車の音が聞こえましたので、と彼女は言った。

スティーヴンは軽く彼女の手に触れて、頭を下げた。

――ダン、その旅行かばんは、さしあたりロビーに置いておきなさい。それから、あなた、ディーダラスさんは私と一緒に来てください。旅でお疲れでなければよいのですけれど、全く退屈な旅行ですから。

――いいえ、少しも。

彼女は先に立ってロビーを横切り、小さなガラスのドアを通って四角い大きな果樹園に案内した。果樹園の半分近くにはまだ陽が当たっていた。そこに、大きな麦藁帽子で日光を遮り、フラム氏が柳枝製の安楽椅子に座っていた。彼はスティーヴンをとても温かく迎え入れ、おきまりの丁寧な質問をした。ミス・ハワード[18]は小さな盆に果実とミルクを載せて持ってきた。訪問者は道路の埃が喉を侵していたので、よろこんでそれを食べ、飲んだ。フラム氏はスティーヴンの学業と趣味について実にさまざまな質問をし、そのあいだもミス・ハワードは黙って彼の椅子のそばに立っていた。質問が中断したとき彼女は盆を取って、家のなかに運び入れた。戻ってくると彼女は、果樹園を案内してあげるとスティーヴンに言った。フラム氏はその時ちょうど新聞に目を戻したところだったので、彼女は先に立ってカラントの灌木の散歩道を歩きだした。スティーヴンは教父の質問が少し厳しい試練だと思っていたので、彼女の樹木の名前や旬の時期や収穫について矢継ぎ早に質問をして、ミス・ハワードに意趣返しをした。彼女は彼の質問にいちいち注意深く答えてくれたが、そこには彼女の行動のすべてを特徴づけているのと同じ無関心の正確さが感じられた。彼女の態度は、最後に彼女に会った時ほど畏敬の念を抱かせるものではなく、あの時の自分を非難しているのではと想像した一点の非の打ちどころがない態度は、おそらく礼儀作法に特有の威厳に過ぎなかったのだと思った。彼女のこの威厳は決して感じのよいものではなく、スティーヴンの若者らしい革新的な熱意は彼女の活気のなさによってひどく傷つけられた。彼は彼女のあるはっきりした目的には賛成し、義務の機械的な遂行には反対することに決めた。その違いを見抜くのは楽しい知的ゲームになるだろうと思った。彼がこの仕事をことのほか快く自分に課したのは、彼女の行動を律している目的は、彼の現在の快適な衝動に対立するものに違いないし、きっと瞬間的な不信の念によって彼を巧みに避け、生来の安全地帯に逃げ込むであろうと思ったからだった。このはかない衝動は彼を釣るえさかもしれなかったが、それを追跡するためにスティーヴンは直ちに彼のすべての能力を奮い起こした。

夕食は六時半に質素に飾られた長い部屋で供された。優雅に銀細工を施した背の高いランプの下にならべられた料理は、控えめな優雅さを湛えていた。腹を空かせていたスティーヴンにとって、これらの冷ややかな作法を受け入れるのは、ささやかな試練であり、料理を前に食欲をそそる苛立たしさのなかで、人間のこの奇妙なポーズを不快で不自然なものとして非難した。会話もやや気取ったもので、スティーヴンはあまりに何度も「すてき」、「結構」、「きれい」という言葉を聞かされ、少しも快い気分になれなかった。彼はフラム氏の甲冑の弱点をすぐに見抜いた。フラム氏は、彼の同郷の人の多くがそうであるように、筋金入りの政治家であった。フラム氏の隣人たちはたいてい古風なタイプの人たちで、彼は狭い考えの持ち主ではあったが、彼らから豊かな教養人と思われていた。トランプでベジークをしながら交わされた会話で、スティーヴンは、彼の教父が見るからにあかぬけしない地主を相手に、宣教師たちが中国人に教えを広めるのにどれほど苦労したかということを説明するのを聴いた。フラム氏は、教会は世俗的文化の重要な収蔵倉でもあり、学問の伝統は修道僧に由来しなければならないという主張を支持しており、民主主義の威嚇に対する人類の唯一の避難所は教会の自尊心にあると考え、アクイナスが現代世界の発見のすべてを予見していると言った。彼の隣人は、あの世に行ってどこへ行けば中国人の魂に会えるのか心配だったが、フラム氏はその問題を神の慈悲に委ねた。議論がこのような段階に達したとき、それまで沈黙を守っていたミス・ハワードは、洗礼には三つの種類があると言い、彼女の発言がおひらきの合図となった。

スティーヴンは、教父が彼を支援してくれる動機について長いあいだ疑問を抱いていた。彼が到着した翌日、彼らがテニスの試合から馬車で帰るとき、フラム氏は彼に言った、

——ミスター・テイト(19)は君の英語の先生ではなかったかね、スティーヴン？

——ええ、そうです。

——彼の家族はウェストミーズの人でね、休暇にはよく彼に会うのですよ。彼は君にたいへん関心を持っているようだ。

——ああ、それでは先生をご存知なのですね？

——よく知っている。彼はいま膝を痛めて休んでいる、そうでなければ遊びに来るように手紙を書くのだが。きっと近いうちに彼を訪ねることになるだろう……何にでもよく精通している人です、スティーヴン。

——はい、とスティーヴンは言った。

テニスの試合、吹奏楽隊、田舎のクリケット試合、ささやかな花の展覧会がスティーヴンをもてなすために企画された。そのような行事で、彼の教父は実に気宇広大な人物で、ミス・ハワードは尊敬に値する女性であると、大っぴらに世辞が述べられるのを聞いているうちに、スティーヴンは背後のどこかでお金が動いているのではないかと疑い始めた。これらの接待はこの若者を喜ばせなかった。彼の態度は、しばしば気づかれないほど物静かで、紹介されない時さえあった。彼が履いていた安物の白い靴に、士官が無礼な、問い質すような

視線を送るような時があったが、スティーヴンは常に彼の敵を真正面から見返した。この若者は短い見つめ合いの後でたいてい休戦を勝ち取った。彼はミス・ハワードが彼女の社会的義務を見るからに嬉しそうに果たしているのに気づいて驚いた。ある日のこと彼女が駄洒落を言うのを聞いて、不快でもあり、また残念だった——たいして機知に富んだ洒落でもないのに、ふたりの実直な副官から丁重な笑いを引き出した。フラム氏は年を取り、尊敬されてもいたので、機会があればいつでも人前で訓戒を垂れる贅沢を許されていた。ある日のこと、ひとりの士官が田舎くさい考えを揶揄するつもりで愉快な話をした。

それはこんな話だった。その士官と友人のひとりがある晩、キルカン街道[20]の奥地で猛烈な夕立に見舞われ、農民の小屋に避難せざるをえなかった。ひとりの老人が炉火のそばに座り、口の隅に汚いクレーパイプを逆様にくわえ煙草をふかしていた。その晩は寒く、年を取った農夫は訪問者たちを炉火の近くに来るようにと招き、リウマチを病んでいるので立ち上がって礼儀正しく迎え入れることができないと言った。士官の友人というのは学のある若い女性で、暖炉の上にチョークでなぐり書きした絵を見て、あれは何の絵かと尋ねた。農夫は言った、

——サーカスが町にきだときにのう、孫のジョニーが描いたのじゃ。町の壁に貼られたビラを見て、象が見たいので四ペンスけれ、とかかあにねだりだしてのう。小屋に入るとどでかい象がいおった。ところが、ジョニーが描いたのがそこにあるのじゃ。

若い女性は笑った。老人は赤い目を細くして炉火を見ながら、穏やかに煙草をふかし、ひとりごとを言った、

——わしは象はごく当たりめいの生ぎものだという話を聞いたことがある、キリスト教の信仰をもっているそうだ……わしはくろんぼが象に乗っている写真を見たことがある——こん棒でめちゃくちゃ殴っていた。い

やはやこのごろの大人ときたらこどもより手が焼ける奴らがいる。

若い女性は大いに感心して、その農夫に先史時代の動物について話し始めた。老人は黙って聞いていて、ゆっくりと言った、

――ああ、世界の向こうの端にはとんでもねぇ恐ろしい生ぎものがいるにちげぇねぇ。(21)

スティーヴンは、この話を士官がとても上手に話したと思い、みんなと一緒に笑った。フラム氏の意見は彼の意見とは異なり、この話の教訓に反対して、ややもったいぶった話をした。

――農民を笑い物にするのは簡単なことだ。彼らは世間で重要だと思われている多くのことを知らない。しかし、同時に私たちが忘れてはならないのは、スターキー大尉、農民はおそらく、彼らを非難するわれわれの多くよりも、クリスチャンとしての生活の真の理想に近いところにいるのです。

――私は非難しているわけでありません、とスターキー大尉は答えた。ただ、興味深いのです。

――わがアイルランドの農民は、とフラム氏は確信をもって続けた。祖国のバックボーンです。

バックボーンであろうとなかろうと、農民を絶えず身近に見るのはスティーヴンにとって大きな喜びだった。身体的には、彼らは大体がモンゴル系の体格をしており、背が高く、骨張り、目は横にらみだった。スティーヴンは、農民の後ろを歩くときはいつも一番先に空気を切り裂くようなその突出した頬骨に気づいた。そして農民の方でも、この青年をまるで珍種の動物でもあるかのようにじっと見つめていたので、その都会的な特徴に気づいていたに違いなかった。ある日のこと、ダンが薬を買うために町の薬屋へ使いに行かされたとき、スティーヴンもついて行った。二輪軽装馬車が大通りの薬屋の前で止まり、御者はひとりのぼろを着た少年に注文書を手渡し、店に持っていくように言った。ぼろを着た少年はまずその紙切れを同じようにぼろを着

た友達に見せてから、店に入っていった。彼らは出てくると店の戸口に立って、スティーヴンから馬の尻尾へ馬の尻尾からスティーヴンへと代わり番に見ていた。彼らがこうして眺めていたとき、杖を握りながら近づいてきたびっこの乞食にからまれた。

――きんの俺様のなめいを呼んだのはてめいらだな？　ふたりの子供たちは[22]戸口で丸くなって、彼を見つめて答えた、

――いや、旦那。

――んんにゃ、違う。

乞食は悪意に満ちた顔を子供たちの顔に突きつけ、杖を上下に動かしだした。

――いいか、俺様の言うことをよく覚えておけ。この杖が見えるな？

――はい、旦那。

――よし、この次に俺様を呼び止めるようなことをしたら、この杖でてめいらを真二つにしてやる。はらわたを引きちぎってやる。

彼は怯えている子供たちに向かって言った、

――よく分かったな？　この杖でてめえらを真二つにしてやるからな。はらわたも目の玉も引きちぎってやる。[23]

特別な感動もなくこの出来事を眺めていた数人の見物人が道を譲ってやると、乞食は足を引きずりながら歩道を立ち去っていった。この光景を二輪軽装馬車の上から見ていたダンはすぐに地面に降り、馬を頼むとスティーヴンに言って、すごく汚いパブに入っていった。馬車にひとり残されたスティーヴンは乞食の顔を思い

出していた。あれほどの悪意が顔に現れたのを見たことがなかった。幅広の皮の鞭で生徒に「手のひら打ち」を食らわせる生徒監の顔を何度も見たことがあった。しかし生徒監の顔はあれに比べたら、はるかに悪意がなく、愚かで、義務に駆られて怒っていた。乞食の鋭い目の記憶が若者の恐怖の琴線を叩き、彼は口笛を吹いてその甲高い動悸を紛らした。

しばらくすると、ひどく赤い頭髪をした太った若者が、二本のきれいな日傘を持って食料雑貨店から出てきた。スティーヴンはナッシュ[24]だと分かった。ナッシュは顔つきが変わっていてもスティーヴンだとすぐに分かったと言った。スティーヴンはその気になれば昔の宿敵をうろたえさせて楽しむことができたが、その誘惑を退けて、代わりに手を差し伸べた。ナッシュはその店の見習い店員をしており、スティーヴンがフラム氏邸に滞在していると分かると、彼の態度に慎み深い敬意が添えられた。しかしスティーヴンはすぐに彼の緊張を解いてやったので、うす暗いパブからダンが出てきたときには、ふたりは親しいおしゃべりをしていた。ナッシュは、マリンガーは神が創った最後の場所、神に忘れられた穴だと言い、よく我慢できるなとスティーヴンに言った。

——俺はダブリンに戻りたい、それが唯一の望みだ。

——ここではみんな何をして楽しんでいるのだ？　とスティーヴンが尋ねた。

——楽しむ！　それは不可能だ。ここには何もないから。

——でも、ときどき音楽会があるのではないの？　ここに来た最初の日、音楽会を告げるビラのようなものを見た。

——ああ、あれは中止になった。ローハン神父[25]が踏みつぶした——教区牧師さ。

――どうしてそんなことをしたのだ？

――それは自分で彼に訊いたらよい。彼の教区民は愉快な歌やスカートダンスを望まないと言っている。ちゃんとした音楽会を開催したいのなら、学校でやればいい、と言うのさ――彼が何から何まで取り仕切っているのだ。

――まさか？

――みんな彼が怖くて仕方がないのさ。夜、どこかの家でダンスの音がすると、彼が窓をコツコツとたたく、すると蝋燭がたちまち吹き消される。

――何ということだ！

――本当なのだ。彼は女の子の帽子を収集しているのだぜ。

――女の子の帽子！

――そうだ。夕方、女の子が兵隊たちと散歩に出かけると、彼も外出する、そして女の子を捕まえると帽子を奪って牧師館にそれを持って帰る。その子が帽子を返してくれと言ってこようものなら、こっぴどく絞られる。

――おどろいたなあ！……それじゃあ、もう行かなければならない。きっとまた会えると思うよ。

――あした来いよ、いいだろう。あしたは半ドンだ。この町の友人をひとり紹介する――すごくいい人だ――『エグザミナー』(26)の記者をしている。きっと好きになると思う。

――分かった。じゃあまたな！

――さいなら！　二時頃だぞ。

馬車での帰路、スティーヴンはダンにいろいろ質問したが、ダンは聞こえないふりをし、しつこく答えを求めると、全くそっけない答えしか戻ってこなかった。ダンは彼の精神的上位者について議論する気がなかったのは明らかであり、スティーヴンは断念せざるをえなかった。

その晩の夕食で、フラム氏は機嫌がよく、スティーヴンを相手に会話を始めた。フラム氏が対話者を会話に「引き込む」方法は、特別に高度な技巧を凝らしたものではなく、スティーヴンは何が求められているか分かっていたので、直接話しかけられるまで待っていればよかった。ひとりの隣人が夕食に呼ばれていた。ヘファナン[27]という人だった。ヘファナン氏は、主人役とは全く異なる考え方の持ち主だったので、その晩の会話はかなり激しい議論に発展した。ヘファナン氏の息子は、アイルランド人は征服者の言葉ではなく、自国の言葉を話すべきだと信じており、アイルランド語を学んでいた。

――しかし、合衆国の人びとは、アイルランドの人民よりはるかに自由を謳歌しているにもかかわらず、甘んじて英語を話している、とフラム氏は言った。

――アメリカ人は別だ。彼らは復興すべき言葉を持たない。

――私としては征服者に異存はない。

――それはあなたが彼らの下でよい地位を占めているからです。あなたは労働者ではない。あなたは国粋主義者の煽動の果実を楽しんでいる。

――おそらくあなたはすべての人間は平等だとおっしゃりたいのでしょう、とフラム氏は冷やかすように言った。

――ある意味ではその通りでしょう。

――冗談じゃない、あなた。私たちの同郷の者たちは「改革」などと言われるものを全く知りません。フランス革命についても知ろうとしない、私はその方がよいと思っている。

ヘファナン氏は攻撃に転じた。

――当然ながら、自分の国のことを知ったからといって、害になるものではない――自分の国の伝統、自分が住む地方の歴史、その言語！

――余暇がある者にとっては、よいことでしょう！　でもご承知のように、私は革命運動家の宿敵ですからね。われわれの命運はイギリスと共にあるのです。

――若い世代は、あなたと同じ意見を持っていない。息子のパットはいまクロンリフで勉強しているのですが、同学の若い学生たちは、いずれみんな私たちの牧師になる者たちです、みんな自分たちの思想を持っているそうです。

――カトリック教会は、まさかあなた、革命を教唆するようなことはないでしょう。ともかく、ここに若い世代の者がひとりいます。彼の意見を聞こうじゃありませんか。

――私は国粋派の人たちが掲げる理念に関心がありません、とスティーヴンは言った。私は十分に現実的な自由を享受しています。

――しかし祖国に対する義務を感じないのかね、愛国心はないのか？　とヘファナン氏は訊いた。

――正直なところ、ありません。

――それじゃ君は、理性のない動物のように生きているわけだ！　とヘファナン氏は叫んだ。

――私の精神は、とスティーヴンは言った。私にとってこの国全体よりも関心があります。

——おそらく、君は君の精神の方がアイルランドより大切だと考えているのだ！

——もちろん、その通りです。

——フラムさん、あなたの教子は変わった考えを持っているようだ。イエズス会士はそういうことを教えるのだろうか。

——イエズス会士からはほかのことを学びました、読み書きを。

——そして宗教ですね？

——もちろんです。「人、全世界を儲くとも、おのが魂を失わば何の益かあらん？」(28)

——無です、もちろん。それはそうだが、人間性がわれわれに異議を唱える。われわれには隣人に対する義務がある。博愛の戒めを受け入れている。

——そう聞いています、とスティーヴンは言った。クリスマスで。これを聞いてフラム氏は笑い、ヘファナン氏は腹を立てた。

——フラムさん、私はあなたほどたくさん本を読んでいないかもしれない。もしかしたら、この若者にも劣るかもしれない。しかし人間が持ちうる最も高貴な愛は、もちろん神に対する愛に次いでですが、祖国に対する愛である、と私は信じています。

——イエスの意見はあなたとは違います、ヘファナンさん、とスティーヴンが言った。

——何と大胆なことを言う若者だ、とヘファナン氏は咎めるように言った。

——私は率直に話すことを恐れません、スティーヴンは答えた。たとえ教区牧師のことでも。

——若造のくせによくも達者にぺらぺらとイエスの御名を口にするものだ。

——罵りの言葉として使っていません。本気で言っているのです。イエスによって人類に与えられた理想は、克己、純潔、独居の理想です。あなたが私たちに提供する理想は、復讐の、激情の、世俗的な問題に没頭することの理想です。

——私にはスティーヴンが正しいと思いますわ、とミス・ハワードが言った。

——そのような傾向が何を目指しているか、私は分かります、とフラム氏が言った。

——私たち全員に隠遁者の生活をしろと言っても無理です、とヘファナン氏はやけになって叫んだ。

——私たちはキリスト教徒として生きることにより二つの人生を結合することができます。[29] まず第一に神に対する義務を果たすことにより、次に人生における人それぞれの持ち場の義務を果たすことにより、とフラム氏は最後の言葉に気持ち良くもたれ掛りながら言った。

——ヘファナンさん、あなたは立派な愛国者です、スティーヴンは言った。あなたに同意しない者を不信心だと言って非難しなくとも。

——私は決して非難していない……

——まあまあ、フラム氏は機嫌よく言った。私たちはみんな互いに気心を知っている。

スティーヴンはこのささやかな小競り合いを楽しんだ。正統派の兵士に正統的な銃を向け、彼らがいかに攻撃に耐えられるか、観察するのは楽しい気晴らしだった。ヘファナン氏は地方の典型的アイルランド人に思えた、独断的で敬虔で、感傷的で怨念深く、言葉の上では理想家で行動においては現実家。フラム氏を理解するのはより難しかった。アイルランド農民の擁護者としての彼の立場は、紛れもなく熱狂的な後援者で、彼の教会への忠誠心は封建的な差別に対する敬意と通底し、生れながらにこれらの差別の自動販売機と認められるものに服従していた。彼はその貴族的な気まぐれを家庭的な方法で押し付けるのだった。

——まあまあ、○○さん、あなたは町の縁日で牛を買われたのですな？

——そうです。

——それから競馬場へ行って、ひと儲けしようと思って馬券を買った？

——その通りだと認めます。

——猟犬についても多少は知っているという自信がある？

——そう思っています。

——それでは動物には貴族的な血統があるのに、人間にはそれがないとどうして言えますか？

フラム氏の自信は、高価な煩わしい天蓋を立て、それを維持するのに心血を注ぐ南アフリカのボーア共和国の市民の自信であった。彼は封建制度が大好きで、それに押しつぶされるのを何よりも願っていた——ジャガナート[30]の下に身を投げ出そうと、自らを苛めるために愛の涙を浮かべて神に祈りを捧げようと、情婦の腕に抱かれて意識を失おうと、いずれも同じで、何かを賛美する者たち共通の望みであった。感受性の強い目下の者にとって、彼の慈悲は耐え難い精神的苦痛であったろうが、それを与える者は独善的な態度も、そのような言葉遣いも用いたとは思わないであろう。彼の人間関係の概念は、地球が舟の形をしていると思われていた時代では、進歩的概念として通用していたかもしれない。そしてもし彼がその当時生きていたとしたら、奴隷所有者のなかで最も文化的な人物として褒めたたえられていたであろう。スティーヴンは、この老人がまじめくさってかぎタバコ入れをヘファナン氏に渡すと、後者が仕方なしに怒りを和らげ、そのなかに大きな手を入れるのを見ながら考えた。

――僕の教父はウェストミーズに送られたローマ教皇の特使だ。

ナッシュは店の戸口で彼を待っていた。彼らは一緒に大通りを通って『エグザミナー』の事務所に歩いて行った。窓の汚れた茶色いブラインドの上に白いフォックステリアの頭が見えた。その知的な目が事務所の唯一の生命のしるしだった。ガーヴィー氏にふたりの客が来たと告げられると、直ちにグレヴィル・アームズに来るようにという伝言が戻ってきた。ガーヴィー氏は真っ赤な額の上に帽子をあみだにかぶり、カウンターに座っていた。彼はウェートレスを冷やかしていたが、彼の来客が入ってくると立ち上がり、手を差し出した。そして酒に付き合うようにと熱心に勧めた。ウェートレスはいつものようにガーヴィー氏とナッシュに冷やかされたが、常に一線を越えることはなかった。彼女は容姿のしとやかな、すごく魅力的な女性だった。彼女はグラスを磨きながら、若い男たちとセクシーな噂話に興じていた。まるで町の生活の一部始終を知っているようだった。彼女はガーヴィー氏のはしたない行為を一、二度たしなめ、既婚の男性にとって恥ずかしいことではないか、とスティーヴンに尋ねた。スティーヴンはその通りだと言って、彼女のブラウスのボタンをかぞえ始めた。ウェートレスは、スティーヴンはやさしい分別のある青年で、遊び人とは違うと言って、清潔なナプキン越しに、にこやかに笑った。やがて若者たちは、ウェートレスの指先に触れ、帽子を持ち上げてバーを出た。

ガーヴィー氏は口笛を吹いてテリアを事務所から呼び出し、彼らは散歩に出かけた。ガーヴィー氏は重たいブーツを履いており、ステッキで道路を叩きながら、重たい足取りでゆっくりと歩いた。その道路とうだるように蒸し暑い日のせいで分別臭くなったのか、彼は若いふたりに実質的な忠告を垂れた。

――なんだかんだ言っても、若者を落ち着かせるためには結婚が一番だ。俺だってここで『エグザミナー』

の職に就くまでは、若い奴らと方々うろつき回り、けっこう酒を飲んだものだ……そうだろう、とナッシュに言った。ナッシュはうなずいた。

——いまではよい家庭がある、とガーヴィー氏は言った。そして……夕方、家に帰って、酒を飲みたいと思えば……まあ、いつでも飲める。甲斐性のある若い奴には誰でも俺は、若いうちに結婚しろと言ってやるのだ。(31)

——したい放題のことをしてきた人が言うのだから、ナッシュが言った。重みが違う。

——そうだとも、とガーヴィー氏は言った。ところで、いつか夕方にでも遊びにこいよ、友達も一緒に。ディーダラス君、これますね？　来てくれるとかみさんが喜ぶ、あれには音楽のたしなみがあるから。

スティーヴンは感謝の言葉を口にしながら、ガーヴィー氏を訪ねるくらいなら、どんな過酷な肉体的苦痛にでも耐えられるだろうと思った。

ガーヴィー氏はそれから報道の裏話を始めた。ナッシュからスティーヴンが作家を志望していると聞くと、彼は言った、

——俺の助言はただひとつ、簡潔に表現すること。

彼は自分が優秀な新聞記者であることを例証する話をいくつも述べ、かつてあるロンドンの朝刊紙へ「ネタ」を送ったとき、すぐに相当な報酬が郵便為替で送られてきたと言った。

——イギリスの連中は、仕事の仕方を知っている。それに金に糸目を付けない。

その日はすごく暑く、町は暑さのなかで居眠りをしているようだったが、若者たちが運河橋まで来たとき、五十ヤードほど離れた運河の土手に人だかりがあるのに気づいた。肉屋の売り子が労働者たちの輪に話してい

た。

――俺が最初に女の人を見つけたのだ。何か変なものに気づいた――何だか長く伸びた緑色のものが、水草のなかに浮かんでいたので、ジョー・コクランのところへ行った。ふたりで持ち上げようとしたが、重すぎた。それで俺たち何をしたかというと、どこかで竿が借りられればと思ったのだ。それでジョーと俺は、スレーター貯木場の裏へ行った……

それは茶色い菰に半ば覆われ、川べりから一歩か二歩入った土手に寝かされていた。女の死体だった。顔を下に向け、豊かな黒髪から流れる水が地面にたまっていた。死体は両足を開き山なりになっていたが、誰かがその上に寝間着をかけてやった。その女性は夜のうちに精神病院を抜け出したのだった。看護人が非難がましいことを言うのを、スティーヴンはだまって聞いていた。

――こういう患者は家の者が看るのが一番なのだ、方々の医者のところを訪ね回るよりは。

――医者にも体裁というものがある。

ガーヴィー氏の犬が死体の臭いをかごうとして、ガーヴィー氏に思い切り蹴り上げられ、鳴きながら丸くなった。それからしばらくの沈黙があり、みんなそれぞれの場所で死体を見つめていると、「医者が来た」と言う声が聞こえた。ひとりの立派な服装をした恰幅のよい男が人びとの挨拶にも答えずに急いで道を駆け下りてくると、一、二分して、女は死んでいる、手押し車を取り寄せて死体を片付けるようにと言うのを、スティーヴンは聞いた。三人の若者は散歩を続けた。スティーヴンはぐずぐずしていて声をかけられた。彼は後に残り、死体の足もとの運河を覗き込み、紙切れを見ていた。それは「ザ・ランプ、週刊誌……」と印刷されたところで引き裂かれていた。そのほかに数枚の紙が水に浮いていた。

若者たちが分かれた時には午後の日はすっかり更けていた。スティーヴンはすぐにまた旧交を温めることを約束してふたりに別れの挨拶をし、野原を横切る道に入った。足もとがひどく不安定で何度もすべって泥沼の水にはまった。しかし湿原の上に広い公道があり、そこでは車に乗っているのと同じくらい安全だった。日が傾きだし、濃い金色に輝く西の空を背景に腰をまげて芝土を切る人の姿がいくつも浮かび上がっていた。彼は田舎道を通り、小さな森を抜け、囲いを乗り越えてフラム氏の家に着いた。音をたてないように柔らかな草の上を歩き、森の端で彼はじっと立ち止まった。ミス・ハワードが沈む日を見ながら濃く塗られた門に寄り掛かっていた。真っ赤な日没が彼女の地味な着衣の上に幾筋ものさび色の線を引き、彼女の地味な髪の上にさび色のスパンコールを散らしていた。スティーヴンは彼女に近づいた、もう二、三歩のところで(32)

［追加原稿はここで終わっている］

注

本注では次の省略と短縮形を用いる。

Bryne——John Francis Bryne, *Silent Years: An Autobiography with Memoirs of James Joyce and Our Ireland*（New York: Farrar, Straus and Young, 1953）.

Ellmann——Richard Ellmann, *James Joyce*（N.Y.: Oxford University Press, 1982）.

Gorman——Herbert Gorman, *James Joyce*（N.Y.: Farrar & Rinehart, 1939, now Rinehart & Winston）.

MBK——Stanislaus Joyce, ***My Brother's Keeper***, edited by Richard Ellmann（London: Faber and Faber, 1958）.

Portrait——***James Joyce, A Portrait of the Artist as a Young Man:Text, Criticism, and Notes***, edited by Chester G. Anderson（New York: The Viking Press, 1964）.

Workshop——***The Workshop of Daedalus: James Joyce and the Raw Materials for A Portrait of the Artist as a Young Man***, collected and edited by Robert Scholes and Richard M. Kain（Evanston, Ill.: Northwestern University Press, 1965）.

第十五章（仮題）

（1）新版の「はしがき」にあるようにスローカムとカフーンは追加原稿三〇枚をセオドア・スペンサーが編纂した三八三枚の初版原稿の後に入れたが、アーカイヴの編纂者ハンス・ウォルター・ガーブラーはそれらを頁順に戻し、最初の原稿の前に入れた。したがって、『スティーヴン・ヒーロー』のアーカイヴ版は自筆原稿四七七頁のアイルランド脱出を予告するエピファニーから始まっている。しかし、これはいかにも不自然であり、ガーブラーの本書第十九章は第十八章に含まれるべきだという意見同様、まだ一般に認められていない。この章は途中から始まっており、タイトル番号を特定できないのであるが、手稿のノンブルから推測し、仮に第十五章としておく。

(2) この人物が誰なのかまだ特定されていない。

(3) **大学の学長** ジョイスは一八九八年六月にベルヴェディア・カレッジを卒業し、同年九月にダブリンのユニヴァーシティー・カレッジ（以下UCD）に入学した。学長はこの作品では敬虔なる尊師、ディロン博士と言われているが、ウィリアム・ディレーニー神父がモデル。本書十九章でスティーヴンは大学の文学歴史協会で発表するために書いた論文を学長に阻止されて抗議する。

(4) **学生監** UCDの学生監バット神父は、ジョイスの英語の教授であったイエズス会士ジョーゼフ・ダーリントン師がモデルであると言われる。

(5) **出納長** 『肖像』では出納長は「ごま塩頭のでっぷりと太った赤ら顔」（*Portrait* 192）の男とあるが未詳。

(6) **スティーヴン** 本編の主人公の名であるが、キリスト教会最初の殉教者聖ステパノから取ったと言われる。ステパノはエルサレムの民衆や長老、律法学者たちとその先祖を批判したため反感をかい石打の刑を受けた（「使徒行伝」第六章第八節から第七章第六〇節）。ディーダラスはクレタの迷宮の設計者として名高いギリシャ神話の天才的工人ダイダロスから。スティーヴンの姓は本書ではDaedalusと表記されているが、この作品を放棄して『肖像』に取り掛かった一九〇七年のトリエステ・ノートブックに'*Dedalus*（Stephen）/"Et ignotas animum dimittit in artes":Ovid: Metamorphoses VII.188.'という記述があり（*Workshop* 94）、新しい作品の象徴性が完全にできあがったことを示している。『肖像』はもちろん、『ユリシーズ』でも、彼の姓はDedalusである。

(7) **モロニー** この作品でモロニーはここ以外に登場しない端役であるが、モデルはUCDの学生アーサー・クレリー、一九〇〇年一月にジョイスが"Drama and Life"を大学の文学歴史協会で発表した時の幹事である（Ellmann 70）。

(8) **マッデン** 『肖像』ではダヴィンと呼ばれるスティーヴンの友人。ジョイスの大学時代の学友ジョージ・クランシー（一八七九―一九二一）がモデル。クランシーはゲール語連盟に所属する強烈な国粋主義者で、ハーリングの指導者でもあった。彼はリメリックの県知事であったとき、家族の前で英政府軍によって射殺された。

(9) **スティーヴンズ・グリーン公園** スティーヴンズ・グリーンは広さ二二エーカーに及ぶダブリン市内最大の美し

い公園緑地。

(10) **国立図書館** 国立図書館はキルデア通りに位置し、レンスター・ハウス(アイルランド議会のあるところ)のすぐ西側にあり、国立博物館と向かいあっている。国立図書館はジョイスの時代、UCDの学生のたまり場であった。

(11) **バット神父** 『肖像』では無名の学生監、本書と同じように物理学の階段教室の暖炉に火を熾し、スティーヴンと美学論争をする。

(12) **シェイクスピア** イングランドの劇作家・詩人ウィリアム・シェイクスピア(一五六四—一六一六)。『十二夜』(一六〇四)、『オセロ』(一六〇四)の作者。

(13) **ベーコン** 英国の哲学者・政治家、古典経験論の祖フランシス・ベーコン(一五六一—一六二六)。ベーコンがシェイクスピア劇を書いたとする説は早くからあり、十九世紀後半のベーコン派による議論の多くは正典中に隠されている「暗号」を巡るもので Ignatius Donnely の "The Great Cryptogram" (1888) や Elizabeth Wills Gallup のもののほか、ドイツの天才数学者 Georg Cantor が一八九六—九七年にかけてベーコン説を支持するパンフレットを二冊出版している。ジョイスがUCDの学生当時、教師のなかにシェイクスピア・ベーコン説を強烈に支持するジョージ・オニール神父がいた(Ellmann 58-59)。

(14) **モーリス** 作家の実弟スタニスロース・ジョイスがモデル、『肖像』には現れない。

(15) **バイロン** 英国のロマン派詩人ジョージ・ゴードン・バイロン(一七八八—一八二四)。引用の詩は「悔悛—この日私は三十六年目を終える」から。

(16) **フリーマン** 英国の歴史家エドワード・オーガスタス・フリーマン(一八二三—九二)。

(17) **ウィリアム・モリス** 英国の詩人・美術工芸家・社会運動家(一八三四—九六)。

(18) **スキートの語源辞典** *Etymological Dictionary* (1878-82) を編纂した英国の言語学者ウォルター・ウィリアム・スキート(一八三五—一九一二)。

(19) **『フリーマンズ・ジャーナル』の論説委員でもある教授** UCDの英文構成法のキーン教授、スティーヴンの論文発表の司会者を務める。『フリーマンズ・ジャーナル』は一七六三年、チャールズ・ルーカスによって創刊された最も古い国粋派の新聞。

(20) **謎めいた態度**　本書三七七頁、「芸術家の肖像」(4)参照。

(21) **ニューマン**　英国のカトリック神学者・文人ジョン・ヘンリー・ニューマン(一八〇一―九〇)。初め国教会に属しオックスフォード運動を推進、後にカトリックに改宗し枢機卿となる。一八五四年、アイルランド最初のカトリック大学(UCDの前身)の学長に就任し、有名なスピーチ"The Idea of a University Defined and Illustrated"を行った。

(22) **先生、僕は先生をお引き留めしていなければよいのですが**　「引き留める」(detain)の文学的伝統に基づく用法について、『肖像』ではニューマンの「例の論文」"Glories of Mary"に触れて、「聖母が、使徒たちの大勢いるなかで引き留められたときのことを述べています」とあって理解を助けている(*Portrait* 188)。

(23) **バット神父が炉床に膝をついて大きな暖炉に火を熾そう**　『肖像』第五章で有名になったこの場面はジョイスの経験ではなく、実際には、クランリーのモデルであるジョン・フランシス・バーンと学生監ダーリントン神父との出来事である(Byrne 35)。

(24) **『オセロ』には下品な表現が無数にあるという理由から、学長がこの劇を観にゲイエティ劇場に行く許可をふたりの寄宿生に与えなかった**　本書三七八頁、「芸術家の肖像」(11)参照。ゲイエティ劇場はスティーヴンズ・グリーン公園の北西の角、サウスキング通りにある劇場。

(25) **早くも思い出となりつつある、あの宗教的熱意の挿話**　『肖像』第三章第一挿話、スティーヴンの熱狂的宗教生活を指している。

(26) **いまとなってはそれがきわめて有効な手段であることが分かった……彼には英雄にふさわしいオーラが欠如していたわけでもなかった**　本書三七七頁、「芸術家の肖像」(5)参照。

(27) **そのような衝撃は彼を宗教的情熱……せいぜい一時の慰めくらいの役にしか立たなかった**　本書三七六―七七頁、

「芸術家の肖像」（3）参照。

(28) **毎朝、寝床から起きて朝食のために下へ降りていった**　ジョイスの父ジョン・スタニスロースはコーク出身の資産家で一八八〇年メアリー・ジェーン・マリーと結婚し、最初はダブリン南部の裕福な海岸地区に住んでいたが、収税官の職を失ってから家計が苦しくなり、次第に貧しい人が住むリフィー河北部に吹き寄せられてゆき、一八八〇年からジョイスがダブリンを捨てる一九〇四年までに十六回転居している。ジョイスがUCDに入学した一八九八年から一九〇二年に卒業するまでに少なくとも五回、フェアヴュー地区の家を転々としているので、『スティーヴン・ヒーロー』で述べられている家を特定することはできない（Ellmann 68）。

(29) **アミエンズ通り駅**　一八四四年に開業したダブリンと北西部をつなぐ郊外鉄道の発着駅。リフィー河の北にあり現在はコノリー駅と言われる。当時の二階建て電車は上の階に屋根がなく吹きさらしが普通だった。

(30) **ネルソン塔停車場**　サックヴィル（現在のオコンネル）通りの中央に十三フィートのネルソン提督（一七五八—一八〇五）像を頂く一二一フィートの塔があり、二十世紀の初頭ダブリン市内と郊外とを結ぶほとんどの路面電車の発着駅だった。この記念塔は一九一六年のイースター蜂起から五十年目、一九六六年に愛国主義者たちによって爆破された。

(31) **大学のさえない校舎**　スティーヴンズ・グリーン公園の南に隣接するUCDは十八世紀後半に建てられた古い屋敷を利用していた。

(32) 手稿にはここに「第五章の最初の挿話の終わり」と赤色のクレヨンで書かれている。

第十六章

(1) **ブレーク**　英国の詩人・画家・神秘思想家ウィリアム・ブレーク（一七五七—一八二七）。

(2) **ランボー**　フランスの詩人アルチュール・ランボー（一八五四—九一）。象徴派の代表的存在。

(3) **「孤立は芸術的経済の第一原理である」**　本書三八〇頁、「芸術家の肖像」（19）参照。

（4）**ダ・ヴィンチ**　イタリアの画家・彫刻家・建築家・技術者・科学者レオナルド・ダ・ヴィンチ（一四五二―一五一九）。

（5）**ミケランジェロ**　イタリア・ルネサンス期の彫刻家・画家・詩人ミケランジェロ（一四七五―一五六四）。

（6）**レッシングの『ラオコーン』**　ドイツの劇作家・批評家ゴトホルト・エフライム・レッシング（一七二九―八一）。ドイツ啓蒙思想の代表者で、ドイツ古典劇の基礎を築いた。『ラオコーン』（一七六六）で詩歌と塑像芸術の違いを明らかにする理論を展開している。

（7）**彼は人間社会の小宇宙のすべての行為と思想を……煌めく鹿の角をものともせず、彼らに軽蔑を投げつけた**　本書三七七頁、「芸術家の肖像」（6）参照。「煌めく鹿の角をものともせず」は、同時期に書かれたジョイスの風刺詩 "The Holy Office"（1904）にも使われている。

（8）**マクナリー**　ベルヴェディア・カレッジの校長。ここ以外に登場しない。

（9）**モーリスは……ふたりの会話を日記**　スタニスロース・ジョイスは一九〇三年から一九〇五年までの間、ダブリン時代の日記をつけていた。*The Complete Dublin Diary of Stanislaus Joyce*, ed. by George H. Healey, 1971。

（10）**クロンターフ**　ダブリン北東の海岸地域。

（11）**フェアヴュー**　トルカ川の北側の地区、フェアヴュー・ストランドの北の住宅街、一八九八年から一九〇二年までこの地域にジョイス家があった。

（12）**じめじめした海辺に続く道路の分岐点……黙々と帰路に就いた**　本書三三八頁、「エピファニー8」参照。

（13）**マキャン**　ジョイスの学友フランシス・スケフィントン（一八七八―一九一六）がモデル。彼は世界平和の可能性を信じる熱心な平和主義者、フェミニストで、シーヒー家（この作品ではダニエル家）の次女と結婚して、妻の家の名前を自分の名前に加え、シーヒー＝スケフィントンと名乗ったが、一九一六年イースター蜂起の後、ダブリン路上で捕らえられイギリス政府軍によって射殺された。マキャンは服装についても自由主義者であったので、「ニッカーボッカーズ」と呼ばれた。

(14) **クランリー**　ウィックロー出身でエクルズ通り七番地に住んでいたジョイスの学友フランシス・バーン（一八七九―一九六〇）がモデル。『スティーヴン・ヒーロー』では信仰心の強い禁欲的な青年で、スティーヴンは知情意のすべてを彼に語るが、次第に離れていく。

(15) **「演劇と人生」**　ジョイスは一九〇〇年一月二十日（土）にUCDの文学歴史協会で "Drama and Life" と題する論文を発表しているが、この論文からの引用は皆無。本書第十九章の「演劇と人生」の要約は、彼が同じ大学の文学歴史協会で一九〇二年二月十五日に発表した「ジェイムズ・クラーレンス・マンガン」論からの抜粋である。

(16) **メーテルリンク**　ベルギーの詩人・劇作家モーリス・メーテルリンク（一八六二―一九四九）。『闖入者』は一八九〇年の作。

(17) **イプセン**　ノルウェーの偉大な劇作家ヘンリック・イプセン（一八二八―一九〇六）。ジョイスはベルヴェディア時代からフランス語訳でイプセンを読み、その新しさに感動し、わずか十八歳で「イプセンの新しい劇」と題する論文をロンドンの著名な雑誌『フォートナイトリー・レヴュー』（一九〇〇年一月）に発表し世人を驚かせた。ジョイスのイプセン崇拝ぶりは本書において最も強烈であるが、次第に熱が冷めていき、『肖像』第五章では、「タルボット広場のベアードの石切り場を通るとき、イプセンの精神が、少年らしい気まぐれな美の精神が、鋭い風のように心を吹き抜けるだろう」(*Portrait* 176) とだけ触れられている。

(18) **ルソー**　フランスの思想家・文学者ジャン＝ジャック・ルソー（一七一二―七八）。

(19) **誠実さと少年のような勇気、迷いから目覚めた矜持、細心でわがままなエネルギーに満ちた精神**　自筆草稿では「強烈な自己是認に支えられたイプセン、大胆で現実を見据えた勇気をもてるイプセン、細心で片意地なエネルギーを備えたイプセン」が訂正されて、現在の語句が余白に鉛筆で書かれている。

(20) **ゲーテ**　ドイツの詩人・小説家ヨハン・ウルフガング・ヴァン・ゲーテ（一七四九―一八三二）。

(21) **ダンテ**　フローレンスの人といわれるイタリアの詩人ダンテ・アリギエーリ（一二六五―一三二一）。ルネサンス文学の先駆者で、早世したベアトリーチェへの精神的愛を終生詩作の源泉とした。『新生』（c. 一二九三）、『神曲』（一三〇七―二一)。

(22) **ツルゲーネフ**　ロシアの小説家イワン・セルゲーエヴィチ・ツルゲーネフ(一八一八―八三)。『猟人日記』(一八五二)、『父と子』(一八六二)。

(23) **ドニブルックのある家**　ジョイスはベルヴェディア時代に、国会議員デーヴィッド・シーヒー氏の土曜日のパーティに招かれ、フィッツギボン通りに近接するベルヴェディア街二番地の邸宅をしばしば訪ねている。シーヒー家にはジョイスと同様ベルヴェディア・カレッジにかようリチャードとユージーンのふたりの兄弟のほかに、マーガレット、ハンナ、キャスリーン、メアリーの四人の姉妹がいた。『スティーヴン・ヒーロー』でスティーヴンが日曜日の午後訪れるダニエル家は、リフィー河南の住宅街ドニブルックになっている。

(24) 手稿にはこれらの文の反対側の余白に「立ち去るのが嫌で」という言葉が赤のクレヨンで書かれている。

(25) **ぼくの番だと思うけど……ゲーテだと思うわ**　本書三四一頁、「エピファニー 12(16)」参照。

(26) **さあ酒を注げ**　スコットランドの詩人・作家ウォルター・スコット(一七七一―一八三二)の「ボニー・ダンディー」こと、スコットランド王党派のクラヴァーハウスのジョン・グラハム(一六四八―八九)を歌った歌のコーラス。

(27) **彼女たちのドレスは、どちらかというと野暮ったかった**　手稿では、この文節の反対に「豪華な衣装の舞踏会、エマ」という言葉が赤色のクレヨンで書かれている。

(28) **議会のジェスチャーゲーム**　本書三四二頁、「エピファニー 14(21)」参照。

(29) **みんな彼のことを考えているのが分かっていたからね……そうなの?**　本書三四〇頁、「エピファニー 11(14)」参照。

(30) **黒髪の豊満な若い女性**　『肖像』でE. C. となる若い豊満な女性エマ・クレリー(Emma Clery)のこと。スティーヴンが少なくとも肉体的に魅かれるこの女性は、その一部をシーヒー家の末娘メアリーに負っていると言われる(Ellmann 52)。

第十七章

（1）**ディーダラス氏**　スティーヴンの父、サイモン・ディーダラス。
（2）『**幽霊**』　梅毒の遺伝を扱ったイプセンの社会劇（一八八一）。
（3）**ヨーロッパの付け足しに過ぎない国**　ポーラ時代のジョイス・メモに「アイルランド――ヨーロッパの付け足し」とある（Gorman 135)。
（4）**ケルビム**　キリスト教・ユダヤ教で、知識をつかさどる天使。九天使の第二位にあたる。
（5）**パット神父**　パット＝パトリックは典型的なアイルランド人の名前、もちろん架空の神父。
（6）**オグローニィ**　*Simple Lessons In Irish* の著者ユージーン・オグローニイ（一八六三―九九）。
（7）**ケイシー**　ジョイスの父の友人、フィニアン会員のジョン・ケリー（一八四八―一八九六）がモデル。『肖像』では第一章のクリスマス・ディナーに登場する。
（8）**ディーダラス夫人**　スティーヴンの母、一九〇三年四月十一日に死んだジョイスの母、メアリー・ジェーン・マリーがモデル。
（9）『**サイラス・ヴァーニー**』　エドガー・ピカリングの歴史小説（一八九二）。
（10）**マールボロ通りの十二時の略式**　ダブリンの中心マールボロ通りにはカトリックの仮大聖堂があり、日曜日の正午に短いミサがあげられる。
（11）**アイルランド語の授業**　ゲール語連盟によって開設されたアイルランド語のクラスに、ジョイスは数週間マッデンのモデルであるジョージ・クランシーと一緒に出席し、パドリック・ピアス（一八七九―一九一六）の指導を受けた。しかし、この小説のアイルランド語の先生ヒューズが一九一六年イースター蜂起の犠牲者かどうかは不明。
（12）**オコンネル通り**　かつてはサックヴィル通りといわれた、リフィー河の北を南北に走る目抜き通り。
（13）**英国かぶれ**　原語の“Seoninism”は、ジョンを指す Seon の派生語でジョン・ブルを表すので。
（14）「**ベウルラ**」　Beurla はアイルランド語で「英語」のこと。

(15) **トリニティ・カレッジ**　エリザベス女王の勅許で創立された新教徒の大学。十九世紀末までカトリック教徒の子弟は入学を許されなかった。

(16) **アイルランド議会党**　英国との分離独立に反対し、英国議会内での議会活動を通し自治権を獲得しようとする党派。

(17) **アーマー県**　アイルランド北部の県。

(18) **黒い髭をはやした恰幅の良い市民**　『ユリシーズ』の「市民」、ゲール体育協会の創設者であるマイケル・キューザック（一八四七―一九〇七）のこと。

(19) **非妥協派の週刊誌の編集者**　『ユナイテド・アイリシュマン』とアーサー・グリフィス（一八七二―一九二二）のこと。グリフィスは一九〇七年に結成されたアイルランドの民族主義運動シン・フェイン（われら自身）に主要な影響力をもっていた。一九二二年に誕生したアイルランド自由国の初代大統領になる。

(20) **ハンガリー事件**　ハンガリーの自由主義政治家フレンツ・デアーク（一八〇三―七六）がオーストリア皇帝と会見して一八六七年和平への道を開き、オーストリア＝ハンガリー二重帝国内でのハンガリー自治権を認めさせることに成功したことを指す。グリフィスが手本とした政策。

(21) **フェニックス・パーク**　ダブリンの西にある周囲七マイル、一七六〇エーカーの世界一の都市公園といわれる。

(22) **ハーリングのスティック**　十五人が二手に分かれハーリーというスティックで革製のボールを打ち合うアイルランドの伝統競技。

(23) **サースフィールド・クラブやヒュー・オニール・クラブ、レッド・ヒュー・クラブ**　アイルランドの軍人の英雄にちなんで作られたハーリングのクラブ。パトリック・サースフィールド（d.一六九三）はカトリック勢力を率いてイングランド王ウィリアム三世に抵抗したジャコバイト軍人で当時のアイルランド人の崇拝の的。タイロン伯、ヒュー・オニール（一五四〇？―一六一六）は当時イングランドと戦ったアイルランド勢のもっとも有能で有名な指導者。レッド・ヒュー（ヒュー・ロー・オドネル、一五七一？―一六〇二）はオニールの盟友でゲールの諸王の最後。

(24) **「わしはトムを牧師に売る、ミッキーをサツに売る」**　ポーラ時代のジョイス・メモに「アイルランドの牧師と警察」という書き込みが見られる（Gorman 135）。

(25) **『パンチ』に載っている酔っぱらいのアイルランド人**　『パンチ』は一八四一年創刊になるイギリスの風刺漫画週刊誌、十九世紀末アイルランド人を風刺するポンチ絵を盛んに載せた。

(26) **ポルトベロ**　リッチモンド通りとグランド・カナルが交差する辺り、ＵＣＤからあまり遠くない。

(27) **モラン神父**　未詳。

(28) **アダムズの「聖なる都市」**　スティーヴン・アダムズという筆名で知られるイギリスの作曲家、バリトン歌手マイケル・メイブリック（一八四一―一九一三）、「聖なる都市」は英語による宗教歌曲で最も有名な曲の一つである。

(29) **ラスマインズ**　ダブリン南郊の町。

(30) **あの遠い子供時代の挿話**　本書三三七頁、「エピファニー３」参照。

第十八章

(1) **ドルフィンズ・バーン**　ＵＣＤの西、南循環道と交わる辺りの地名。

(2) **ミーズ県**　アイルランド東部レンスター地方北東部の県。

(3) **ノースリッチモンド通りのクリスチャン・ブラザーズ校**　一八九五―九八年までジョイス家があったダブリン北東部の袋小路、『ダブリン市民』の「アラビー」の場所。この通りの入口に一八八四年に創立された貧民の子弟を教育するカトリックの学校クリスチャン・ブラザーズがある。

(4) **ウェルズ**　ジョイスが五歳半で入学し約三年間在学したダブリン西南二十マイル、キルデア県サリンズにあるイエズス会経営の全寮制学校クロンゴーズ・ウッズ・カレッジの同級生。『肖像』第一章でスティーヴンは持っていた小さなかぎ煙草入れを四十番勝ち抜きの栗の実と取り換えないからとウェルズに「小便溜め」につき落とされる。

（5）**クロンリフ**　ポール・カレン枢機卿よって一八五四年にダブリンの北方ドラムコンドラ、クロンリフに建てられたダブリン教区監督神学校。

（6）**バルブリガン**　ダブリンの北約十九マイルの町。

（7）**ボーランド**　ジョイスが中等教育を受けたイエズス会系の学校ベルヴェディア・カレッジの同級生。『肖像』第二章に登場する。

（8）**ブライ**　ダブリンの南方約十マイルにある海浜の保養地。一八八八年ジョイス家はこの地へ移転した。

（9）**ロス**　クロンゴーズ・ウッズで "Nasty Roche" と呼ばれていたスティーヴンの同級生。

（10）**『トリルビー』**　英国の小説家ジョージ・デュモーリエの小説（一八九四）、主人公は脚線美のモデル。

（11）**ウェストミーズ**　マリンガーがあるアイルランド中部の県。

（12）**グラッドストン**　英国の政治家ウィリアム・エワート・グラッドストン（一八〇九―九八）。

（13）**ビスマルク**　鉄血宰相と呼ばれたドイツの政治家オットー・ファン・ビスマルク（一八一五―九八）。

（14）**メイヌース**　アイルランドのキルデア県のロイヤル運河に面した村、一七九五年創立の聖パトリック神学校がある。

（15）自筆原稿に「第五章第二挿話の終わり」と、赤色のクレヨンで書かれているが、原稿にはもともとこの場所に中断も章の区切りもない。

第十九章

（1）**応用アクイナス**　『肖像』第五章に「マックアリスターなら僕の美学を応用アクイナスと呼ぶだろう」とある。アクイナスに関するスティーヴンの知識は、*Synopsis Philosophiae Scholasticae ad mentum divi Thomae* によると『肖像』に書かれているが、これに類似する書物はたくさんあり、書名が一番近いのは G. M. Mancini, *Elementa Philosophiae ad mentem D. Thomae Aquinatis*（1898）で、それにはジョイスが引用したものすべてが含まれている（*Portrait* 522）。

（2）**芸術とは知性または感覚によって把握しうる事柄を審美的目的のために人間が処理することである**　本書三六九頁、パリ・ノートブック（9）参照。

（3）**かかる人間的処理の方法は抒情的、叙事的、演劇的……他者に直接関係するものとして提示する**　本書三六八頁、パリ・ノートブック（6）参照。

（4）**彼にとって「文学《リテラチャー》」という術語はいまでは侮辱的な術語に思われ……膨大な中間領域を指し示す用語として用いた**　本書三五二頁、「マンガン論」（5）参照。

（5）**古典主義はある特定の時代、または、ある特定の国家の様式ではなく芸術家の精神の恒常的な状態であり**　本書三五一頁、「マンガン論」（1）参照。

（6）**浪漫的気質は、あまりにもしばしば、そしてあまりにも嘆かわしく誤解されている……それを生みだした精神は、結局、それとの関係を否認することになる**　本書三五一頁、「マンガン論」（3）参照。

（7）**紛争の原因は名辞に関するもの……浪漫派は一貫性を維持するための苦闘**　本書三五一頁、「マンガン論」（2）参照。

（8）**シェイクスピアの歌は……その秘密を譲り渡すことは絶対にないのである**　本書三五二頁、「マンガン論」（6）参照。

（9）**骨董品めいた原理**　アーサー・クレリーという学生が一八九九年二月十一日にUCDの文学歴史協会で「演劇、その教育的価値」という論文を読み、「演劇の本来の目的は、われわれに影響を与え、楽しませつつ、精神の高揚をもたらすことにある」と述べていた（Ellmann 70）。

（10）***Noli Tangere*（触れるべからず）**　復活後のイエスがマグダラのマリアに言った言葉（「ヨハネ伝」第二〇章第一七節）。

（11）**詩人は彼の時代の生命の強烈な中心……惑星間の音楽のただ中にばらまくことができる**　本書三六〇頁、「マンガン論」（33）参照。

(12) **真実の光輝である美**　本書三六〇頁、「マンガン論」（35）参照。

(13) **こうして人間の精神は不断に肯定的な宣言を行うのである**　本書三六一頁、「マンガン論」（36）参照。

(14) **『剣』**　この週刊紙の名前は『光の剣』（*An Claidheamf Solius*）といった。

(15) **リー川**　アイルランドの西南部、コーク港へと注ぐ川。

(16) **ノラ・ヘルマー**　イプセン作『人形の家』（一八七九）のヒロイン。

(17) **ストックマン医師**　イプセン作『民衆の敵』（一八八二）のヒーロー。

(18) **ディケンズ**　英国の小説家チャールズ・ディケンズ（一八一二―七〇）、リトル・ネルは『骨董屋』（一八四〇―四一）の可憐な少女。

(19) **ヘドヴィク・エルダル**　イプセン作『野がも』（一八八四）のヒロイン。

(20) **『小公子』**　英国生まれの米国の小説家フランシス・エリザベス・バーネット（一八四九―一九二四）の子供向けの物語。

(21) **『青年同盟』**　イプセン作（一八六九）。

(22) **デイム通り**　ダブリンの中央、カレッジ・グリーンから西のダブリン城へ伸びる銀行、証券会社が軒を連ねる大通り。

(23) **大学弁士のウェラン**　モデルはジョイスの学友のルイス・ウォルシュ。手稿の余白のこの場所に「葡萄を差し出しながら、私はマスカット葡萄を食べたことがありません」と鉛筆で書き込まれている。明らかにジョイスはこれを「大学弁士」の後に入れるつもりだったと思われるが、それが合うようにテキストを変えるのを忘れたらしい。

(24) **ゾラ**　フランスの自然主義小説家エミール・ゾラ（一八四〇―一九〇二）。

(25) **キングズリー**　英国の牧師・著述家チャールズ・キングズリー（一八一九―七五）。一八六四年ニューマンと論争を行い、ニューマンの『アポロギア』が生まれる契機をつくった。

（26）**クリスチャニア**　ノルウェーの首都オスロの旧称。一九〇一年三月にジョイスは標準ノルウェー語でクリスチャニア市アルベンス・ガーデン二番地のイプセンに手紙を書いている。

（27）***Pulcra sunt quae visa placent.*****（知覚して快い物は美しい。）**　アクイナスの原文は、"pulchra enim dicunter ea quae visa placent", *Summa Theologica* I, q.5, art.4。本書三七一頁、ポーラ・ノートブック（12）の"*Pulchra sunt quae visa placent.*"の方がまだ原文に近い。『スティーヴン・ヒーロー』の過ちは『肖像』に引き継がれ、"*Pulcra*"のままである（*Portrait* 207）。

（28）***Ad pulcritudinem tria requiruntur.*****（美には三つの要件がある。）……*Integritas, consonantia, claritas.*（全一性、調和、光輝。）**　これは*Summa Theologica*, I, q. 39, a.8, corp. からのパラフレーズである（William T. Noon, *Joyce and Aquinas*, New Haven, 1957, pp.105ff）。

（29）**アイスキュロス**　ギリシャの悲劇詩人（前五二五—前四五六）。

（30）**メナンドロス**　ギリシャの喜劇作家（前三四二—前二九二）。

（31）**アーヴィング**　英国の俳優ヘンリー・アーヴィング（一八三八—一九〇五）。

第二十章

（1）**左足の踵から歩きだしていたのさ。いつもは右足の踵から歩きだすのに**　ポーラ時代のジョイス・メモに「きょうは一日中調子が悪い——左足の踵から歩きだしていたからだ」がある（Gorman 137）。

（2）**イザベル**　スティーヴンの妹。彼女の病気と死の記述は、一九〇二年三月九日、腸チフスで病死したジョイスの弟ジョージ・アルフレッドに基づく。

（3）**イスタディー**　ポーラ時代のジョイス・メモに"‘Yisterday’F. Butt Moloney（Clery）’とある。おそらくこの時点で、ジョイスはバット神父の真似をする学生は、大学弁士のウェランと決めていなかったようである（Gorman 136）。

（4）**マギー**　ジョン・エグリントンのペンネームで活躍していたダブリンの評論家ウィリアム・カークパトリック・マギー（一八六八―一九六一）を指すと思われる。マギーは二十世紀の初めにアイルランド国立図書館の副館長を務め、短い期間ではあったが『ダーナ』誌の編集に係わり、ジョイスの「芸術家の肖像」の掲載を拒否した。

（5）**アルフレッド王とケーキを焼く老婆**　アルフレッド大王が牛飼いの妻が焼くケーキを裏返さずに食べようとして咎められた話は有名。

（6）**テンプル**　テンプルの性格はダブリンの医学生ジョン・エルウッドに基づいている。

（7）**ウィックロー**　アイルランド東部の県、アイランド湾沿岸の港町でレンスター地方の県庁所在地でクランリーの故郷。

（8）**リバプール**　イングランド北西部マージーサイド県の都市。

（9）**ランティ・マックヘールの犬**　チャールズ・レヴァー（一八〇六―七二）の詩「ラリー・マックヘール」に出てくる犬。この詩でラリーまたはランティ・マックヘールは国教会の教区牧師の車に乗り、カトリックの司祭と酒を飲み、「暴力を愛し、負債にも法律にも無頓着」と歌う。

（10）**ロビーのテーブルの上に写真が二枚載っていた。一枚はロシア皇帝、もう一枚は『レヴィユー・オヴ・レヴィユーズ』誌の編集長**　ロシア皇帝ニコラス二世は一八九八年に「平和宣言」を布告し、一八九九年にハーグ平和会議が開催されるきっかけを作った。『レヴィユー・オヴ・レヴィユーズ』誌の編集長は、英国ジャーナリストで平和運動家であるトーマス・ステッド（一八四九―一九一二）。『肖像』にはこの文の後半がなく、もう一枚の写真は皇帝の妻、ヴィクトリア女王の孫娘、アレクサンドラ・フィオドロヴナと思われている（*Portrait* 194）。

（11）**むさいイエス（a wirrasthrue Jaysus）**　“Wirrasthrue”はゲイリックの“O Mihuire is trua”（O Mary it is a pity/O Mary it is a sorrow.）から来た語だとする説がある。「気の毒」を表す石川県の方言を当てた。『肖像』では“a besotted Christ”、丸谷才一訳では「酒びたりのキリスト」（新潮社）となっているが、“besotted”はむしろ「取りつかれた、夢中になった」の意。“Jaysus”はダブリンでイエスと同義語。

(12) **ハンドボール**　ゲール体育連盟が復活したアイルランドの伝統的競技、正面と側面を壁で囲まれたコートでボムボールを手で打つ球技。
(13) **棕櫚《しゅろ》の聖日**　復活祭直前の日曜日で、キリストが受難を前にエルサレムに入った記念日。
(14) **聖週**　復活祭前の一週間。
(15) **テネブレ**　復活祭前週の最後の三日間に行うキリスト受難記念の朝課および賛歌、「闇のミサ」とも言う。
(16) **予備聖別のミサ**　聖金曜日、イエスの磔刑を記念するミサ。
(17) ***Dixit enim Dominus: in tribulatione sua consurgent ad me; venite et revertamur ad Dominum.***　手稿で"*Dixit enim Dominus*"は赤色のクレヨンで"*Haec dicit Duminus.*"に訂正されている。この聖句は「ホセア書」第六章第一節からの引用。ジョイスはこの聖句が好きで *Gaicomo Joyce*（1968）でも引用しているが、よりラテン語訳に忠実である。
(18) **悪魔の代弁者**　原語 *advocatus diaboli* には「故意に反対の立場をとる人」の意がある。
(19) **その肉体に現世の罪をとりこんだ醜い小男**　手稿の余白に「旧約聖書の贖罪のやぎ、新約（神の御言葉）の神の子羊の思想」と鉛筆で書かれている。「現世」の後に続けるつもりだったのだろう。
(20) **ソクラテス**　古代アテナイの哲学者（前四七〇―前三九九）。
(21) **グノーシス派のキリスト**　グノーシス派とは前キリスト教的東方的起源をもつ古典ギリシャ後期の宗教運動の一派。グノーシスとはこの場合神の秘儀についての直感的認識（霊知）であり、この人間の自我（精神）に、救いとしてのグノーシスをもたらすものが天界から下ったイエス・キリストであるとする。
(22) **タボル山**　イスラエル北部ナザレの東にある山、キリストが変容を起こした山と考えられている。
(23) **イエスの亡骸は……ハレルヤが繰り返される**　この三つの文は手稿の余白に鉛筆で後から書き加えられたもの。
(24) **グリン**　ギネスの事務員。
(25) **裏切りの水曜日**　復活祭直前の水曜、イスカリオテのユダがキリストを裏切った日としての名称、主にアイルランドで記念される。

(26) **臨時司教座聖堂** マールボロ通りにある一時的に大聖堂の代わりをする教区教会。

(27) **ホワイトフライアーズ通りのカルメル会教会** スティーヴンズ・グリーンの西にある美しい教会、聖ヴァレンタインの心臓を祀ると言われる。

(28) **クランリベルグ** 手稿の余白に「紳士の豚肉屋」と鉛筆で書かれているが、挿入箇所の指定がない。

(29) **ガーディナー通りのイエズス会教会** ダブリン市の北、アッパー・ガーディナー通りにある聖フランシス・ザビエル教会のこと。

(30) **キャンベル師** ベルヴェディア・カレッジで「提灯面のキャンベル狐」とあだ名されたイエズス会士リチャード・キャンベル神父のこと?

(31) **聖ジョージ教会** ダブリンの北東、ハードウィック・プレイスにあるプロテスタントのアイルランド教会。

(32) **第七の御言葉** 十字架上のキリストの最後の言葉――「事終れり」(「ヨハネによる福音書」第一九章三〇節)。

(33) 手稿には、この後に次のように鉛筆で書かれている、「キリストがわれわれを血で洗ったことを象徴する水が聖盤にないとき、聖水を播く必要はないのだと教えてやろうか」。

第二十一章

(1) **「ニコラス・ニックルビー」** チャールズ・ディケンズ初期の小説(一八三八―三九)。

(2) **ワーズワース** 英国ロマン派の詩人ウィリアム・ワーズワース(一七七〇―一八五〇)。

(3) **『牛の疾病』** クランリーのモデルであるバーンによると、これは本の表題ではなく章のタイトル(Byrne 58)。

(4) **タキトゥス** ローマの歴史家、雄弁家コルネリウス・タキトゥス(五六―一二〇)。

(5) **「私は朝から黄昏まで……明るく照らすのを」** 英国のロマン派の詩人パーシー・ビッシー・シェリー(一七九二―一八二二)の『鎖を解かれたプロメテウス』第一幕、第四の精(詩的想像力)の歌から。

(6) **サーカス王バーナム** サーカス王と呼ばれた米国の興行師、P・T・バーナム(一八一〇―九一)のこと。

(7) **ホウスの丘** ダブリンの北東、ダブリン湾の北部にある半島。ホウス城および頂上に古代の石塚のある、五五五フィートを超える丘陵ベン・オヴ・ホウスがある。

(8) **ケーペル通り** オコネル通りの西、リフィー河から北へ延びる賑やかな通り。

(9) **リンチ** クランリーより明るいが、性格的にだらしないところのある人物、ジョイスの友人ヴィンセント・コスグレイヴ(?―一九二七)がモデル。コスグレイヴはだらしなさが高じてテムズ川で自殺した。

(10) **キルデア通り** 国立図書館前の通り。

(11) **ハーコート通りの駅** スティーヴンズ・グリーン公園に近接する鉄道の発着駅、いまはもうない。

(12) **ティナヒリー** ウィックロー県の西にある小村。

(13) **僕は教会を捨てた** 本書三七九頁、「芸術家の肖像」(13)参照。

(14) **「力強い風の吹きつけるごとく」** 「使徒行伝」第二章第二節から。

(15) **教会は僕や僕の同類によって作られている** この語句は赤色のクレヨンで自筆原稿に加筆されたもの。

第二十二章

(1) **ブルの砂州** ダブリン湾に半マイルほど南南東に突き出した、正式名をノースブル島という砂州。クロンターフの端、ドリーマウントの海岸から板橋でつながれる。

(2) **堅物トマス** ポーラ時代のジョイス・メモ、バーン(クランリー)の項に"Thomas Squaretoes"の書き込みがある(Gorman 137)。

(3) **リバティーズ地区** 北はリフィー河、東は聖パトリック大聖堂、南はワレンマウント、西はセント・ジェイムズ病院に囲まれた十二世紀に遡るスラム街、現在は観光名所の一つ。

(4) **集産主義** 土地その他すべての生産手段の私有制を廃止し社会的所有にするという主張。フランスで多く使われる語で多義的であり、バクーニン派は無政府主義と、フランス労働党のゲード派は共産主義と同意語に用いる。
(5) **サンクトペテルブルグ** ロシア北西部、フィンランド湾の奥に位置する同国第二の都市、旧称ペトログラード(一九一四―二四)、レニングラード(一九二四―九一)といった帝政ロシアの首都(一七一二―一九一八)。
(6) **同化作用** 手稿には"anabilism"と誤字が書かれ下線が引かれている。
(7) **コールリッジ** 英国ロマン派の詩人・批評家サミュエル・テーラー・コールリッジ(一七七二―一八三四)。
(8) **キーツ** 英国ロマン派の詩人ジョン・キーツ(一七九五―一八二一)。
(9) **テニソン** 英国十九世紀の詩人アルフレッド・テニソン(一八〇九―九二)。
(10) **ラスキン** 英国の評論家、社会思想家ジョン・ラスキン(一八一九―一九〇〇)。
(11) **カーライル** スコットランド生まれの英国評論家、思想家、歴史家トーマス・カーライル(一七九五―一八八一)。
(12) **マコーリー** 英国の歴史家、政治家トーマス・バビングトン・マコーリー(一八〇〇―五九)。
(13) **ロレト修道院高校** ラスハーナムにある全寮制の女子高校だと思われる。
(14) **モイニハン** ジョイスの学友キナハンがモデル、ポーラ時代のジョイス・メモに'Kinahan and Boccaccio/Kinahan Enc. Britt.“Socialism”'とある(Gorman 136)。
(15) **レッキー** アイルランドの歴史家ウィリアム・エドワード・レッキー(一八三八―一九〇三)、その*The History of England in the 18th Century*(1878-90)は大著。
(16) **パーマーストン・パーク** ダブリンの郊外ラスマインズにある公園。
(17) **ナッサウ通り** ダブリンの中心部、トリニティ大学の南側の通り。
(18) **ボッカッチョ** 『デカメロン』(一三五三)を書いたイタリアの作家ジョヴァニィ・ボッカッチョ(一三一三―七五)。
(19) **すべてのジョンやジョーン** John は男子名、Joan は女子名。一般的なアイルランド人の意。
(20) ***Au revoir!*** 手稿ではこの語の反対側に「アイルランド語にすべし」とメモが付いているが、手稿の筆跡と異なりスタニスロースが書いたものだと思われる。

(21) **ダウランド**　十六世紀イングランドのリュート奏者・作曲家ジョン・ダウランド（一五六三？―一六二六）。

(22) **マラハイド近くの森のなかで東洋人式に忘我の姿勢……秘跡の消化を助ける価値を認めることもできなかったのであるから**　本書三七六頁、「芸術家の肖像」（1）参照。マラハイドはダブリンの北九マイルの村の保養地。

(23) **エニスコーシ**　ウェクスフォード県第二の都市。

(24) **アシミード・バートレット卿**　アメリカ生まれの英国保守党代議士、グラッドストンの政敵。

(25) **ジョン・ボイル・オライリー**　アイルランド生まれの米国ジャーナリスト・詩人（一八四四―九〇）。

(26) **ムハンマド**　アラブの預言者、イスラム教の開祖（Muhammad c.570–632）、「マホメット」は訛り。

(27) **ウィルキンソン氏**　一八九九年五月から同年末までジョイス家は、フェアヴュー地区のコヴェント街にある古い家にアルスター出身のヒューズと同居しているので（Ellmann 68）、ウィルキンソンのモデルかもしれない。

(28) **わが心、汝がもとに**　作者不明アイルランド古謡「南から吹く風」から。この歌は『ユリシーズ』第十五挿話「キルケ挿話」でも使われている。

(29) **ウィルキンソン氏が泥酔した目**　手稿の余白に“eye”と鉛筆で書かれている。ウィルキンソン氏は独眼である。

(30) **アラン諸島**　アイルランドの西部、ゴールウェー湾の三島からなる群島、十九世紀の終わりまでゲール語だけを話す人がいた。

(31) **なに？――からだのこと分かるかしら？……ここよ**　本書三四四―四五頁、「エピファニー19（42）」参照。これは、実際には、一九〇二年三月のある夕方、グレンガーリフの自宅で起きた弟ジョージの病変を告げる出来事。

第二十三章

（1）**ダブリン城**　旧市街中心部のデイム通りにある中世の城。一二二六年に建てられたレコード・タワーは、今日でもその当時の姿をそのままにとどめている。現在まで残っている建物は、ほとんどが十八世紀から十九世紀に建てられたものである。一九二二年までこの城は、イギリスの総督の官邸として用いられていたのみならず、さまざまな公官庁がそこに置かれていた。

(2) **アンクル・ジョン** ジョイスの母方の伯父ジョン・ゴールディングがモデル。

(3) **パトッリクス・クロース** 聖パトリック大聖堂横のマーシュ図書館に通じる小道。

(4) **『コリーン・バーン』** アイルランドの劇作家ディオン・ブシコー(一八二二―九〇)の劇、一八六〇作。

(5) **グラスネヴィン共同墓地** ダブリンの北、グラスネヴィンにあるプロスペクト共同墓地が正式名。

(6) **ひとりの少女が、片手で女のスカートを……墓地の付属礼拝堂へ駆けていった** 本書三四六頁、「エピファニー21(44)」参照。スタニスロース・ジョイスによると、これは一九〇三年八月の母の葬儀の出来事である(*MBK* 231)。このエピファニーは、付属礼拝堂のシーンとともに、『ユリシーズ』第六章「ハデス挿話」でも使われている。

(7) **グラスネヴィン街道** この名前の道路はない。プロスペクト共同墓地へ向かう道はフィブスバラ街道である。一九〇二年ジョイス家はフィブスバラ街道から入るピーターズ・テラス七番地に住んでいた。

(8) **ダンフィーズ・コーナー** 現在ドイルズ・コーナーと呼ばれる、リフィー河の北二マイル、フィブスバラ地区の十字路。

(9) **どうして中国人は黄色** 手稿には「黄色」に斜線が引かれ、「白色」と赤色のクレヨンで書かれている。

(10) **妹さんの死の知らせを……心が痛む** 本書三四七頁、「エピファニー22(45)」参照。

(11) **アルティフォーニ神父** ジョイスのイタリア語の先生チャールズ・ゲッツィ神父がモデル。アルティフォーニという名前はジョイスがトリエステ時代に英語を教えていたベルリッツ校の校長の名前から取ったと言われる。

(12) **ブルーノ** イタリアの哲学者ジョルダーノ・ブルーノ(一五四八?―一六〇〇)。反教会的な汎神論を唱え、異端者として火刑に処せられた。『傲れる野獣』の原題は *Spaccio de la Bestia Trionfante* (1584)、すなわち『傲れる野獣の追放』である。

(13) **審問官** 手稿は“inquisitioner”、余白に“inquisitor”と(スタニスロースの筆跡で?)書かれている。

(14) **第三次イタリア王国** 古代ローマ、ルネサンス時代に継ぐ、近代の統一イタリアのこと。

(15) **善とは欲望がその所有へ……美は審美的欲望によって求められ、感覚的対象の最も満足すべき関係によっていやされる**　本書三七〇頁、ポーラ・ノートブック(11)、参照。

(16) **スティーヴンにとって芸術は自然の複製でも模倣でもなかった、芸術の過程が自然の過程であった**　本書三六八頁、パリ・ノートブック(8)参照。

(17) **フランスの無神論作家の不可解な死**　本書三七七頁、「芸術家の肖像」(7)では「ある退屈なフランスの小説家の突然の死」となっている。フランスの自然主義小説家エミール・ゾラ(一八四〇―一九〇二)のこと。「インマヌエル」とはヘブライ語で「神、我らと共にいます」の意、特に救世主としてのキリストを言う(「マタイ伝」第一章第二三節)。

(18) **青春期の悪習に対しある種の無害な真の嫌悪感を持っていないわけでもなかった**　手稿に「この文は修正の余地ありと」(スタニスロースの筆跡で?)書かれている。

(19) **彼らはグラッドストンと物理学……英国人的な寛容さを示した**　本書三七七―七八頁、「芸術家の肖像」(8)参照。

(20) **テレンス・マクマナスの記憶はカレン枢機卿の記憶に劣らず崇敬された**　本書三七八頁、「芸術家の肖像」(10)参照。テンレンス・マクマナス(一八二三?―一八六〇)はアイルランドの革命的な愛国者で、反逆罪で裁かれ死刑を言い渡された。しかしこの判決は永久追放に軽減され、ヴァン・ディーメン島(タスマニアの旧称)へ移送された。一八五〇年彼はサンフランシスコに逃れ、その地で貧困のうちに死んだ。一八六一年彼の遺体は祖国に移され、国粋派の人びとの哀悼のなかグラスネヴン墓地に埋葬された。この示威行動を反対したのが、アイルランド人初の枢機卿ポール・カレン(一八〇三―一八七八)で、彼はフィニアン主義に強烈に反対する頑固な教皇権至上主義者であった。彼はスティーヴン・ディーダラスの大学の創始者でもある。

(21) **マッドムッラー**　アフリカ東部、特にソマリランドで植民地主義的支配に反抗して抗争を続けたソマリ族の宗教的指導者 Muhammad ibn ʻAballah(1834-1920)のあだ名。

(22) **有袋動物**　ポーラ時代のジョイス・メモに "The marsupials" とある(Gorman 136)。

(23) **古い図書館**　セント・パトリック・クロースにあるナルシサス・マーシュ大司教によって一七〇一年に創立されたアイルランド最古のマーシュ図書館のこと。蔵書数訳二万五千冊、主として神学、医学、古代史、シリア、ギリシャ、フランス文学と多くの地図から成る。

(24) **アッシジの柔和な異端の指導者**　聖フランチェスコ（一一八二―一二二六）のこと、イタリアのアッシジに生まれ、キリストにならい清貧・貞潔・奉仕の生活を守り、「小さな兄弟修道会」（後のフランシスコ修道会）を設立、愛と祈りの一生を送った。

(25) **エライアス**　フランシスコ教団の会長。

(26) **ヨアキム**　イタリアの神秘主義者フィオーレのヨアキム（一一三五―一二〇二）。歴史を父と子と聖霊の三つの時代に分けて説いた。本書三七九頁、「芸術家の肖像」(14) 参照。Robert M. Adams によると、一九〇二年十月二二日と二三日の両日に、ジョイスがマーシュ図書館からヨアキムの『預言の書』（一五八九）を借り出した記録が残っている（*Surface and Symbol*, 1962）。

(27) **W・B・イェイツの二編の物語**　アイルランドの劇作家・詩人ウィリアム・バトラー・イェイツ（一八六五―一九三九）の「律法の石板」と「東方三博士の礼拝」は、一八九七年出版になる幻想的物語。

(28) **カプチン会の教会**　スティーヴンが『肖像』第三章で重い心で告解に行ったチャーチ通りの教会、正式名を大天使聖母マリアのカプチン教会という。

(29) **ヤコポーネ**　イタリア、トディの貴族に生まれた宗教詩人ヤコポーネ・ディ・ベネデッティ（一二三〇―一三〇六）。フランシスコ派助修士となるが、教皇ボニファティウス八世を批判し、破門・投獄された。

(30) **アハーンやマイケル・ロバーツ**　イェイツの幻想のなかに生きる人物。『ヴィジョン』（一八三七）の一章「マイケル。ロバーツとその友人たち」ではアハーンはマイケル・ロバーツの友人で、マイケルに仕える従者の役を務めるが、「敬虔なるカトリック教徒」なので、マイケルの予知能力を邪教のものとみなし、懐疑的立場をとる。

(31) **おまえはどうしてわれわれの松明から……来たというのに**　イェイツの『律法と石版と東方三博士の礼拝』（一九

一四）から。

（32）**詩人の大胆さは**　手稿では De Nerval's が削除されて「詩人の大胆さ」に変えられている。ジェラール・ド・ネルヴァル（一八〇八—一八五五）はフランスの詩人、小説家。一八二七年ゲーテの『ファウスト』を仏訳して文壇にデビュー、ロマン派の闘士として活躍、一八四一年に発狂し、以後しばしば発作を繰り返し縊死した。

第二十四章

（1）**ロイヤル・ユニヴァーシティー**　これはアイルランドの高等教育機関ではなく期末試験を行い、学位を与える組織、一八七九年の大学教育法によってアイルランド高等教育の水準をイギリスの水準に合わせるために一八八〇年に創立された。

（2）**『タブレット』誌**　主に世界情勢、芸術、宗教などを扱う、英国で出版されているローマカトリックの保守系週刊誌、一八四〇年創刊で発行部数一万弱。

（3）**足早なにわか雨が止み……食事をしている者たちの音が野獣の騒々しいおしゃべりのようにリズミカルに聞こえてきた**　本書三四八頁、「エピファニー 25」参照。女子修道院の若いはなやかな女学生と田舎の寄宿学校の小学生との対比であるが、食堂のテーブルに両肘をついて手で耳を開け閉めする子供には『肖像』第一章のスティーヴンの面影がある（*Portrait* 13）。

（4）**「さあ、この黄色い砂浜に来て」**　シェイクスピアの『あらし』一幕二場、「エアリエルの歌」から。

（5）**グラフトン通り**　ダブリンの繁華街、リフィー河から数ブロック、トリニティ・カレッジとアイルランド銀行からスティーヴンズ・グリーン公園へ通じる。

（6）**'Sitio'（「われ渇く」）**　十字架上のキリストの言葉（「ヨハネによる福音書」第一九章第二八節）。

（7）**ルナン**　フランスの思想家・宗教家ジョゼフ・エルネスト・ルナン（一八二三—一八九二）。実証主義に立って聖書を文献学的に研究し、キリスト教の歴史科学的研究を行った。『キリスト教起源史』、『イエス伝』など。

（8）**ヤショーダラ**　和名は耶輪陀羅、釈迦が出家する前、すなわちシッダールタ太子だった時の妃。一般的な説では、出家以前の釈迦、すなわちガウタマ・シッダールタと結婚して一子ラーフラ（「悪を倒す者」あるいは「悪魔」の意）を生んだとされる。後に比丘尼（釈迦の女性の弟子）となり、釈迦が入滅する二年前、七十八歳で死んだとされる。釈迦仏は成道して十二年後、故郷カピラ城に帰郷した際にヤショーダラと再会している。

（9）**不死の神々が今日のものを打倒し……打倒したもの以外にないであろう**　イェイツの「律法と石版と東方三博士の礼拝」（一九一四）から。

（10）**『オレステイア』**　ギリシャ悲劇詩人アイスキュロス（前五二五—前四五六）の『アガメムノーン』、『供養する女たち』、『慈しみの女神たち』からなる三部作。「擬古典的な教理問答のものまね」は『ユリシーズ』第十七章「イタケ挿話」の教理問答形式の原型である。

（11）**そして彼らの将来においても、その配慮が続き、その関心が維持されると確信していた……魂が苦役を命ずることは不可能であった**　本書三七八—七九頁、「芸術家の肖像」（12）参照。

（12）**うじ虫がカタコンベ**　ポーラ時代のジョイス・メモに“Catacombs and vermin”とある（Gorman 135）。

（13）**カリスタに述べられているイナゴの異常発生**　ジョン・ヘンリー・ニューマンの物語 *Callista: A Sketch of the Third Century*（1855）にローマ属州のアフリカの都市 Sicca Veneria を荒廃させたイナゴの大発生が描かれている。

（14）**人間と生命に対する不信、意志の麻痺**　自筆原稿のこのあたりに赤色のクレヨンで“Gogarty”となぐり書きされている。オリヴァー・セント・ジョン・ゴガティ（一八七八—一九五七）は『ユリシーズ』第一章「テレマコス挿話」に登場するバック・マリガンのモデル。ジョイスは実際にゴガティと一時マーテロ塔に同居したことがあるが、ふたりの関係は急速に冷えていった。

（15）**マキアヴェリ**　イタリアの外交官・政治理論家ニコロ・マキアヴェリ（一四六九—一五二七）、『君主論』（一五一三）。

（16）**アールスフォート・テラス**　ＵＣＤの南側ハッチ通りから入る路地。

（17）**リーソン・パーク**　ダブリン東南の郊外にある公園。

(18) **僕が何を感じたか分かるかい？** 自筆原稿にはこの文節全体に赤色のクレヨンで「肉体の奢り」と書かれている。

第二十五章

(1) **この冒険談** 自筆原稿の余白に、「スティーヴンはアイルランドの女たちに復讐したかった。彼女たちがこの島の道徳的自殺行為の原因だと思う」、と鉛筆で書かれている。

(2) **アデルフィ・ホテル** サウスアン通りにあるホテル、国立図書館から遠くない。

(3) **ティム・ヒーリー** アイルランドの政治家ティモシー・マイケル・ヒーリー（一八五五—一九三一）。長年チャールズ・スチュワート・パーネルの忠実な支持者で、パーネルを「無冠の帝王」と呼んだが、やがて政治的圧力に屈して、彼に敵対した。ジョイスは九歳の時、ヒーリーを裏切り者として糾弾する「ヒーリー、おまえもか」と題する詩を書いたが、現存しない。

(4) **純粋数学の学位試験でこれまでに与えられた最高点を取った** ポーラ時代のジョイス・メモに "I got the highest marks in mathematics of any man that ever went in." とある (Gorman 136)。

(5) **エクルズ通り** ダブリンの北部、ドーセット通りを北に入る。エクルズ通り七番地がクランリーことバーンの住所で、後に『ユリシーズ』のレオポルド・ブルーム氏の住所になる。

(6) **誘惑女のヴィラネル** 『肖像』第五章で展開されることになる十九行二韻詩、主としてフランスの詩形。

(7) **エピファニーという本** 『ユリシーズ』第三章「プロテウス挿話」(3.141-43) で、スティーヴンは次のように独白する、「緑色の楕円形の紙に書いた深遠極まりないエピファニーズを覚えているか？ もし死んだら、アレクサンドリアを含め、世界中の大図書館に写しを送ることになっていたのだろう」。ジョイス自身が書き残したエピファニーズについては、本書付録「エピファニーズ」を参照。

(8) **港湾管理局の時計** オコンネル橋の南端、ウェストモアランド通りとアストン岸壁通りの角にあるダブリン港湾事務を監督する部局、その時計はダンシング天文台と直接つながれており最も正確だと言われる。

(9) **審美的知覚のメカニズム** 本書三七一—七二頁のポーラ・ノートブック(12)—(14)はこの主題の検討に当てられている。そこでジョイスは、知覚作用は単純な認知行為、認定行為そして「満足」の三段階に分けられると言っている。『スティーヴン・ヒーロー』でスティーヴンは知覚作用の三段階をアクイナスの美の三つの要件、「全一性、調和、そして光輝」で説明しようとしている。彼の説明は『肖像』第五章で一層精緻になるが、ますますアクイナスから離れていく。

(10) **サフォーク通り** グランフトン通りの最初の角を西に入る路地。

(11) **あのくそったれボート、「海の女王」は動くことがあるのだろうか?** ポーラ時代のジョイス・メモ、バーン(クランリー)の項に"Did that bloody boat the Seaqueen ever start?"とある(Gorman 137)。

(12) **カモーン** シニーというホッケーに似た競技に使うクラブのこと。

第二十六章

(1) **文二** UCDでは学年末試験合格者にそれぞれ次の資格を与えた、(1) Matriculation, (2) First University or First Arts, (3) Second University or Second Arts, (4) Bachelor of Arts。すなわち「文二」は大学二年修了時に与えられる資格。

(2) **俺の住所?……ああ……そうだな……それは本当にできないことなのだ** クランリーのモデルであるバーンは、学期休みごとにウィックローに帰っていたが、父を三歳の時に失い、母が一八九三年に死んでから故郷に実家がなかった(Byrne 192)。

(3) **イヴニング・テレグラフ** ダブリンの日刊紙。

(4) **バリーンローブ** アイルランドの北西部、メイヨー県の都市。

(5) **カブラ** ダブリンの北、約一・二マイルの郊外都市。

(6) **ベイリー** ホウス岬の南西部、灯台がある。

(7) **アルノ川**　イタリア中部の川、アペニノ山脈に発しフローレンス、ピサを流れてリグリア海に入る。
(8) **ノブレッテの角**　サックヴィル通りとノースアール通りとの交差点で菓子店があった。
(9) **グランビー街**　オコンネル通りの南にある路地。
(10) **フラム氏**　マリンガーに住むスティーヴンの教父。スティーヴンの名付け親で学費の援助をしてくれている。『肖像』には登場しない。ジョイスの教父はフィリップ・マックカーンといい、マリンガーには関係がない。
(11) **もうひとりのルーシー**　未詳。
(12) **ジブラルタル**　英国の直轄植民地でスペイン南端近くの狭い半島にある要塞化された都市。
(13) **諸国。腕がさし伸べられ……出発の準備をしていた**　本書三四九頁、「エピファニー 30」参照。『肖像』の最後、四月十六日の日記で一人称の出発宣言に発展するこのエピファニーは、まだ三人称で書かれてはいるが、この時すでにスティーヴンはダイダロス神話に取り入れられている。
(14) **ブロードストーン**　かつてのミッドランド・グレート・ウェスタン鉄道のダブリン発着駅。
(15) **最初の聖体拝領の朝、クロンゴーズの小さな教会堂で嗅いだのを覚えている**　『肖像』第一章で「空気と雨と泥炭とコーデュロイのにおい」と書かれている。
(16) **オウェル湖**　マリンガーの北にある湖沼。
(17) **所在なげに数分立ち止まっていると……オウェル湖の岸辺に続いていた**　一九五五年以降に再発見された追加原稿二枚。
(18) **ミス・ハワード**　スティーヴンの教父フラム氏の秘書。『肖像』には登場しない。
(19) **ミスター・テイト**　『肖像』の登場人物のひとりで、ベルヴェディア・カレッジの英語の先生。スティーヴンの英作文のなかに異端と思える一行があると言う。本書ではスティーヴンに英作文を教えるＵＣＤの教授と同一視されている。テイト先生の性格は一八八四年から一九二三年までベルヴェディア・カレッジで教鞭をとっていたジョージ・デンプシーがモデル。

(20) **キルカン街道**　ウェストミーズ県の東にある寒村の街道。
(21) **ああ、世界の向こうの端にはとんでもねぇ恐ろしい生ぎものがいるにちげぇねぇ**　この語句は表現を変えて『肖像』最終章の終わり、四月十四日付けの日記で使われている。
(22) **彼らは大体がモンゴル系の体格をしており……俺様のなめいを呼んだのはてめいらだな？　ふたりの子供たちは**　一九五五年以降に再発見された追加原稿一枚。
(23) **いや、旦那……はらわたも目の玉も、引きちぎってやる**　本書三四三―四四頁、「エピファニー15 (22)」参照。
(24) **ナッシュ**　『肖像』の第二章でスティーヴンをいじめるヘロンの手下。
(25) **ローハン**　教区牧師、アイルランドの教区牧師の禁欲ぶりは有名な話。
(26) **『エグザミナー』**　リー・ハントが兄と共に一八〇八年に創刊した週刊誌、進歩的論調をもって知られる。
(27) **ヘファナン**　スティーヴンの教父フラム氏の愛国的な隣人、この作品以外に登場しない。
(28) **「人、全世界を儲くとも、おのが魂を失わば何の益かあらん？」**　「マルコ伝」第八章第三六節から。
(29) **もちろん神に対する愛に次いでですが、祖国に対する愛である……二つの人生を結合することができます**　一九五五年以降に再発見された追加原稿一枚。
(30) **ジャガナート**　インド神話でヴィシヌ神の第八化身であるクリシュナ神の像、この像を載せた車に引き殺されると極楽往生ができると信じられた。
(31) **ガーヴィー氏は重たいブーツを履いており……若いうちに結婚しろと言ってやるのだ**　本書三三九―四〇頁、「エピファニー9 (12)」参照。このエピファニーの話者はトビンとなっており、ガーヴィー氏のモデルかもしれない。
(32) **それは「ザ・ランプ、週刊誌……」と印刷されたところで……スティーヴンは彼女に近づいた、もう二、三歩のところで**　一九五五年以降に再発見された追加原稿一枚。

付　録

エピファニーズ

ジェイムズ・クラーレンス・マンガン

審美理論（1　パリ・ノートブック、　2　ポーラ・ノートブック）

芸術家の肖像

エピファニーズ

【ジョイスは『スティーヴン・ヒーロー』(本書二五三頁)でエピファニーを次のように定義している、「卑俗な言葉や仕草においてであろうと、精神それ自体の記憶すべき相においてであろうと、突然の精神的顕示を意味した。このようなエピファニーは、それ自体きわめて繊細で束の間の出来事でもあるので、それらを細心の注意をはらって記述するのが文学者の義務であると思った」。ジョイス自身のこのような瞬間の記録は、一九〇〇年から一九〇三年までに七十数点に及び、それらはその後の作品で徹底的に使用されている。ここでは *The Workshop of Daedalus : James Joyce and the Raw Materials for 'A Portrait of the Artist as a Young Man,'* collected and edited by Robert Scholes and Richard Kain (Evanston, Ill.: Northwestern University Press, 1965), pp.11-51 に収録されている現存する四十点のエピファニーズの中から、『スティーヴン・ヒーロー』に使われている十二点を翻訳した。エピファニーの手稿はコーネル大学メンネン・コレクションが十八点、ニューヨーク州立大学バッファロー校ロックウッド記念図書館が二十二点を所蔵している。*Workshop* のエピファニー番号に続く括弧の数字はバッファロー原稿のカタログナンバーである。】

エピファニー　3

パーティが終わり、最後まで残っていた子供たちが帰り支度をしている。最終の鉄道馬車だ。痩せた栗毛の馬たちもそのことを心得ていて、澄んだ夜気のなかで、まるで警告するように鈴を鳴らす。車掌は馭者と話しこみ、互いにランプの緑の光のなかで絶えずうなずいている。あたりには誰もいない。僕は上のステップ、彼女は下のステップに立って、ふたりは耳をすましているようだ。彼女は何度も僕のステップにやってきて、それからまた彼女のステップに戻りながら言葉をかわす。一、二度、彼女は僕のそばに寄り添い、まるで降りてゆくのを忘れたみたい、そして降りてゆく……そっと、そっとそのままに……いま彼女は彼女の虚栄の品々を見せつけているのではない——彼女のきれいな服、サッシュ、長く黒いストッキングを——なぜならいま（子供たちの知恵で）この終わりが、ふたりが望んでいたどんな終わりよりも、楽しいものになるのを知っているようでもある。

注

この少年時代の静寂な思い出は本書八〇頁、『スティーヴン・ヒーロー』第十七章（30）で言及され、『肖像』で三度（一度は現実の出来事として）述べられている。

エピファニー　8

どんよりとした雲が空を覆っていた。じめじめした海辺に続く道路の分岐点に大きな犬が横になっている。時々鼻面を空に向け、長く引き延ばした哀れな遠ぼえをあげる。人びとは立ち止まってそれを見ては通り過ぎて行く。哀れな鳴き声に後ろ髪を引かれたのか、何人か残っている。大きな犬の遠ぼえに、かつては声をあげたことがあったのにいまは声を失った自らの悲哀を聞いているのかもしれない、日々の苦役に仕える者。雨が降り始める。

注

スタニスロース・ジョイスは夢のエピファニーに分類しているが（*MBK* 126）、本書四四頁、『スティーヴン・ヒーロー』第十六章（12）では現実の出来事に書き変えられている。

エピファニー　9（12）

［マリンガー　七月のある日曜日、正午］

トビン――（重たいブーツを引きずり、ステッキで道路を叩きながら）……そうだな
若者を落ち着かせるためには
結婚が一番だ。俺だって
ここで『エグザミナー』の職に就くまでは、よく若い奴らと
方々うろつき回り、けっこう酒を飲んだものだ……いままでは
よい家庭がある、そして……夕方、家に帰って
飲みたいと思えば……
まあ、いつでも飲める……甲斐性のある若い奴には
誰でも、若いうちに結婚しろと言ってやるのだ。

注

話者はトビンからガーヴィー氏に変えられているが、この陳腐な忠告は本書三〇〇―〇一頁、『スティーヴン・ヒーロー』

第二十六章（31）でほとんどそのまま使われている。ドラマ・エピファニーズの場所書き及び日付はジョイスのもの、以下同じ。

エピファニー　11（14）

［ダブリン　ベルヴェディア街、シーヒー家にて］

ジョイス――あの人のことを言っているのは分かった。でも年齢を間違えているよ。
マギー・シーヒー――（真剣に話そうとして前かがみになる）まあ、おいくつなの？
ジョイス――七十二歳。
マギー・シーヒー――そうなの？

注

本書五三頁、『スティーヴン・ヒーロー』第十六章（29）の名士録ゲーム参照。「あの人」はイプセン。

エピファニー　12（16）

［ダブリン　ベルヴェディア街、シーヒー家にて］

オライリー――（次第に真面目になって）……今度はぼくの番だと思うけど……（すごく真剣に）……君の好きな詩人は誰ですか？

（小休止）

ハンナ・シーヒー――……ドイツ人で？

オライリー――……そうだよ。

（沈黙）

ハンナ・シーヒー――ゲーテ……だと思うわ……

注

本書五〇頁、『スティーヴン・ヒーロー』第十六章（25）参照。

エピファニー　14（21）

［ダブリン　ベルヴェディア街、シーヒー家にて］

ディック・シーヒー――何たる虚言？　議長、発言を許してもらおう……
シーヒー氏――静粛に、静粛に！
ファロン――諸君、あれは嘘ですぞ！
シーヒー氏――撤回を要求します、議員。
ディック・シーヒー――小職が提案していたように……
ファロン――私は絶対に撤回しません。
シーヒー氏――私が尊敬すべき議員をお訪ねします
　デンビーに……静粛に、静粛に願います！……

注

本書五一―五二頁、『スティーヴン・ヒーロー』第十六章（28）参照。デンビーはウェールズ北部の町。

エピファニー　15（22）

［マリンガーにて、ある秋の夕暮］

びっこの乞食――（杖を握りしめながら）……おまえたちがきのう俺様を呼びとめたのだ。
二人の子供――（乞食を見つめながら）……いや、旦那。
びっこの乞食――ああ、そうだとも、でも……（杖を上下に動かしながら）……しかし
　俺様の言うことを忘れるな……
　この杖が見えるな？
二人の子供――はい、旦那。
びっこの乞食――よし、今後、俺様を呼びとめでもしたら
　てめえたちを真二つにしてやる
この杖でな。はらわたを
引きちぎってやる……（自分に言い聞かせるように）
……分かったか？　真二つにしてやるからな。

はらわたも目の玉も
引きちぎってやるからな。

注

一九〇〇年にジョイスは父とマリンガーに滞在している。本書二九二頁、『スティーヴン・ヒーロー』第二十六章（23）では他と同様に徹底的に書き直され、乞食の下劣さが強調されているが、「エピファニー 15（22）」に原型があるのは疑いがない。「エピファニー 9（12）」と「エピファニー 15（22）」のあいだに数字の上で、開きがあるのは過ちでなければ、ジョイスはスティーヴンを二度マリンガーに行かせる計画であったのかもしれない。いずれにしろこれらふたつのエピファニーは『スティーヴン・ヒーロー』で同じひとつの挿話に使われている（*Workshop* 25）。

エピファニー 19（42）

［ダブリン　グレンガーリフ街の自宅にて、夕方］

ジョイス夫人――（赤い顔をして、震えながら居間の戸口に現れる）……ジム！

ジョイス――（ピアノの前に座っている）……なに？

ジョイス夫人——あなたからだのこと分かるかしら？
……どうしよう？　ジョージの胃の穴から
何かが出てきたのよ……
そんなこと聞いたことある？
ジョイス——（驚いて）……分からない……
ジョイス夫人——医者を呼びにやるべきなのかしら、どうしたらいいと
思う？
ジョイス——分からない……何の穴さ？
ジョイス夫人——（いらいらして）……穴よ、わたしたちみんな持っているじゃない
……ここよ（指し示す）
ジョイス——（立ち上がる）

注

このショッキングな記述は一九〇二年三月の弟ジョージの病状の急変を告げるものであるが、本書一九七頁、『スティーヴン・ヒーロー』第二十二章（31）では若干の修正を加え、イザベルの最期に使われている。

エピファニー　21（44）

ふたりの会葬者が群衆を荒々しく押し分けて通り過ぎていく。ひとりの少女が、片手で女のスカートを握り、前を走っていく。少女の顔は日に焼けて変色し、眼はやぶにらみ、魚みたいな顔をしている。女の顔は小さく角張り、特売場の売り子の顔をしている。少女は、口をまげて女を見上げ、泣くタイミングを計っている。女は、平らなボンネットを抑えながら、墓地の付属礼拝堂へと駆けていく。

注

これは一九〇三年八月の母の葬儀で目撃した出来事であるが、ジョイスはほとんどそのまま本書二〇一頁、『スティーヴン・ヒーロー』第二十三章（6）でイザベルの葬儀に使い、また、『ユリシーズ』第六章「ハデス挿話」のパディ・ディグナムの葬儀にも使っている。

エピファニー　22（45）

［ダブリン　国立図書館にて］

スケフィントン――弟さんの死の知らせを受けて残念だ……何も知らずに申し訳ない……葬儀にも出席せず……
ジョイス――ああ、とても幼い……子だった……
スケフィントン――でもやはり……心が痛む……

注

本書二〇三―〇四頁、『スティーヴン・ヒーロー』第二十三章（10）ではスケフィントンはマキャンに、「弟さん」は「妹さん」に変えられ、虚しい弔問の挿話になっている。

エピファニー　25

　足早なにわか雨が止み、雨粒がダイヤモンドを散りばめたように中庭の灌木にとどまり、黒い大地から靄が立ち上がる。柱廊に女子学生たち、四月の仲間たちだ。彼女たちが天蓋を立ち去る、疑い深い眼くばせを何度も交わしながら――こざっぱりした長靴のおしゃべり、傘の下からチラッとのぞく美しいペティコート、小粋に抱えた軽い雨具。彼女たちは女子修道院へ帰る――つつましい回廊、簡素な寄宿舎、何時間にもおよぶロザリオの祈り――あの大使閣下、春の嬉しい約束を聞きながら……

　雨に吹かれた平らな郊外のまん中に、うす暗い日の光が差し込む窓がいくつかあるだけの、高い建物が立っている。三百人の子供たちが、腹をすかしてがやがや話をし、長いテーブルに座って、海がめの脂身とまだ土の匂いがする野菜を飾った牛肉を食べている。

注

本書二一〇頁、『スティーヴン・ヒーロー』第二十四章（3）参照。

エピファニー　30

腕と声の呪文――道の白い腕、その固い抱擁の約束と月を背景に立つ高い船の黒い腕、彼らが語る遥かな国の物語。腕がさし伸べられ、われらはひとり――来たれ、と言った。するとさまざまな声がそれとひとつになる、「われらは汝の同族だ」。彼らが彼に呼びかけたとき、大気は彼らの仲間でいっぱいになり、彼らの同胞である彼は、勝ち誇った恐るべき青春の翼を震わせながら、出発の準備をする。

注

本書二八四頁、『スティーヴン・ヒーロー』第二十六章（13）参照。追加原稿はこのエピファニーの途中から始まり、段落の最後に「パリへ出発（段落のあいだに青色のクレヨンでなぐり書き）」とある。このエピファニーが書かれた時は特定できないが、すでにスティーヴンはダイダロス神話のなかに取り入れられている。

ジェイムズ・クラーレンス・マンガン

【ジョイスのジェイムズ・クラーレンス・マンガン（アイルランドの詩人、一八〇三―四九）論は、一九〇二年二月十五日ユニヴァーシティー・カレッジ・ダブリンの文学歴史協会で発表され、同年五月同大学の非公認の雑誌『セント・スティーヴンズ』に出版された。この論文はそれまでにUCDの学生が発表した最高の論文と評価されたが、きわめて難解な論文である。その主たる理由は、高度に装飾的でリズミカルな文体にあるが、ジョイスの関心が彼独自の芸術論を展開すると同時に、マンガンの不幸な経歴に対する共感に寄せられているところにある。一方で彼はマンガンの想像力を高く賞賛し、他方でアイルランドの悲惨を不変のものとして受け入れる詩人のメランコリックな体質を遺憾とし、その不毛なわびしさを否定している。ジョイスが「マンガン」論の最初と最後で求めているのは、明らかに、古典主義の粘り強い客観性を浪漫主義の強烈な想像力に融合することである。『スティーヴン・ヒーロー』で、ジョイスは、マンガンへの言及をことごとく排除し、「マンガン」論で展開した芸術論を丹念に言い換えて「演劇と人生」と呼び、二年前の一九〇〇年一月二十日に彼が同じ大学の同じ文学歴史協会で発表した論文 "Drama and Life" と意図的に混同させた。この翻訳は *The Critical Writings of James Joyce*, edited by Ellsworth Manson and Richard Ellmann（London: Faber and Faber, 1959）, pp.78-83 に基づく。】

「記念碑がほしい……私を愛してくれる人びとが、常に私とともにあるように」

諸芸術の静かな都市に、古典派と浪漫派のあいだの論争が始まってから長い歳月が過ぎた。それで古典的気質は浪漫的気質が年老いたものだと誤って考えていた批評も、これらの気質を精神の恒常的状態と考えざるをえなくなった。(1) 論争は時に度を超すことがあり（それ以上ではなかったとしても）、また、ある者には名辞に関する論争と思われたこともあったが、時が経つにつれて互いに他の流派の領域を侵し、破滅的な内部抗争に明け暮れて収拾がつかない争いに発展した。古典派はそれに仕える物質主義と戦い、浪漫派は一貫性を維持するために戦った。(2) しかしこの不穏な状態はあらゆる成果の条件であり、これまでのところ順調に進んでおり、徐々に諸派を統一する深い洞察へと向かっている。しかし、いかなる批評といえども、流派を判断するための成熟の基準を設定することに汲々とし、研鑽を怠るような批評は、正しいとは言えない。浪漫的気質はしばしば、ひどく誤解されている、それも他者によるのではなく、むしろ自らによって誤解されている。なぜなら、その落ち着きのない気質は、その理想に相応しい住居を現世に見ることができず、あえて感覚でとらえられない表象の下に理想を見ることを選び、結局、信頼できる限界を無視するからである。こうしてこれらの表象は、それを生みだした精神によって四方八方に吹き飛ばされ、精神を覆い隠し、光の中をあてどなく彷徨する実体のない幻とみなされるようになる。(3) そして、忍耐強くなることなど絶対にない、この落ち着きのない気質は、現在の事物に精神を集中し、鋭敏な知性がそれらを超えていまだ表現されたことのない意味を獲得するように働きかけ、形づくろうとする方法によって、光は影に劣るもの、暗黒に変えられたと叫んでいる。しかし、自然におけるこの場所がわれわれに与えられている限り、芸術は、たとえ愛するものに仕えて星や海よりも遠くへ行こうとも、その贈り物に危害を加えるはずがない。それならばなぜ、最高の栄誉は浪漫派から保留されなければならないのか（もっとも、西欧の詩人のなかで最も高い見識を備えた詩人(4)はその例外ではあったが）、そして落ち着きのない気質の原因を、芸術家とその主題の中に求めなければならないのはなぜか？　芸術家を判断する際には、その芸術の法則もまた忘れてはならない、文人を判断するのに詩の至高の法則を用いるほど愚かな過ちはないのであるから。韻文は韻律を表現する唯一の方法ではないのは確かであるが、詩《ポエトリー》はいかなる芸術においてもその表現様式を超越している。したがって諸芸術において、詩より劣るものを表すために、新しい用語が必要である、もっともある芸術において「文学《リテラチャー》」の語が用いられているようであるが。文学《リテラチャー》とは、陽炎のような文書と詩《ポエトリー》（ならびに哲学）との間に横たわる広大な領域である。(5)そして韻文の大部分は文学ではないのと同じように、たとえ独創的な作家や思想家であっても、最も名誉ある称号をねたましく辞退しなければならない時がある。ワーズワースの大部分、そしてボードレールのほとんどすべては、単なる韻文による文学であり、文学の法則によって判断されなければならない。最後に、すべての芸術家について、芸術家はあの最高の知識、あの決して休むことのない法則といかなる関係にあるかと尋ねられなければならない、人間も時代もその法則を忘れることはないのであるから。これは教訓を求めることではなく、作品を作った気質、祈りを捧げる老婆、靴の紐を結ぶ若者の姿に迫り、そこで巧みに表現されているものは何か、それがどれほど重要な意味を持っているかを観察することである。シェイクスピアあるいはヴェルレーヌの歌は、いかにも自由で生きいきとしており、庭に降る雨あるいは夕暮れの灯火のように、いかなる作為的目的も持っていないように思われるが、これ以外に表現の仕様がない、少なくともこれほど適切に表現されたことのない、感情のリズミカルな発話であるのが分かる。しかし、芸術を作った気質に迫るのは敬虔な行為であり、多くの因襲がまず放棄されなければならない、芸術の深奥の領域は、冒涜的なことに捕らわれている者には決して門戸を開くことはないのであるから。(6)

「善なるは誰か?」[7]というのは、あの無邪気なパルジファルの奇妙な質問である。広幅の黒ラシャの崇拝者と誤解されている現代批評家の影響[8]が取りざたされる、ある種の批評や伝記を読むとき、この言葉が思い出される。これらの批評は、誠実性を欠くとき、滑稽なだけであるが、それらがいかにも批評らしく誠実性を装っている場合には手の施しようがない。それで、マンガンがこの国で思い出されるとき(彼はしばしば文壇で話題に上る)、彼の同胞は、これほどの詩的才能の持ち主が、廉直さにおいてあまりにも欠落しているのを嘆き、異国の悪習に染まり、愛国心をほとんど持っていないのを発見して驚愕する。マンガンについて書いたことのある人は、とんでもない酔漢と阿片常習者との間にバランスを取るのに細心の注意を払い、「オットマン人から」や「コプト人から」といった語句の背後にあるのは、学識なのか、ペテンなのかを見極めようとした。このささやかな回顧録を除いて、マンガンはこの国で異邦人、誰からも同情されない奇異な路上の人であった。彼は往古の罪を償う人のようにひとりで道をさまよっている。ノヴァーリスは人生を精神の病と呼んだが[9]、確かに、自分に課された罪をおそらく忘れてしまった人にとって、人生は過酷な苦行であり、悲しい宿命でもあった、なぜなら彼の中の優れた芸術家は、彼の行く手に投げ出される人たちの顔に刻まれた残酷と怯懦の皺をあれほど真に迫って読み取っていたのであるから。彼は自らを怒りの器とする裁判に黙して従いながら、自分の宿命を大体においてよく耐えているが、沈黙を破る逆上の瞬間がある。その時、われわれが読むのは、彼の友人が彼の人格を汚した汚泥と毒液の数々、猥雑と悲惨の中で過ごした少年時代、彼が出会った地獄の悪鬼とも言うべき者たち、そして人間の形をして獲物を締め殺す熱帯アフリカの大型ヘビのような彼の父のことである。[10]確かに彼は、不正は正義の一面であると言って、彼に対して不正を働く者を非難しない人よりも賢い。しかし、こんな恐ろしい物語を混乱した頭脳の絵空事と考えるような人は、感受性の強い少年が人生の自然と接触してどれほど苦しむか分かっていないのである。しかしマンガンには慰めがなかったわけではない。彼の苦しみは彼を内向的にした。そこは何世代ものあいだ、悲しめる者と聡明な者が住処としていた所である。幼少期について書かれた彼の手記は、実際、悲しみの発端の出来事であふれているのに、ある人がひどく誇張され、部分的に誤っている、と彼に言ったとき、彼は「そんな夢を見たのかもしれない」と答えた。その時彼にとって世界はどことなく非現実になっていたのである。そして、最終的に、多くの過ちの契機であるところのものを軽蔑するようになった。このことは、すべての若く単純な精神の持ち主にとって、この親愛なる現実に彼らが抱くあの夢とどんな関係があるのだろうか？　生まれつき感受性の強い人は、安定した厳しい人生においても夢を忘れることができない。夢を疑い、一時的にわきに置くことがあっても、人が悪態をついて夢を否定するのを聞くと、誇らしげにそれを認めるであろう。感受性が弱さを誘導するような場合には、あるいはここに見るように、感受性が生来の弱さに磨きをかける場合には、あえて世界と妥協して、そのお返しに沈黙の愛顧を得るであろう、たとえ激しい侮辱に耐えられないほど他愛のないもの、声高に愚弄される精神の欲望、あるいは手荒に扱われる観念のためだけであっても。その虚ろな顔からのぞいている彼の態度は、誇りなのか、謙虚さなのか、誰にも分からないという体のものである。その顔が生きていると思われるは、明るく輝く眼とその上のきれいな絹のような毛髪のおかげである。彼はその毛髪が自慢だった。この純粋に保身的な沈黙で危険を回避できるはずがなく、結局、不節制だけが無関心から彼を救った。彼がドイツ語を教えていた女性との間の恋愛事件についていろいろなことが書かれている。彼は三人の愛の喜劇に後から加わった役者であったが、もし彼が男性に対しては控えめであるとしたら、女性に対しては内気であり、あまりにも自意識が強く、あまりにも批判的で、甘い会話のやり取りは全く無知で、伊達男にはなれなかった。そして、あの奇癖とも、気取りとも取れる不思議な衣装——円錐形の山高帽、幾サイズも大き過ぎるだぶだぶのズボン、まるで古いバグパイプのような雨傘——に、半ば意識を失った男の表現を読み取る人がいるかもしれない。彼にはいつも多くの国々の民間伝承が付きまとっている——日ごとに集められ、蜘蛛の巣状に装飾が施されている東方の伝説、時間を忘れて没頭し、技巧のかぎりを尽くして印刷された中世の写本の思い出。彼は、折に触れて、自慢げに披瀝しているように、二十か国の言葉に精通していた。また、幾多の海を渡り、人跡未踏のペリスタン(11)にまでたどり着き、見境もなく多くの文学を読み耽った。彼は、ティンバクト語で、彼を貶めようとする者の意志をくじくほど魅力的なしとやかさで、自分には少し精神的に障害があったと告白しているが、それを理由に後悔しているわけではない。彼はプレフォルストの女性預言者(12)の生涯に関心を抱くなど、すべてのどっちつかずの現象に心を惹かれた。そこは何よりも愛らしさと果敢な魂が力を持っているところであり、彼が求めていたものとワトー(13)が求めていたものとは大違いであるが、両者ともある優雅な気まぐれがあり、「不満足な程度にしか存在しないもの、あるいは全く存在しないもの(14)」を現世に求めようとしたらしい。

彼の著作は全集が組まれたことがなく、一般に知られていない。例外はダフィー社から出版された二冊のアメリカ版の詩と散文の選集であるが、これらはいずれも選択が恣意的で正当な順序に欠ける。彼の随筆の多くは、一読する限り、洒落たおどけであるが、悪意のない冗談に込められた激しい力は、容易に見分けられるものではない。それは自ずと語句についてくるものではない。そしてこの自暴自棄な作家と捻じ曲がった技法との間には、(彼自身あまりにも巧妙な歪曲の犠牲者であったが)ある種の類似点がある。これは忘れてはならないことであるが、マンガンは彼を導く自国の文学伝統なしに、日々の雑事に明け暮れる大衆に向かって、それらを描写するだけの目的で詩を書いた。彼はしばしば書いたものを修正する暇がなかった。彼はよくムーアあるいはウォルシュ[15]と彼らの土俵で争った。しかし彼が書いた最高のものは確実に人を動かす力を持っている、なぜならそれらは彼が万物の母と呼ぶ想像力から生まれたのであるから。われわれは彼女の夢であり、彼女は彼女のため、そしてわれわれ自身のためにわれわれを想像し給い、われわれの中に彼女を想像し給った——彼女の息の前にある力、創造の精神は（シェリーの比喩を借りると）「燃えつきる炭」[16]のように燃え盛っている。しかしマンガンの最高の作品においても異国情緒の存在をしばしば感じるが、より生きいきと感じられるのは、想像力に富む美の光を反射している想像力に富む人格の存在である。その人格の中で西洋と東洋が出会う（われわれはその理由を知っている）、そこでイメージが輝かしい柔らかなスカーフのように絡み合い、言葉が燦然たる甲冑のように音を立て、アイルランドの歌であろうとイスタンブールの歌であろうと同じ反復句を持ち、平安を失った者のもと、彼の魂の月光の真珠であるエイミーン[17]のもとに、再び平安が訪れるようにと祈る。音楽と芳香と光明が彼女の周りに広がる。そして彼は彼女の顔の近くにもう一つ光輪を描くために、露と砂を求めるだろう。ひとつの風景とひとつの世界が彼女の顔の周りに浮かんでいる、愛情深い眼で見つめたら、どんな顔にでも浮かんでいるように。ヴィットリア・コロンナとローラとベアトリーチェ[18]——そして彼女、はるか遠くの恐怖と暴動の夢を思う人のように、その顔に多くの人が刻み込んだ、あの翳り多い繊細さと、その前で愛も沈黙する、あの不思議な静けさをたたえるモナリザ[19]でさえ——ひとつの騎士道的な観念を体現している。それはこの世のものともいえず、情欲、不実、倦怠といった偶有的なことの上に雄々しく聳えている。そしてその白き聖なる手に蠱惑《こわく》的な手の徳、彼の純潔な花、花の中の花を持っている彼女は、その観念の体現者の誰にも劣らない。どうして東洋が彼女のもとに貢物を納め、彼女の足下にその宝物のすべてを捧げなければならないのか！　サフランの砂地に泡立つ海、バルカンのもの悲しい糸杉、黄金の月の模様を象嵌細工で飾った大広間、そしてほのかなガリスタンのバラの香り――これらすべて彼女がいそいそと仕える場所にあるだろう。真心を込めた給仕には敬虔と平安がある、「ミイーリーに」捧げた詩に見るように。

わが星の光、わが月の光、わが真夜中、わが真昼の光よ、
ベールを取り給うことなかれ、ベールを取り給うことなかれ！

そして、「モーリス・フィッツジェラルド卿を悼む」や「黒髪のロザリーン」におけるように、音楽がそのけだるさをふるい落とし、戦いの興奮でみなぎるとき、ホイットマン[20]の境地には達していないが、シェリーの詩のように絶え間なく変わる和音で震える。この調子は時々しわがれ、無作法な情熱の一団がそれを揶揄して反復するが、少なくとも二つの詩――「シュヴァーベンの民謡」とウェッツェルの四行二連詩[21]の翻訳――は、連綿たる音楽を奏でている。一輪の小さな花を育てるにも数世代にわたる労働が必要である、とブレークは言った。それなのに一つの抒情詩がダウランドを不滅にした[22]。そして他の詩に見られる比類まれな詩行はあまりにも優れており、マンガンをおいて何人も書くことができなかったであろう。彼はその気になれば詩論を書くこともできた、音楽的反復の技法において、現代詩の最も先端的な流派の高僧であるポー[23]に劣らないほどの技巧の持ち主で、それに精通していたのであるから。それは誰から教わったものでもなく、「キャスリーン・ニ・フーラハン」に見られるように、内なる声に従っているだけである。そこでは折返し句が強弱格の詩を突如として決然とした行進曲調の弱強格の詩に変える。

彼の詩はすべて、不正と苦しみ、そして、苦しみを味わった者と悲惨な時が心に押し寄せてくるとき大声を

張り上げ、もがかざるをえない者の息遣いの思い出である。これが数百の詩の主題である。高貴な悲惨の中で作られたこれらの詩を、彼の愛好詩人スウェーデンボリ(24)ならば魂の廃墟から生まれたと呼ぶであろうが、これほど痛烈なものはない。ナオミは彼女の名前をマラに変えるだろう(25)、その名前が彼女にとって辛くなってきたからだった。そして深い悲しみと痛恨の情だけが、これらの名前と称号、そして、彼がその中に自分自身を忘れようとした、この狂気の翻訳を説明するのではないだろうか？ 彼は心の中に孤独の信仰を発見しなかった。あるいはその信仰は、中年になって、歌を歌いながら尖塔を天国へ抛り上げてしまったので、罪の贖いに決着をつける最後の場面を待ち望んでいるのである。彼はイタリアの詩人レオパルディ(26)よりも弱かった。自らの絶望に耐える精神力を持たず、少しでも好意を見せられるとすべての不幸を忘れ、軽蔑を差し控えるのである。彼は、恐らくそういう理由で、その気になれば持てた記念碑——彼を愛する人々とともに常にあるもの——を持っている。そして、より英雄的な悲観論者がその意思に反して人間の静かな気丈さを立証するように、健康に問題がない人にはほとんど見られないことであるが、健康と喜びに対する微妙な共感を立証している。こうして彼は死の恐怖にもめげず、女たちの冷たい眼と男たちの厳しい眼からできるだけ遠く離れ、この世であくせく働くのだ。本当のことを言うと、彼はもうひとりの詩人(27)のように、一生涯死を愛し、女性は誰も愛さなかった。彼は老人によくある穏やかな態度で、その名をアズラエル(28)という、雲で顔を隠した者を迎え入れる。現世であまりにも激しい愛の炎を燃やし尽くした男たちは、死後、欲望の颪の中で青白い幻影となる(29)。彼は現世で惨めな者たちの灼熱の愛をこめて平安を求めたのだから、いま平安の颪が彼に訪れ、彼は憩い、肉体というこの過酷な衣装をもう二度と思い出すことはないであろう。

詩は、明らかに最も空想的な時でさえ、常に人工に対する反逆であり、ある意味では、現実に対する反逆でもある。それは現実の試金石であるところの素朴な直感を失った者にとっては、空想的で非現実に思えることを語る。そして詩は、しばしば時代に逆らうところがあるように、記憶の娘たちによって織られたものにすぎない[30]歴史を無視して、脈拍よりも短い一瞬一瞬を重視する。その一瞬は詩の直感が始まる瞬間、同じ時間であっても六千年の値に相当する時間である。[31]時代の継続を主張する者たちは、疑いもなく、単なる文人にすぎない。そして歴史あるいは現実の否定は――両者は同じものを指す二つの名前にすぎないのであるから――全世界を欺くものだと言われるかもしれない。この点において、ほかの多くと同じように、マンガンは彼の民族の典型である。歴史は固く彼を封じ込め、烈火の如く燃え盛る瞬間においても彼を放さなかった。彼もまた彼の生涯とその悲しい詩において、略奪者たちの不正に対して、叫び声をあげているが、格子縞の肩掛けや装身具の喪失よりも深い喪失を嘆いたことはない。彼が受け継いでいるは、それについて一行の詩も書かれたことがなく、また、説話群が繰り広げられるにつれてそれ自体が瓦解してしまう伝説の最も新しい、最も悪い部分である。そしてこの伝統はあまりにも深く彼に染みついているので、その深い悲しみと機能不全のすべてを受け入れてしまい、それを変える術を知らない。強靭な精神の持ち主ならば、それを知り、後世にそれを残したのに。暴君に怒りをぶつける詩人は、将来、はるかに残忍な暴君を身近に作るものである。結局のところ、彼が崇拝する人物は卑劣な女王であるように思われる。彼女が流した血なまぐさい罪と、彼女に加えられた血なまぐさい罪が原因で狂気の沙汰が起こり、死が近づく。しかし彼女は死期が近づいているのを信じようとせず、彼女の神聖な庭とイノシシの餌になるだけの背の高い、美しい花を非難するうわさの声だけを思い出すのである。ノヴァーリスは愛について、それは宇宙のアーメン[32]であると言ったが、マンガンは憎悪の美について述べることができる。そして純粋な憎悪は純粋な愛と同じくらい優れている。熱狂的な人たちはマンガンの民族の高遠な伝統——悲しみと、絶望と、恐ろしい脅迫のための悲しみの愛の伝統——を暴力で倒してしまうかもしれない。しかし彼らの声が辛抱強く耐えろという至上の懇願である場合、猶予はあまりない。偉大なる信仰と同じくらい思いやりがあり、忍耐強いものは何か？

すべての時代は、詩と哲学にその支持を求めなければならない、なぜなら、詩と哲学において、人間の精神は、過去を振り返り未来を臨みながら、ひとつの永遠の状態に到達するのであるから。哲学的精神の持ち主は常に精緻な人生を心がける——ゲーテやレオナルド・ダ・ヴィンチの人生である。しかし詩人の人生は強烈である——ブレークやダンテの人生のように——その中心にそれを取り巻く人生を取り込み、再びそれを惑星間の音楽のただ中にばらまくのである。[33]偏狭でヒステリックな民族意識は最後の弁明をマンガンによって獲得する。この弱々しい体をした人が旅立つと、夕闇が神々の群れを覆い隠しはじめ、聞く耳を持っている人には、神々の足音がこの世を去るのが聞こえる。しかし、聖なる名前の夢である太古の神々は何度も死んで生き返る。そして神々の足もとには夕闇が、無関心な者の眼には暗黒があるとしても、奇跡の光は、想像力に富む精神の中に永遠に甦る。不毛であてにならない秩序が崩れるとき、一つの声あるいは無数の声が歌うのが聞こえる。最初はかすかに、森に町に人びとの心にしみいる静寂な精神と、地球の生命——「この美しい神秘的な地球 - 生命、この測り知れない地球 - 生命」(det dejlige vidunderlige jordliv det gaadefulde jordliv)[34]——を美しく、魅惑的に、神秘的に歌うのが聞こえる。

美は、真実の光輝である、[35]想像力がそれ自身の存在または可視的世界の真実を強く凝視するとき、神の御恵みをうけて生まれる。真実と美に由来する精神は聖なる喜びの精神である。これらが現実で、これらだけが生命を与え、生命を維持する。悪鬼が贅沢から生んだ人間の恐怖と残忍性は、しばしば結託して人生を不名誉なもの、陰鬱なものとし、死を悪しざまに言っているが、ひとりの小心者が地獄の鍵と死の鍵を鷲掴みにし、生と死の賛歌を歌いながら、それらを遠く奈落の淵に投げ入れる時がくる。真実の永遠の光輝よ、生を聖別せよ、死は生の最も美しき形式なれば。われわれを包むあの広大な行程の中で、われわれの記憶よりも大きく、より寛大な、あの大いなる記憶の中で、いかなる生命もいかなる歓喜の瞬間も失われることは決してない。気高い心で書いた者はすべていたずらに書いたのではない、もっとも自暴自棄と倦怠は叡智のさわやかな笑いを聞いたことがないが。いや、彼らが痛々しい追憶によって、あるいは予言によって明らかにするのは、あの高貴で、独創的な目的なのだから、そういう人びとが、精神の不断の肯定[36]の中でその役割を果たしていないはずがないではないか？

ジェイムズ A・ジョイス

注

（1）**古典的気質は浪漫的気質が年老いたものだと誤って考えていた批評も、これらの気質を精神の恒常的状態と考えざるをえなくなった**　本書九二頁、『スティーヴン・ヒーロー』第十九章（5）参照。

（2）**論争は時に度を超すことがあり……浪漫派は一貫性を維持するために戦った**　本書九三頁、『スティーヴン・ヒーロー』第十九章（7）参照。

（3）**浪漫的気質はしばしば、ひどく誤解されている……実体のない幻とみなされるようになる**　本書九二頁、『スティーヴン・ヒーロー』第十九章（6）参照。

（4）**西欧の詩人のなかで最も高い見識を備えた詩人**　スタニスロース・ジョイスによるとブレークのこと（*MBK* 171）。

（5）**文学《リテラチャー》とは、陽炎のような文書と詩《ポエトリー》（ならびに哲学）との間に横たわる広大な領域である**　本書九二頁、『スティーヴン・ヒーロー』第十九章（4）参照。文学《リテラチャー》はジョイスにとって軽蔑的な言葉である。

（6）**シェイクスピアあるいはヴェルレーヌの歌は……門戸を開くことはないのであるから**　本書九三頁、『スティーヴン・ヒーロー』第十九章（8）参照。

（7）**「善なるは誰か？」**　ワグナーの『バルジファル』第一幕から。

（8）**広幅の黒ラシャの崇拝者と誤解されている現代批評家**　スタニスロース・ジョイスによると英国の詩人ロバート・ブラウニング（一八一二―八九）のこと（*MBK* 171）。

（9）**ノヴァーリスは人生を精神の病と呼んだ**　ノヴァーリスは筆名。本名をFriedrich von Hardenberg（一七七二―一八〇一）というドイツ詩人で、宇宙万有を統一的なものとして認識し、その思想は魔術的観念とよばれた。彼の『断片』一三五頁への言及である。

（10）**われわれが読むのは……大型へビのような彼の父のことである**　ジョイスは一八八二年『アイリシュ・マンスリー』に載ったマンガンの「未刊の自伝の断片」によっている。

（11）**人跡未踏のペリスタン**　仏領スーダン、ニジェール河付近の都市。

（12）**プレフォルストの女性預言者**　十九世紀初頭の幻覚者フレデリック・ホイフェのこと。

（13）**ワトー**　フランスロココの画家アントワンヌ・ワトー（一六八四―一七二一）。やわらかい色彩による優美な作風で有名。

（14）**「不満足な程度にしか存在しないもの、あるいは全く存在しないもの」**　ウォルター・ペイター（一八三九―九四）『想像的肖像』の「宮廷詩人の王子」から。

（15）**ムーアあるいはウォルシュ**　アイルランドの詩人トマス・ムーア（一七七九―一八五二）とアイルランドの詩人エドワード・ウォルシュ（一八〇五―一八五〇）。

(16)**創造の精神は（シェリーの比喩を借りると）「燃えつきる炭」** ジョイスはシェリーの『詩の擁護』から引用したこの語句が好きで、『肖像』第五章で使っているだけでなく（*Portrait* 213）、『ユリシーズ』「スキュレとカリュブディス挿話」9.181-82でも引用している。

(17)**エイミーン（Ameen）** マンガンの詩「アルハッサンの最後の言葉」に登場する女性の名前。

(18)**ヴィットリア・コロンナとローラとベアトリーチェ** それぞれミケランジェロ、ペトラルカ、ダンテに霊感を与えた永遠の恋人。

(19)**モナリザ** レオナルド・ダ・ヴィンチの婦人肖像画。

(20)**ホイットマン** 米国の詩人ウォルト・ホイットマン（一八一九―九二）。

(21)**ウェッツェルの四行二連詩** 実際には、ウェッツェルの「おやすみ」という四行三連詩。

(22)**一つの抒情詩がダウランドを不滅にした** イギリスの作曲家・リュート奏者ジョン・ダウランド（一五六三―一六二六）を不滅にした抒情詩とは、スタニスロースによると「もう泣かないでおくれ、悲しみの泉」（*MBK* 167）。

(23)**ポー** 米国の詩人、小説家エドガー・アラン・ポー（一八〇九―四九）、詩と詩論でフランス象徴派に大きな影響を与えた。

(24)**スウェーデンボリ** エマヌエル・スウェーデンボリ（一六八八―一七七二）、スウェーデンの科学者、哲学者、神学者。

(25)**ナオミは彼女の名前をマラに変えるだろう** 「ルツ記」第一章第二〇節によると、ナオミ（Naomi）は「楽しみ」、マラ（Mara）は「苦しみ」。

(26)**イタリアの詩人レオパルディ** ジャコモ・レオパルディ（一七九八―一八三七）、教皇領に属するマルケ州の寒村に生まれ、閉鎖的で孤独な少年期を過ごした。優れた抒情詩と愛国詩がある。

(27)**もうひとりの詩人** 英国の詩人ジョン・キーツ（一七九五―一八二一）を指すと思われる。

(28) **アズラエル (Azrael)** イスラム神話の死の天使。
(29) **現世であまりにも激しい愛の炎を燃やし尽くした男たちは、死後、欲望の風の中で青白い幻影となる** ダンテ『神曲』地獄篇第五篇から。
(30) **記憶の娘たちによって織られたものにすぎない** ブレークが『最後の審判の幻』の注釈で使っている言葉。記憶の娘たちは寓話(または寓意)を作り、霊感の娘たちはヴィジョン(または想像力)を守るが、前者は後者に劣るとされる。
(31) **その一瞬は詩の直感が始まる瞬間、同じ時間であっても六千年の値に相当する時間である** ブレークの『ミルトン論』から取ったもの。
(32) **アーメン (Amen)** 古代テーベの多産と生命の象徴である羊頭神、後にエジプトの太陽神となる。
(33) **詩人の人生は強烈である……再びそれを惑星間の音楽のただ中にばらまく** 本書九四頁、『スティーヴン・ヒーロー』第十九章(11)参照。
(34) **det dejlige vidunderlige jordliv det gaadefulde jordliv** イプセン『われら死せる者の目覚めしとき』第三幕から。
(35) **美は、真実の光輝である** 本書九五頁、『スティーヴン・ヒーロー』第十九章(12)参照。
(36) **精神の不断の肯定** 本書九五頁、『スティーヴン・ヒーロー』第十九章(13)参照。

審美理論

【ジョイスは、演劇と他のジャンルとの関係を明らかにする野望もあって、勇敢にも彼自身の美学を構築しようとした。彼の考察は、当然、アリストテレスから始まり、次いで驚くなかれ、トマス・アクイナスに転じ、最後は予想通りフローベールで終わっている。ジョイスの最も早い系統的な論述は二度目のパリ旅行の間、一九〇三年二月から三月の間になされた。彼はそれを雑記帳に写し、所見の後に、まるでその重要性を担保するだけでなくその典拠を示すかのように、名前と日付を記している。ジョイスはさらに一九〇四年十一月、ポーラ（当時はオーストリア領）でベルリッツ校の英語教師をしながら、美学に関する考察を続けた。これらはそれぞれパリ・ノートブックとポーラ・ノートブックと呼ばれているが、その生硬な論究は、『スティーヴン・ヒーロー』で叙述的エッセイと劇的提示の混合に変わり、『肖像』で完全に劇的提示へと発展するのであるが、同時に力点も微妙に変化していく。ゴーマンが彼の伝記に掲載した審美理論の原稿はもはや存在しない。この翻訳は *The Critical Writings of James Joyce*, edited by Ellsworth Mason and Richard Ellmann（London: Faber and Faber, 1959）, pp.141-148 に基づく。原文はイェール大学図書館スローカム・コレクションの自筆原稿と照合されている。ジョイスの芸術論は議論が尽きない問題であり、関心のある方には最低限、William T. Noon, *Joyce and Aquinas*, New Haven & London: Yale University Press, 1957 を読まれることを勧める。】

1　パリ・ノートブック

欲望とはわれわれを何物かに赴くように駆りたてる感情であり、嫌悪とはわれわれを何物かから離れるように駆りたてる感情である。そして、このような感情を刺激することを目的とする芸術は、喜劇であろうと悲劇であろうと、不適切である。喜劇については後で述べることにする。だが、悲劇はわれわれに憐憫と恐怖という感情を刺激することを目的とする。さて、恐怖とは人間の運命のなかで深刻なものの面前でわれわれを引きとどめ、われわれをその隠れた原因に結びつける感情である。そして憐憫とは人間の運命のなかで深刻なものの面前でわれわれを引きとどめ、われわれを苦しむ人間に結びつける感情である。ところで嫌悪であるが、不適切な芸術は(1)悲劇を介してそのような感情を引き起こそうとするが、それは、後で述べるように、悲劇的芸術にふさわしい感情、すなわち恐怖と憐憫とは異なる。嫌悪がわれわれを静止状態から駆りたてるのは、それがわれわれを何物かから離れるように駆りたてる感情であるからにほかならない。ところが恐怖と憐憫は、いわば魅了して、われわれを静止状態に引きとどめる。悲劇的芸術が私の肉体を畏縮させるとき、私は静止状態から駆りたてられているのであるから、その感情を恐怖とは言わない。さらにこの芸術は私に深刻なるもの、つまり人間の運命のなかで恒常的で回復不能なものを示していない。またそれは私を隠れた原因に結びつけず、単に異常で回復可能なものを示すだけで、(2)私をあまりにも明白すぎる原因に結びつけるにすぎない。また、人間の苦しみを単に避けさせようとする芸術が、厳密には、悲劇ではないのは、人間の苦しみの明らかな原因に対する怒りを引き起こさせようとする芸術が、厳密には、悲劇ではないのと同じである。恐怖と憐憫とは、結局のところ、悲しみのうちに認識された悲しみの諸相、(3)すなわち善なるものの欠如がわれわれのなかに引き起こす感情である。

さて、喜劇について述べよう。不適切な芸術は喜劇を介して欲望の感情を刺激することを目的とするが、喜劇的芸術にふさわしい感情は喜びの感情である。欲望は、すでに述べたように、われわれを何物かに赴くように駆りたてる感情であるが、喜びは善なるものの所有がわれわれのなかに引き起こす感情である。欲望、すなわち不適切な芸術が喜劇を介して刺激しようと努める感情は、喜びとは異なる。なぜならば、欲望は何物かを所有させるために、われわれを静止状態から駆りたてるが、喜びはわれわれが何物かを所有している限り、われわれを静止状態に保つからである。欲望は、したがって、それ自体では満足せず、それ自体を超えて何かを求めるようにわれわれを駆りたてる喜劇（喜劇的芸術作品）によって、われわれのなかに引き起こされる感情にすぎない。それに対し、それ自体を超えて何かを求めるように駆りたてようとしない喜劇（喜劇的芸術作品）が、われわれのなかに引き起こすのは喜びの感情である。われわれのなかに喜びの感情を引き起こす芸術はすべて、その限りにおいて喜劇である。そして人間の運命のなかで本質的なものであろうと付随的なものであろうと、(4)この喜びの感情が引き起こされる程度において、その芸術は大なり小なり優れていると判断される。悲劇的芸術でさえ、ある悲劇的芸術作品（ある悲劇）の所有がわれわれに喜びの感情を引き起こす限り、それは喜劇的芸術の範疇に入ると言うことができる。このことから芸術において悲劇は不完全な様式で、喜劇は芸術における完全な様式と言える。すべての芸術は、もう一度繰り返すが、静的である。なぜなら一方において恐怖と憐憫の感情、他方において喜びの感情は、いずれもわれわれを引きとどめる感情であるからだ。(5)この静止状態は、後で詳しく述べるが、美の認識——悲劇であろうと喜劇であろうとすべての芸術の目的——においてきわめて重要である。なぜなら、恐怖あるいは憐憫、または喜びの感情をわれわれに引き起こすイメージが適切に提示され、われわれによって適切に鑑賞される唯一の条件が、この静止状態であり、美は見られるものの属性であるが、恐怖と憐憫と喜びは精神の状態であるからだ。

ジェイムズ A・ジョイス、一九〇三年二月一三日。

……芸術には抒情的、叙事的、演劇的という三つの様態がある。芸術家がイメージを自分に直接関係するものとして提示する芸術は抒情的であり、芸術家がイメージを自分と他人とに間接的に関係するものとして提示する芸術は叙事的であり、芸術家がイメージを他人に直接関係するものとして提示する芸術は演劇的である……[6]

ジェイムズ A・ジョイス、一九〇三年三月六日、パリ。

リズムとは、いかなる全体であろうと部分と部分の、あるいは、あるひとつの全体とその一部分または諸部分との、またそれが一部分であるところの全体に対する部分の、最も重要な形式的関係であると思われる。……諸部分は共通の目的をもつ限りひとつの全体を構成する。[7]

ジェイムズ A・ジョイス、一九〇三年三月二五日、パリ。

e tekhne mimeitai ten physin——この文章は誤って「芸術は自然の模倣なり」と訳されている。アリストテレスはここで芸術を定義しているのではない。彼は「芸術は自然を模倣する」と言っているにすぎず、それは芸術の過程は自然の過程に似ているという意味である……。[8] 例えば、彫刻は不動の芸術であると言われるが、

それによって彫刻は運動と無縁であると言うのであれば、その立言は誤っている。彫刻は律動的であると同じくらい運動を思い出させる。彫刻芸術はその律動に従って鑑賞されなければならず、このような鑑賞は空間における想像上の運動にほかならない。彫刻芸術であるかぎりにおいて、空間的に運動するものとして展示することはできないという意味において彫刻は不動の芸術であるというのであれば誤りではない。

ジェイムズ A・ジョイス、一九〇三年三月二七日、パリ。

芸術とは、感覚または知性によって把握しうる事柄を審美的目的のために人間が処理することをいう。(9)

ジェイムズ A・ジョイス、一九〇三年三月二八日、パリ。

問――排泄物、子供、シラミはなぜ芸術作品ではないのか？

答――排泄物、子供、シラミは人間の産物である――感覚で把握しうる事柄を人間が処理したものである。これらが生産される過程は自然で非芸術的である、それらの目的は審美的目的ではない、したがってこれらは芸術作品ではない。

問――写真は芸術作品たりうるか？

答――写真は感覚で把握しうる事柄を処理したものであり、審美的目的のために処理することもできるが、それは感覚で把握しうる事柄を人間が処理したものではない。したがって写真は芸術作品ではない。

問――もし人が怒りにまかせて木の株をめった切りにした結果、雄牛の像ができたとして、彼は芸術作品を作ったと言えるか？

答――人が怒りにまかせて木の株をめった切りにしてできた雄牛の像は、感覚で把握しうる事柄を人間が処理したものではあるが、感覚で把握しうる事柄を審美的目的のために人間が処理したものではない。したがってこれは芸術作品ではない。

問――家、衣服、家具などは芸術作品か？

答――家、衣服、家具などは必ずしも芸術作品ではない。これらは感覚で把握しうる事柄を人間が処理したものであり、それらが審美的目的のために処理されたのであれば芸術作品である。

2　ポーラ・ノートブック

Bonum est in quod tendit appetitus.[10]　聖トマス・アクイナス。

善とは欲望がその所有へ向かおうとするところのものであり、善は望ましいものである。[11]　真と美は望ましいもののなかで最も不変的な原理である。真は知的欲望によって求められ、知的対象の最も満足すべき関係によっていやされる。美は審美的欲望によって求められ、感覚的対象の最も満足すべき関係によっていやされる。真と美はともに精神によって所有される、真は知性により、美は知覚による。それらを所有しようとする欲望、すなわち知的ならびに審美的欲望は、したがって、精神的欲望にほかならない……。

J・A・J・ポーラ、〇四年十一月七日。

Pulchra sunt quae visa placent.(12) 聖トマス・アクィナス。

知覚して快い物は美しい。美とは、したがって、感覚的対象の属性である。こうして美を知覚することが、感覚的対象の最も満足すべき関係を知覚することを求める審美的欲望を楽しませ、または満足させるのである。さて知覚作用には最低二つの行為が含まれる、単純な感知であるところの認知行為と認定行為である。もし単純な感知行為が、その他すべての行為と同じようにそれ自体快いとするなら、知覚されたすべての感覚的対象は、一次的にある程度まで美しいものと言うことができる。そして最も醜悪な対象でさえ、それが知覚される限りにおいて、美しいものと言うことができる。それで単純な感知行為と呼ばれる知覚作用のこの部分に関しては、ある程度まで美しいと言うことができない感覚的対象は存在しない。

認定行為と呼ばれる知覚作用の第二の局面に関して、さらに次のように言うことができる、程度の差こそあれ認定行為に引き継がれないような単純な感知行為はない、と。認定行為は判定行為を意味する。この行為に基づいて、考えられるすべての事例において、感覚的対象は満足を与える、あるいは満足を与えないと言われる。しかし、認定行為は、他のすべての行為と同じように、それ自体快い。したがって知覚されるすべての対象は、二次的に、大なり小なり美しい。結局、たとえ最も醜悪な対象でも、単純な感知行為に対応する限りにおいてそれは先験的に美しいという理由から、美しいと言うことができる。

しかし、感覚的対象が慣例的に美しい、または、美しくないと言われるのは、これまでに述べてきたいずれかの理由によるのではなく、むしろそれらを知覚することによって生じる満足の性質、程度、持続による。そして全く後者の理由に従って、「美しい」、「醜い」という言葉が実践的審美哲学で用いられている。最後に次のようなことを述べなければならない。すなわち、「美しい」、「醜い」という言葉は、結果として生じる満足度がより大きい、または、より少ないということを表すにすぎない。そして、感覚的対象で「醜い」という語が実際に用いられる対象は、いかなる対象であろうと、すなわち、それを知覚することによりわずかしか審美的満足が得られないような対象であっても、それを知覚することによって何らかの満足が得られる限り、三次的に美しいと言われる……

J・A・J・ポーラ、〇四年十一月十五日。

知覚作用

知覚作用には、少なくとも、二つの行為——単純な感知である認知行為と認定行為——が含まれると述べた。[13]しかし最も完全な形式において、知覚作用は三つの行為を含む——第三の行為は満足である。これら三つの行為はすべてそれ自体快いという事実にかんがみ、知覚で把握された感覚的対象はすべて、二重に美しくなければならない、また、もしかすると三重に美しいかもしれない。実践的審美哲学で「美しい」、「醜い」という修飾語は、主として第三の行為に関して用いられる、つまり感覚的対象を知覚して生じる満足の性質、程度、持続に関して用いられるのである。したがって実践的審美哲学で「美しい」という修飾語が用いられる感覚的対象は、三重に美しくなければならない、つまり、最も完全な形式において知覚作用に含まれる三つの行為に対応していなければならないのである。したがって実際に美の属性それ自体が、これら三つの行為のそれぞれに対応する三つの要素を含んでいなければならない……[14]

J・A・J・ポーラ、〇四年十一月十六日。

注

（1）**不適切な芸術は**　ゴーマンの著書には「不適切な芸術においては」とあるが、イェール草稿に従って訳した。『肖像』では「欲求や嫌悪をうながすような芸術は、従って、猥褻なものにせよ、教訓的なものにせよ、よくない芸術だ」と言われている（*Portrait* 205）。

（2）**またそれは私を隠れた原因に結びつけず、単に異常で回復可能なものを示すだけで**　この部分はイェール草稿に含まれていない。

（3）**悲しみのうちに認識された悲しみの諸相**　この部分のイェール草稿は、「悲しみに密接に関連する」となっている。

（4）**本質的なものであろうと付随的なものであろうと**　イェール草稿ではこの語に続いて「一般的なもしくは思いがけない」という語句が付け加えられている。

（5）ここでジョイスは「浄化《カタルシス》」を「静止《スタシス》」に置き換えている。喜びは喜劇だけでなく悲劇からも生まれるという彼の意見は十分に説明されていない。『肖像』の議論はほとんど完全に悲劇に限定されており、「喜び」を「審美的快感の輝かしい沈黙の静止」に変えている。「静止《スタシス》」の概念は、悲劇における「恐怖」と「憐憫」との係わりから『肖像』でさらに大きく取り上げられるが、『スティーヴン・ヒーロー』ではほとんど述べられていない。

（6）**芸術には抒情的、叙事的、演劇的という三つの様態がある**　芸術の三つの様態については本書九一頁、『スティーヴン・ヒーロー』第十九章（3）、および『肖像』第五章（*Portrait* 214）参照。

（7）**リズムとは**　『肖像』第五章（*Portrait* 206）参照。

（8）**e *tekhne mimeitai ten physin* ……それは芸術の過程は自然の過程に似ているという意味である**　本書二〇六頁、『スティーヴン・ヒーロー』第二十三章（16）参照。ここで芸術作品の作成には、「芸術的受胎、芸術的懐妊、芸術的生殖」(*Portrait* 209)の三段階が含まれるという『肖像』の理論を先取りしているが、この思想は「美の神秘は天地創造の神秘と同じように成就される」(*Portrait* 215)と言う時に受け継がれている。

(9) **芸術とは、感覚または知性によって把握しうる事柄を審美的目的のために人間が処理することをいう** 本書九一頁、『スティーヴン・ヒーロー』第十九章(2)参照。

(10) ***Bonum est in quod tendit appetitus.*** 『異教徒反駁大全』第3章から引用、アクイナスはアリストテレスの『ニコマコス倫理学』の冒頭の一文を発展している。

(11) **善とは欲望がその所有へ向かおうとするところのものであり、善は望ましいものである** 本書二〇五—〇六頁、『スティーヴン・ヒーロー』第二十三章(15)参照。シェリーは『詩の擁護』で次のように述べている、「詩人であるとは、真と美を、一言で言えば、善を認識できるということである。善は、第一に存在と知覚の間の、第二に知覚と表現の間の、内在的な関係に存している」。

(12) ***Pulchra sunt quae visa placent.*** アクイナスの原文は、"pulchra enima dicunter ea qua visa placent" *Summa Theologica* I, q.5, art.4 である。スティーヴンは本書一一四頁、『スティーヴン・ヒーロー』第十九章(27)で "*Pulcra sunt quae visa placent*" とアクイナスを誤って引用しているが、『肖像』でも正されていない(*Portrait* 207)。

(13) ここでジョイスはアクイナスを超えている。アクイナスは「快」について述べているが、「満足」には触れていない。ジョイスは演劇における「静止」の理論と「クラリタス」(光輝)の理論とを結び付けている。後者は、芸術作品の究極の特性であると同時に、それに反応する最高の様相である。「満足」は、静止と落ち着きを意味するので、彼の知覚の理論に欠かせない概念である。

(14) ジョイスは知覚作用の三つの行為を、本書二五四—五五頁、『スティーヴン・ヒーロー』第二十五章(9)のエピファニー論で、「審美的知覚のメカニズム」と称してアクイナスの美に必要な三つの要件、全一性、調和、光輝をもちいて説明している。

芸術家の肖像

【一九〇四年一月、ジョイスは妹メーベルの雑記帳に十四頁ほどのエッセイ調の自伝を書き、これに「芸術家の肖像」（"A Portrait of the Artist"）という題を付けて、当時刊行が予定されていた文芸誌『ダーナ』に投稿した。この原稿が『ダーナ』の編集者ジョン・エグリントンによって、「自分が理解できないものは載せられない」といって返却されると、ジョイスは直ちにそれを元にそれまで書き溜めていた論文や「エピファニーズ」を最大限に活用して、長大な伝記小説『スティーヴン・ヒーロー』に書き換えた。これが後に『若い芸術家の肖像』になることはみなが知っている。ジョイスの自筆原稿はシルヴィア・ビーチを経て、現在、ニューヨーク州立大学バッファロー校ロックウッド記念図書館に収められており、弟スタニスロースが作らせたタイプコピーはコーネル大学スローカム＝カフーン・コレクションが所蔵している。原文はロバート・スコールズとリチャード・カインが自筆原稿とタイプコピーを徹底的に照合し、*Yale Review*, Spring 1960, XLIX, pp.355-69 に出版された。この翻訳は *The Workshop of Daedalus : James Joyce and the Raw Materials for 'A Portrait of the Artist as a Young Man'*, collected and edited by Robert Scholes and Richard Kain（Evanston, Ill.: Northwestern University Press, 1965）, pp.60-68 による。ジョイスはよく「節約型の、あるいは、やりくりじょうずな作家」と言われるが、「芸術家の肖像」の前半部分のほとんどすべての語句がそのまま『スティーヴン・ヒーロー』の中心的な部分で使われている。】

幼年期の特徴は青年の肖像に再現されないのが普通である。なぜなら、われわれはきわめて気まぐれなので、鋼鉄の記念碑の状態にするのでなければ、過去を考えることができず、また、考えようともしない。しかし、過去は紛れもなく流動する現在の継続、発展する実在であり、現前するわれわれの現在はその中のひとつの相にすぎない。ところが、われわれの世界は、たいてい、われわれの知己朋友を主としてあご髭や背丈の特徴で見分けて事足るとし、何らかの技を用いて、いまだ図表化されていない精神の経緯を辿ることにより、その個性化のリズム、すなわち諸部分の最も重要な形式的関係を、人格化された物質の塊から解き放とうとする者をその構成員から疎外する。しかし、かかるものとして肖像とは一片の人物証明書ではなくむしろ感情の曲線なのである。

知的に考えるようになったのは、世間一般の判断によると七年ほど早かったので、この肖像の主人公の持って生まれた感性が、永遠の断罪、悔悛の必要性、祈りの効験という概念に目覚めた正確な年齢を突き止めるのは容易でない。彼の教育は、「常識」といわれるものを犠牲にして、きわめて強烈な精神的義務の感覚を早くから育成した。彼は短い祈祷文を熱狂的に唱えて多くの人びとを驚かせたり、隠遁生活者の雰囲気を漂わせて多くの人びとに不快感を与えたりして、浪費家の聖人のように徹底的に義務を果たした。ある日、マラハイド近くの森で、ひとりの労働者は東洋の忘我の姿勢で祈りを奉げている十五歳の少年を見て驚いた。この少年が、それに従って生活を改める必要が全くない誘いに快い同意を与えることを可能にする、あの最も市場性の高い美徳の本質を理解するのに、実に長い歳月を要した。彼は宗教の消化を助ける価値をどうしても認めることができず、[1] 彼の症例によりふさわしい、あの謙虚を旨とする貧しい修道会を選んだ。そこでは懺悔聴聞司祭の自己顕示欲が乏しく、彼らは、少なくとも理論上、俗人であった。[2] しかし、宗教的情熱の息もつけない高まりから屈辱的な内省へ突き落す断続的な衝撃は続いていたが、大学へ入学したとき、彼は依然として献身的勤行によって慰められていた。(3)

その当時、彼は、決定的な局面から身を守るために、来る人すべてに対して、謎めいた態度(4)を取っていた。いまとなっては自分の問題は、自分で解決しなければならないことくらい十分承知しているので、沈黙はいたって軽い苦行であった。彼は誹謗中傷に取り合わなかった。他人にはそれが不思議に思われたらしいが、実際に戦いを構える時の助けになり、彼には英雄としてのオーラが欠けていたわけではなかった。(5)彼は人間社会の小宇宙のあらゆる行為と思想を自分という一点に集中して考えていたが、それは後に救済者と呼ぶようになる、あの根深いエゴイズムの一部であった。少年期の精神がこれほど術策に長じているのは、それが中世的だからなのだろうか？　野外スポーツ（あるいは頭脳の世界でこれに相当するもの）は、最も効果的な治療法かもしれない。しかしこの空想的理想家にとって、帯を締めて長靴を履きぶつぶつ不平を並べる化け物は御免蒙るとして、負けるのを承知で選んだ戦場での狩猟ごっこは公平を欠いていたとしても、それほど滑稽ではなかった。急速に固まる泥壁に隠れて敏感な男は答えた、「敵の者どもよ、狩りのあと、束になって、まろびつ、嗅ぎつつ、高地まで来るがよい。そこには彼の陣地がある。彼は煌めく鹿の角をものともせず、彼らに軽蔑を投げかけた」、と。(6)この比喩に自画自賛が透けて見えるのは明らかであるが、自己満足の危険もあった。それで、どんなに遠く離れていても快い調べに聞こえた例がない、あのコーラスのぜいぜい音を立てるうなり声を無視して、尊大にも若者たちの診断に取りかかった。彼の判断は熟慮を重ね、鋭く、適切で、その表現はよく彫琢されていた。これらの青年たちは、ある退屈なフランスの小説家(7)の突然の死に、我らと共にいます神、インマヌエルの手を見た。彼らはグラッドストンと物理学とシェイクスピアの悲劇を賞賛し、日々の要求にカトリックの教えが役に立つことを信じ、教会の外交的手腕を高く買っていた。彼らは、同僚間または上位者に対する関係において、神経過敏になり、（権威が問題になる場合には）きわめて英国人的な寛容さを示した。[8] 彼はある階級の挙措について称賛半分、譴責半分の評価を下し、奔放な生き方を知らなくはない（という噂のある）者たちにそれとなく節制を誓った。簡単に燃え上がる情熱の世界では信仰と祖国との連合は常に神聖視されていた。デーヴィスの四行詩は、[9] 忍耐力を決定的に欠くと非難しながら常に賞賛され、マクナマスの記憶は、カレン枢機卿の記憶に劣らず崇敬された。[10] 彼らには権威を尊重する十分な理由があった。たとえ、ある学生が『オセロ』を観に行くのを禁じられた（「あれには淫らな表現がたくさんある」という理由で）[11] として、どれほどの苦痛があったか？ それはむしろ用心深い配慮と関心の証しではなかったか、彼らは将来においてもこの配慮が続き、この関心が維持されると確信していたのではなかったか？ 権威の行使は時々（まれに）疑わしいこともあったが、その意図が疑われたことは絶対ない。これらの青年たちほど嬉々として、愛想のよい教授の洒落や門番の無愛想な態度を受けいれる者がいただろうか？ 彼らほど熱心に母校の名誉をはぐくみ育て、身をもってその促進に貢献しようとする者がいただろうか？ 彼にとってその当時は年齢的にも難しい時期だった。相続権を奪われ、経済的に緊迫し、そんな体たらくであらゆる下劣なことに精通していた、夢想の中では、少なくとも、高貴な者たちと交わっていたのに。ある誠実なイエズス会士がギネスの事務員の口を処方してくれた。醸造会社の事務員に推挙されるということは、彼が望んでいた（スコラ哲学者の言葉でいう）厳しい善ではないとしても、賞賛に値する共同体をあざ笑うことでも、憐れむことでもなかったであろう。他者に対する思いやりを一般の人びとに奨励する会合の中に、慰めを見いだすのは不可能であった。ましてや温かい信心会の愚かで奇怪な処女たちの集まりに、肉体的慰藉以外の何ものかを見いだすことなどできなかった。常に詩的エクスタシーを求めて打ち震えている気質が黙従に屈し、美のイメージを衣鉢として受け継いでいる人生に、魂が苦役を命ずることは不可能であった。[12] 初春のある夜、図書館の階段の下で、彼は友人に「教会を捨てた」と言った。[13] そして彼らは家に向かって腕を組んで歩きながら、友情の終わりが木霊のように響く言葉で、どうしてそれをアッシジの門を通って捨てたか話した。

途方もないことが続いた。ポヴァリロの素朴な歴史はあっさりと忘れられ、彼は最も血迷った者たちの中に立っていた。ヨアキム・アッバス、[14] ノラの人ブルーノ、[15] ミカエル・センディヴォーギアス。[16] 通過儀礼のすべての高僧たちが彼に魔法をかけた。彼はスウェーデンボリ[17]の地獄へ下り、十字架の聖ヨハネ[18]のうす暗闇の中で自分を貶めた。魂はいにしえの時代を思い起こし、天空は突如としてきら星の群れ、万物の姿形で輝いた。彼は錬金術師のように細工物の上に屈み、神秘的な成分を寄せ集め、荒金から宝石を選びだした。言葉と文のリズム、語と引喩の象徴が芸術家にとって何よりも大切であった。経験を殲滅し、再構築し、力を尽くし、そして絶望したこのすばらしい人生から、彼がついに一つの目的をもって現れたとしても、何の不思議があろうか――嫉妬深く、長いあいだ離ればなれにされていた精神の子供たちを再会させ、彼らを仲直りさせ欺瞞と支配に対抗するために。千の永遠の真理が再確認され、神聖な知識が再構築されようとした。ああ、何たる無知蒙昧！ 安易に風の大群を呼び寄せることができると考えるとは。彼らは生来の敬虔な言葉に訴えた――社会的限界、民族の遺伝的無関心、敬愛する母親、キリスト教の伝説。彼らの背信は小罪にすぎなかった。社会的怪物が許すところならどこでも、彼らは、白熱する瞬間に行動の必要性を唱えながら命を賭けるだろう、極端な異端、それが倫理の想像的決定因、（民族の）無政府主義、青三角、魚の神々の教義であっても。言語と孤立が彼の復讐だった。彼は解放された者たち――有害なバター――をひとまとめにしてだらしない隣人たちから離脱した。

彼はかつて、孤立は芸術的経済の第一原理である、[19] と書いたことがあった。しかし当時は、伝統的でもありまた個人的でもある啓示がその主張を強く求めていた時で、自己省察はためらいがちに歓迎された。しかし友人との親交（三人とうまく付き合っていた）の合間に、瞑想の時間と姉妹関係を結ぶのに成功した。そしていまではその中で男たちの間では得られない、あの穏やかな情緒、あの確信を発見する希望が湧き上がってきた。彼は、暗い季節に、ある衝動に導かれて、霧が吹流しのように森にかかる、静かな寂しい場所へ行った。彼は、重苦しい夜、葉が音もなく散り、雨が香り、霧が網目状に月を通すとき、そこを通り過ぎながら、すべてのはかないものの諫言を想像していた。夏、それは彼を海に導いた。乾地性の草におおわれた丘に登り、貝を探しているふりをして、岸辺をさまよっているうちに、白昼の明るさにいらいらしてきた。水の中を歩く人びと、その子供じみた、あるいは少女のような髪の中へ、少女のような、あるいは子供じみた衣服の中へ、ひどくわがままな海が入っていった――それでも彼女たちは身をすくめなかった。しかし日が落ちてもなお、遥かな水たまりに人影がいくつか、小島のように最後まで残っているのを見るのは楽しかった。そして夕暮れが海の上に灰色の輝きを深めるとき、彼は意識を失った。[20] 浅瀬の間で、孤独の聖なる喜びに持ち上げられ、潮流に向かって一心に歌いながら。懐疑的に、冷笑的に、神秘的に、彼は絶対的な満足を求めた。そしていま少しずつ人間の美とはどのようなものか認識するようになった。彼はアウグスティヌスの一節を思い出した。「次のようなことが分かってきた、堕落する可能性があるものは善である、最高の善であるか、あるいは善でなければ堕落できない。なぜなら最高の善であれば堕落する可能性がないであろうし、善でなければ堕落するものもないであろうから」。妥協の哲学はきっと……［原稿の破損がひどく二行解読不能］……係船柱の光、しかし心の中の灯火は消えなかった、いや、婚礼のために燃えていた。

　この上もなく親愛なる者よ！　みつぎとして納めた詩歌、現実と眠りの愚かな集団の中での出会いの喜劇の効能もなく、存在の泉はすでに混ざり合っていた。数年前、まだ少年の時に、罪のエネルギーが彼の前に世界を開き、汝の存在を知った。秋の空を背景に、黄色いガス灯が彼の混乱した視野の中に立ち並び、紫色の祭壇の前に不思議な光を放っていた――何かの儀式のために整列しているかのように戸口に集まるいくつもの群れ――ちらちら見える歓楽と幻想的な嬌笑――彼に見られて数世紀の眠りから覚めたような訪問客の虚ろな顔――突如として襲いかかる暗黒の混乱（極悪！　非道！）――あの燃え盛る情欲の冒険のただ中で、あの時でさえ汝はうつさなかったではないか？　何と情け深い人だ！（そつがない愛と肩書に書いてあった）折しも汝が現れた、自らをむさぼり食うものを苦しめる悪鬼として、人生のうるわしの宮廷からの使節として。[21] いかに汝に感謝せん、汝との床入りによりて、魂がかくも豊かになりしことを。芸術の技能は皮肉において頂点に達していた。知性の禁欲主義は自尊心で怒り狂っていた。そんな中で汝以外の誰がありのままの姿を彼に示すことができたか？　やさしく、ただ、直感的なやさしさをもって、汝の愛は彼の中に生命の本流を甦らせた。汝はその腕で彼を抱き、汝の胸が柔らかく上下するうちに、昔のようにしっかりと彼を引き寄せた。沈黙の歓喜、かすかなつぶやき声、汝の心臓が彼の心臓に語りかけた。汝はそのたぐい稀れな技能によりて、ささやかな美を得も言われぬ角度で保ちながら、彼の激情を洗練し導き給うた。汝はその拭い難いしるしを刻印することにより、目にもあざやかなカリスの秘蹟を行えり。連祷によって讃えられるべし、林檎の木の乙女、優しき知恵、日暮れの甘い花。他の相では、実際には粥にすぎない夕食を絢爛豪華に飾るのは稀ではない。しかしここで差し出すのは実にしっかりした、風味のある食事で、飾る必要などない。彼の道は（唐突な奴！）いまでは重要な世界と広々とした行動領域につながっている。血が血管の中を駆け巡り、神経が電撃的な力を蓄え、彼は光彩を放って走る。接吻。ふたりの肉体は勝利のハープの音を奏でながら、一緒に、分かち難く、天に向かって、跳ねあがる。きらきらと輝く唇と眼！　もう一度、いとしい人よ！　もう一度、花嫁よ！　もう一度、われわれは生きている！

落ち着いた気分の中で、彼の中の批評家は、憂鬱と不安の季節の新しい、そびえ立つ時代への不思議な序曲としか表現することができなかった。彼は喪失の物語を作った――評価のしようもないほど意気消沈させる物語。偽りのキリストの態度は、明らかに肉体的荒廃の仮面、それ自体卑俗な忠誠の商標でもあり刻印でもあった――率直さ、寛容、愛想のよさ、家庭的な美徳のもろもろのやからの源泉である。最低の者たちでさえ悲しく心に留める彼の死の幻、あくびと怒号の間をすり足で歩く生まれつき障害のある人たち、肉体も精神も痩せこけた人たちの（より哀れな）幻、彼の遠い昔のいつまでも変わらない態度の一時的な失敗として現れるものの幻が、暗く彼を取り囲んだ。彼を取り巻く雲霞のような苦難は数条の光しか通さなかった。彼の美文でさえ変化を宣言した。彼は少なくとも全てを同時に証明するのは理論的に不可能だということを認めた。そして、いくつかのでたらめな試みは、組織的な活動の必要性を示唆した。彼の信念が強まった。勇敢にも彼はある芸術の後援者に(22)「何が精神的善を増進するか」と尋ね、またある資本家に(23)「ある企画のために二千ポンドいる」と言った。ギリシャ正教の奨学金を受けるために『詩学』の現代的解釈を翻訳し、燃え尽きることのない過剰の柴から、(24)売春婦の社会的重要性について、夜勤の警官に熱弁をふるった。しかしあの山のような大きなものたちは微動だにしなかったし、大脳の冒険的な作用もなかった。彼は逆上の瞬間に小妖精に助けを求めた。このごろの多くの人びとは、過敏と鈍感のどちらかを選らばざるをえないようである。彼らは文化を証拠に同じ意見の少数派に組するか、あるいは野望をぎらつかせて飢えた世界を支配する。しかし彼は両陣営の間に有利な立場を見つけた。本国から遠く離れた小島で、熱狂党と雄牛党との連合政府の下で嘲笑の権化にとって絶好の機会である。それで、彼の「絶縁状」は、つまらないことにこだわるユダヤ人の訳の分からないおしゃべりと、キリスト教徒の熱烈な訴えとの合唱の間に、真の信者が辻褄の合わない無神論を予言しているうちに、雄々しく書かれ、キリスト教会の忌まわしい地獄に対して投げつけられた。しかしその爆発が終わってしまうと、それは戦場での英姿でしかなかった。彼の状態は、おそらく、古い専制政治――もはや取り返しようもなく遠くなった昔の慈悲――をお払い箱にするであろう、専制政治が何らかの方法でそれに貢献した（ことは誰もが認める）あの成熟した文明のお蔭で。すでに市民たちの伝言が世界の電線に光を放って飛び交っている。すでにドイツの三十年戦争から寛大な思想が現れ、ローマカトリック教徒の評議会を指導している。まだ人間性の胎動期にはなっていないが、そこで生まれる可能性が確実にある、あの大多数の者たちに、彼は約束のことばを贈るだろう。「男と女、あなたたちの中から来たるべき国家が生まれる、生みの苦しみにあえぐあなたたち大衆の光明が現れる。意に反して競争体制が採られ、貴族社会が取って代わられ、狂える社会の全体的麻痺状態の中で、連合の意志が発効する」。

ジャス・A・ジョイス
一九〇四年一月七日

注

（1）**ある日、マラハイド近くの森で……彼は宗教の消化を助ける価値をどうしても認めることができず**　本書一八九―

九〇頁、『スティーヴン・ヒーロー』第二十二章（22）参照。

(2) **あの謙虚を旨とする貧しい修道会を選んだ……彼らは、少なくとも理論上、俗人であった**　本書二一二―二一三頁、『スティーヴン・ヒーロー』第二十三章（28）参照。『肖像』第三章でスティーヴンが重たい心で告解に訪れたチャーチ通りの教会は、大天使聖母マリヤのカプチン教会である。

(3) **宗教的情熱の息もつけない高まりから……依然として献身的勤行によって慰められていた**　本書三五頁、『スティーヴン・ヒーロー』第十五章（27）参照。

(4) **謎めいた態度**　本書三二頁、『スティーヴン・ヒーロー』第十五章（20）参照

(5) **いまとなっては自分の問題は……オーラが欠けていたわけではなかった**　本書三五頁、『スティーヴン・ヒーロー』第十五章（26）参照。

(6) **彼は人間社会の小宇宙のあらゆる行為と思想……煌めく鹿の角をものともせず、彼らに軽蔑を投げかけた**」、と本書三九―四〇頁、『スティーヴン・ヒーロー』第十六章（7）参照。

(7) **ある退屈なフランスの小説家**　エミール・ゾラ（一八四〇―一九〇二）のこと。本書二〇七頁、『スティーヴン・ヒーロー』第二十三章（17）では「フランスの無神論の作家」となっている。

(8) **彼らはグラッドストンと物理学……きわめて英国人的な寛容さを示した**　本書二〇七頁、『スティーヴン・ヒーロー』第二十三章（19）参照。

(9) **デーヴィス**　アイルランドの愛国詩人トーマス・デーヴィス（一八一四―一八四五）。分離派の新聞 *The Nation* を創刊した。

(10) **マクナマスの記憶は、カレン枢機卿の記憶に劣らず崇敬された**　テレンス・マクマナス（一八二三?―一八六一）は一八四八年の蜂起に参加した過激派。サンフランシスコで死亡後、その遺体がダブリンに返され熱狂的な葬儀が行われた。それに反対したのが、アイルランド人初の枢機卿ポール・カレン（一八〇三―七八）。本書二〇八頁、『ス

ティーヴン・ヒーロー』第二十三章（20）参照。

（11）**ある学生が『オセロ』を観に行くのを禁じられた（「あれには淫らな表現がたくさんある」という理由で）** 本書三四頁、『スティーヴン・ヒーロー』第十五章（24）参照。

（12）**彼らは将来においてもこの配慮が続き……魂が苦役を命ずることは不可能であった** 本書二三二―二三三頁、『スティーヴン・ヒーロー』第二十四章（11）参照。

（13）**彼は友人に「教会を捨てた」と言った** 本書一六七頁以降、『スティーヴン・ヒーロー』第二十一章（13）参照。「アッシジの門」は、アッシジに生れた聖フランチェスコ（一一八二―一二二六）の教えにならっての意。

（14）**ヨアキム・アッバス** イタリアの神秘主義者（一一四五―一二〇二）、歴史を父と子と聖霊の三つの時代に分けて説いた。本書二一二頁、『スティーヴン・ヒーロー』第二十三章（26）に登場する。

（15）**ノラの人ブルーノ** イタリア南部、ナポリの東北東約二十三キロに位置する町ノラに生れた哲学者ジョルダーノ・ブルーノ（一五四八―一六〇〇）、反教会的な汎神論を唱え、異端者として火刑に処された。本書二〇四頁、『スティーヴン・ヒーロー』第二十三章（12）に登場する。

（16）**センディヴォーギアス** 十六世紀ポーランドの錬金術師ミカエル・センディヴォーギアス。ここ以外に触れられていない。

（17）**スウェーデンボリ** スウェーデンの科学者・神秘主義者・哲学者エマヌエル・スウェーデンボリ（一六八八―一七七二）。

（18）**十字架の聖ヨハネ** 俗名Juan de Yepis y Alvarez（1542-81）というスペインのカルメル会修道士・神秘主義者。

（19）**孤立は芸術的経済の第一原理である** 本書三七頁、『スティーヴン・ヒーロー』第十六章（3）参照。

（20）**そして夕暮れが海の上に灰色の輝きを深めるとき、彼は意識を失った** 『肖像』第四章で、スティーヴンは美を啓示する鳩のような少女に出会った後、海岸で意識を失う（*Portrait* 171-72）。

(21) **人生のうるわしの宮廷からの使節**　『肖像』第四章でこの語句は「人間の青春と美の天使」(*Portrait* 172) に変わるが、この場の描写は同書第三章最後の淫売宿の心象風景である、「黄色いガスの炎が彼の混乱した目の前で、ぼうっとかすむ空に立ちのぼりながらまるで祭壇の前でのように燃えている。戸の前や明るい玄関では、女たちの群れが何か儀式のためのように着飾って集まっていた」(*Portrait* 100)。

(22) **ある芸術の後援者**　アイルランドの劇作家　レディー・グレゴリー(一八五二―一九三二)と想像されている。彼女は一九〇四年十月に五ポンドをジョイスに送っている。

(23) **ある資本家**　ジョイスは一九〇四年、アメリカの富豪トーマス・ケリーに新聞を創刊する計画を打診している。

(24) **燃え尽きることのない過剰の柴**　「出エジプト記」第三章第二節から。

◉著者・訳者紹介

著者　ジェイムズ・ジョイス（James Augustine Aloysius Joyce）

一八八二年二月二日ジョン・スタニスロース・ジョイスとメアリー・ジェーン・マリーの第一子としてアイルランド・ダブリンに生まれる。一八八八年九月—一八九一年六月キルデア県サリンズのクロンゴーズ・ウッド・カレッジ在学、一八九三年四月—一八九八年六月ダブリン、ベルヴェディア・カレッジ在学、一八九八年九月ユニヴァーシティ・カレッジ・ダブリン入学、一九〇二年六月同校卒業（文学士）。『ダブリン市民たち』（一九一四）、『若い芸術家の肖像』（一九一六）、『ユリシーズ』（一九二二）、『フィネガンズ・ウェイク』（一九三九）を発表、一九四一年一月一三日スイス・チューリッヒにて死去。

訳者　永原　和夫（ながはら　かずお）

一九三三年八月二五日北海道札幌に生まれる。一九六〇年三月青山学院大学文学部卒業、一九六四年三月名古屋大学大学院文学研究科修了、一九九七年三月小樽商科大学定年退職（同名誉教授）、二〇一四年三月北海道文教大学退職（同名誉教授）。著書に『イギリス・ロマン主義へ向けて』（共著・名古屋大学出版会、一九八八）、訳書にハリー・レヴィン『ジェイムズ・ジョイス—その批評的解説』（共訳・北星堂、一九七八）、その他アイルランドおよびジョイス関係論文多数。

スティーヴン・ヒーロー
『若い芸術家の肖像』の初稿断片

二〇一四年一一月一〇日初版第一刷発行
二〇一五年十二月十日再版第一刷発行

著　者　ジェイムズ・ジョイス
訳　者　永原和夫
発行者　森　信久
発行所　株式会社　松柏社
〒一〇二-〇〇七二　東京都千代田区飯田橋一-六-一
電　話　〇三-三二三〇-四八一三
ファックス　〇三-三二三〇-四八五七
装　丁　常松靖史［TUNE］
組版・印刷・製本　倉敷印刷株式会社

ISBN978-4-7754-0211-5